spielberg

Paul Fenzl

Villapark

Köstlbachers zweiter Fall

spielberg

1. Auflage 2012

Umschlaggestaltung: Viktor Rauch, *www.viktorrauch.de*
Umschlagfoto: ©Viktor Rauch

Printed in Germany

ISBN: 978-3-940609-64-9

www.spielberg-verlag.de

Paul Fenzl wurde 1950 in Tännesberg im Oberpfälzer Wald geboren. Er wuchs ab 1954 auf dem Lande in der Nähe Regensburgs auf. Seine Gymnasialzeit verbrachte er am Albrecht-Altdorfer-Gymnasium in Regensburg. Auch während seines Studiums für das Lehramt an Grund- und Hauptschulen blieb er seiner Heimatstadt treu. Ab 1975 unterrichtete der Autor an verschiedenen Volksschulen im Landkreis, seit nunmehr 26 Jahren an der Grundschule in Mintraching.

Mit seinem neuen Regensburg Krimi »Köstlbachers zweiter Fall« nimmt er wiederum die unterschiedlichsten Gesellschaftsschichten seiner Heimatstadt aufs Korn. Die besondere Thematik gestattete allerdings diesmal nur ein geringeres Quantum an Humor, wogegen weit mehr Spielraum geschaffen wurde, Anklage gegen gewisse Kreise zu erheben, deren Aktivitäten selbst beim hartgesottenen Krimileser Übelkeit verursachen.

Gewidmet meiner lieben Frau Virginia, ohne deren Unterstützung ich nie die Zeit finden würde, weitere Krimis zu schreiben.

Widmen möchte ich dieses Buch auch meiner Tochter Navina und ihrem Freund Thomas, die beide so viel Verständnis dafür zeigten, dass ich meine Zeit mehr mit meinem »Köstlbacher« als mit ihnen verbrachte.

Dank gilt auch meinem Sohn Virgil und seiner Freundin Doris, deren Kenntnis der Gothic Szene mir viele Recherchen erspart haben.

Last but not least möchte ich auch diesmal meine liebe Freundin Gabriele Schletter nicht unerwähnt lassen, die es immer wieder wunderbar versteht, mein Selbstbewusstsein so hoch zu halten, dass ich gewillt bleibe, weiterhin dem Kriminaler Köstlbacher ein Denkmal in Regensburg zu setzen.

Villapark
(Kapitel 1)

Dass heuer der 1. Mai auf einen Samstag gefallen ist, darüber hat sich nicht nur der Köstlbacher geärgert. Ich meine, da musst du nicht unbedingt Kriminalhauptkommissar sein oder sonst was, um dich über so einen Beschiss aufzuregen. Und wenn du auch nur ein ganz kleines bisschen vorausschauend bist, dann stößt es dir heute schon sauer auf, dass sich dieser Betrug im nächsten Jahr fortsetzen wird. In gewisser Hinsicht noch brutaler, weil im nächsten Jahr der 1. Mai ein Sonntag! Eine Rettung in dieser Hinsicht wäre ein Schaltjahr gewesen, aber so eines kommt ja erst 2012 wieder!

Wegen einem mysteriösen Todesfall an der Bahnstrecke kurz vor der Mariaorter Brücke waren die letzten beiden Wochenenden praktisch ausgefallen. So lange der Beweis nicht erbracht war, dass es sich um einen Unfall ohne Fremdverschulden gehandelt hatte, verhängte der Kriminaldirektor Dr. Ernst Huber, der oberste Chef und Abteilungsleiter der Mordkommission Regensburg, quasi eine Urlaubssperre. Er hatte das zwar nie in Worten ausgedrückt, aber so, wie der seinen Leuten Dampf gemacht hat, weil nicht gleich presserelevante Ergebnisse und so, da hat jeder freiwillig auf die Wochenenden verzichtet. Schließlich wollte sich keiner die Schuld an einer Verzögerung der Auflösung des Falles zuschreiben lassen, nur weil er persönliche Interessen über die dienstlichen gestellt hätte.

Irgendwie ist so eine dienstliche Einstellung ja bewundernswert. Wenn in so manchen privaten Betrieben die Mitarbeiter auch derart an einem Strang ziehen würden, da stünde unser Staat vielleicht heute ganz anders da.

Aber nicht, dass du jetzt glaubst, der Köstlbacher ist so ein dienstgeiler Typ, der an nichts anderes als an seine Arbeit denken kann. Im Grunde genommen ist der Köstlbacher eigentlich genau das Gegenteil, weil sehr auf Familie und so. Aber seit der Dr. Huber trotz der Erfolge in seinem Laden nicht in die oberste Etage hinauf nach München befördert worden ist, seitdem war der Dr. Huber unausstehlich. Und der Köstlbacher, der Liebknecht und alle anderen im Kommissariat, sogar die Edith Klein, die Sekretärin vom Köstlbacher, alle zusammen waren sie der Ansicht, dass man den Dr. Huber los werden sollte. Wenn dafür noch ein paar Erfolge mehr nötig wären, so wollten sie alles nur Menschenmögliche tun, um dem Dr. Huber diese Erfolge zu verschaffen. In diesem Zusammenhang quasi freiwillige Urlaubssperre, Überstunden nach Bedarf und jede Menge Anstrengungsbereitschaft.

Die Anna freilich, die Frau vom Köstlbacher, die hat das ganz anders gesehen. Aus ihrer Sicht kam ihr Edmund einfach den Familienpflichten nicht mehr ausreichend nach und alle anfallenden Probleme im Haushalt und mit den beiden Kindern lasteten allein auf ihren Schultern. Inzwischen lebten sie schon seit einem Jahr in Regensburg im ehemaligen Haus ihrer Eltern im Prinzenweg, das nach dem Tode der verwitweten Mutter ihr als Erbe zugefallen ist. Wenn die Anna Köstlbacher geahnt hätte, wie wenig sie in Regensburg ihren Edmund noch zu Gesicht bekommen sollte, dann hätte sie ihr Erbe vermutlich verkauft und wäre mit der Familie in Straubing geblieben, wo ihr Mann zuvor eine vergleichsweise ruhige Kugel geschoben hatte.

Und nun stand Dank der Erkenntnisse, dass Todesfall bei der Mariaorter Brücke gar nicht so mysteriös, weil doch nur Unfall, seit drei Wochen endlich wieder einmal ein dienstfreier Samstag an, an dem der Edmund lange überfällige Besorgungen erledigen sollte. Anna wollte heuer den Innenhof des kleinen Hauses im Prinzenweg mit Blumenkästen gestalten, aus den paar Quadratmetern eine Erholoase vom Trubel der Stadt zaubern. Natürlich hatte sie selber einen Führerschein, um zum Haubensak oder zum Dehner zu fahren, wo das Sortiment an Blumenkästen, Blumenerde, eben diesem ganzen Pipapo, besonders groß war. Aber die Anna hatte keine Lust, alles alleine auszusuchen, ins Auto zu verfrachten und zu Hause den Kofferraum ohne Hilfe auszuladen. Wozu hat man denn schließlich einen Mann?

Ich meine, dass ein Mann die Familie mit Geld versorgt, das ist ja recht und gut. Aber da wirst du mir doch sicher recht geben, dass so eine Grundversorgung quasi nicht alles. Und die Anna dachte da genau so.

Natürlich konnte der Edmund nichts dafür, dass sein erster freier Samstag ein Feiertag war und deshalb kein Geschäft offen, schon gar kein Gartencenter. Er konnte auch nichts dafür, dass dieser Feiertag auf einen Samstag fiel und er so nochmal zusätzlich einen freien Arbeitstag einbüßte. Eigentlich konnte er überhaupt für nichts was! Aber das machte die Sache nicht besser!

Jedenfalls war die Anna stinke sauer, weil nun morgen schon Mai und der Innenhof immer noch im Winterschlaf, obwohl schon seit Wochen Frühlingswetter mit viel Sonne.

Aber dann Wetterumschwung am Freitag spät in der Nacht. Gut für die Köstlbachers, weil, wenn jetzt Frühjahrsflor schon gepflanzt, Arbeit quasi für die Katz! Geschüttet hat's wie aus Kübeln und dem Wind hätte kein Balkonblumenkasten getrotzt. Laut Wetterbericht sollte der Samstag nicht viel besser werden. Wenig erfreulich für den Rest der Bevölkerung Regensburgs, aber, was die Köstlbachers betraf, ein Segen für den Familienfrieden, weil Thema Innenhof vorerst wetterbedingt irrelevant. Einen Maiausflug würde dieses Sauwetter auch nicht gestatten, höchstens ein paar Schritte durch den naheliegenden Villapark. Das zarte Grün des Frühlingserwachens dort genießen, notfalls unterm Regenschirm.

Und weil der Köstlbacher im Winter wieder einmal zu viel neuen Speck angesetzt hatte, war ihm die Aussicht auf ein paar Schritte durch den Villapark auch durchaus angenehm. Schließlich kannst du nicht so von Null auf Hundert nach einer Monate dauernden Zeit der Bewegungsarmut deinem Körper gleich eine Höchstleistung abverlangen, wie das vergleichsweise ein Spaziergang über den Alpinensteig bei Eilsbrunn gewesen wäre, zumindest für einen Mann mit beachtlichem Übergewicht.

Nicht, dass du jetzt glaubst, so einer bei der Kripo in Regensburg, der käme nicht raus aus dem Revier und säße nur den ganzen Tag auf seinem Bürostuhl rum. Ich meine, ganz so falsch liegst du natürlich auch wieder nicht, weil Vernehmungen, ewiges Herumtelefonieren und nicht zu vergessen der ganze Schreibkram, der jedes Mal anfällt, wenn praktische Arbeit vorausgegangen, das alles zwingt dich im Präsidium schon einen Großteil der Arbeitszeit auf deinen Stuhl, ohne dass du deshalb gleich ein Sesselfurzer sein musst. Und was den Köstlbacher betrifft, da kam noch hinzu, dass der als

Einsatzleiter der Mordkommission und direkter Untergebener vom Dr. Huber auch noch den ganzen Organisationskram am Hals hatte, und der ließ sich nun mal auch am besten von seinem Schreibtisch aus erledigen. Also wieder keine Chance, sich zu bewegen!

Natürlich hat der Köstlbacher keine Gelegenheit ausgelassen, einen Tatort selbst zu besichtigen. Nur, sei einmal ehrlich, wie oft gab es in letzter Zeit schon einen Tatort zu besichtigen. Die letzte Mordserie war im vergangenen Herbst. Und da waren zwei der Tatorte so nahe in der Innenstadt, dass er gerade mal 5 Minuten zu Fuß gehen musste. Und der dritte Tote, die Wasserleiche in der Donau, da ist er mit dem Liebknecht mit dem Auto hin gefahren. Dorthin, wo sie die Leiche aus dem Wasser gefischt haben, hätte er es auch leicht zu Fuß geschafft, aber das hätte dann doch mindestens 30 Minuten gedauert. Und in so einem Fall kannst du als Mordkommission nicht einfach erst nach einer halben Stunde auftauchen, wenn die Feuerwehr schon längst mit dem Bergen fertig ist und gelangweilt von einem Bein auf das andere tritt, nur weil du aus Gesundheitserhaltungsgründen auf Anraten von deinem Arzt eine halbe Sportstunde einlegst.

Seit dieser Mordserie, die der Köstlbacher am Ende schneller als erwartet aufklären konnte, gab's für die Beamten, die damals den Fall bearbeiteten, kein weiteres Kapitalverbrechen mehr in Regensburg. Und so musste die Mannschaft vom Köstlbacher sich mal ein wenig mit Wirtschaftskriminalität hier, mal ein wenig mit Rauschgift da, mal mit kriminellen Jugendlichen, mal mit weiß Gott was sonst noch alles beschäftigen. Alles überwiegend wieder Tätigkeiten, zu deren Erledigung zwar immer wieder der eine oder andere ›*Hausbe-*

such‹ oder zumindest Tatortbesuch nötig war, das meiste aber eben doch wieder nur vom Büro aus erledigt wurde.

Und ganz besonders als Hauptkommissar von so einem Kriminalerverein, da hast du einfach so etwas wie eine Anwesenheitspflicht auf dem Revier, wo dich jeder erreichen und von wo aus du alles kombinieren kannst. Das läuft einfach nicht so wie im ›*Tatort*‹ am Fernsehen. Da ist der Kommissar quasi ständig unterwegs und nur seine Sekretärin, wenn er überhaupt eine hat, die rekelt sich im Büro auf ihrem Stuhl, lackiert ihre Fingernägel oder kocht Kaffee. Aber so ein ›*Tatort*‹, der soll ja auch unterhalten. Und wenn der Kommissar oder die Kommissarin immer nur in ihrem Büro gefilmt würden, da würden die Zuschauer schnell protestieren und lieber gleich zu einer langweiligen Talk Show auf dem Nachbarsender wechseln, bei der du zumindest nichts versäumst, wenn du zwischendurch mal dringend aufs Klo oder so.

Dass der Köstlbacher nicht nur wegen seiner Bewegungsarmut Gewichtszunahme, da will ich ganz ehrlich sein. Dem Edmund hat es schon auch sehr geschmeckt. Und das nicht nur zu Hause bei seiner Anna! Eine Leberkässemmel oder ein Paar Weiße waren schon das Mindeste, was er am Vormittag seinem knurrenden Magen gönnte. Schließlich kannst du nicht ausgehungert zum Mittagessen in die Kantine gehen. Weil, wenn du das tust, dann läufst du echt Gefahr, dich auf die Schnelle vor lauter Hunger zu überessen. Und wie sollst du dann noch vernünftige Kriminalerarbeit erledigen, wenn du eigentlich ein Verdauungsschläfchen bräuchtest.

Das alles war dem Köstlbacher wohl bewusst. Drum auch immer wieder eine Zwischendurchlösung für den Magen. Leider nicht gerade gut fürs Gewicht!

Bisher war das mit dem Gewicht dem Köstlbacher eigentlich recht egal gewesen. Ein bisschen ist schließlich auch der Respekt mit dem Umfang von seinem Bauch mitgewachsen, den ihm fast alle, ob Freund oder Feind, zollten. Aber dann hatte der Edmund diesen Arzttermin wegen so einem Gesundheitscheck. Du weißt schon, so ein Check, den man ab einem gewissen Alter eigentlich jedes Jahr einmal machen lassen sollte. Und das ausnahmsweise nicht, um die armen Ärzte zu unterstützen, damit deren Einkommen nicht noch weiter fällt. Der Edmund hatte seiner Anna zu seinem 40sten versprechen müssen, von nun ab regelmäßig einen Check machen zu lassen. Weil er das *›regelmäßig‹* nicht genauer in Zahlen ausgedrückt hatte, waren inzwischen auch schon 4 Jahre vergangen. Der Arzt untersuchte den Köstlbacher ein wenig zu genau, wie der meinte. Dabei sagte der Mediziner so gut wie nichts. Nur seine Gesichtszüge wurden immer besorgter.

»Wenn Sie so weitermachen, dann verkürzt sich Ihre Lebenserwartung drastisch!«, kommentierte er den Schluss seiner Untersuchungen.

»Was meinen Sie mit *›weitermachen‹*?«, fragte der Köstlbacher mit einem etwas aggressiven Unterton in seiner Stimme.

»Sie haben deutliches Übergewicht, das schon jetzt für einen unübersehbaren Schaden an Ihrer Wirbelsäule Rechnung trägt. Zudem steigert es enorm Ihr Herzinfarktrisiko. Wenn Sie demnächst noch unter Diabetes zu leiden hätten, dann würde mich das ebenfalls nicht wundern. Ich kann Ihnen nur zu einer reduzierten Nahrungsaufnahme raten, einer radikalen Umstellung Ihrer Essensgewohnheiten, natürlich einhergehend mit ausreichender Bewegung!«

›*Reduzierte Nahrungsaufnahme!* Wie soll ich arbeiten, wenn mein Magen knurrt? *Bewegung!* Und dafür habe ich nun einen halben Nachmittag geopfert!‹, dachte sich der Köstlbacher, brummte so etwas wie »Auf Wiedersehen!«, und verließ die Arztpraxis.

Seiner Anna zu Hause sagte er, alles sei in bester Ordnung mit ihm. Die fragte zwar nicht nach, aber sie kannte ihren Edmund gut genug, um zu wissen, dass eben nicht alles in Ordnung. Weil warum sonst verzichtete er jedes Mal, wenn sie seitdem für ihn kochte, auf einen dritten Nachschlag, oft sogar schon auf einen zweiten? Und warum sonst fragte er plötzlich bei jeder sich ergebenden Gelegenheit, ob sie ihn auf einen kleinen Spaziergang durch einen der vielen Parkanlagen der Stadt begleiten wolle, vorwiegend durch den Villapark, der vom Prinzenweg nur einen Steinwurf entfernt war? Leider ergaben sich bei dem an Überstunden reichem Job ihres Mannes nur wenige solcher Gelegenheiten.

Nur, eines musst du wissen, die Anna immense Geduld! Der Edmund würde es ihr schon noch sagen, was ihn wirklich bedrückt. Dass es was mit dem Arztbesuch zu tun hatte, da war sich die Anna sicher. Hätte es freilich was mit der Klein zu tun gehabt, da hätte die Anna ganz anders reagiert. Schon allein der Gedanke, dass der Edmund fast mehr Stunden mit seiner Sekretärin verbringt, beruflich hin oder her, war nervig genug. Wenn er dann wegen der Klein auch noch anfangen würde, komisch zu werden, das könnte die Anna nicht so einfach übersehen und warten, bis er irgendwann einmal den Mund auftäte, um ihr zu ›*beichten*‹, was Sache ist.

Da musst du dich einmal in die Lage der Anna Köstlbacher versetzen, wenn die sich im Spiegel angeschaut hat und ihr dabei blitzartig die Klein eingefallen ist. Ich meine, vorstellen kannst du dir eigentlich nur, was der Anna da für mörderische Gedanken gekommen sind, wenn du beide kennen würdest, die graue Maus und Ehefrau des Kriminalkommissars Edmund Köstlbacher und seine Sekretärin, die umwerfend gut aussehende Edith Klein mit Kurven in beiden Richtungen und einem Engelsgesicht, dass du am liebsten sündig die Hände falten möchtest, wenn du sie anschaust. Das Gelindeste, was die Anna dachte, wenn Blick in den Spiegel, das waren wehmütige Erinnerungen an Straubing, wo nur der Vorgesetzte von ihrem Mann eine eigene Sekretärin, und der Edmund seine Arbeit noch vollständig selbst machen musste. Außerdem hätte sie ihm die Straubinger Sekretärin sogar von Herzen gegönnt, weil die war nicht nur grau, sondern auch noch grün. Und wenn ich grün sage, dann meine ich grün. Also mit allen Attributen ausgestattet, die eine Grüne nur haben kann, wenn sie ihre innere Einstellung für jedermann sichtbar nach außen kehrt. Falls dir jetzt immer noch nicht klar ist, was die Anna unter *›grün‹* verstanden hat, dann mache einfach einen Besuch im nächstgelegenen Ökoladen oder auf einem Ökostand am Donaumarkt!

Die Einkäufe und so, die an diesem Samstag, den 01. Mai 2010 hätten erledigt werden sollen, aus denen ist nun ja wegen des Feiertags nichts geworden. Aber wenigstens ein kleiner Spaziergang sollte doch drin sein. Der Sturm vom späten Nachmittag des letzten Apriltages mit all dem Regen und Hagel, der hatte zum Glück keinen Dauerregen im Schlepptau gehabt. Als der Köstlbacher mit seiner Anna gerade dabei war, sich auf den Weg zum Villapark zu machen, da begann es ein wenig zu tröpfeln. Anna lief schnell nochmal zurück in die Wohnung, um einen Schirm zu holen. Weil das kennst du ja: Hast du einen Schirm dabei, regnet es garantiert nicht. Falls du ihn allerdings zu Hause lässt, dann bereust du das mit Sicherheit!

Wie es allerdings in diesem Falle ausgegangen wäre, das hat zumindest die Anna nicht mitbekommen. Anstatt mit dem Schirm unten im Prinzenweg aus dem Haus zu kommen, hatte sie nämlich das Telefon in der Hand.

»Für dich!«, sagte sie nur und gab es an ihren Edmund weiter. »Der Dr. Huber will dich sprechen!«

»Hab's schon am Handy versucht! Aber da gehen Sie ja nicht ran!«, sagte der Dr. Huber zum Köstlbacher, ohne ein Wort der Begrüßung.

»Feiertag!«, antwortete der Köstlbacher nur knapp. »An dienstfreien Sonn- und Feiertagen liegt es zusammen mit meinem Dienstausweis in meiner Schreibtischschublade!«, fügte er noch erklärend hinzu.

»Dann holen Sie beides mal schnell raus aus Ihrer Schreibtischschublade!«, befahl der Dr. Huber unmissverständlich. »Im Villapark liegt eine Tote! Ist doch gleich um die Ecke bei Ihnen!«

›*Zefix!*‹, dachte der Köstlbacher. ›*Zuerst bescheißen sie dich um einen richtigen Maifeiertag und dann zwicken sie dir den umfunktionierten Samstag auch noch!*‹

Gesagt hat das der Köstlbacher aber natürlich nicht laut, weil der Dr. Huber Vorgesetzter und so. Wobei das ›*und so*‹ ziemlich viel Unangenehmes bedeutet, mit dem zu rechnen wäre, würdest du dich den Worten eines Dr. Huber widersetzten.

»Bin in 10 Minuten im Präsidium!«, antwortete der Köstlbacher daher dienstbeflissen und versuchte, seine Antwort nicht mürrisch klingen zu lassen.

»Sparen Sie sich den Weg! Gehen Sie lieber gleich rüber in den Villapark. Die Kollegen erwarten Sie schon!«, antwortete der Dr. Huber.

»Geht in Ordnung!«, sagte der Köstlbacher und wollte schon auflegen, als der Dr. Huber noch anmerkte:

»Und vergessen Sie nicht, mich anschließend noch über alle Details zu informieren! Schriftlich! Per Fax! Persönlich bin ich nämlich die nächsten Stunden nicht erreichbar. Golfturnier in Deutenhofen!«

»Und das traut sich der auch noch laut zu sagen!« brummte der Köstlbacher, als das Gespräch endgültig beendet war.

»Was ist jetzt mit unserem Spaziergang durch den Villapark?«, fragte die Anna ungeduldig, weil ihr Edmund keine Anstalten machte, mit ihr loszugehen.

»Ich glaube kaum, dass der momentan für die Öffentlichkeit zugängig ist. Eine Leiche! Im Villapark! Verstehst du?«, antwortete der Köstlbacher.

»Und wann bin ich endlich dran, oder die Kinder?«, nörgelte die Anna ungerührt ob der Auskunft ihres Mannes, aber wohl wissend, dass der Job vom Edmund bei einer Leiche absolut Vorrang!

»Als Leiche hoffentlich nie!«, lächelte der Köstlbacher über die unabsichtlich zweideutige Frage seiner Frau.

»Soll ich dir nicht wenigstens einen Schirm holen?«, fragte die Anna.

»Anna! Polizist mit Schirm? Wie sieht das aus? Bin doch nicht aus Zucker!«, entgegnete der Köstlbacher.

»Wie du meinst!«, sagte die Anna. »Aber jammere mir dann nicht vor, wenn du dich erkältest! Ich hoffe, wir sehen uns heute noch!«

»Tut mir leid!«, sagte der Köstlbacher noch und gab seiner Anna einen flüchtigen Kuss auf die Lippen, bevor er sich mit schnellen Schritten in Richtung Villapark entfernte.

Schon vom Ostentor aus sah er am Eingang zum Villapark ein halbes Dutzend Polizeifahrzeuge stehen und unübersehbar dahinter, schon fast beim Ostentor Kino, den langen, schwarzen Mercedes vom Bestattungsinstitut FRIEDE.

»Hallo Chef!«, begrüßte ihn sein engster Mitarbeiter und inzwischen beinahe schon Freund Kommissar Liebknecht. »Kein schöner Anblick!«, warnte der Liebknecht noch vor.

Den Villapark konnte der Liebknecht damit nicht gemeint haben, weil das frische Grün der Bäume, die mit dem Austreiben begonnen, aber noch lange nicht ihre Blätter zur vollen Entfaltung gebracht hatten, und die von Frühlingsblumen übersäten Rasenflächen, alles zusammen war eine harmonische Komposition neuen Lebens, die wahre Begeisterungsstürme des Betrachters auszulösen vermochte.

Als wollte der Himmel auch darauf aufmerksam machen, dass heute im Villapark nicht die Schönheit der Natur im Vordergrund stand, verdeckten nun auch die letzten Reste an Blau dicke Wolken und leichter Regen setzte ein.

»Wenn im Villapark was los ist, regnet es! Das ist Tradition!«, begrüße den Köstlbacher Dr. Kroner von der Gerichtsmedizin. Er spielte dabei auf die jährlichen Konzerttage im Villapark an, die es so gut wie immer verregnete.

»Hallo Ernst! Lange nicht gesehen!«, sagte der Köstlbacher und reichte seinem Duzfreund von der Gerichtsmedizinischen in Erlangen die Hand. »Wochenenddienst?«

»Nicht wirklich! Aber mein Regensburger Kollege musste wegen einer Hochzeit nach Passau an diesem Wochenende. Und da ich ja immer noch in Regensburg wohne, hat er mich gebeten, ihn zu vertreten.«

»Das werde ich nie verstehen, wie man in Regensburg wohnen und in Erlangen arbeiten kann!«, sagte der Köstlbacher.

»Warte nur, bis du erst einmal ein paar Jahre hier hinter dir hast. Du wirst sehen, die Stadt lässt dich nicht mehr los!«, gab ihm der Dr. Kroner lächelnd zu verstehen.

»Ich weiß nicht, ob du da recht hast!«, sagte der Köstlbacher und dachte dabei mehr an den Dr. Huber, denn an Regensburg, als er nach den wenigen Metern mit dem Gerichtsmediziner als Erstes die Beine der Leiche zwischen den Büschen und der Mauer entdeckte, die den Park zur Donau hin abgrenzt.

»Wenn du auf die anspielst! Die gehört zu deinem Job! In Nürnberg oder München sehen die kaum viel anders aus!«, sagte der Dr. Kroner und deutete auf die Tote vor ihnen.

›*Cooler Hund!*‹, dachte der Köstlbacher. ›*Muss er wohl sein, wenn er sein ganzes Berufsleben nur mit Leichen zubringt.*‹

Ein weiterer Schritt in Richtung Mauer gab dem Köstlbacher den Blick auf die vollständige Leiche frei.

»Mein Gott, wo leben wir denn?«, entfuhr es dem Köstlbacher bei dem grausigen Anblick.

»Unsereiner auf alle Fälle nicht immer auf der Schokoladenseite!«, bemerkte dazu der Dr. Kroner.

Der Kommissar Liebknecht, der den beiden Freunden mit einem Schritt Abstand folgte, war käsweiß im Gesicht geworden, obwohl er ja die Leiche nun schon zum zweiten Mal sah.

»Wer macht so was?«, fragte er, ohne allerdings eine Antwort zu erwarten.

Du kannst dir vorstellen, dass die beiden Kriminaler und so einige andere Polizeibeamte von der Spurensicherung schon ab und zu einmal unschöne Sachen zu Gesicht bekommen. Ich meine, so richtig schön ist ein Toter oder eine Tote ja wohl nie, auch wenn nach einer Beerdigung bei den Trauergästen oftmals von einer ›*schönen Leich'*‹ die Rede ist. Das ›*schön*‹ bezieht sich allerdings dabei nie auf die Leiche, weil eben Leiche und ›*Leich'*‹ nicht identisch. ›*Leich'*‹ in Bayern quasi die Beerdigung an sich. Und die kann ja auch mal ganz schön sein, zumindest der Leichenschmaus hinterher in der Wirtschaft. Nicht, dass du jetzt denkst, da wird dann sehr viel gelacht und so. Ganz im Gegenteil! Zu einer ›*g'scheiden Leich'*‹ gehört eher das Weinen als das Lachen. Und je mehr geweint wurde bei der Beerdigung, um so mehr wird sie im Nachhinein als gelungen empfunden.

›*Schee woas! Olle ha'ms gwoant!*‹ Mehr Belobigung für eine gelungene Beerdigung geht in Bayern nicht!

»Bei der Toten dürfte es sich um eine 16 bis 18-jährige junge Frau handeln«, begann der Dr. Kroner unaufgefordert zu referieren, um dem Schock entgegen zu wirken, der seine Kollegen gelähmt zu haben schien. »Der Mörder muss mit einem Gegenstand, einer massiven Eisenstange, einem Brecheisen oder dergleichen auf das Mädchen eingeschlagen haben. Wie zu sehen ist, ist der Schädel teilweise zertrümmert, als wäre die junge Frau in einen Omnibus gerannt. Der Rest des Körpers ist relativ unversehrt. Der vollständigen und korrekt angezogenen Bekleidung mit Jeans und Regenjacke nach zu urteilen, dürfte ein Sexualverbrechen ausgeschlossen sein. Genaueres kann ich aber erst nach einer detaillierteren Obduktion in der Gerichtsmedizinischen sagen.«

»Hatte sie sich gegen ihren Angreifer gewehrt?«, wollte der Köstlbacher wissen, der sich als erster wieder etwas gefangen hatte.

»Schwer zu sagen! Wir werden eventuell Spuren unter ihren

Fingernägeln finden, die eine Beantwortung dieser Frage zulassen. Im positiven Fall hätten wir dann natürlich auch die DNA ihres Mörders!«, stellte der Dr. Kroner fest.

»Tatzeit?«, fragte der Köstlbacher.

»Die Leichenstarre ist schon in vollem Umfang eingetreten. Die Nachtkühle und der Regen haben sie allerdings beschleunigt. Vorsichtig geschätzt trat der Tod vor ca. 12 bis 14 Stunden ein, also gestern Abend«, sagte der Dr. Kroner.

»Norbert, eruiere doch gleich mal, wann der Villapark gestern am Abend geschlossen wurde!«, wandte sich der Köstlbacher umgehend an seinen engsten Mitarbeiter Liebknecht, der sich sofort umdrehte und mit einem »Wird gemacht!« verschwand.

Ich glaube, da hat der Köstlbacher den Liebknecht im letzten Moment davor bewahrt, hinter einen Busch verschwinden zu müssen, weil lange hätte der bei dem Anblick der Toten seinen Magen nicht mehr unter Kontrolle halten können.

»Was meinst du,« fragte der Köstlbacher den Ernst, »wurde die Kleine hier ermordet?«

»Da der Regen viel verwaschen hat, kann ich es nicht mit absoluter Sicherheit sagen. Die Spurensicherung wird das Erdreich unter dem Kopf abtragen und auf ihre Blutmenge untersuchen müssen. Wenn es sehr wenig ist, wurde die Leiche hier nur abgelegt. Aber momentan sieht es mir nicht danach aus!«

Die Kollegen der Spurensicherung hatten ihre Arbeit kurz unterbrochen, als der Kriminalhauptkommissar Köstlbacher aufgetaucht war, um ihn nicht beim Gewinnen eines ersten Eindruckes zu stören. Einer Geste des Kriminalers zufolge, die ihnen bedeutete, weiterzumachen, nahmen sie ihre pedantischen Untersuchungen sowie das Fotografieren der Leiche von allen Seiten inklusive des Tatorts samt Umgebung wieder auf.

An den Leiter der Spurensicherung, Kommissar Jung gewandt, fragte der Köstlbacher:

»Schon eine Ahnung, um wen es sich bei der Toten handelt?«

»Bisher negativ! Keinerlei Papiere oder sonst was, wodurch wir sie schon hätten identifizieren können!«, gab der Kollege Bescheid.

»Raubmord?«, wollte der Köstlbacher noch wissen.

»An der Innenseite ihrer Regenjacke befindet sich eine aufgenähte Reisverschlusstasche. Darin hatte sie einen 20 Euro Schein und 7,60 € in Kleingeld«, antwortete der von der Spurensicherung.

»Könnte vom Mörder übersehen worden sein!«, brummte der Köstlbacher, verärgert, weil so wenige Fakten klar zu sein schienen.

»Sie können die Leiche in die Gerichtsmedizinische bringen, wenn die Spurensicherung fertig ist«, sagte er zu den zwei Herren in Schwarz, die unschlüssig ein paar Schritte von den herumwuselnden Polizisten entfernt standen. »Herr Dr. Kroner wird Euch sagen, wohin genau die Reise geht!«, fügte der Köstlbacher noch hinzu und deutete dabei auf seinen Kollegen.

»Mach's gut!«, verabschiedete sich der Köstlbacher vom Dr. Kroner. »Und ruf' mich an, sobald du was Genaueres weißt!«

»Mach's auch gut! Und grüß' mir die Anna! Ich melde mich!«, sagte der Dr. Kroner, drehte sich um und erklärte denen vom Institut FRIEDE den Weg zur Gerichtsmedizinischen.

Weil eines musst du wissen, die vom Bestattungsinstitut, die kennen alle Krankenhäuser, alle Altersheime und alle Friedhöfe im Umkreis. Aber für so eine Fahrt zur Gerichtsmedizin an der Universität in Erlangen, da Wegbeschreibung zweifellos besser! Nicht, dass die stundenlang mit so einer Leiche spazieren fahren, nur weil sie den Weg nicht finden. Auch wenn du es dir nicht vorstellen kannst, aber nicht alle alten Leichenwägen sind mittlerweile schon mit einem Navigationsgerät nachgerüstet worden.

In den ›Arcaden‹

(Kapitel 2)

Die Regensburg ›*Arcaden*‹ sind nicht einfach irgend so ein Einkaufszentrum, wie es heutzutage in jeder Stadt zu finden ist und an deren Größe die meisten Kaufsüchtigen die Attraktivität einer Stadt bemessen. Gegenüber dem Bahnhof, eingezwängt zwischen die Bahngleise und die Friedenstraße, war schon bei ihrer Planung klar, dass dieses Einkaufszentrum nur in einer langen und wenig breiten Rechteckform realisierbar sein würde.

Du kannst dir sicher vorstellen, wie skeptisch viele Regensburger diesem Vorhaben gegenüber standen. Vor allem darfst du dabei nicht vergessen, dass die Regensburger Oberpfälzer sind und damit eine ganz spezielle Unterart von Bayern, die allem Neuen gegenüber erst einmal von Haus aus misstrauisch. Wer aber die Regensburger besser kennt, der weiß auch, dass so ein Misstrauen auch ins Gegenteil umschlagen kann und dann wahre Begeisterungsstürme losbrechen, wenn der Überzeugungscharakter vom Neuen ins Positive tendiert.

Und die ›*Arcaden*‹ besonders positiv! Wenn du trockenen Fußes unter Leute gehen willst, dann verbringe Zeit in den ›*Regensburg Arcaden*‹! Zugegeben, falls du schon über 70, dann veränderst du den Altersdurchschnitt der Besucher empfindlich. Aber da musst du einfach cool bleiben und so tun, als wolltest du nur deine Urenkelin treffen, um ihr ein Eis zu spendieren.

Am Freitag, den 30. April waren in den ›*Arcaden*‹ erheblich mehr Leute anzutreffen, als an normalen Tagen. Das muss dich aber nicht wundern, weil, wie du ja schon weißt, der Samstag darauf der 1. Mail und somit die ›*Arcaden*‹ geschlossen. Wenn du da am Vortag von zwei hintereinander folgenden Feiertagen nicht aufpasst und vergisst, Vorräte anzulegen, dann kann es in deiner Küche zu Hause schnell eng werden. Eventuell sogar zwangsweise ungeplante Fasttage, weil Kühlschrank leer und alle Restaurants überfüllt.

Worüber ich dir keine Erklärung geben kann, das ist die Tatsache, dass die Leute an so einem Vortag vor zwei Feiertagen auch bekleidungstechnische Hamsterkäufe machen oder sich auch mehr als üblich mit Elektroartikeln eindecken. Logisch fände ich einen Andrang in den beiden Buchläden in den ›*Arcaden*‹, aber der unterschied sich an diesem bewussten Freitag auch nicht sehr von dem anderer Tage. Auch in den Geschirrläden war kein wirklicher Kaufansturm, was für die Qualität heutiger Geschirrspülmaschinen spricht, in denen weit weniger Teller, Tassen und Gläser zu Bruch gehen, als das früher beim händischen Abwasch der Fall war.

Interessant ist es ja schon, wenn du dich da so in deiner Freizeit, falls du über so einen Luxus verfügst, in den ›*Arcaden*‹ tummelst, dich in eines der nach innen zu den flanierenden, geschäftigen, manchmal auch gehetzten Leuten hin offenes Cafés setzt und den Beobachter spielst. Was die Leute alles mit sich rumtragen, das glaubst du nicht. Dabei sind die gekauften Dinge noch nicht einmal die spannendsten. Jeder trägt seine höchst persönliche Lebensgeschichte mit sich herum, die dem Zuschauer nicht immer verborgen bleibt.

Schade, dass der Köstlbacher sich nicht jeden Tag die Zeit abzwicken kann, wenigsten eine halbe Stunde Arcadensitzen zu absolvieren. Ich glaube, da wäre so mancher ›*Falk*‹ gar nicht zu einem geworden oder manche Ermittlungen wären schneller vonstattengegangen. Aber natürlich klar, dass Ermitteln ins Blaue dem Steuerzahler suspekt und präventives Ermitteln an einem noch nicht existierenden ›*Fall*‹ quasi Überspannen des Dienstbogens.

Diesmal wäre der Köstlbacher trotzdem wirklich gut beraten gewesen, am Freitagnachmittag gegen 17.00 Uhr in den ›*Arcaden*‹ unbemerkt und natürlich in Zivil Streife zu gehen. Das ›*in Zivil*‹, das hätte der Köstlbacher zwar locker hingekriegt, weil eigentlich immer in Zivil, wenn nicht gerade hoher Besuch im Präsidium oder so. Aber ›*unbemerkt*‹, da hätte der Köstlbacher auch in Zivil so seine Probleme gehabt. Nicht, weil er in den ›*Arcaden*‹ fast am oberen Alterslimit! Aber sein Bauchumfang und das Gesicht, wie von einem Großkopferten, einem solchen aus der Politik oder der Wirtschaft, damit wäre er automatisch zum Hingucker geworden. Für einen Polizisten hätte den Köstlbacher zwar kaum jemand gehalten, auch nicht für einen Bänker. Nicht weil die schlanker und weil die immer mit dunklem Anzug. Der Köstlbacher hat nur einen passenden Anzug. Und der ist eher folkloristisch angehaucht. Außerdem steht gar nicht fest, ob ihm dieser Anzug noch passen würde, weil seit dem letzten Tragen vor etlichen Monaten Figur eventuell nicht mehr die selbe.

Der Köstlbacher natürlich, wie schon erwähnt, aus dienstlich relevanten Gründen nie zum Kaffeetrinken in den ›*Arcaden*‹. Und letztendlich der Köstlbacher Dienststellenleiter, gleich unterm Dr. Huber. Und als solcher keine undercover Einsätze.

Schade, weil ich bin mir sicher, dass der Köstlbacher im Mordfall ›*Villapark*‹ schneller voran gekommen wäre, wenn ausnahmsweise doch ein Tässchen Kaffee in der ›*Arcaden*‹.

Bestimmt wäre ihm dann das ungleiche Pärchen aufgefallen, das streitend und wild gestikulierend aus dem Bahnhofsübergang heraus das Obergeschoss der ›*Arcaden*‹ betrat und seinen Disput fortsetzend direkt vor dem dort sich befindlichen Café Stellung bezog. Nicht, dass sie sich hingesetzt hätten, um sich einen Latte oder einen Espresso zu genehmigen, wie ich es mit dir beispielsweise bevorzugt gemacht hätte.

Normalerweise starrst du beim Herumschlendern andere Personen in den ›*Arcaden*‹ ja nicht gerade an. Erstens verbietet dir das deine gute Kinderstube und zweitens besteht in den allermeisten Fällen ja auch kein Grund dazu. Wenn dich freilich so ein knackiger Po überholt, der es offensichtlich eiliger hat als du, wirst du deine Blicke nicht gerade bewusst mit aller Gewalt weglenken. Das wäre ja auch schon fast wieder auffällig.

Die beiden vom Bahnhof zeichneten sich nicht durch einen spektakulären Po aus. Der junge, vielleicht 20, höchstens 25jährige Mann war groß, größer als die meisten der heutzutage ohnehin oft Großen jüngerer Generationen. Vielleicht hat er aber auch bloß so groß ausgesehen wegen seinem fast bodenlangen, schwarzen Ledermantel, der unten gerade noch einen Blick auf die ebenso schwarzen Stiefel frei gab und aus dessen Ärmeln, zum Mantel passend, schwarz behandschuhte Hände hervorschauten. Oben ragte ein weit hinauf kahl geschorener, kantiger Kopf aus dem makaberen Kleidungsstück. Die eine Handbreit vom Rasieren verschonten Haare waren platt nach hinten gegelt.

Wenn dir jetzt nur noch Tätowierungen am Hals und am Hinterkopf fehlen, damit du die richtige Schublade findest, aus der dieser Typ deiner Meinung nach gekrochen sein muss, dann muss ich dich nicht enttäuschen. Solche Tätowierungen gab es reichlich! Abgewandelte Nazisymbole, wie sie der Gesetzgeber nicht verbietet, die aber dennoch eindeutig die Gesinnung des Trägers jedermann sichtbar machen. Im Nacken, einem viel zu feisten Nacken für den ansonsten schlank wirkenden Mann, eine Zahl. 4567. Ein Psychoarzt dafür vermutlich als Begründung Symbolisierung der Zugehörigkeit zu einem großen Personenkreis. Auf der Nase hatte der Neonazi eine runde Brille. So eine wie der Himmler Heinrich eine getragen hat. Wenn du die Brille genauer angeschaut hast, dann Verdacht, dass da nur normale Fenstergläser drin.

Altersmäßig unterschied sich das Mädchen kaum von dem bedrohlich wirkenden Mann. Das war aber auch das Einzige, worin sich die beiden ähnlich sein durften. Die junge Frau reichte dem Mann gerade mal bis zu dessen Brust. Zudem war sie ein bisschen pummelig, was dem Auftritt der beiden eine gewisse Komik verlieh. Auf der Bühne wären sie nach einer guten Maske locker als Karl Valentin und Liesl Karlstadt durchgegangen. Die Bekleidung des Mädchens war ebenso ein Hingucker wie die ihres wutentbrannten Begleiters. Sie schien eine Vorliebe für Pink zu haben. Jedenfalls war alles an ihr in dieser Farbe gewählt, angefangen bei ihren Pumps, der Strumpfhose, dem kniefreien Minirock, dem dazu passenden T-Shirt und schließlich der offen getragenen Allwetterjacke. Nur der kleine Rucksack auf ihrem Rücken wich von dieser Farbe ab, dagegen nicht das Gestell der Sonnenbrille, die im schulterlangen, blonden Haar steckte. Selbst Fingernägel und Lippenstift hatte das Mädchen passend zu den Klamotten in Pink gehalten.

Die beiden haben sich gestritten. Aber ich denke, du wärest auch ohne diesen Streit auf sie aufmerksam geworden, weil so ein Auftritt nicht alle Tage in den ›*Arcaden*‹.

»Ich mache dieses Affentheater einfach nicht mehr mit!«, kreischte die Kleine mit schriller Stimme, ging dabei einen Schritt auf den Mann zu, als wollte sie ihm an die Gurgel, drehte dann abrupt um und entfernte sich zurück in Richtung Bahnhofsübergang.

»Bist du jetzt ganz verrückt geworden?«, schrie ihr der Zurückgelassene zornig hinterher, setzte ihr mit zwei, drei schnellen Schritten nach und packte sie grob am Arm.

»Lass mich los!«, lamentierte das Mädchen und sah sich dabei zum ersten Mal Hilfe suchend um.

Jeder, der aber inzwischen auf die beiden aufmerksam geworden war, gaffte eher fasziniert, als ob das Pärchen eine Gratisaufführung als Werbung für ein Stück vom ›*Theater am Haidplatz*‹ zum besten geben würde.

Als dem Mädchen bewusst wurde, dass niemand ihr zu Hilfe kommen würde, fing sie an, wie eine Wildkatze um sich zu kratzen und schließlich sogar zu beißen. Mit dieser Art Gegenwehr hatte ihr Begleiter vermutlich nicht gerechnet. Nach den ersten Kratzern im Gesicht und der schmerzenden Hand ließ er überrascht von ihr ab und streifte einen Handschuh ab.

Du wirst es dir nicht vorstellen können, aber das kleine Ding hatte den jungen Mann durch seinen Handschuh hindurch derart in die rechte Hand gebissen, dass nach diesem Gebissabdruck jeder Zahntechniker ein künstliches Gebiss hätte anfertigen können.

Die ganze Szene hatte immer noch einen Hauch von Komik, vor allem, als der junge Mann in Schwarz losstürmen wollte und dabei erst einmal über seinen eigenen langen Mantel stolperte, der ihm vielleicht eine Furcht einflößende Optik verliehen hat, aber schnelle Bewegungen definitiv verhinderte. Das kurze Röckchen des Mädchens hingegen total sportlich, weil rosa Röckchen quasi Tennislook. Und ehe eine Verfolgung in Gang kommen konnte, Mädchen in Luft aufgelöst. Zumindest für den, der sie verfolgen wollte.

»Blöde Kuh!«, rief ihr der Gebissene noch nach, bevor er sich umdrehte und im Getümmel der Arcadenbesucher untertauchte.

Eine ältere Frau, die er gerade in dem Moment anrempelte, als er die ›*blöde Kuh*‹ vom Stapel gelassen hatte, schüttelte verständnislos der Kopf über diese dreiste Beschimpfung, wo sie doch keinerlei Schuld an dem kleinen Zusammenstoß trug und sie, außer von ihrem Mann, noch nie so unverschämt tituliert worden ist.

Wenn du gewusst hättest, was noch kommen würde, dann wärest du wahrscheinlich, so wie ich, in dem Café gegenüber vom Bahnhofsübergang sitzen geblieben, hättest deinen Latte nicht gar so schnell hinunter geschüttet und hättest gewartet. Weil die Pink Lady kam nämlich nach einer Viertelstunde vorsichtig das Terrain sondierend, zurück.

Als sie gemerkt hat, dass ihr Typ Leine gezogen hat, ist sie sichtbar lockerer geworden. Was sie vorgehabt hat, das konnte man ihr natürlich nicht ansehen. Vielleicht hat sie ja auch rein gar nichts vorgehabt und wollte einfach mal so durch die ›*Arcaden*‹ bummeln. So hat es jedenfalls ausgesehn. Nur dass sie sich dabei immer wieder umgeschaut hat und ihr Blick wach alle Läden gemustert hat. Nicht so wie der Blick von einer, die quasi nur auf Objektsuche zum Geld ausgeben.

Nachdem die Pink Lady das Obergeschoss dreimal umrundet hatte, was mindestens eine halbe Stunde dauerte, ist sie zu den Toiletten hin verschwunden. Eigentlich weiter nicht sonderbar, aber so, wie die sich umgesehen hat, bevor sie quasi toilettenmäßig abgetaucht ist, da bin ich mir sicher, dass die nicht nur zum Erleichtern da hineingegangen ist. Weil Toilettenbesuch verdächtig lange. Oder erscheint es dir normal, wenn jemand 40 Minuten auf dem Klo und so? Und wie sie wieder herausgekommen ist, da war sie irgendwie anders. Wenn du sie vorher nicht beobachtet hättest, dann wäre dir das gar nicht aufgefallen. Zuerst habe ich ja auch nicht bemerkt, dass sie es war, weil nicht mehr ganz pink. Aber Pink hin, Pink her, ein Gesicht bleibt ein Gesicht, auch wenn an Stelle eines pinkfarbenen Miniröckchens jetzt eine blaue Jeans und auch sonst noch so manches pinke Accessoire jetzt schwarz oder grau, wie beispielsweise die Schuhe und das T-Shirt. Das glaubst du gar nicht, was in so einen kleinen Rucksack alles rein passt, weil nur da drin konnte die Wechselwäsche ja wohl gewesen sein.

Und noch was war anders! In ihren Augen war keine Unruhe mehr und schon gar keine Angst. Frech und beschwingt hat die Kleine jetzt drein geschaut, so, als ob ihr gerade was ganz Tolles widerfahren wäre.

Weitere Runden im Obergeschoss hat das Mädchen nicht mehr gedreht. Über die Rolltreppe vorne beim Ausgang zum Cinemaxx ist sie nach unten gefahren und endgültig irgendwo zwischen all den Leuten verschwunden. Vielleicht ist sie auch ins Kino gegangen. Irgendein Film, der es wert ist, dass man reingeht, läuft im Cinemaxx ja praktisch immer.

Am Freitagabend ist der junge Mann in Schwarz noch mehrfach in der Stadt gesehen worden. Auch im Villapark!

Das haben zumindest spätere Ermittlungen vom Köstlbacher ergeben, als der Tage danach eine Fahndung nach dem Mann eingeleitet hatte, weil sich ein paar Besucher des Villaparks zu erinnern glaubten, einen solchen Typ dort am späten Freitagnachmittag gesehen zu haben. Aufgefallen ist er den Leuten nicht nur wegen seines markanten Outfits. Aufgefallen ist er ihnen auch, weil er nur links einen Handschuh trug. Rechts hatte er eine Wunde, die er ständig mit einem Tempo abtupfte.

Die ›*Arcaden*‹ muss er an dem bewussten Freitag aber schnell verlassen haben, weil wenn er dort nach dem Aufstand mit der kleinen Pink Lady noch geblieben wäre, dann hätte sich bestimmt jemand an ihn erinnert, zumindest einer von denen, die das Schauspiel zwischen dem Café und dem Bahnhofsübergang live miterlebt haben. Aber von denen hat ihn in den ›*Arcaden*‹ später keiner ein zweites Mal gesehen.

Unterwegs zum Präsidium
(Kapitel 3)

Der Schulhof vom Albrecht-Altdorfer-Gymnasium dürfte einer der grünsten Schulhöfe sein, die ein Regensburger Gymnasium vorzuweisen hat. Durch ihn musst du gehen, wenn du von der Alleeseite an der Gabelsberger Straße zum Haupteingang der Schule gelangen willst.

Für den Köstlbacher war das praktisch in der Nachbarschaft, weil vom Prinzenweg zum AAG, da sind es nur wenige Schritte. Sein Sohn Karl besuchte dort die 9. Klasse. Er hatte mit Anna diese Schule nicht nur wegen dem kurzen Schulweg ausgewählt. Dass das AAG seit 2007 zu den 25 besten Gymnasien Bayerns gehört, war mit Sicherheit das ausschlaggebendste Argument für diese Entscheidung.

Erst vor ein paar Tagen war Anna zum Elternsprechtag hier gewesen. Karl war kein überragend guter Schüler, aber im Großen und Ganzen hatten seine Lehrer nur Gutes über ihn gewusst. Anna fühlte sich jedenfalls ganz happy an dem Abend nach dem Sprechtag, hatte ihren Edmund ausnahmsweise einmal nicht getadelt, weil er so spät von der Arbeit nach Hause gekommen ist und hatte sogar einen Rotwein mit ihm getrunken.

Aber trotz aller wohlklingenden Beurteilungen der Lehrer zeigte Karl in letzter Zeit zum ersten Mal so etwas wie Schulverdrossenheit.

»Er ist halt in der Pubertät!«, meinte die Anna, als ihr Edmund sie deswegen beim Frühstück angesprochen hat.

»Ich war auch einmal in der Pubertät! Aber gern in die Schule gegangen bin ich trotzdem immer«, sagte der Edmund.

»Hast du deshalb die 9. Klasse zweimal gemacht, weil du so gerne in die Schule gegangen bist?«, fragte daraufhin seine Anna und lächelte ihn dabei schelmisch an.

»Sag bloß, du hast das dem Karl erzählt!«, empörte sich der Edmund, ohne auf die Frage näher einzugehen.

»Quatsch! Das kannst du ihm später einmal selber beichten! Sozusagen, von Mann zu Mann! Jetzt wär's bestimmt nicht konstruktiv für ihn!«, meinte die Anna.

Als hätten beide nie dieses heikle Thema angeschnitten, fing der Köstlbacher an, über ganz was anderes zu reden. Aus seiner Sicht die beste Lösung, ein für ihn unangenehmes Gespräch zu vermeiden.

»Wie sieht's aus mit unserer Clara? Wirst du sie auch am AAG anmelden, oder will sie doch lieber an ein anderes Gymnasium gehen?«

»Ich denke, wir bleiben beim AAG! Clara findet es auch gut, nur 2 Minuten zur Schule zu haben. Und ihre beste Freundin, die Münzer Evi, die geht auch hin. Die Evi hat eine große Schwester am AAG, die heuer ihr Abi dort schreibt. Doris heißt sie, glaube ich. Clara erzählte kürzlich, dass die Doris zu ihr gesagt hätte, das AAG sei die beste Schule in Regensburg. Und seitdem würde unsere Clara sowieso nirgendwo anders mehr hin wollen«, sagte die Anna.

»Hast du die Typen schon mal gesehen, die sich vor dem Eingang zum Hof vom AAG in der Allee herumtreiben? Wenn ich nicht mit Arbeit eingedeckt wäre, dann würde ich mich denen mal ein paar Tage widmen. Die Kollegen von der Drogenabteilung meinen zwar, dass die harmlos sind, aber so ganz sauber kommen die mir trotzdem nicht vor!«, meinte der Edmund.

»Ich glaube auch nicht, dass da wirklich Dealer am Werk

sind. So direkt vor dem Pausenhof eines Gymnasiums, das wäre schon sehr dreist. Und überprüft haben das deine Drogenkollegen bestimmt schon lange! Aber die anderen Typen machen mir Angst. So Typen in schwarzen Ledermänteln und mit Nazischädeln. Im Villapark nebenan treiben sich zwar viele so dunkle Gestalten rum, aber die gehören eher zur den Gothic Leuten. Die haben sogar ein riesen Festival im Villapark heuer. Ich glaube, so etwa in der letzten Juniwoche«, sagte die Anna.

»Woher weißt du das alles?«, fragte der Edmund, ganz erstaunt darüber, wie gut die Anna informiert und so.

»Im Gegensatz zu dir nehme ich mir eben ab und zu Zeit, mit dem Karl zu reden. Mit 16 bekommt man schon langsam mit, was um einem herum vor sich geht. Und der Karl ist scheinbar ein guter Beobachter!«, erwiderte die Anna nicht ohne einen anklagenden Unterton in ihrer Stimme.

»Dann hättest du eben einen Lehrer heiraten müssen! Der hätte bestimmt mehr Zeit gehabt, sich mit deinen Kindern zu unterhalten!«, brummte der Edmund.

Da war es wieder, dieses leidige Thema um die Zeit, die er aus der Sicht seiner Anna in viel zu geringem Umfang für die Familie hatte. Wenn er jetzt wegen seines Übergewichtes auch noch Fitness machen sollte und so, dann würde die Zeit noch knapper werden. Zumindest ein Punkt, der dagegen spricht, die Lebensgewohnheiten wegen diesem Speck auf den Rippen zu ändern. Der Helmut Kohl feiert dieser Tage auch schon seinen 80sten Geburtstag. Und der Kohl hat nun wirklich kein Gewicht, bei dem ein Arzt aufs Altwerden gewettet hätte.

»Ein Lehrer wäre mir viel zu langweilig gewesen!«, lenkte die Anna ein, die nur zu gut wusste, dass solche Diskussionen zu nichts führen würden. »Allerdings muss ich schon sagen, dass so ein Lehrer auch sein Gutes hätte. Wenn der nicht gerade ein Schulleiter ist, dann hat er nämlich keine Sekretärin, in die er sich vergucken kann!«

Das hat gesessen, weil's zwischen dem Köstlbacher und der Klein Edith vor einigen Monaten schon einmal beinahe etwas gefunkt hatte. Das war damals, als der Köstlbacher an den ›*Septembermorden*‹ dran war und seine Sekretärin sich als überraschend gute, logisch denkende Mitarbeiterin entpuppt hat. Aber wirklich was gewesen war da nie!

»Ist schon gut! Manche Leute sind eben sehr nachtragend!«, sagte der Köstlbacher.

»Ich und nachtragend? Das siehst du völlig falsch! Mich nervt nur jede Minute, die du nicht zu Hause verbringst, weil alles an mir hängen bleibt!«, beklagte sich die Anna.

»Hast ja recht!«, lenkte der Edmund ein, nicht weil er wirklich dachte, dass die Anna im Recht, aber weil er seine Ruhe haben wollte. Und damit sein ›*Hast ja recht!*‹ auch glaubwürdiger klingen sollte, fügte er noch hinzu:

»Am Samstag ist Maifeiertag! Da machen wir was zusammen und wenn's nur ein kleiner Spaziergang ist!«

»Versprochen?«, fragte die Anna.

»Versprochen!«, sagte der Edmund, nahm seine Anna in den Arm und drückte ihr einen Schmatz auf die Lippen.

Wie wenig aus diesem Versprechen geworden ist, das weißt du ja schon. Aber in einem musst du dem Köstlbacher recht geben: Wenn die Anna es im Leben anders hätte haben wollen, dann hätte sie keinen Kriminaler heiraten dürfen. Und so einer war der Edmund schon, als sie sich kennengelernt hatten.

Nach dem Frühstück musste der Köstlbacher in die Bajuwarenstraße ins Präsidium. Eine Menge Arbeit wartete auf ihn. Lauter Papierkram! Nicht, dass den nicht die Klein auch hätte erledigen können. Aber die Klein eben nur ausführendes Verwaltungsorgan. Er musste ihr schon sagen, was geschrieben werden musste und wie. In aller Regel diktierte er seine Berichte in ein Diktiergerät, das die Klein später abhörte und den Text in den PC tippte.

Die Tage vor dem 1. Mai waren kühl, aber durchweg sonnig. Da kam es dann schon mal vor, dass der Köstlbacher mit dem Rad die 2 km bis raus in die Bajuwarenstraße gefahren ist. So machte er es auch heute. Bei der Gelegenheit würde er diesmal sein Rad ganz unauffällig am Schulhofseingang vom AAG vorbeischieben und quasi so aus den Augenwinkeln heraus die Szene dort beobachten, von der seine Anna geredet hatte.

Er war spät dran heute, am Mittwoch vor dem 1. Mai. Weil er gestern erst um 21 Uhr vom Präsidium nach Hause gekommen war, konnte er sich diese Verspätung erlauben. Die Akten würden ihm nicht davon laufen und ein aktueller Mordfall, der den Einsatz aller bedurft hätte, so einer stand nicht an.

Die 200 m vom Prinzenweg bis vor zur Ampel an der Allee blieb er im Sattel. An der Ampel hat er sowieso absteigen müssen, weil gerade auf Rot. Mit dem nächsten Schwung Fußgänger, fast alles Schüler der oberen Klassen, die heute vermutlich erst später Unterrichtsbeginn hatten, und ein paar alte Leute im Rollstuhl, bestimmt solche vom Altenheim in der Luitpoldstraße, die von Pflegern oder Verwandten ein wenig an die frische Luft geschoben wurden, schob er sein Rad über die Straße zum letzten Stück Allee, das sich am

Hofzaun vom AAG entlang bis vor zum Ostentor erstreckt. Und weil er da sonst nie durchgeht, der Köstlbacher, weil er normalerweise auf der Gabelsberger Straße fährt, egal ob mit dem Auto oder mit dem Rad, darum ist ihm das Gesockse vor dem Eingang zum Schulgelände vom AAG bisher auch nie wirklich in dem Ausmaße bewusst aufgefallen. Irgendwie haben ihm die Gestalten etwas an Gothic Leute erinnert, aber die Glatzköpfe, manche auch nicht ganz glatzig, und die Tätowierungen am Hinterkopf und im Nacken, das sah ihm eher nach der rechtsextremen Ecke aus.

Ein Lehrer, kann auch der Hausmeister gewesen sein, weil, sei doch einmal ehrlich, rein äußerlich kannst du ja heutzutage einen Lehrer von einem Hausmeister nicht mehr unterscheiden, rein bekleidungstechnisch und so, also jedenfalls eine männliche Person auf dem Schulhof äugte sichtlich misstrauisch zu den dunklen Gestalten auf dem Alleeweg. Dass die ankommenden Schülerinnen und Schüler zu denen Kontakt aufgenommen hätten, das konnte der Köstlbacher so auf die Schnelle nicht feststellen. So zu einem Ratsch stehen geblieben ist jedenfalls niemand. Fast niemand! Ein kleineres, etwas pummeliges Mädchen, klein nur der Größe nach, weil altersmäßig wird sie schon so um die 18 gewesen sein, die drehte sich kurz zu einem besonders großen Schwarzmantel hin und gab ihm die Hand. Vielleicht gab sie ihm auch nicht richtig die Hand. Vielleicht hat bei dem Händeschütteln auch irgendwas den Besitzer gewechselt. Aber am Ende dachte der Köstlbacher nur, dass man sich auch allerhand einbilden kann, wenn man etwas sehen möchte und nicht wirklich was sieht. Nur die eintätowierte Nummer 4567 im Nacken des Schwarzbemantelten, die registrierte er ganz deutlich, vergaß sie aber gleich wieder.

Und die Kleidung der Kleinen, die hat der Köstlbacher auch bewusst gesehen, weil die war einfach zu auffällig. Pink! Alles in Pink!

»Verrückt!«, dachte der Köstlbacher und erinnerte sich im Geiste an eine ehemalige Klassenkameradin in München, die auch immer nur total in Pink gekleidet aufgetreten war. Aber das war Ende der 80er Jahre, wo so etwas aus einer Nostalgie zur Flower Power Bewegung heraus durchaus keine absolute Seltenheit darstellte, zumindest nicht in München.

Und dann dachte der Köstlbacher noch, dass er vielleicht schon alt zu werden begann und mit dem, was die Jungen so trieben, nichts mehr am Hut hatte, nichts davon wusste und wenn doch, es zumindest nicht verstand.

Eines kannst du mir glauben, wenn du als Kriminaler immer nur mit ausgewachsenen Verbrechern zu tun hast, dann siehst du überall gleich das Böse, wenn du dich einmal ganz privat unter den Leuten umschaust. Weil so ein Beruf, der färbt gewaltig ab. Du kannst einfach nicht einen Schalter umlegen und den Beruf außen vor lassen, wenn du mal nicht im Dienst bist. Bestimmt geht das beispielsweise einem Arzt nicht viel anders. Wenn der mit seiner Familie Besuch empfängt oder zu Besuch bei Freunden eingeladen ist, dann sieht der bestimmt nicht nur Leute oder Gesichter. Bestimmt sieht der so ganz nebenbei und unterschwellig Hunderte von Symptome und diagnostiziert schon allein am Mundgeruch so allerlei Inneres! Und ein Sprachwissenschaftler, der ist wahrscheinlich ständig am Einsortieren und Zugehörigkeitsbestimmen aller Wörter, die er so hört. Ja sogar ein Müllfahrer macht sich so seine Gedanken, wenn er in eine Menschenansammlung eintaucht, die alle auf die eine oder andere Art und Weise Müll machen, den er zuletzt wieder wegräumen muss.

Solche Gedanken sind dem Köstlbacher durch den Kopf gegangen, als er im Schneckentempo sein Rad die Allee entlang geschoben hat. Und weil er es irgendwie abwegig fand, die jungen Leute gleich in irgendwelche Schubladen zu schieben, nur weil sie optisch auffällig und so, quasi totale Vorurteilspflege, da ist er auf sein Rad gestiegen und weiter ins Präsidium gefahren, ohne das Beobachtete nochmal zu überdenken.

Wenn der Köstlbacher geahnt hätte, dass er schon wenig später am 1. Mai wegen eines Mordfalles in den Villapark gerufen werden würde, kaum mehr als 50 m entfernt vom Schulhof des Albrecht-Altdorfer-Gymnasiums! Aber in die Zukunft sehen kann keiner, auch kein Kriminalkommissar Köstlbacher.

Und außerdem sind ihm beim Radfahren ganz andere Gedanken durch den Kopf gegangen, weil sein Kreuz wieder einmal auf Schmerzen geschaltet hatte und das rechte Bein bei jedem Kurbeln kaum erträglich weg getan hat.

›*Vielleicht ist der Helmut Kohl trotz seines Übergewichtes nie mit dem Rad gefahren und hat somit gar nicht gemerkt, dass ihm das Übergewicht schadet? Vielleicht sollte er das Radfahren auch besser sein lassen?*‹, dachte der Köstlbacher. Und dann tauchte wieder sein letzter Arztbesuch in seinen Gedanken auf. Fast sehen konnte er den Arzt, als er ihm eine viel kürzere Lebenserwartung diagnostizierte, wenn er nicht ein paar Kilo abnehmen würde und so.

*

Und vor lauter Denken und Gedanken ist's dann passiert: Er fuhr bei der Ampel Weißenburgstraße/Greflinger Straße über eine rote Ampel. Nicht, dass wirklich was passiert wäre, weil, er hat die Ampel natürlich nicht blindlings überfahren. Gekommen ist da ja gerade keiner. Insofern hatte er vorher schon aufgepasst.

Sicher glaubst du jetzt, dass so ein Kriminalkommissar bestimmt einen Sonderstatus und die Kollegen höchstens hämisch lächeln, wenn sie ihn erwischen bei so einer strafbaren Aktion. Aber da irrst du dich gewaltig. Die beiden Verkehrspolizisten in Zivil, denen kam der Köstlbacher gerade recht. Sie erkannten ihn natürlich sofort! Seit den ›*Septembermorden*‹ gab es ja kaum mehr jemanden in Regensburg, der den Köstlbacher nicht kannte, und schon dreimal keinen Polizisten, dem er unbekannt gewesen wäre. Umgekehrt ganz andere Situation!

Ich meine, einen Bischof kennt auch jeder. Und wenn der noch was angestellt hat, zu Beispiel ein Waisenhaus finanziell erleichtert hat und so, dann kennt den nicht nur jedes seiner Schäfchen, dann wird der quasi eine Berühmtheit. Aber deshalb kannst du unmöglich erwarten, dass der Herr Bischof alle seine Bewunderer kennt. Weil, und das wird dir jeder halbwegs gute Gehirnspezialist bestätigen, du kannst dein Gehirn nicht mit derart umfangreichem, unnützem Personengedächtnis belasten, wenn du viel wichtigere Dinge überblicken sollst. So gesehen ist das auch mit dem Waisenhausgeld verständlich, weil so ein Bischof hat schließlich Theologie und nicht Wirtschaft studiert. Und Kunst und Theologie, das liegt schon viel näher beieinander, wegen der Repräsentation und so, als Theologie und Wirtschaft. Freilich, das mit den sexuellen Übergriffen, das schon ärgerlich! Du findest zwar nirgendwo in der Bibel eine Erklärung dafür, immerhin jedoch den Hinweis auf den nächsten Stein, den der werfen soll, der ohne Schuld.

Und der Köstlbacher, der fand es schon ganz schön unkollegial, dass die beiden Streifenpolizisten ihm wegen der roten Ampel was anhängen wollten.

»Kollege von der Kripo!«, sagte er nur und zückte seinen Dienstausweis, als ihn die beiden vom Verkehr aufgehalten haben.

»Und? Gefahr in Verzug?«, fragte der eine junge Spund, der noch mehr Pickel im Gesicht als Bartstoppeln hatte.

»Nicht direkt! Aber in Eile bin ich schon!«, antwortete der Köstlbacher und hat dabei innerlich schon zu brodeln angefangen.

»Rot ist rot! Und Blaulicht sehe ich keins!«, sagte der andere Streifler in Zivil, kaum älter als der erste. Du weißt schon, so einer, der gerade die Polizeischule hinter sich hat und jetzt, nachdem er dort nur gepiesackt worden ist, endlich mal selber andere piesacken will. Und wenn ihm dann noch einer über den Weg läuft, wie der Köstlbacher, dann innerlicher Vorbeimarsch! Quasi dienstlicher Orgasmus!

»Blödmann!«, ist es da dem Köstlbacher herausgerutscht. Aber das hat er dann gleich wieder bereut, dass er sich so hat gehen lassen. Weil, wenn er auch nur ein bisschen mitgedacht hätte, dann wäre ihm klar gewesen, dass das Streiflerduo in Zivil nur darauf gewartet hat, ihm dumm kommen zu können.

»Das wäre dann mal Beamtenbeleidigung! Mein Kollege kann's bezeugen!«, sagte der Pickelige und lächelte dabei suffisant.

»85,- € wegen der roten Ampel natürlich nicht zu vergessen! Bestimmt gibt's dann auch ein Knöllchen in Flensburg!«, nickte der andere Polizist ergänzend.

»Nun kriegt euch mal wieder ein!«, sagte der Köstlbacher. »Ich bin im Dienst. Schickt die Anzeige meinetwegen an meine Dienststelle!«, fügte er noch hinzu, stieg auf sein Rad auf und ließ die beiden in Zivil einfach stehen.

Eines kannst du mir glauben, der Köstlbacher innerlich am Platzen. Dass der jetzt nicht ausgerastet ist, das war nur wegen dem Liebknecht. Den hatten kürzlich auch zwei solche Streifenpolizisten gestoppt, weil er in einer 30er Zone 45km/h gefahren ist. Aber der Liebknecht total cool, viel cooler als der Köstlbacher. Hat einfach gelächelt und den Strafzettel an die Dienststelle schicken lassen. Weil auf den Dr. Huber in solchen Sachen Verlass, auch wenn der sonst ätzend.

Nicht, dass du jetzt aber meinst, der Dr. Huber toleriert Verkehrsverstöße seiner Leute. Da würdest du dich nämlich gewaltig irren! Der Dr. Huber hilft seinen Beamten auch nur dann aus der Patsche, wenn Verstoß im Dienst. Und auch nicht aus Liebe oder Fürsorge für die Kollegen! Eine gewisse Fürsorgepflicht als Kriminaldirektor der Kripo Regensburg hätte der Huber ja sogar von Amts wegen. Aber seine Hilfestellung rein persönlich motiviert. Will nicht, dass schlechtes Licht auf seine Mannschaft, nicht einmal so ein kleines schlechtes Lichtlein, das ein negatives Verhalten im Straßenverkehr auf einen werfen kann. Drum der Dr. Huber immer sofort Telefonat mit seinem Golfkumpel, dem Dr. Herbert Greiner, dem Polizeichef der Stadt Regensburg. Haben beim Golfen beide das selbe Handicap und verstehen sich prächtig, weil auch ihre beiden Frauen Freundinnen und so.

Einer Sache freilich ist keiner nach so einer vergebenen Verkehrssünde ausgekommen. Der Dr. Huber hat es genossen, nach seiner Hilfestellung den Betroffenen ordentlich zur Sau zu machen, nach Möglichkeit vor Zeugen. Nur bei dem Köstlbacher, da hat der Dr. Huber diesmal eine Ausnahme gemacht. Weil auf dem Schreibtisch geflattert kam ihm der Strafzettel wegen der roten Ampel erst, als der Köstlbacher schon an dem Mordfall im Villapark dran war. Und da war es dem Dr. Huber wichtiger, dass er den Köstlbacher bei Laune hielt. Wegen einer zügigen Arbeit am Fall und so. Hätte ihm zuletzt selber geschadet, wenn der Köstlbacher aus Ärger über einen Anschiss erst einmal alle Viere hätte hängen lassen. Und eine Anklage wegen Beamtenbeleidigung kam eh keine rein, weil die beiden vom Verkehr zuletzt doch Muffe hatten, einem der oberen von der Mordkommission dumm zu kommen. So gern sie dort einem eins ausgewischt hätten! Quasi Machtdemonstration einer weniger attraktiven Abteilung! Zurück auf dem Revier im Minoritenweg, da hat man den noch unerfahrenen Streiflern den Rat gegeben, sich besser nicht lächerlich zu machen. Hat den beiden die Freude an der Arbeit für diesen Tag ganz schön vermiest. Das kannst du sicher gut nachvollziehen.

Dem Köstlbacher, dem ging es an eben diesem Tag allerdings auch nicht gerade hervorragend. Einerseits hat er geradezu Sodbrennen bekommen, wenn er an die Arroganz der Kollegen vom Verkehr gedacht hat. Kann natürlich auch sein, dass er den Kaffee vom Frühstück wieder einmal nicht vertragen hat. Aber rein subjektiv Tendenz für Sodbrennen wegen dem Ärger mit den beiden Wichtigtuern vom Verkehr. Und irgendwie auch alles rund um den Schulhof vom AAG. Da bist du quasi ein altgedienter Kriminaler und fühlst dich fast überfordert, wenn du aus Beobachtungen was ableiten sollst. Aber schließlich ist das wiederum ja auch genau der

Punkt, warum sich der Köstlbacher überfordert gefühlt hat. Weil, wenn der einen Fall bearbeitet hat, dann hat er ja sozusagen nicht präventiv gearbeitet.

Da ist in aller Regel was passiert. Irgendjemand ist beispielsweise gewaltsam durch beabsichtigte Fremdeinwirkung getötet worden. Quasi Mord! Und nun soll er raus finden, warum das geschehen ist und wem dieses ›*Warum*‹ gereicht hat, deshalb einen Mord zu begehen. Das ist eine klare Arbeitsvorgabe. Da kannst du deine Leute konkret instruieren, was sie tun sollen, kannst die Fäden ziehen und alle Ergebnisse wie in einem Puzzle zusammensetzen, bis der Mörder oder die Mörderin überführt ist. Aber vorab, quasi nur weil dir ein paar Leute verdächtig und so, da hast du schließlich die ganze Palette an Straftaten zur Verfügung, die du den Verdächtigen zutrauen könntest. Und so eine Ermittlung ins Blaue, wozu soll die gut sein?

Vielleicht kennst du aber so ein Gefühl und kannst den Köstlbacher verstehen, dass dem gerade dieser Umstand, irgendwas unterlassen zu haben, unterschwellig die Laune verdorben hat. Und weil gerade nichts angestanden hat, was seine ganze Arbeitskraft gefordert hätte, quälte ihn dieses Gefühl gleich dreimal.

Allerdings hatte der Köstlbacher zum Frühstück heute einen frischen Küchel gegessen, den ihm seine Anna schon in aller Herrgottsfrüh vom Bäcker im Minoritenweg geholt hatte. Geschmeckt hat der umwerfend. Nur musst du wissen, dass der Köstlbacher schon oft nach so einem Küchelgenuss zusammen mit einem starken Kaffee seine Probleme gehabt hat. Und deshalb hat der Köstlbacher sein Sodbrennen nun endgültig diesem Umstand zugeschrieben und sowohl über die zwielichtigen Gestalten vor dem Schulhof vom AAG, als auch über die beiden Idioten vom Verkehr nicht mehr nachgedacht.

Und wie ihm dann die Edith Klein, seine fürsorgliche Sekretärin, einen Kaffee bringen wollte, da lehnte er diesen dankend ab und bat sie stattdessen um ein Glas stilles Wasser.

»Geht es Ihnen nicht gut?«, fragte die Klein.

Nach den Mordfällen im Herbst letzten Jahres, wo sich der Köstlbacher einmal kurzfristig mit der Edith geduzt hat, sind die beiden wieder ins höfliche ›*Sie*‹ zurück gefallen. War nicht direkt Absicht. Hat sich einfach so ergeben, als die Edith dem Liebknecht gegenüber auf einmal so offensichtlich freundlich und mit ›*Du*‹ und so. War aber nicht von Dauer, weil der Liebknecht multifeminin, wenn du verstehst, was ich meine.

Nicht, dass du jetzt denkst, die beiden haben sich gestritten, der Köstlbacher und die Klein! Ganz und gar nicht! Die haben nur auf einmal, nachdem sie nicht mehr so eng und angespannt zusammen an den Mordfällen gearbeitet haben, quasi wieder zur Normalität zurückgefunden. Und ›*Sie*‹ einfach mehr normal als ›*Du*‹ zwischen Sekretärin und Ermittlungschef der Mordkommission, der nur noch dem Dr. Huber unterstellt war, zumindest was die Beamtenhierarchie in der Bajuwarenstraße betrifft.

»Mein Magen!«, antwortete der Köstlbacher nur und legte seine rechte Hand an die Kugel, wegen der ihm der Arzt den Appetit verderben wollte.

Die Klein hat natürlich gewusst, was ihr Chef damit zum Ausdruck bringen wollte, weil, als gute Sekretärin, da kennst du deinen Boss ganzheitlich, nicht nur dienstlich.

»Ich bringe Ihnen was gegen Ihr Sodbrennen! Und natürlich auch ein stilles Wasser!«, sagte die Klein, drehte sich um und verließ das Zimmer vom Köstlbacher. Der schaute der Klein versonnen nach und vergaß ganz seine brodelnde Magensäure, weil der Anblick der Klein von hinten wie immer besonders reizvoll. Da ist schon mancher im Haus ins Schwärmen geraten. Nicht nur der Köstlbacher.

Dr. med. Unger
(Kapitel 4)

Dass der Kriminalhauptkommissar Köstlbacher am 3. Mai, gleich nach dem Wochenende mit dem Samstagfeiertag und dem Leichenfund im Villapark zum Arzt gehen musste, das hatte mit seinem Sodbrennen nichts zu tun, weil das inzwischen schon lange wieder vorbei. Der Köstlbacher so bis zum Hals in Arbeit, dass quasi gar keine Zeit für Sodbrennen und auch keine Zeit für anderweitige körperlich negative Befindlichkeiten.

Weil eines musst du wissen, wenn der Köstlbacher einen Mordfall und so, dann ganz! Das Hineinhören in den Körper und Rumsuchen, wo du was finden könntest, das dich zwickt, das kannst du machen, wenn du gerade nichts Besseres zu tun hast.

Und wenn du ehrlich bist, dann ist das im Grunde genommen das Problem aller Pensionisten und Rentner. Die haben nichts zu tun! Und drum perfektioniertes Hineinhören. Finden dann auch meistens was, weil Erfolgserlebnisse auch nach einem arbeitsreichen Leben in der Rente nötig. Letzte Rettung für alle niedergelassenen Hausärzte, die ohne das In-sich-Hineinhören der Rentnerpatienten, vor allem der privat versicherten, am Hungertuch nagen müssten. Sich im erwerbstätigen Alter befindenden Patienten quasi nur selten krank, weil ersten kaum Zeit zum In-sich-Hineinhören und zweitens Unverträglichkeit zwischen Arbeit und Krankenstatus. Rentner dagegen mit Zeit gesegnet, bis sie selbst das Zeitliche segnen.

Trotzdem aber der Köstlbacher beim Arzt und das schon

am sehr frühen Vormittag, während seiner Arbeitszeit. Grund dafür aber nicht er selber! Grund die Leiche vom Villapark. Und der Dr. med. Unger in der Von-der-Tann-Straße, eventuell Hausarzt des ermordeten Mädchens.

Bestimmt fragst du dich jetzt, woher das der Köstlbacher auf einmal so schnell gewusst oder zumindest vermutet hat. Aber manchmal greifen einfachste Maßnahmen eben sehr schnell. Mit Genehmigung vom Dr. Huber hatte der Köstlbacher noch am Samstag veranlasst, dass die Mittelbayerische Zeitung gleich am Montag ein Bild von der Leiche veröffentlicht hat. Das Foto stammte von der Spurensicherung. Und die hatten es zuerst mit Hilfe eines Bildbearbeitungsprogrammes geschönt, weil ein zertrümmerter Schädel, noch dazu wenn der Schlag ins Gesicht erfolgt ist, so etwas kann nicht in die Zeitung, wegen Gewaltdarstellung und so. Schließlich die MZ in mehrwöchigen Unterrichtsprojekten sogar schon in den 4ten Klassen an Grundschulen. So ein Grundschüler, der total Konzentrationsverlust, wenn vor dem Unterrichtsbeginn am Morgen Bild von Hardcoreleiche und so.

Du glaubst gar nicht, wie toll so ein Computerprogramm ein kaputtes Gesicht wieder in ein unverletztes zurückrechnen kann. Das Foto hat jedenfalls fast so ausgesehen, als ob das Mädchen nur so zum Pennen im Villapark liegen würde. Und auf diese Art und Weise erhöhte das Foto nicht nur die Chancen drastisch, dass jemand das Mädchen wiedererkennen würde. So ein Foto konnte quasi auch problemlos in den Klassenzimmern von Grundschulen aufliegen, ohne empörte Eltern auf den Plan zu rufen. Nicht, dass die Eltern zu Hause ihren Kindern alle verbieten würden, Filme und Computerspiele mit viel Gewalt und so. Aber zu Hause eben zu Hause.

Und in der Schule schließlich die Lehrerinnen und Lehrer die Erzieher. Und, wo kämen wir da hin, wenn die genauso erziehen würden, wie die Eltern zu Hause? Irgendwo muss es da schließlich einen deutlichen Unterschied geben!

Jedenfalls das Bild in der MZ ein Volltreffer! Zwar hat sich keine Mutter, kein Vater, zunächst auch kein Freund oder Bekannter gemeldet, aber ein Dr. med. Heiner Unger, der in der Von-der-Tann-Straße seine Praxis hat.

Wenn der Dr. Unger sich ein paar Minuten früher gemeldet hätte, dann hätte der Köstlbacher noch vor seiner Fahrt zum Präsidium bei ihm vorbei schauen können, weil die Von-der-Tann-Straße ja quasi in der Nachbarschaft zum Prinzenweg. Aber weil der Köstlbacher das von dem Dr. Unger erst in der Bajuwarenstraße erfahren hat, gleich wieder ins Auto und zurück in die Von-der-Tann-Straße. Zu Fuß natürlich viel gesünder, aber Gesundheit keinen Vorrang vor zügiger Mordaufklärung.

»Was kann ich für Sie tun?«, fragte ihn eine der Damen hinter dem Empfang von der Praxis für Allgemeinmedizin vom Dr. Heiner Unger.

Der Köstlbacher war noch etwas außer Atem, weil im Haus der Lift defekt und die Praxis im dritten Stock.

»Kriminalpolizei!«, sagte er daher nur kurz und holte erst einmal Luft. »Es geht um die Leiche im Villapark. Wir wurden von Ihrer Praxis angerufen.«

Du kannst dir vermutlich gut vorstellen, wie es die Damen hinter dem Empfang gerissen hat bei dem Wort ›*Leiche*‹. Die waren zwar alle als Sprechstundenhilfen mit schrecklichen, mitunter sogar lebensbedrohlichen Erkrankungen vertraut, aber das Wort ›*Leiche*‹ reißt einfach doch immer wieder jeden aus seinem Alltagstrott, in dem in aller Regel Leichen weniger üblich sind.

»Wir haben Sie erwartet, Herr Köstlbacher!«, antwortete die vom Empfang, schneller gefasst, als es ihr Gesichtsausdruck hätte vermuten lassen. »Der Herr Doktor hat gerade eine Patientin in Behandlung. Es wird höchstens ein paar Minuten dauern. Ich werde Sie gleich zu ihm hineinlassen. Wenn Sie noch kurz vor dem Sprechzimmer 2 Platz nehmen würden!«, fügte sie noch hinzu.

Dem Köstlbacher war es zwar gar nicht recht, warten zu müssen, auch nicht nur ein paar Minuten. Aber weil er immer noch außer Atem und nicht daraufhin am Ende noch von dem Dr. Unger angesprochen werden wollte, fügte er sich ohne Widerspruch der freundlichen, aber doch irgendwie auch bestimmten Anweisung.

So ein Arztbesuch, auch wenn der dienstlich, und du selber eigentlich gar nichts von dem Doktor willst, der unterschwellig einfach unangenehm. Allein schon der Geruch in einer Arztpraxis! Zum Glück wenigstens kein Sitzen im Wartezimmer, weil Gespräche von Patienten im Wartezimmer immer deprimierend. Da erzählt dir ja keiner, wie gut es ihm geht, weil jeder ja gerade wegen dem Gegenteil hier und ganz scharf drauf, sein Leiden samt dem teilweise Jahrzehnte langen Werdegang möglichst theatralisch zum Besten zu geben. Ist quasi ein Frage- und Antwortspiel und heißt: ›*Wer hat das größte Zimperlein?*‹. Wenn du da nur mit einer Erkältung aufwarten kannst, dann ist es besser, wenn du dich an diesem Spiel gar nicht erst beteiligst. Gegen die inneren Probleme, die künstlichen Gelenke oder die Allergiker hättest du da sowieso keinerlei Chancen.

Solche Gedanken hat der Köstlbacher gerade angefangen

zu denken, als die Türe vom Behandlungsraum 2 geöffnet wurde und ihn der Herr Dr. Unger mit einer freundlich einladenden Geste ins Zimmer treten ließ.

»Guten Morgen Herr Kriminalkommissar!«, begrüßte er den Köstlbacher und bat, ihm gegenüber Platz zu nehmen.

»Ich nehme an, Sie kommen wegen der Toten im Villapark?«

»Sie wissen, wer die junge Frau ist?«, fragte der Köstlbacher ohne Umschweife, weil gleich *›in medias res‹* immer am besten.

»Die junge Dame ist, beziehungsweise war seit Jahren eine Patientin von mir. Wenn ich es genau betrachte, dann bin ich seit ihrer Kindheit ihr Hausarzt gewesen.«

»Dann mal los!«, munterte ihn der Köstlbacher zum Weitersprechen auf.

»Was soll ich sagen? Ich verletze kein Arztgeheimnis, wenn ich Ihnen die Identität der Patientin preisgebe. Die junge Dame heißt Doris Münzer und wohnt, nun muss ich ja leider sagen wohnte, hier in der Von-der-Tann-Straße.«

»Doris Münzer? Schülerin am AAG?«, fragte der Köstlbacher erschrocken, weil ihm natürlich blitzartig bewusst geworden ist, dass die Münzer Doris quasi eine Bekannte seiner eigenen Familie.

»Genau! Kennen Sie das Fräulein Münzer etwa?«, fragte der Dr. Unger und äugte dabei überrascht über seine Lesebrille.

»Kennen ist übertrieben, aber sie ist die Schwester einer Freundin meiner Tochter Clara!«, antwortete der Köstlbacher, im Augenblick gar nicht professionell denkend und durch diese Neuigkeit irgendwie schockiert.

»Die Münzers wohnen in der Reichsstraße, oder?«, fragte der Köstlbacher den Arzt.

»Der Rest der Familie, ja! Aber die Doris schon seit 3 Jahren nicht mehr!«, antwortete ihm der Dr. Unger.

»Aha!«, erwiderte der Köstlbacher nur, weil ihn momentan andere Gedanken ablenkten und seine übliche Aufmerksamkeit störend beeinflussten.

Da bist du ein halbes Leben lang Kriminaler gewesen und hast x-mal mit meist gutem Erfolg Morde aufklären können und nun soll ein Mordopfer plötzlich aus deinem familiären Freundeskreis stammen? Da kannst du nicht einfach zur Tagesordnung über gehen und so tun, als würde dich das nicht berühren. Aber trotz allem, der Köstlbacher eben nicht der Köstlbacher, wenn er sich nicht schnell wieder gefangen und professionell reagiert hätte.

»So, so! Die Evi Münzer ist eine Freundin Ihrer Tochter? Die Evi ist ebenfalls Patientin von mir, wie der Rest der Familie Münzer auch!«, erzählte der Dr. Unger. »Hat sich außer mir noch niemand bei Ihnen gemeldet? Ich meine, ich bin doch nicht der Einzige, der die MZ liest!«, fragte er noch.

»Der Einzige nicht, aber vielleicht der Erste, der sie wieder erkannt hat auf dem Bild in der MZ«, antwortete der Köstlbacher und zuckte etwas zusammen, weil plötzlich sein Handy läutete.

Wenn du den Köstlbacher kennst, dann weißt du auch, dass so ein Erschrecken wegen einem Handyklingeln für ihn gar nicht typisch. Da siehst du wieder einmal, wie sehr einen hartgesottenen Kriminaler die Tatsache aus der Fassung bringen kann, dass er da plötzlich einen Fall am Hals hat, den er nicht abgeschottet von seiner Familie angehen kann. Bisher war oberstes Gebot eben immer: Nichts Privates mit Dienstlichem vermengen!

»Entschuldigung!«, sagte er nach einem Blick aufs Display. »Ist von Präsidium. Da muss ich rangehen!«

»Kein Problem!«, versicherte der Dr. Unger, der es zwar als seine staatsbürgerliche Pflicht empfunden hatte, sich bei der Kripo wegen der Leiche zu melden, der aber ansonsten kein längeres Gespräch über die Tote führen wollte. Schweigepflicht! Weil so eine ärztliche Schweigepflicht ist im Prinzip so etwas wie ein Beichtgeheimnis, vielleicht nicht ganz so unauflösbar, aber für den Augenblick auf alle Fälle zwingend. Höchstens die Eltern der Doris würden ihn von dieser Schweigepflicht entbinden können, oder vielleicht die Staatsanwaltschaft.

»Hallo Chef! Bei uns läuft das Telefon heiß! Bei der Toten handelt es sich um eine gewisse Doris Münzer!«, erstattete der Kommissar Liebknecht Bericht.

»Hat mir soeben der Herr Dr. Unger hier auch bestätigt. Informieren der Eltern schon veranlasst?«, fragte der Köstlbacher.

»Fehlanzeige! Die sind in Urlaub! Eine Woche Kenia-Rundreise!«, sagte der Liebknecht.

Und schon zum zweiten Mal innerhalb weniger Minuten fiel dem Köstlbacher dazu nur ein »Aha!« ein.

»Ich bin in ein paar Minuten im Präsidium!«, fügte er noch hinzu, beendete das Telefonat und klappte sein Handy wieder zu.

»Tut mir leid! Ich werde benötigt! Danke, dass Sie sich Zeit für mich genommen haben. Kann gut sein, dass wir noch Fragen zur Toten haben werden«, verabschiedete sich der Köstlbacher vom Dr. Unger.

»Jederzeit für Sie bereit!«, antwortete der Dr. Unger, dachte aber dabei, dass es ihm lieber wäre, nicht mehr zu seiner ehemaligen Patientin Doris befragt zu werden, vor allem dann nicht, falls ihn jemand von seiner Schweigepflicht entbinden würde.

Doris Münzer
(Kapitel 5)

Nicht, dass du mit einem Handy in Kenia niemanden anrufen könntest, weil quasi zu weit weg, wenn auch nicht unbedingt am anderen Ende der Welt, wie beispielsweise Australien oder gar Neuseeland. Aber der Liebknecht hat die Eltern von der Doris trotzdem nicht erreichen können, obwohl er es sofort versucht hat, nachdem endlich einer der Anrufer die Handynummer von den Eltern der ermordeten Doris hatte. Der Liebknecht hat es im Abstand von einer Viertelstunde mindestens sieben Mal versucht, aber immer mit dem selben negativen Ergebnis. Später hat er es noch einmal probiert, aber wieder ohne Erfolg

Dabei ist der Kriminalkommissar gar nicht erpicht darauf gewesen, tatsächlich Kontakt zu bekommen, weil eines kannst du mir glauben, toller Beruf eines Kriminalers hin oder her, Angehörigen die Nachricht vom Tod eines Familienmitgliedes überbringen zu müssen, da ist keiner scharf drauf. Wenn es sich irgendwie hat einrichten lassen, dann wurde so eine Aufgabe meistens jungen Polizisten zugeschoben, quasi als Abhärtungsmaßnahme. Aber oft hat es sich auch nicht einrichten lassen, so zu verfahren, weil ein erfahrener Beamter die Reaktionen vor Ort beobachten musste, die so eine Hornachricht bei den Angehörigen auslöste.

Du darfst nicht vergessen, dass es ja oft gerade die Angehörigen selbst sind, die Dreck am Stecken und am Tode eines Familienmitgliedes mitgebastelt haben, wenn es um einen Mord geht.

Was das Ehepaar Münzer betraf, da bestand keinerlei Veranlassung zu einer derartigen Spekulation, weil die ja während der Tatzeit in Kenia und so. Aber einen x-beliebigen Kollegen konnte man da drunten in Afrika auch nicht anrufen lassen.

Dass der Köstlbacher um diese Zeit noch nicht an seinem Arbeitsplatz im Präsidium, das kam eigentlich so gut wie nie vor. Weil am Morgen beim Köstlbacher immer erst Briefing, bevor alle mit speziellen Aufgaben versehen in ihre Arbeitszimmer flüchten oder sich unten im Hof ein Auto schnappen, um alle möglichen Ermittlungen vor Ort aus zu führen. Waren natürlich nicht immer Ermittlungen, weil eine Fahrt zum Bäcker wegen einer Brotzeit zwar nicht offiziell Dienstfahrt, aber irgendwie muss fürs leibliche Wohl ja auch gesorgt werden, wenn schon die Mittagspause in der Kantine wegen dringlicher Recherchen ausfallen muss.

Die Klein hat dem Rätselraten über die Verspätung vom Köstlbacher ein Ende gemacht, weil die natürlich gewusst, wo der Chef abgeblieben ist. Die Klein weiß überhaupt immer alles, nur denkt oft keiner dran, sie zu fragen, weil die ja nicht Kriminalpersonal, sondern nur Sekretärin. Und der Liebknecht meist andere Gedanken, wenn der die Klein anschaut, weil der Liebknecht unverheiratet und irgendwie immer Notstand. Aber weil der Chef und die Klein quasi ein Team, da hat der Liebknecht schließlich doch bei ihr nachgefragt, wo denn der Köstlbacher abgeblieben wäre. Deshalb dann auch postwendend sein Anruf beim Dr. Unger. Ein wenig enttäuscht war der Liebknecht dann allerdings doch, als er Wunder gemeint hat, was für eine Neuigkeit er dem Chef würde vermelden können, und der wieder einmal schon Bescheid gewusst hat.

Nicht, dass der Liebknecht Konkurrenz mit dem Köstlbacher. Weil eines musst du wissen, der Liebknecht gerne Kripo, aber keinerlei Ambitionen auf Beförderung. Sein Stellvertreterposten eh schon fast zu viel! In einem Chefsessel, da würde der Liebknecht sich einfach nicht wohl fühlen. Er war eher einer der Sorte, die gute Arbeit leisteten, wenn klare Anweisungen dazu erteilt wurden. Sich selber für andere solche Anweisungen ausdenken, das war nicht das, was der Liebknecht gerne würde tun wollen.

Drum ist er auch sehr erschrocken, der Liebknecht, als plötzlich die Tür aufging und der Köstlbacher hereinkam, als er es sich gerade im Schreibtischsessel vom Köstlbacher zur Arbeit bequem gemacht hatte, wobei der Schwerpunk bei bequem!

»Aha! Kaum ist die Katze aus dem Haus...!«, begrüßte der Köstlbacher seinen Kollegen mit einem vielsagenden Lächeln. »Macht's Stellvertreter spielen Spaß?«

»'Tschuldigung, Chef! Hab' mir gerade nochmal die Fotos vom Opfer an deiner Pinnwand angeschaut, die originalen und die überarbeiteten«, antwortete der Liebknecht, dem sein Chef vor einigen Wochen das ›*Du*‹ angeboten hatte, als sie beide bei einem Nachfeierabendumtrunk schon einige Bierchen gezischt hatten. Auf die Anspielung vom Edmund ging er erst gar nicht ein, weil beide wussten, dass ihm der Stellvertreterposten vom Dr. Huber nur aufs Auge gedrückt worden war, als der merkte, wie gut der Edmund und der Norbert miteinander konnten.

»Und?«, wollte der Köstlbacher wissen.

»Ist ein hübsches Mädchen gewesen, diese Doris Münzer. Was muss im Kopf von einem Menschen vor gehen, bevor der sich entschließt, so ein junges Leben derart brutal auszulöschen?«, fragte der Liebknecht und machte bei diesen Worten den Schreibtischsessel für seinen Chef frei. »Ich meine, von einem Motiv kann man doch da gar nicht mehr sprechen. Oder kannst du dir ein Motiv vorstellen, das eine Aggressivität auslösen kann, die einem zu so etwas befähigt?«

»Da ist einer ausgerastet. Anders kann ich es mir nicht erklären. Wer und warum, das werden wir rausfinden müssen«, sagte der Köstlbacher weit weniger emotional als sein Kollege Liebknecht.

»Mir macht was ganz Anderes zu schaffen!«, fuhr der Köstlbacher, in einen privateren Tonfall fallend, fort. »Das ist mein erster Mordfall, bei dem ich meine Familie nicht raushalten kann!«

»Wie meinst du das?«, fragte der Liebknecht, hob seinen Kopf und blickte den Edmund mit erstaunt geweiteten Augen an.

»Die Münzer ist, beziehungsweise war die Schwester einer Freundin meiner Clara!«, sagte der Köstlbacher und hob dabei beide Hände, als wollte er zum Ausdruck bringen, wie sehr ihm die Sache an die Nieren ging.

»Aber du bist nicht mit den Münzers befreundet oder so?«, fragte der Liebknecht.

»Gott bewahre! Zum Glück nicht! Ich kenne eigentlich nur die Evi, die Schwester von der Doris. Das Mädchen kommt ab und an zu uns ins Haus, die Clara besuchen. Anna hat vielleicht eher Kontakt zu den Münzers, weil sie am Anfang, als unsere Clara schon im Kindergarten mit der Evi Freundschaft geschlossen hat, die Clara manchmal zu den Münzers gebracht hat. Die Clara hätte da zwar auch alleine hin gehen können, weil in die Reichsstraße vor sind's ja nur ein paar Meter. Aber du kennst ja meine Anna! Die würde ihre Tochter nirgendwohin gehen lassen, wo sie die Leute nicht kennt!

Die Evi, die geht momentan noch mit meiner Clara in die 4te Klasse Grundschule!«, sagte der Köstlbacher.

Dann aber schüttelte er sich plötzlich, als ob ihm mit einem Schlag bewusst würde, dass er jetzt hier als Kriminalhauptkommissar und nicht als lamentierender Familienvater.

»Habt ihr schon irgendwas unternommen in meiner Abwesenheit?«, fragte er, wieder mit einer erheblich festeren Stimme, als er sie noch vor Sekunden hatte.

»Pirzer und Koch sind vorab schon mal zum AAG gefahren. Der erste Anruf wegen der Doris kam heute Morgen von der AAG Schulleitung persönlich. Einige von den Lehrern hatten das Bild von der Doris wohl schon in der Zeitung gesehen und sie sofort als eine Schülerin des aktuellen Abiturjahrgangs erkannt«, berichtete der Liebknecht ein wenig stolz, weil schon was getan worden war und man nicht einfach nur untätig auf den Chef gewartet hatte.

»Gut gemacht Norbert!«, sagte der Köstlbacher und erstaunte damit den Liebknecht, weil ein Lob vom Chef eher selten.

»Und die Eltern, hast du die etwa auch schon zu erreichen versucht?«

»Versucht schon, aber laut Auskunft der Großeltern sind die in Kenia und machen dort zur Zeit eine einwöchige Safari durch den Masai Mara und den Amboseli Nationalpark. Eine Handyverbindung kannst du da vergessen. Und im Hotel, von wo aus sie gestartet sind, da sprechen alle anscheinend ein Lothar Mattäus Englisch, das nicht einmal ich verstehe!«

Der Köstlbacher sagte dazu erst einmal nichts, weil Englisch nicht gerade Liebknechts Stärke. Aber es war jetzt nicht der richtige Zeitpunkt, ihm das hinzureiben.

»Bis die zwei zurück sind, berichte erst einmal, was übers

Telefon heute an verwertbaren Informationen rein gekommen ist!«, bat er daher den Kollegen Liebknecht und lenkte damit vorerst einmal das Thema auf einen anderen wichtigen Aspekt. Weil, bevor du an einen Mörder auch nur denken kannst, da musst du dich erst einmal hinreichend mit dem Opfer und seinem Umfeld vertraut machen.

»Sicherheitshalber haben wir nach dem zweiten Anruf alle weiteren mitgeschnitten, als abzusehen war, dass wegen dem Bild in der MZ sich doch mehr Leser als erwartet bei uns melden würden!«, fing der Liebknecht an.

»Gute Idee! Baldauf und Dirmeier sollen sich um die Mitschnitte kümmern und Details protokollieren!«, unterbrach der Köstlbacher. »Waren die beiden ersten Anrufe, die ihr nicht mitgeschnitten habt, wichtig?«, fragte er noch.

»Im Grunde genommen sogar sehr wichtig, zumindest sehr informativ! Nicht der zweite, weil der war nur von einem Nachbarn der Doris, der nur mitteilen wollte, um wen es sich bei der Leiche handelt. Aber das wussten wir nach dem ersten Anruf ja schon, dem vom AAG. Wie schon gesagt, OstD und Leiter des Gymnasiums Dr. Herbert Pfeifer war dran. Auch er hatte die Doris, wie einige seiner Kolleginnen und Kollegen, sofort in der MZ erkannt, die er, wie er betonte, jeden Morgen zum Frühstück liest. Die Doris sei sogar eine seiner Schülerinnen aus der 13ten Klasse gewesen, wo er Mathematik als Leistungskurs unterrichtet. Eine gute Schülerin, wie der Dr. Pfeifer sagte. Auch dass ihre Eltern sich gerade in Kenia aufhielten wusste er, weil die Doris ihm einen Brief ihrer Eltern gegeben hatte, wo sie dem Dr. Pfeifer mitteilten, dass, sollte es Probleme von Seiten der Schule geben, der Ansprechpartner, insbesondere bezüglich ihrer jüngeren Schwester Evi, Frau Herzog sei, eine Tante, bei der

Evi zwei Wochen wohnen würde. Name, Adresse und Telefonnummer der Tante haben wir notiert.«

»Und warum wohnt die Evi nicht zu Hause? Ihre Schwester, die hätte doch auch auf sie aufpassen können!«, fragte der Köstlbacher nach.

»Das haben wir uns auch gedacht. Vielleicht befürchteten die Eltern, die Doris würde die Evi zu oft alleine lassen. Andere Geschwister gibt es ja nicht«, meinte der Liebknecht.

»Und? Hat schon wer mit dieser Herzog gesprochen?«, fragte der Köstlbacher.

»Hab' sie angerufen! Die Frau ist total durch den Wind! Hat vom Tod ihrer Nichte auch schon in der Zeitung gelesen, also die Nichte im Bild erkannt. Außerdem sei sie schon zig Mal angerufen und auf dieses Bild angesprochen worden. Sie wollte sich übrigens gerade bei uns melden, als ich sie angerufen habe. Behauptete sie zumindest. Ich sagte ihr, dass in den nächsten Stunden noch jemand von uns bei ihr vorbei kommen würde. Sie hat sich wegen der Betreuung der Evi Urlaub genommen und ist zu Hause. Jetzt, wo du da bist, könnten wir eigentlich gleich hinfahren. Die Herzog wohnt in der Hemauerstraße! Ob sie die Schule oder die Schule sie kontaktiert hat, weiß ich nicht. Ich vermute aber eher nicht, dass die Schule angerufen hat, weil die Evi im Unterricht laut Dr. Pfeifer nicht fehlte. Nachgefragt habe ich aber nicht!«, antwortete der Liebknecht.

»Gibt's von Seiten der Schule sonst noch was?«, fragte der Köstlbacher.

»Wie schon gesagt, Pirzer und Koch sind momentan beim Schulleiter. Ansonsten wäre das alles gewesen. Kann aber gut sein, dass sich inzwischen am Telefon schon wieder was getan hat!«, sagte der Liebknecht.

»Eins nach dem Anderen! Wozu haben wir Baldauf und Dirmeier? Wir beide fahren erst einmal zusammen zu dieser Tante in die Hemauerstraße. Habe keine Lust, hier tatenlos rumzusitzen und auf den Pirzer und die Koch zu warten. Oder ist noch was, was ich vorab noch wissen sollte?«, fragte der Köstlbacher.

»Das eine oder andere vielleicht schon. Aber das Wichtigste kann ich dir auch unterwegs erzählen. Irgendwas Konkretes, das uns einen Hinweis auf den Mord geben würde, ist ohnehin nicht dabei. Alles nur Leute, die die Doris kannten. Im Großen und Ganzen sagten alle das selbe. Sie wüssten, wer auf dem Foto sei und sie könnten sich nicht vorstellen, warum jemand so ein nettes Mädchen und so weiter. Du kennst das ja!«

»Gut, dann lass uns nicht trödeln! Hemauerstraße! Welche Nummer sagtest du?«, fragte der Köstlbacher.

»Eine Nummer habe ich bisher keine erwähnt. Aber es ist die Nr. 29!«, antwortete der Liebknecht.

*

Natürlich nahmen sie sich unten im Hof einen Dienstwagen, weil zu Fuß wäre es sogar dem Liebknecht zu weit gewesen, obwohl der gerne zu Fuß unterwegs war, weil er sich dann immer das lästige Fahrtenbuchführen sparen konnte.

Normalerweise der Köstlbacher und der Liebknecht ja gerne im unauffälligen schwarzen Audi-Dienstwagen unterwegs. Aber den hatten sich heute schon der Pirzer und die Koch unter den Nagel gerissen, damit ihr Auftritt im AAG den Unterricht dort nicht gar zu sehr stören würde. Natürlich die beiden auch nicht in Uniform!

Weil eines musst du wissen, Polizei in Uniform und im offiziellen Polizeifahrzeug, so ein Auftritt sorgt an einer Schule schon für eine gewisse Unruhe. Natürlich nicht an einer Grundschule, weil da die Schülerinnen und Schüler diesen Anblick quasi gewohnt, wegen Verkehrsunterricht und so. Und außerdem die Polizei für diese Altersgruppe noch geil! Aber völlig anders an einer Hauptschule, einer Realschule oder einem Gymnasium! Polizeiaufgebot an solchen Schulen immer was mit Schülern zu tun, die mit dem Gesetz in Konflikt. Häufigste Ursache Eigentumsdelikte, was von Seiten der Polizei etwas übertrieben meist als Diebstahl bezeichnet wird.

Ich meine, wenn du dir als Schüler mal einen Jux machst und Gartenzwerge in andere Gärten umverteilst, oder wenn du eine mobile Beleuchtung von einer Straßenbaustelle zweckentfremdest, weil es auf der Party unten an der Donau gar so finster ist und womöglich Gefahr besteht, dass einer deiner Freunde ins Wasser fällt, oder zuletzt sogar du selber, da wirst du nicht gleich von Diebstahl reden. Aber das deine Meinung und nicht die von Seiten der Ordnungshüter!

Ab und zu tauchte die Polizei auch wegen Drogen und eher selten wegen Körperverletzung an den Schulen auf. Aber, weil diesmal ja Ermittlungen in einem Mordfall, dezente Vorgehensweise angesagt. Einschüchterungstaktik eher kontraproduktiv!

Weil kein weiteres neutrales Fahrzeug verfügbar, der Köstlbacher und der Liebknecht daher zwangsläufig im offiziellen Polizeifahrzeug unterwegs. War allerdings in diesem speziellen Fall nur von Vorteil, weil so ein Polizeiauto, das kannst du überall stehen lassen, auch wenn es im totalen Halteverbot ist.

Auch wenn mir persönlich der Gedanke nicht besonders prickelnd erscheint, in einem Polizeifahrzeug unterwegs zu sein, weil ich ja kein Polizist und somit meine Anwesenheit in so einem Fahrzeug nicht allzu viel Gutes zu bedeuten hätte, was das Parken gerade in Regensburg anbetrifft, da wäre so ein grüngestreifter Polizei-BMW nicht zu verachten.

Der Liebknecht, der am Steuer saß, weil der doch erheblich fülligere Köstlbacher auf dem Beifahrersitz weitaus bequemer sitzen konnte, der Liebknecht hat, ohne einen Blick auf eventuelle Verbotsschilde zu werfen, direkt vor der Hausnummer 29 den Wagen abgestellt.

Die Tante von der Evi und der Doris, die Frau Herzog, die hatte eine Mietswohnung im 2ten Stock. Und weil das Haus keinen Lift hatte, da dachte der Köstlbacher insgeheim, dass er mit der Bezwingung aller Stufen bis in den 2ten Stock sein Sporttagespensum locker abhaken konnte. Weil, so genau hatte es der Doktor ja nicht beschrieben, wie umfangreich das tägliche Bewegungstraining nun sein sollte. Und außerdem, da war sich der Edmund ganz sicher, dass ein Zuviel am Anfang bestimmt auch nicht förderlich wäre. Schließlich hört und liest man ja immer wieder, wie negativ sich ein Übermaß an Sport auf einen untrainierten Körper auswirken kann!

Weil, eines darfst du nicht vergessen: Der Köstlbacher heute schon einmal Treppenhaus. Und da waren's sogar 3 Stockwerke!

Geklingelt hat dann zwar der Köstlbacher, aber zu sprechen angefangen, das dann doch der Liebknecht, weil dich so ein Treppenhaus ganz schön schlaucht und dir die Luft raubt, wenn du es nicht gewohnt bist. Und der Köstlbacher nur ein Stockwerk gewohnt, und das auch nur einmal am Abend, wenn er nach oben ins Schlafzimmer muss. Aber weil ihn dort ja sein bequemes Bett erwartete, wo er sich gleich hineinlegen kann, dieses eine Stockwerk quasi unerheblich.

»Guten Morgen Frau Herzog! Kripo Regensburg! Mein Name ist Liebknecht und das hier ist mein Kollege Kommissar Köstlbacher. Wir hatten heute bereits miteinander telefoniert«, begrüßte der Liebknecht die Frau Herzog, deutete auf den Köstlbacher und hielt ihr gewohnheitsmäßig seinen Ausweis unter die Nase.

Das erste, was dem Köstlbacher an der Herzog auffiel, waren ihre verweinten Augen. Da kannst du aussehen, wie du willst, auch wenn du eine Erscheinung bist, als ob du gerade in einem Casting für schöne, reifere Frauen gewonnen hättest, wenn du verweinte Augen hast, dann sieht man das einfach zu allererst. Bestimmt hat das was damit zu tun, dass der Gemütszustand eines Menschen, vor allem dann, wenn er vom Normalzustand erheblich abweicht, die Mitmenschen mehr berührt, als das Aussehen. Tränen quasi Kindchenschema, weil Signalisierung von Hilfsbedürftigkeit!

Als Kriminaler musst du da ganz schön aufpassen, dass du dich da nicht zu sehr beeinflussen lässt, weil, wer sagt dir, dass hinter so einem verweinten Gesicht nicht die Teufelsfratze von einem Schwerverbrecher steckt, der nur Simulation und so.

Drum der Köstlbacher auch mehr Gewicht auf zweiten Blick. Und der eine Offenbarung! Es gibt Menschen, die können dir 10 Mal am Tag über den Weg laufen, und du hast sie immer noch nicht registriert. Solche Typen wären die idealen Verbrecher, weil quasi nie Zeugen! Aber zu diesen Menschen zählte die Herzog ganz und gar nicht. Egal, ob du die nur von hinten oder von vorne zu Gesicht bekommst, jede Seite ist für einen tief verwurzelten Eindruck gut. Leider muss ich dich enttäuschen, wenn du jetzt glaubst, dass es sich bei der Herzog um so eine Superfrau gehandelt hat, wie du sie im alltäglichen Leben eher selten, dafür am allabendlichen Bildschirm auf den unterschiedlichsten Programmen gehäuft sehen kannst. Der Hinschaueffekt bei der Herzog und der damit verbundene Erinnerungseffekt hatte wohl eher was damit zu tun, dass sie eine gewisse Körperfülle unter ihren wallendem Kleid aufzuweisen hatte, gegenüber der du den Köstlbacher im Vergleich bestenfalls als gut genährt beschreiben könntest. Und das machte die Herzog dem Edmund auch gleich so sympathisch. So eine Reaktion kannst du natürlich auch nur verstehen, wenn du in einem Körper wie dem vom Köstlbacher steckst.

Und weil der Köstlbacher inzwischen wieder genug Luft zum Reden hatte, wollte er sofort die Leitung des Gespräches übernehmen. Nicht, dass der Liebknecht nicht geschult in Gesprächsführung, aber der Köstlbacher eben der Chef, und der Liebknecht nur zweite Geige.

»Ich habe Sie erwartet! Kommen Sie herein!«, kam die Herzog dem Köstlbacher mit einer sehr hohen Stimme zuvor, einer viel zu hohen Stimme, als ihr Volumen hätte erwarten lassen.

Anstatt einer Begrüßungsfloskel, einem Dankeschön fürs Hereinbitten oder sonst was Passendem, fragte der Köstlbacher ganz unprofessionell:

»Haben Sie hier keinen Lift?«

Frau Herzog wirkte für einen Moment nicht mehr am Boden zerstört, straffte sich und blickte den Köstlbacher erstaunt an.

»Sicher doch! In der Mitte des Flurs, zwischen den beiden Treppenhäusern! Warum fragen Sie?«, antwortete sie.

»Unwichtig!«, antwortete der Köstlbacher nur und ärgerte sich über sich selbst, so eine blöde Frage gestellt zu haben, nur weil er sich nicht vorstellen konnte, dass die herzögliche Regensburger Bavaria das unumgängliche Treppensteigen ohne Lift würde meistern können, während ihn die paar Stufen seine letzten Konditionsreserven gekostet hatten.

Ein Blickwechsel vom Liebknecht zwischen ihm und der Herzog machten dem Edmund klar, dass der den Gedankengang seines Chefs erahnt hatte.

»Darf ich Ihnen eine Tasse Kaffee anbieten?«, fragte die Herzog, vermutlich um die Situation zu entspannen. Weil eines natürlich klar: Der Besuch der Kriminaler galt der Ermordung ihrer Nichte Doris. Und darüber zu reden weitaus schwerer als Kaffee kochen.

Der Köstlbacher und der Liebknecht, die nicht zum ersten Mal in so einer Situation und von daher psychologisches Verständnis für die Herzog. Sie nickten darum nur bejahend und murmelten ein »Danke gerne!«, um der Frau etwas Zeit zu geben. Inzwischen setzten sie sich auf das Sofa im Wohnzimmer, wo ihnen angeboten wurde, Platz zu nehmen. Die Zimmereinrichtung erinnerte den Köstlbacher an ein Jagdmuseum. Seine umherschweifenden Blicke und die vom Liebknecht musste die Herzog bemerkt haben, als sie einige Minuten später auf einem Tablett zwei Tassen Kaffee und etwas Gebäck brachte und alles auf dem Couchtisch abstellte.

»Mein Mann war passionierter Jäger!«, sagte sie.

»War?«, fragte der Köstlbacher.

»Er ist schon vor Jahren verstorben. Ums Leben gekommen

bei einem Jagdunfall in Kenia!«, erklärte die Herzog. »Sein Hobby war die Großwildjagd!«

Beide Kriminaler nickten verständnisvoll, aber nicht mit der Trauermine, die sie aufgesetzt hätten, wenn der Todesfall sich erst vor kurzem ereignet hätte.

Für den Köstlbacher war das Wort ›*Kenia*‹ nun aber das Signal, mit dem Reden anzufangen.

»Sie passen auf Ihre Nichte Evi auf, bis die Eltern wieder aus Kenia zurück sein werden?«, fragte der Köstlbacher.

Der Liebknecht hatte einen kleinen Block aus der Innentasche seines braunen Sakkos gezogen und dazu einen Kugelschreiber, um wichtige Details zu notieren, sollte es welche geben.

»Elke und mein Bruder Bernd haben mir die Evi anvertraut, weil man die noch nicht alleine lassen kann!«, sagte sie und fügte unter Tränen hinzu: »Hätte ich mich doch um die Doris auch noch gekümmert!«

»Ich nehme an, die junge Dame wollte keine Aufsicht?«, sagte der Köstlbacher in fragendem Ton.

»Sie ist schon mit 16 von zu Hause ausgezogen. Wollte ihr Leben selbst gestalten. Elke war dagegen, aber der Bernd hat sich von seiner Tochter weich kochen lassen und ihr dieses Appartement in der Von-der-Tann-Straße angemietet, praktisch nur einen Steinwurf vom Haus der Eltern in der Reichsstraße entfernt. – Wie ist sie gestorben?«, fragte die Herzog und blickte mit einem Mal dem Köstlbacher voll ins Gesicht, nachdem sie vorher nur so vor sich hingeredet hatte.

»Wir wissen es noch nicht genau!«, wand sich der Köstlbacher um die wahrheitsgetreue Antwort, deren Brutalität selbst einem hartgesottenen Kriminaler wie ihm zu schaffen machte.

»Aber sie ist ermordet worden, oder?«, fragte die Herzog und wischte sich dabei erneut aufsteigende Tränen aus den Augen.

»Alles spricht dafür! Sie wurde tot im Villapark aufgefunden.«

»Wer macht so etwas?«, fragte die Herzog mit erstickender Stimme.

»Das herauszufinden, deshalb sind wir hier!«, sagte der Köstlbacher.

»Hier? Wieso hier? Wie sollte ich Ihnen helfen können, den Mörder meiner Nichte zu finden?«, fragte die Herzog und verströmte dabei immer mehr einen süßlichen Duft, der sicherlich einerseits von ihrem schweren Parfum freigesetzt wurde, andererseits daher rühren durfte, dass körperlich erregte Menschen dazu neigen, mehr Schweiß als üblich abzusondern. Und weil der Körper von der Herzog quasi volumenmäßig so gut wie drei normale Körper, deshalb auch die dreifache Menge Schweiß, an dem keine Nase vorbei kommt, auch wenn der momentan nur ihr schweres Parfüm zu verstärken schien.

»Sie kannten Ihre Nichte vermutlich am besten, ihre Freunde und ihren Umgang ganz allgemein!«, antwortete der Köstlbacher.

»Wer kennt schon eine junge Dame mit knapp 19 Jahren? Die Evi, ihre Schwester, da kann man eher von ›*kennen*‹ reden. Die Evi ist 10! Ein ungeplanter Nachzügler! Sie hält sich mehr bei mir auf, als bei ihren Eltern. Zur Zeit natürlich ganz bei mir, weil die Eltern in Kenia Urlaub machen. Aber das wissen Sie ja schon! Wie soll ich das mit der Doris der Evi heute nach der Schule beibringen? Sie liebt ihre Schwester über alles!«

»Wäre vielleicht besser, sie holen das Mädchen von der Schule ab. Kann ja gut sein, dass sie schon von der Sache erfahren hat. Die Lehrer sind sicher nicht die einzigen gewesen, die heute schon die Zeitung zu Gesicht bekommen haben«, schlug der Köstlbacher vor.

»Evi hat heute bis um 11.20 Uhr Unterricht. Das ist schon in 2 Stunden!«, sagte die Herzog mit ungespielter Verzweiflung in der Stimme und mit beiden Händen gestikulierend.

»Wir halten Sie nicht mehr lange auf. Nur noch eine Frage: Ist Ihnen in letzter Zeit irgendwas an Ihrer Nichte Doris aufgefallen, was Ihnen die Doris anders erscheinen ließ als vorher?«

»Die Doris macht gerade ihr Abitur. Wollte machen, sollte ich wohl besser sagen. Oder hat sie sogar schon einen Teil hinter sich? Jedenfalls war da immer nur vom Prüfungsstress die Rede. Und so hat sie auch seit Wochen schon gewirkt: Gestresst! Aber das ist doch normal, oder?«, fragte die Herzog.

»Hatte die Doris einen Freund?«, fragte der Köstlbacher.

»Keinen, den sie mir vorgestellt hätte. Aber gehabt wird sie schon einen haben. Die jungen Dinger haben heutzutage doch alle einen Freund.«

»Meinen Sie, die Evi weiß da mehr?«, fragte der Köstlbacher.

»Lassen Sie bloß die Evi aus dem Spiel! Die Evi ist noch ein Kind! Ohne Einverständnis der Eltern möchte ich nicht, dass Sie mit ihr sprechen!«, sagte die Herzog und war auf einmal sehr forsch und betonte das mit den Eltern sehr nachdrücklich.

»Vielleicht fällt Ihnen ja doch noch was ein, oder die Evi erzählt Ihnen etwas von Bedeutung. Würden Sie mich dann bitte anrufen?«, fragte der Köstlbacher und hielt der Herzog sein Visitenkärtchen hin, das sie ungesehen beiseitelegte. Auf das Befragungsverbot bezüglich der Evi reagierte er gar nicht. Man wird sehen!

»Selbstverständlich!«, sagte die Herzog und schien dabei etwas abwesend zu sein.

»Und noch etwas!«, sagte der Köstlbacher. »Die Doris liegt in der Gerichtsmedizinischen in Erlangen. Dort wird die genaue Todesursache untersucht. Da die Eltern nicht da sind und die Schwester noch minderjährig ist, wären im Moment Sie die einzige uns bekannte Verwandte, die die Tote identifizieren kann. Dürfte Sie ein Kollege hinfahren?«, fragte der Köstlbacher.

»Leider haben Sie recht. Ich bin hier in Regensburg die einzige Verwandte. Da wird mir wohl nichts anderes übrig bleiben. Bloß, was mache ich mit der Evi? Ich kann sie heute Nachmittag nicht alleine lassen!«; sagte die Herzog. »Oder kann das mit der Gerichtsmedizin bis morgen warten?«, fügte sie noch nachfragend hinzu.

»Wann kommen die Eltern der Kinder zurück?«, fragte der Köstlbacher, ohne zunächst auf das Anliegen der Herzog einzugehen.

»Erst am Mittwoch nächste Woche!«, antwortete die Herzog.

»So lange können wir leider auf keinen Fall warten. Hat die Evi denn keine Freundin, wo sie heute am Nachmittag für ein paar Stunden unterkommen könnte?«, fragte der Köstlbacher.

»Doch! Im Prinzenweg wohnt eine Familie, aus der eine Tochter mit der Evi in die Klasse geht. Clara heißt sie. Warten Sie einen Moment, ich rufe da mal an. Die Frau Köstlbacher hat sicher nichts dagegen, wenn ich ihr die Evi vorbeibringe«, sagte die Herzog und ging zum Telefonieren ins Nebenzimmer.

*

»Ich sollte da heute unbedingt einmal kurz zu Hause sein! Muss die Evi ja nicht offiziell verhören.«, stellte der Köstlbacher fest.

»Würdest du die Herzog nach Erlangen fahren?«, fragte der Köstlbacher den Liebknecht mehr rhetorisch als wirklich.

»Ich? Wieso ich? Kann das nicht auch der Helmut machen?«, fragte der Liebknecht, dem es offensichtlich unangenehm war, mindestens eine Stunde hin und eine zurück die Herzog kutschieren zu müssen. Und dazu ihr Parfum! Das schafft keine Klimaanlage!

»Nein! Gerade du! Du kennst die Herzog jetzt und kannst ihr vielleicht unterwegs doch noch was Verwertbares herauslocken!«, sagte der Köstlbacher und würgte damit jeden Widerspruch in gewohnter Weise ab.

*

»Geht in Ordnung! Frau Köstlbacher war einverstanden!«, sagte die Herzog, die überraschend schnell schon wieder im Wohnzimmer auftauchte.

Die beiden Kriminaler waren schon aufgestanden, um sich zu verabschieden.

»Mein Kollege Liebknecht wird Sie gegen 14.00 Uhr abholen. Geht das auch in Ordnung?«; fragte der Köstlbacher.

»Ich werde da sein. Muss vorher nur die Evi zu den Köstlbachers bringen«, sagte die Herzog.

»Das kann Herr Liebknecht um 14.00 Uhr mit Ihnen zusammen machen. Spart Zeit!«, sagte der Köstlbacher noch.

»Gut! Dann bis 14.00 Uhr!«, verabschiedete sich die Herzog und entließ die beiden Kriminaler ins Treppenhaus.

»Lift oder Treppe?«, fragte der Liebknecht.

»Treppe!«, sagte der Köstlbacher, weil so schlimm konnte es runterwärts doch nicht sein.

»Bist ganz schön ausgefuchst! Schickst mich, damit die Kleine ihrer Tante nicht verraten kann, dass sie den Kripo-Onkel kennt!«, sagte der Liebknecht auf dem Weg nach unten.

»Sie wird's ihr verraten, wenn ihr zurück seid!«, sagte der Köstlbacher.

»Und der Dr. Huber?«, fragte der Liebknecht.

»Der ignoriert unkonventionelle Methoden, wenn sie zum Erfolg führen!«, sagte der Köstlbacher.

»Hoffen wir's, dass sie's tun!«, sagte der Liebknecht und setzte sich ans Steuer.

Die nächsten paar Minuten sagte niemand was, weil jeder quasi den Besuch bei der Herzog für sich selbst nochmal Revue passieren ließ.

»Was hältst du von dieser Herzog?«, fragte der Köstlbacher den Liebknecht, als sie die halbe Strecke zum Präsidium schon hinter sich hatten und an einer roten Ampel etwas länger stehen mussten.

»Weiß nicht! Die kleine Evi scheint auf alle Fälle ihre Lieblingsnichte zu sein. Was die Doris betrifft, da hält sie mit irgendetwas hinter dem Berg. Und bezüglich der Eltern der beiden Nichten war sie auch nicht übermäßig mitteilsam«, antwortete der Liebknecht.

»Das sehe ich auch so! Wir werden die Herzog im Auge behalten müssen. Ich meine, rein optisch fällt das ja nicht besonders schwer!«, sagte der Köstlbacher und zwinkerte dem Liebknecht dabei zu, was der freilich gar nicht gesehen hat, wegen konzentriertem Fahren und so.

»Stell dir mal vor, die sitzt auf dir drauf!«, sagte der Liebknecht aber dann doch, weil seine Konzentration innerlich vielleicht gar nicht so sehr auf den Verkehr gerichtet, zumindest nicht auf den von der Straße. »Wenn du da vorher was gegessen hast, dann Gnade dir Gott!«

»Gedanken hast du!«, sagte der Köstlbacher nur und schüttelte dabei seinen Kopf.

Dabei kannst du mir aber glauben, dass der Köstlbacher in Wirklichkeit ganz ähnliche Vorstellungen. Weil so eine Frau regt einfach Männerfantasien an, selbst wenn es sich um die Fantasien männlicher Kriminaler handelt. Vielleicht sogar, weil es sich um männliche Kriminaler handelt.

Weil, eines musst du wissen, so ein Kriminaler, der kommt schon von Berufs wegen mit Sachen in Verbindung, mit denen du unter Umständen dein ganzes Leben nichts zu tun hast. Und da musst du nicht einmal ein Kriminaler von der Sitte sein! Obwohl die natürlich schon ihre Probleme haben, außerhalb ihres Dienstes ihr Gehirn freizubekommen von all den Perversitäten. Ich meine, wenn du dich den ganzen Tag über mit Menschen beschäftigst, bei denen mindestens jeder zweite Satz einen Begriff aus der Wortfamilie ›*ficken*‹ hat, dann fallen dir Gespräche mit einem normalen Wortschatz schon direkt auf.

Und wenn du mir nicht glaubst, dass ein Beruf aufs Privatleben abfärbt, dann frag nur einmal den Köstlbacher, was der auf einmal für Wörter in den Mund genommen hat zu Hause bei seiner Anna, als er sich wochenlang mit all den Nutten rumgeschlagen hat, bis die Mordserie, die im vergangenen Jahr im September begonnen hatte, aufgeklärt war. Die Anna war damals ein paar Mal nahe dran, ihren Edmund aus der Wohnung zu werfen, weil der sogar im Traum vom Ficken geredet hat, nur weil er den ganzen Tag über ein Verhör einer Prostituierten oder eines Zuhälters nach dem anderen geleitet hat.

Der Köstlbacher hat damals zu seiner Anna gesagt, dass, wenn sie einen Lehrer geheiratet hätte, dann würde sie der den halben Tag über belehren wollen, weil er das nun mal so gut drauf hat. Da sei es mit ihm doch trotzdem tausend Mal besser. Erstens wäre er schließlich nicht so lange pro Tag zu Hause wie ein Lehrer und würde sie nerven, und zweitens sei der Fall im Nuttenmilieu schließlich eher eine Ausnahme gewesen.

Das mit dem Lehrer-Beispiel fand die Anna absolut daneben. Gerade das ewige spät nach Hause kommen, wo du schon gar nicht mehr dran glaubst, einen Mann zu haben, auch keinen Vater für deine Kinder, da wäre ihr ein Lehrer tatsächlich lieber. Und das mit dem nervenden Belehren, das Lehrer gerne so drauf haben, das hätte sie dem schon ausgetrieben.

Zum Glück wurden die Morde im letzten Jahr schneller aufgeklärt, als erwartet. So ist der Köstlbacher nicht zu tief in das Milieu eingetaucht. Weil, eines kannst du mir glauben, überall, wo du zu tief eintauchst, da kann es durchaus schnell einmal vorkommen, dass du da nicht mehr auftauchen kannst.

Die restlichen paar Minuten bis in die Bajuwarenstraße haben der Köstlbacher und der Liebknecht gar nichts mehr miteinander geredet. Das wegen der Herzog, das wollten sie nicht unnütz breittreten. Und Anlass zu irgendeinem Verdacht oder auch nur zu einem irgendwie im Ansatz begründeten Misstrauen hat die Herzog bei den beiden nicht wirklich gegeben.

Brecheisen

(Kapitel 6)

Als ob so eine Schultasche nicht schon schwer genug gewesen wäre! Ich meine, falls du vor Jahren im AAG oder in irgendeinem anderen Gymnasium in Regensburg oder sonst wo in die Schule gingst, dann gab es da praktisch nur den Diercke Weltatlas, durch den sie so richtig Gewicht bekam. Aber weil du den im Unterricht genauso gebraucht hast, wie zu Hause zum Lernen, deswegen Schlepperei unvermeidlich. Bestimmt glaubst du, dass heutzutage ein Diercke Weltatlas nicht mehr wirklich nötig, weil Internetrecherche und so. Aber da täuscht du dich gewaltig. Die Pauker bestehen nach wie vor darauf, dass du gewisse Informationen aus dem Atlas heraus suchen kannst. Und weil du ihn wegen der vielen Langfinger nicht in der Schule lassen möchtest, und da es dir auch nichts bringt, wenn du ihn zu Hause deponierst, weil dann ja quasi kein Arbeitsgerät im Unterricht, drum Schlepperei! Wie in alten Zeiten! Einzige Veränderung zu früher: Die politischen Grenzen, die du in deinem Diercke findest, haben sich verändert, zumindest wenn du eine neuere Auflage besitzt. Das wirkt sich aber nicht einmal in Milligramm aus, was das Gewicht der neueren Auflage betrifft.

Am Freitag, am Tag vor dem Maifeiertag, da hatten etliche Klassen Geografie, was selbstverständlich aus besagten Gründen das Gewicht vieler Schultaschen in die Höhe getrieben hat. Dass die Schultaschen einiger Schüler, denen eine Geografiestunde bevorstand, noch aus einem ganz anderen Grund locker doppelt so schwer waren, wie vergleichsweise Mädchenschultaschen, in denen nur ein Diercke steckte, ist niemandem aufgefallen. Warum auch? Wer achtet schon auf Schultaschengewichtsklassen?

Natürlich hätten die endpubertierenden und teilweise schon fast erwachsenen Schüler für ihr Zusatzgepäck auch einen Tag aussuchen können, wo kein Diercke herumgeschleppt werden musste. Aber wenn du auf solche stundenplantechnischen Details Rücksicht genommen hättest, wärest du schnell als Warmduscher oder Weichei tituliert worden.

Der Diercke in der Schultasche hat sogar einen riesen Vorteil: Wenn du deine Schultasche, die heutzutage ja eher eine Art Rucksack ist, wenn du die auf dem Rücken trägst, dann kann sich das schwere Brecheisen nicht schmerzhaft in deinen Rücken bohren oder gegen deinen Rücken schlagen, weil der Diercke alle Stöße abfängt.

Bestimmt fragst du dich jetzt, wieso Brecheisen? Hast du da was versäumt? Ist da was an dir vorbeigegangen? Gehört seit neuestem ein Brecheisen zumindest bei Schülern ab einem gewissen Alter zum schulischen Arbeitsgerät, wie beispielsweise ein Zirkel?

Wenn du bedenkst, was sich mit so einem Zirkel alles anstellen lässt, außer seinem fachorientierten Einsatz in Geometrie oder im Kunstunterricht, dann ließen sich durchaus Parallelen zum Brecheisen konstruieren.

In Amerika, da hättest du mit so einem Brecheisen keine Chance, in eine Schule überhaupt reinzukommen. Wenn die dich da am Morgen abgreifen, die Security von der Schule, und anschließend deine Schultasche durchwühlen, dann würden die dein Brecheisen genauso als Waffe einstufen, als ob es eine Knarre wäre. Einen Zirkel würden die unbeachtet lassen. Vielleicht ist noch niemand auf die Idee gekommen, dass sich damit waffentechnisch so Einiges auf den Weg bringen ließe.

In Deutschland nie Security, die Schüler abgreift und Schultaschen durchwühlt. Ich meine, das Durchwühlen, das wäre ja in Deutschland sogar noch vorstellbar, aber das mit dem Abgreifen, das würde sich heutzutage keiner mehr trau'n, weil dann gleich wieder Anklage oder mindestens Vorwurf wegen sexueller Belästigung und so. Und das kannst du in diesen Tagen auch wirklich nicht so völlig von der Hand weisen. Da musst du nicht einmal unbedingt so etwas wie ein Bischof sein! Als Lehrer bist du diesbezüglich genauso verdächtig, besonders, wenn du nicht mehr ganz jung! Weil *›geiler Bock‹* immer auch ein bisschen altersbedingte Titulierung!

Anders als in Amerika in Deutschland Sichtweise bezüglich Schultascheninhalt immer korrekt: Brecheisen ist gleich Brecheisen und Zirkel ist gleich Zirkel. Du brauchst zwar ein Brecheisen nicht zwangsläufig in der Schule, außer vielleicht als Anschauungsobjekt zur Hebelwirkung im Physikunterricht. Aber selbst da bleibt das Brecheisen ein Brecheisen. Und es wird noch lange keine Knarre daraus, nur weil es vielleicht noch mehr Eisenanteil als eine Knarre hat und womöglich sogar noch schwerer wiegt. Außerdem ist ein Brecheisen sowieso keine Waffe, weil sonst müsstest du dafür ja einen Waffenschein besitzen oder es zumindest aus dem Waffenschrank deines Vaters entwendet haben. Deutsche Sichtweise nicht nur korrekt, sondern auch durch und durch logisch! Und Logik hat was, auch wenn's nicht immer das ist, was es sein soll.

Angefangen hat das mit dem Herumtragen von einem Brecheisen in der Schultasche damit, dass einmal einer so ein

Teil dabei gehabt hat. Warum er es dabei gehabt hat, das lässt sich jetzt im Nachhinein nicht mehr exakt rekonstruieren. Vielleicht sollte er es nach der Schule seinem Vater auf dem Bau vorbei bringen? Vielleicht wollte es der Schüler aber auch nur stolz einem Mitschüler zeigen, der so etwas noch nie gesehen hat. Auf alle Fälle muss das Brecheisen ein ungeahntes Interesse an Brecheisen ganz allgemein ausgelöst haben, weil immer häufiger unterschiedlichste Brecheisen in Schultaschen mitgeschleppt wurden. Da waren alte, verrostete Dinger genauso vertreten wie nigelnagelneue aus dem Baumarkt. Das Brecheisen wurde, zumindest bei den 15 bis 17jährigen Schülern zu so einer Art Statussymbol. Wenn du keins hattest, dann gehörtest du irgendwie nicht mehr dazu. Haben es die anderen einmal gesehen gehabt, dass du eines hast, dann war es nicht mehr nötig, den Beweis täglich neu anzutreten. Und so hat es sich denn auch eingespielt, dass an den Schultagen, an denen der Diercke das Schlagen des Brecheisens ins eigene Kreuz verhinderte, dass an diesen Tagen mit Geografieunterricht die meisten Brecheisen unterwegs waren und an Tagen ohne Diercke öfter auch mal auf das Extragewicht verzichtet wurde. Wie gesagt, vor allem dann, wenn das Teil schon einmal hergezeigt worden war. Nur ganz hartgesottene Angeber trugen täglich eines mit sich herum.

Warum Mädchen nie ein Brecheisen mit in die Schule genommen haben, hat bestimmt auch mit daran gelegen, dass für die Jungs so ein Brecheisen quasi ein vorzeigbarer Ersatzpenis, womit die Mädchen ja nicht zu prahlen brauchen, weil ihre weiblichen Attribute zum Glück von keinem Penis abhängig, und für sie ein Brecheisen niemals Symbolkraft für ihre Rundungen.

*

Als die beiden von der Kripo, der Pirzer und die Koch, beim OstD Dr. Herbert Pfeifer im Direktoratszimmer gesessen haben, da kam zunächst einmal lange niemand auf ein Brecheisen zu sprechen, weil der Dr. Pfeifer nicht daran dachte, die blöde Brecheisenmanie zu erwähnen. Seit in der letzten Lehrerkonferenz einstimmig beschlossen worden ist, dass in Zukunft kein Brecheisen mehr an der Schule geduldet werden sollte, um Brecheisenproblemen vorzubeugen, und dass bei Zuwiderhandlung Strafen verhängt werden würden, schien sich das Thema ›*Brecheisen*‹ ohnehin erledigt zu haben.

Auch der Pirzer oder die Koch hatten tausend andere, die Doris Münzer betreffende Fragen und brachten das Stichwort ›*Brecheisen*‹ erst, als sie eigentlich schon fast am Gehen waren und auch da nur völlig unbeabsichtigt, ohne zu ahnen, welche Lawine sie damit lostreten würden.

»Weiß man eigentlich schon genau, wie die Doris ermordet worden ist?«, fragte der Dr. Pfeifer, als von Seiten der Kripo keine weiteren Fragen mehr kamen und es so ausgesehen hat, als ob die beiden Kriminaler alles erfahren hätten, was sie wissen wollten, und ihr Aufbruch bevorstand.

»Irgendjemand hat ihr ganz brutal den Schädel eingeschlagen!«, antwortete der Pirzer, der als Mann so eine Aussage leichter über die Lippen brachte, als seine weibliche Kollegin, die es vermutlich dezenter ausgedrückt hätte.

»Unvorstellbar!«, meinte dazu der Dr. Pfeifer. »Auf dem Bild in der MZ sah sie gar nicht danach aus.«

»Das Foto von der Leiche wurde von unseren Experten geschönt! Anders hätten wir es aus Jugendschutzgründen unmöglich veröffentlichen können. Und anders hätte das Mädchen vielleicht auch gar niemand wieder erkannt!«, sagte die Koch.

»Schädel eingeschlagen!«, griff der Dr. Pfeifer die Worte vom Kriminaler Pirzer nochmal auf. »Womit? Mit einem Stein?«

»Es sieht eher nach einer Eisenstange, einem Brecheisen oder so aus!«, sagte der Pirzer.

Da wurde der Dr. Pfeifer schlagartig blass, leichenblass. Das ist der Koch wiederum schneller aufgefallen, als dem Pirzer, weil Frauen einfach die besseren Beobachter.

»Geht es Ihnen nicht gut?«, fragte die Koch darum sofort, weil sie die Reaktion vom Schulleiter Dr. Pfeifer nicht so recht einordnen konnte.

»Doch, doch!«, antwortete der Dr. Pfeifer und meinte damit wohl eher, dass ihm körperlich nichts fehle. »Es ist nur...«

»Was ist nur?«, hakte der Pirzer sofort nach, weil der Dr. Pfeifer mitten im Satz unterbrochen hatte und irgendwie drein schaute, als ob sein Gehirn seit langem zum ersten Mal wieder einmal intensiv zu arbeiten begonnen hätte.

»Wir hatten in letzter Zeit ein Brecheisenproblem hier an der Schule!«, sagte der Dr. Pfeifer und schaute sehr unglücklich drein, weil er damit herausrücken musste.

»Brecheisenproblem?«, fragte der Pirzer, und verbiss sich das Lachen, weil so einen Schmarrn hatte er in seiner ganzen Laufbahn als Kriminaler noch nicht gehört. Auch vorher nicht! ›*Brecheisenproblem*‹ an einem Gymnasium! Wo leben wir denn?

»Na ja«, fuhr der Dr. Pfeifer fort. »Bei einer ganzen Reihe von Schülern kam das Mitbringen eines Brecheisens in ihren Schultaschen in Mode. Wir, also das Kollegium, wir bekamen erst Wind davon, als die Sache wohl schon einige Wochen am Laufen war. Ein Brecheisen hatte beim Abstellen einer Schultasche gegen eine Getränkeflasche in derselben Schultasche geschlagen und diese zertrümmert. Der Junge gab an, er sei gestoßen worden, weshalb ihm dieses Malheur passiert ist. Eine Kollegin, die dem Schüler beim Säubern der Schultasche zu Hilfe kam, sah das Brecheisen. So kam mehr oder minder per Zufall die Existenz eines Brecheisens in einer Schultasche ans Licht. Weil der Junge nicht alleine wie ein begossener Pudel dastehen wollte mit seinem Brecheisen, nannte er eine Reihe von Mitschülern, die auch eines mitführen würden. Sie kennen das ja! Andere zu bezichtigen, denselben Quatsch zu machen, den man selber macht. Das ist eine beliebte Art, eigenes Fehlverhalten herunterzuspielen. Wir haben sofort eine Lehrerkonferenz einberufen und explizit ein Brecheisenverbot ausgesprochen. Als unterrichtsfremder Gegenstand war ein Brecheisen selbstverständlich auch vorher nicht etwas, das in einer Schultasche was zu suchen gehabt hätte. Strafen verhängten wir im Nachhinein keine, da nichts passiert war, also niemand zu Schaden gekommen ist. Aber wir drohten Strafen an, falls noch einmal bei irgendeinem Schüler ein Brecheisen gefunden werden sollte. Für die Jungs war es ein Phallussymbol, auch wenn sie sich dessen vermutlich nicht einmal bewusst waren. Sigmund Freud hätte an dieser Sache seine wahre Freude gehabt!«, sagte der Dr. Pfeifer.

»Und jetzt vermuten Sie, eines dieser Brecheisen könnte die Tatwaffe gewesen sein?«, fragte die Koch, weil nur so konnte sie sich das Erschrecken des Schulleiters erklären, als die Rede auf ein Brecheisen als mögliche Tatwaffe gekommen war.

»Der Villapark ist gleich hier um die Ecke. Kann gut sein, dass nicht jedes Brecheisen wieder ordnungsgemäß mit nach Hause genommen worden ist, zumal bestimmt so mancher Schüler eines hatte, das gar nicht von zu Hause stammte. Abwegig wäre es daher nicht, wenn das eine oder andere Brecheisen hinter einem Busch im Villapark *›entsorgt‹* worden wäre!«, antwortete der Dr. Pfeifer. Der Schweiß, den dieses Gespräch auf seine Stirn getrieben hatte, war nicht zu übersehen.

Der Pirzer schaute den Schulleiter irgendwie durchdringend an, als ob er zu dessen Worte noch etwas hinzugefügt haben wollte.

»Wir werden das überprüfen!«, sagte er statt dessen nur.

»Wir bräuchten eine Liste aller Schüler, bei denen Sie ein Brecheisen gefunden haben! Name, Adresse, Telefon! Bitte faxen sie uns die Liste so schnell wie möglich zu!«, fügte die Koch hinzu und gab dem Dr. Pfeifer ein Kärtchen mit der entsprechenden Faxnummer der Kripo Regensburg.

»Selbstverständlich! Ich werde das sofort anordnen. Unser Sicherheitsbeauftragter Dr. Gleichmut müsste ohnehin fürs Protokoll der besagten Lehrerversammlung zum Thema *›Brecheisen‹* bereits eine derartige Zusammenstellung gemacht haben.«

»Wunderbar! Dann kann es ja nicht lange dauern! Da wir nicht ausschließen können, dass jemand aus Ihrer Schule der Tat verdächtigt werden wird, rechnen Sie bitte damit, dass dieser Besuch bei Ihnen nicht unser letzter sein wird!«, sagte der Pirzer und verabschiedete sich zusammen mit der Koch von dem Schulleiter, dem der Gedanke an weitere Polizeipräsenz an seiner Schule gar nicht angenehm war.

Nicht, dass du jetzt denkst, der Dr. Pfeifer würde irgendetwas vertuschen wollen. Wenn er das wirklich gewollt hätte, dann hätte er von den Brecheisen gar nichts erwähnen dürfen. Nur, ganz ehrlich gesagt, er hätte auch gar nichts erwähnt, wenn er klar hätte denken können. Man möchte zwar meinen, so ein Schulleiter, der müsste immer klar denken können. Aber in Extremsituationen Fehlanzeige. Und dass die Kripo die eigene Schule in Verbindung mit einem brutalen Mord bringt, das quasi Supergau, was Extremsituation betrifft! Schlimm genug, dass eine Schülerin seines Gymnasiums ermordet worden ist. Was den Ruf der Schule betrifft, schon allein die Möglichkeit einer eventuellen Täterschaft aus dem Kreise der Schüler vom AAG, eine echte Katastrophe!

Da gehen dir als Direktor sofort Schulen in Deutschland und wer weiß sonst noch wo durch den Kopf, wo ein Schüler oder zumindest ein ehemaliger Schüler Amok und so. Und für solche Situationen hast du als Direktor präventiv, wenn überhaupt, höchstens eine zweistündige Fortbildung absolviert, weil Situation ja quasi nicht alltäglich und an den meisten Schulen ein ganzes Lehrerleben lang irrelevant. Und der Dr. Pfeifer in der Tat nicht einmal eine zweistündige Fortbildung. Hat damals seinen Stellvertreter, den StD Dr. Num hingeschickt. Und der momentan im Krankenstand. Einzige Rettung der Dr. Gleichmut, der Sicherheitsbeauftragte! Der hatte seinen Doktortitel glücklicherweise nicht in Französisch oder Latein gemacht und auch sonst in keinem direkten Unterrichtsfach. Für den seinen Doktortitel untersuchte der Kollege Gleichmut empirisch das soziale Gefüge eines bayerischen Gymnasiums. Zwar war das ein Gymnasium in München, aber schlimmer als in München dürfte es in Regensburg ja kaum aussehen. Freilich, von einem Mord an einem Münchner Gymnasium war dem Dr. Pfeifer nichts bekannt, höchstens von der einen oder anderen Vergewaltigung hatte er schon gehört.

Die Vertreter der Kripo hatten das AAG kaum verlassen, da saß auch schon der Dr. Gleichmut im Zimmer vom OstD Dr. Pfeifer und hörte sich an, was ihm der zu erzählen hatte.

*

Der Pirzer und die Koch trafen ziemlich zeitgleich mit dem Köstlbacher und dem Liebknecht in der Zentrale der Kripo in der Bajuwarenstraße ein. Bevor ein schriftlicher Bericht angefertigt wurde, erst einmal Besprechung im Büro vom Köstlbacher.

Dass die erste Reaktion vom Köstlbacher die war, den Dr. Kroner von der Gerichtsmedizin anzurufen, das kannst du dir denken. Weil, eines musst du wissen, mit so einer Brecheisengeschichte, da bringst du an einem Gymnasium eine ganz schöne Unruhe rein. Und dafür wollte der Köstlbacher erst verantwortlich zeichnen, wenn ihm der Dr. Kroner mit höchstmöglicher Sicherheit würde bestätigen können, dass die Tatwaffe wirklich ein Brecheisen gewesen ist.

Rosenpalais
(Kapitel 7)

Die Anna war stocksauer, weil der Edmund seit dem Maifeiertag quasi nur noch Arbeit.

»Weißt du eigentlich, wie deine eigenen Kinder den Tag verbringen? Das ist dir doch völlig egal! Du hast nur noch den Mord an der Doris im Kopf! Kürzlich habe ich gedacht: Endlich! Der Edmund kommt früher nach Hause, weil er der Clara versprochen hat, ein paar Stunden für sie zu reservieren. Einfach mal wieder Vater sein! Und? Was war? Um die Evi ging's! Um die Münzer Evi! Sie wolltest du aushorchen, weil dir dazu offiziell die Hände gebunden waren! Ich könnte heulen vor Wut!«, schrie sie ihren Edmund an.

Die Anna hätte ihren Gatten nicht so angefahren, wenn die Kinder im Haus gewesen wären. Aber die übernachteten dieses Wochenende bei Edmunds Eltern in Passau. Eine seltene Gelegenheit, einmal ein klares Wort miteinander zu reden, weil so konnte es freilich wirklich nicht weiter gehen.

Erst wollte er sich ja aufregen, der Köstlbacher, wollte nicht zugeben, dass seine Anna recht hatte. Aber dann hat er doch recht schnell begriffen, wie ernst es der Anna wirklich war und hat einen zerknirschten Eindruck gemacht.

»Du hast ja recht!«, sagte er und hob dabei wie zur Entschuldigung beide Hände abwehrend nach oben.

»Was soll ich machen?«, fügte er noch fragend mit der größten Unschuldsmine hinzu, die sich auf sein Gesicht zaubern ließ.

»Was soll ich machen?«, äffte ihn die Anna nach. »Du tust ja gerade so, als ob du keine andere Wahl hättest!«

»Habe ich denn eine andere Wahl?«, fragte der Edmund und meinte das sogar so, oder zumindest so ähnlich.

»Natürlich hast du eine! Wie willst du dem Staate denn noch nütze sein, wenn du eines Tages ein saftiges Burn Out bekommst? Sag'! Wie?«, fuhr ihn seine Anna an.

»So ein Quatsch! Burn Out! Wieso sollte ich ein Burn Out bekommen?«, fragte der Edmund an Stelle einer Antwort zurück.

»Weil ich's gelesen habe! Nur wer vorher richtig brennt, beruflich meine ich, der kann auch ein Burn Out bekommen. Und dass du voll in Flammen stehst, was deinen Beruf betrifft, das kannst du doch nicht leugnen!«, meinte die Anna. »Und was mich betrifft, da hast du doch längst dein Burn Out!«, fügte sie noch hinzu.

Dass das gesessen hat, das kannst du dir denken!

»Und wie stellst du dir das vor? Soll ich etwa einen Mörder, der da draußen frei rumläuft, soll ich dem genug Zeit lassen, vielleicht noch einmal zuzuschlagen, nur damit ich etwas mehr Freizeit für mich und meine Familie habe und weniger ›*brenne*‹, wie du das nennst?«, fragte der Edmund ohne auf die letzte Bemerkung der Anna einzugehen. Weil, sei doch einmal ehrlich, wenn du da widersprichst, dann hat das unvermeidlich eine gewaltige Grundsatzdiskussion zur Folge, wenn nicht gar einen satten Ehekrach.

»Natürlich nicht! Aber du könntest etwas mehr delegieren! Himmel, ich weiß ja auch nicht, wie du es machen könntest, aber so geht es einfach nicht weiter!«, sagte die Anna ratlos und mit aufsteigenden Tränen in ihren Augen.

»Das mit der Evi, das tut mir leid!«, lenkte der Edmund ein, weil er alles ertragen konnte, nur nicht in die weinenden Augen seiner Anna sehen. »Ich weiß ja, dass ich da übers Ziel hinausgeschossen bin! Und gebracht hat's ja auch nicht wirklich etwas!«, gab der Edmund zu.

Eines kannst du mir glauben, in diesem Moment ging es dem Edmund Köstlbacher ernsthaft mies. Das Gefühl war sogar noch viel schlechter, als das nach seinem Arztbesuch. Mit seinen Pfunden umzugehen, das vermochte der Köstlbacher immer noch tausend Mal besser, als mit seiner Frau zu streiten, zumal, wenn er definitiv im Unrecht. Und aus dieser Situation heraus, da musste der Köstlbacher einfach irgendeine Reaktion zeigen, die den schief hängenden Ehefrieden wieder ins Lot bringen könnte.

Da bist du als Ehemann ganz schön gefordert, weil das richtige Maß treffen an Zerknirschtheit und Wiedergutmachungsbezeugung gar nicht so einfach. Wenn du da ein bisschen zu fett aufträgst, beispielsweise Perlenkette oder so, dann kann es dir ganz schnell passieren, dass du verdächtigt wirst, es bezüglich deiner ehelichen Treue nicht genau genommen zu haben. Weil, Perlenkette quasi Überbewertung und eher krasses Schuldeingeständnis. Greifst du hingegen auf den altbewährten Blumenstrauß zurück, dann kann diese Geste von deiner Lebenspartnerin als nicht ausreichende Anstrengung deinerseits gewertet werden. Wenn du Pech hast, dann fliegt dir der Blumenstrauß um die Ohren. Und wenn du Rosen gekauft hast, dann kann die Sache zuletzt sogar gefährlich für dich ausgehen, weil Dornen und so.

Ein Freund von mir, der hat es mit Bananen versucht. Blumen waren an dem Kiosk auf dem Nachhauseweg nach der durchzechten Nacht in den Morgenstunden nicht mehr zu haben. Du glaubst gar nicht, wie schmerzhaft Bananen sein können, wenn sie, als Wurfgeschosse eingesetzt, dein Gesicht treffen! Blumen harmlos dagegen, falls nicht gerade Rosen!

Aber der Köstlbacher schon von Berufs wegen sensibel, was den Umgang mit Menschen im Allgemeinen betrifft. Im Gegensatz zu den Menschen, die zu Hause all das falsch machen, was sie im Beruf richtig anpacken, hat der Köstlbacher aber auch mit seiner Anna daheim gut umzugehen gewusst, wenn's mal wirklich nötig war. Und jetzt war's wirklich nötig, bitter nötig, sollte der Disput nicht in einem gewaltigen ehelichen Disaster enden.

*

Wenn du weißt, wo in Regensburg der Prinzenweg ist, in der die Familie Köstlbacher wohnt, dann weißt du vermutlich auch, dass nur wenige Schritte entfernt im Minoritenweg das Rosenpalais zu finden ist, das à-la-carte Restaurant in Regensburg wo feinste Speisen in einem historischen Gebäude präsentiert werden. Normalerweise bekommst du dort ohne Vorbestellung nur schwer einen Platz, aber weil der Köstlbacher die Betreiber des Rosenpalais in seiner Eigenschaft als Kriminaler vor ein paar Wochen kennengelernt hat, ein extra Tisch für zwei Köstlbacher Personen quasi immer vorhanden.

Nicht, dass du jetzt denkst, die vom Rosenpalais, die haben was ausgefressen und der Köstlbacher hat ein Auge zugedrückt. Und jetzt Bestechungsessen. In Amerika, da kann das ja ab und zu mal so ablaufen, zumindest wenn man den Krimis Glauben schenken darf, die bestechliche amerikanische Polizisten in den Mittelpunkt stellen. Der Köstlbacher aber nie und nimmer korrupt! Und was die vom Rosenpalais betrifft, da wurde nur gegen einen Gast dort ermittelt, der in einen Betrug verwickelt war. Eigentlich ja nicht einmal der Arbeitsschwerpunkt vom Köstlbacher, weil der ja nicht Betrugsdezernat. Aber, da musst du schon auch ab und zu schwerpunktsfremd aushelfen, wenn gerade kein Todesfall zu untersuchen da ist. Weil, eines musst du wissen: Die Mordkommission kann nicht Däumchen drehen, wenn die vom Betrug mit Arbeit überlastet sind. Kollegialität bei der Kriminalpolizei quasi oberstes Gebot!

Jedenfalls konnte der Köstlbacher damals den Verdacht gegen den Gast im Rosenpalais entkräften. Und weil sich schließlich kein Restaurant wünscht, schräge Gäste zu haben, wegen Image und so, deshalb besondere Sympathie für den Köstlbacher, der so einen Verdacht entkräftet hatte.

*

»Was hältst du davon, wenn wir morgen zu zweit einen schönen Abend im Rosenpalais verbringen?«, fragte darum der Edmund ganz spontan seine Anna, bevor die weitere Argumente ins Feld führen konnte, die ihn als Rabenvater und ebensolchen Ehemann anprangern würden.

»Ohne die Kinder?«, fragte die Anna, etwas überrascht vom Vorschlag ihres Mannes.

»Ohne die Kinder!«, antwortete der Edmund nur knapp, ohne groß eine Erklärung abzugeben, warum er die Kinder lieber nicht mitnehmen möchte. Und dafür hätte es weit mehr als nur einen Grund gegeben.

»Hast recht! Unsere Kinder in diesem Gourmettempel, das muss nicht sein«, sagte die Anna und war mit einem Mal wie ausgewechselt. »Außerdem sind sie ja eh noch bis übermorgen bei Oma und Opa!«, fügte sie noch hinzu.

Und, als hätte es noch vor wenigen Minuten kein einziges böses Wort gegeben, wandte sich die Anna übergangslos einem für sie nun existenziell wichtigen Problem zu:

»Was soll ich da anziehen?«, fragte sie.

Weil das ist wieder einmal typisch Frau! Wenn sich so ein weibliches Wesen entschieden hat, eine Entschuldigungsgeste anzunehmen, dann sofort weitere Planung. Und Planung der Garderobe absolute Priorität!

Der Edmund natürlich hellwach bei der Frage nach der geeigneten Garderobe seiner Anna. So ein kleiner Ehestreit kann schon an die Nieren gehen, aber eine Diskussion um das Outfit für einen kulinarischen Abend im Rosenpalais durchaus weitaus heftigeres Krisenpotenzial. Wenn du da wieder nicht aufpasst als Mann und auch diesmal die falschen Worte wählst, dann kann es schnell passieren, dass der kulinarische Abend ins Wasser fällt und dir am Ende sogar wieder einmal längerfristig der eheliche Sex gesperrt wird.

Bestimmt denkst du jetzt, dass ich da gewaltig übertreibe, weil die Köstlbachers doch bestimmt eine gewisse Auswahl an Schickem, um das Problem schnell und konstruktiv lösen zu können. Aber eines musst du wissen: Große Auswahl unerheblich und im Prinzip eher sogar quälend, wenn Situation nicht alltäglich und Entscheidung somit nicht Routine.

Was die Anna betrifft, da hätte ein Öffnen des Kleiderschrankes eigentlich reichen müssen, um das Richtige für diesen Abend zu erspähen, es anzuprobieren und es ohne Wenn und Aber als geeignet zu befinden. Schließlich ist die Anna in den letzten Monaten, seit sie nun in Regensburg wohnen, in den hunderttausend Modeläden dieser Stadt, die sie als

Ersatzbefriedigung aufsuchte, weil ihr Edmund nur noch Arbeit und so, oft genug fündig geworden. Aber sie ist nur selten in die Verlegenheit gekommen, sich schön machen zu müssen, weil vielleicht Theater oder Ähnliches. Genau genommen war nur ein einziger nennenswerter Anlass, nämlich, als sie zur Beerdigung ihrer Tante Martha gegangen ist, die kurz vor Ostern verstarb.

Abgesehen von Beerdigungen wäre die Anna aber für alle Fälle garderobentechnisch gerüstet, beginnend mit einer Hochzeit bis hin zu einem Staatsbankett. Letzteres natürlich nur fiktiv! Dass die Anna für jede Gelegenheit einen Fummel parat hatte, das mag auch ein wenig daran gelegen haben, dass die Anna keine wirkliche Schönheit. Aber sie kennt aus ihrer Schulzeit noch die Novelle ›*Kleider machen Leute*‹ und die Quintessenz dieser Lektüre hat sie gründlich verinnerlicht. Drum die Anna auch nie ein schlechtes Gewissen, wenn einmal etwas mehr Geld zur weiteren Bestückung des Schrankinhalts ausgegeben werden muss.

Und jetzt, wo der Edmund eine Möglichkeit aufgetan hat, sich endlich einmal vom Fundus zu bedienen, da natürlich Qual der Wahl.

Mag ja sein, dass so eine ›*Qual der Wahl*‹ eher frauentypisch, aber der Edmund hätte diese ›*Qual der Wahl*‹ auch nicht haben können, wenn sie männertypisch sein würde, weil seine Seite im Kleiderschrank zwar nicht unbedingt leer, aber im Gegensatz zu seiner Anna, deren Figur seit Jahren dieselbe geblieben ist, also im Gegensatz zu ihr die Figur vom Edmund permanent am Aufgehen wie ein Hefeteig, nur dass ein Hefeteig sich nur volumenmäßig vergrößert, der Edmund aber auch sein Gewicht mitwachsen hat lassen. Folglich natürlich stetige Konfektionsgrößenveränderung!

Der Kommissar Köstlbacher hatte sich erst kürzlich mit einem neuen Anzug eingedeckt, weil dienstlich ein Anzug autoritätsfördernd, vor allem bei Vernehmungen.

Du glaubst ja gar nicht, wie wirkungsvoll es bei einer Vernehmung ist, passend gekleidet zu sein. Hast du es mit einer bekleidungstechnisch wenig gepflegten Erscheinung zu tun, dann dein Auftreten im guten Zwirn, nach Möglichkeit mit Krawatte, das einer Respektsperson. Ist die oder der zu Vernehmende selber gut gekleidet, dann bleibst du in deinem teueren Outfit immerhin noch auf gleicher Augenhöhe, zumindest in erscheinungsbildlicher Hinsicht!

Und nicht zu vergessen wäre da die Frau Klein, schon allein wegen der du nicht in abgetragenen Klamotten zum Dienst erscheinen möchtest. Oder könntest du mit einer Sekretärin wie der Klein zusammenarbeiten, wenn du ständig ihre missbilligenden Augen auf dich gerichtet spüren würdest?

Missbilligende Augen von der Anna, das ist eine Sache, aber von der Klein, eine andere! Von der Klein als ungepflegt eingestuft zu werden, das wollte keiner auf dem Kommissariat, weil dann für alle Zukunft bei ihr unten durch. Und das kannst du mir glauben, kein männlicher Kriminaler in Regensburg wollte sich seine schwammige Hoffnung darauf nehmen lassen, irgendwann einmal mit der Klein und so. Und ich bin mir nicht einmal sicher, ob es da nicht auch die eine oder andere Kriminalerin gegeben hat, die ähnlich wie ihre männlichen Kollegen tickte. Seit Fernsehtatortkommissarinnen im Privatleben Wegbereiterinnen, quasi wie manche Politiker bis hinauf in die höchsten Ämter, die gleichgeschlechtlich und so, seitdem Versteckspiel auch auf dem Kommissariat in Regensburg nicht mehr zwingend.

Falls du jetzt glaubst, der Edmund hätte seinen neuen Anzug so mir nichts dir nichts für den Abend im Rosenpalais anbehalten können, dann irrst du dich wieder einmal, weil du eben nicht Gehirnwindungen von der Anna!

»Du wirst doch nicht deinen Arbeitsanzug anbehalten wollen?«, fragte die Anna ihren Edmund, als der keine Anstalten machte, es ihr gleich zu tun und eine Rosenpalais bedingte Modenschau zur Entscheidungsfindung abzuhalten.

»Ich denke nicht, dass ich eine Wahl haben werde. Du vergisst, dass ich mir diesen Anzug gekauft habe, weil mir kein anderer mehr passt!«, entgegnete der Köstlbacher.

Mit dem weiteren Geplänkel um die richtige Bekleidung für diesen Abend will ich dich aber jetzt nicht langweilen, weil heraus gekommen ist bei der Angelegenheit nicht viel. Um noch etwas Neues für den Edmund aufzutreiben, war es inzwischen zu spät, und zuletzt bekam der Edmund grünes Licht, was das Tragen von seinem ›*Arbeitsanzug*‹ betraf, und die Anna entschied sich für ein schlichtes schwarzes Kleid, das sie mit dem Gebrummel wählte:

»Wird Zeit, dass ich mir wieder mal was Peppiges zum Anziehen kaufe, irgendetwas mit einer ansprechenden Farbe! Muss ja nicht in Rosa sein!«

Wie der Köstlbacher das ›*Muss ja nicht in Rosa sein!*‹ gehört hat, da war es ihm einen Moment lang, als hätte die Anna damit auf etwas hingewiesen, das ihm im Unterbewusstsein schon seit ein paar Tagen durch den Kopf gegangen ist. Aber drauf gekommen ist er dann doch nicht, was das gewesen sein sollte, weil bei der ganzen Sucherei um die passende Rosenpalais Bekleidung einfach zu viel Ablenkung.

*

Irgendwann am Abend, gut eine Stunde später, als der Köstlbacher einen Tisch reserviert hatte, haben es die beiden dann endlich geschafft, ihr Haus im Prinzenweg zu verlassen und die paar Meter zum Rosenpalais vorzugehen. Auf Mantel oder gar Schirm konnte verzichtet werden, weil ausnahmsweise eine laue Nacht, die keinen Regen erwarten ließ. Der Edmund ganz galant, hatte seiner Anna den linken Arm geboten und die Anna hakte sich unter, wie ein verliebter junger Teenager. Im Rosenpalais wurden die beiden freundlich begrüßt, als wären sie alte Stammgäste, und an den Einzeltisch oben im Nobelgastraum des Restaurants geführt, wo man von fast allen übrigen Gästen gesehen wurde, aber natürlich auch selbst recht gut beobachten konnte.

Vor allem dieses Beobachten gefiel dem Köstlbacher besonders, weil da insgeheim Versuch, Menschenkenntnis zu erproben. Du weißt schon, so frei nach dem Motto: ›*Lass' dich anschauen und ich sage dir, wer du bist!*‹ Der Köstlbacher hat das nicht so an der Kriminalerschule gelernt, auch auf keinem Lehrgang. Aber der Köstlbacher so oft wie möglich Weiterbildung am Fernsehen. Zum Glück vergeht in letzter Zeit ja kein Abend mehr, wo nicht auf mindestens einem Programm ein ›*Tatort*‹. Früher, da gab es so einen höchstens einmal in der Woche. Und wenn du da als Berufskriminaler nicht konntest, dann ganz schön Fortbildungsdefizit! Aber inzwischen sind die Tatortkommissare und Kommissarinnen wie Pilze aus dem Boden geschossen, weil all die Schauspieler auf den deutschen Bühnen gar keinen Platz mehr haben. Und bevor es in den großen und kleinen Theaterhäusern zu einem unübersichtlichen Schauspielergedränge kommt, haben eine erhebliche Anzahl zum Film gewechselt, wo sie jetzt schön verteilt auf ganz Deutschland in verschiedenen Städten ihre Mordfälle lösen. Sogar Regensburg hat mit der Kommissarin Lukas schon so eine Film-Kriminalerin bekommen, die jetzt nicht mehr Hamlet oder wer weiß was sonst auf überfüllten Bühnen vor leeren Häusern spielen muss.

Ab und zu musst du natürlich schon etwas intensivere Fortbildung betreiben, als du das mittels deutscher Krimis bewerkstelligen kannst. Es müssen ja nicht unbedingt asiatische Krimis sein, weil Verbrecher in Asien ganz anders gestrickt als bei uns. Aber die amerikanischen, die solltest du nicht auslassen, weil dort viel mehr echte Psychologie und Profilerwissen. Vor allem die deutsche Kriminalpsychologie ist vergleichsweise schon sehr ärmlich, weil ja eh klar, dass Verbrechen mit gutem Anwalt und unter Zuhilfenahme der Kronzeugenregelung kaum bestraft wird. Wenn dann die Kommissarin übers Megafon dem Kidnapper in der Bank verspricht, dass er bald wieder freikommen wird, wenn er sich stellt, bevor er eine weitere Geisel erschießt, vorausgesetzt, er verpfeift seine Auftragsgeber, dann war's das schon mit der Psychologie. Fast zumindest! Weil die Ehefrau des Kidnappers, die muss noch glaubhaft rüberbringen, dass sie ihren Mann da drinnen über alles liebt und ihn braucht, auch wenn sie längst die Scheidung eingereicht hat.

In Amerika weitaus kompliziertere Psychologie, weil in einigen Bundesstaaten Todesstrafe möglich. Und da kannst du nicht so einfach behaupten, dass dir schon nichts passieren wird, wenn du dich stellst. Aber in Amerika zum Glück echte Profiprofiler! Die eruieren vorab genau, was für ein Mensch der da drin ist, der Geiseln genommen hat. Und auf dieses Wissen gestützt, da komplett anderer Psychologieeinsatz möglich.

Und der Köstlbacher total fasziniert von all diesem amerikanischen Wissen. Darum fände er es auch viel zu mager und einseitig, sich nur mit deutschen ›*Tatort Krimis*‹ weiterzubilden, denen es an amerikanischem Know How einfach fehlt.

*

Im Rosenpalais genoss es die Anna sehr, dass einige Gäste sie beobachteten. Dass die Blicke dabei eher ihrem Mann galten, das wurde ihr erst bewusst, als sie feststellte, dass der das eine oder andere Mal zu dem einen oder anderen Tisch hinnickte. Nicht unbedingt immer freundlich, aber jedenfalls nickte.

»Der dort hinten im dunklen Anzug mit der hässlichen roten Krawatte, das ist doch der Stadtrat Faltenhuber!«, stellte die Anna nach vorne gebeugt flüsternd fest. »Woher kennst du den?«

»War vor ein paar Monaten in einen Fall verwickelt, den ich zu bearbeiten hatte!«, antwortete der Edmund knapp, weil es ihm unangenehm war, sich mit seiner neugierigen Anna in ein Gespräch über anwesende Personen einzulassen.

»Ist das seine Tochter?«, hakte die Anna nach und deutete dabei für andere nicht sichtbar, vor ihrer Brust mit dem rechten Zeigefinger in Richtung der blonden Schönheit, die dem Willi Faltenhuber gegenüber saß.

»Eher nicht!«, meinte der Köstlbacher. Soweit ich weiß, hat der Faltenhuber keine eigenen Kinder.

»Aha!«, sagte da die Anna nur vieldeutig und traf dabei mit einer ihrer heimlichen Vermutungen sicherlich ins Schwarze.

»Der Faltenhuber wohnt doch in der Schnupfe?«, stellte

Anna mit einem leicht fragenden Unterton in ihrer Stimme fest.

»Ja. Warum?«, fragte der Edmund.

»Dass der als Stadtrat nichts gegen den Sexshop unternimmt, der in die Schnupfe reinkommen soll?«, fragte die Anna.

»Schau dir doch seine Begleitung noch einmal genauer an!«, sagte der Edmund.

Verstohlen blickte die Anna zu dem Faltenhuber Tisch.

»Und? Alles klar?«, fragte der Edmund.

»Wenn es das ist, wonach es aussieht!«, sagte die Anna.

»Ist es!«, sagte der Edmund und betrachtete das Gespräch zu diesem Thema als beendet.

»Da fällt mir gerade etwas ein, das dich in Zusammenhang mit deinem Mordfall interessieren dürfte!«, sagte da zur totalen Überraschung vom Edmund seine Anna.

»Ich dachte, du willst dir einen schönen Abend mit mir machen, sozusagen zum Ausgleich, weil dich mein Überstunden schieben nervt. Und jetzt fängst du damit an, meine Arbeit ins Boot zu holen?«, wunderte sich der Edmund, aber eigentlich doch sehr interessiert an dem, was seine Anna ihm zu erzählen hätte.

Dass der Köstlbacher nicht gleich Feuer und Flamme wegen dem, was die Anna wusste, das war natürlich rein äußerlich und total Taktik. Wenn der Köstlbacher jetzt gleich wieder Kommissar, das wäre der Anna sofort aufgefallen und sie hätte bestimmt einen Rückzieher gemacht.

Aber die Anna gar nicht an einem Rückzieher interessiert, weil so ein Leben als Vollzeithausfrau nicht gerade übermäßig aufregend und schon von daher natürliche Neugierde auf alles vorhanden, was außergewöhnlich. Und so einen Abend wie den heutigen ein wenig zu nutzen, um aus dem Edmund was raus zu locken, das war schließlich eine absolut seltene Gelegenheit.

Nicht, dass die Anna nur auf blutrünstige Geschichten aus gewesen wäre. Aber wann hast du schon mal einen Mordfall im eigenen Bekanntenkreis? Da kannst du jeden Fernsehkrimi vergessen, weil Krimi am Fernsehen eben immer nur fiktiv. Ganz selten steht höchstens einmal am Schluss im Nachspann, dass sich das alles wirklich so oder zumindest so ähnlich ereignet hat und nur die Namen der Personen und die Orte ausgetauscht worden sind. Wenn es hoch kommt, dann erfährst du noch, wie hoch das Strafmaß für den Täter war, dass er immer noch im Gefängnis sitzt, dort gestorben ist oder so. Aber das mit der Doris, das nicht fiktiv! Die Anna hatte seit dem Mord nicht mehr so richtig schlafen können. Und zum Villapark auf einen Spaziergang, das getraute sie sich auch nicht mehr, nicht einmal in Begleitung. Vielleicht mit dem Edmund, das schon eher. Aber der hatte ja nie Zeit!

Weil, eines musst du wissen, der Köstlbacher am Abend nach seinem Dienst in aller Regel hundemüde und ganz und gar nicht mehr dazu aufgelegt, noch einen Spaziergang zu machen oder gar mit der Anna über seine Arbeit zu reden. Außerdem wäre der Villapark am Abend eh geschlossen. Und an den Wochenenden .... Der Edmund hatte vom Wochenende seine eigene Vorstellung. Und da kam der Villapark weniger vor.

»Du weißt, dass ich nicht vor hatte, heute hier mit dir über deine Arbeit zu reden! Aber ich habe ja auch nicht gewusst, dass dieser Faltenhuber in unserer Nähe sitzen wird«, sagte die Anna und versuchte so für den Edmund logisch zu begründen, warum sie eine Ausnahme bezüglich der sich anbahnenden Gesprächsrichtung machen wollte.

»Mit dem Mord an der Münzer hat der Faltenhuber kaum was zu tun. Der Faltenhuber spielte in meinem letzen Mordfall eine Rolle. Allerdings keine, wegen der man ihn hätte belangen können, obwohl er überall seine Finger drin hat. Aber der Faltenhuber ist aalglatt. Das hat auch seine Frau begriffen und ist ihm prompt davon. Hat den Faltenhuber aber weniger gestört. Jetzt macht er umso mehr mit den jungen Dingern rum. In aller Öffentlichkeit! Versteh' die Regensburger nicht, die den zum Stadtrat gewählt haben!«, sagte der Edmund.

»Weil die hier auch nicht anders sind als anderswo! Je größer die Sprüche, die einer reißt, desto mehr Leute fallen darauf herein«, sagte die Anna.

Wäre da jetzt nicht einer der leckeren Gänge serviert worden, die das bestellte Menü umfasste, die Anna hätte sich bestimmt noch weiter über Typen wie den Faltenhuber ausgelassen. So aber wurde erst einmal gegessen.

»Du wolltest mir etwas erzählen?«, erinnerte der Köstlbacher seine Frau, als die Teller des soeben verzehrten Gangs abgeholt wurden und der Edmund langsam befürchtete, seine Anna könnte vergessen haben, ihm etwas sagen zu wollen.

»Allerdings!«, antwortete die Anna, ohne allerdings gleich mit ihrem Wissen herauszurücken. »Was hältst du von den Eltern der Doris?«, fragte sie stattdessen ihren Mann.

»Was soll ich von denen halten? Im Gegensatz zu dir kenne ich sie nicht. Ich kann mir erst ein Bild machen, wenn die beiden aus Kenia zurück sein werden«, antwortete der Köstlbacher.

»Wann wird das sein?«, fragte die Anna.

»Kann sein, dass sie schon da sind! Angeblich sind sie gestern oder vorgestern von ihrer Safari ins Hotel zurückgekehrt. Der Liebknecht hat mit ihnen telefoniert. Das Coral Beach Hotel betreibt ein schweizer Ehepaar. Mit denen hatte der Pirzer schon Verbindung aufgenommen, als die Münzers noch im Amboseli unterwegs waren. Gleich nach ihrer Rückkehr ins Hotel hat der Pirzer die Münzers dann endlich selbst erreicht. Falls sie dann bald einen Flug bekommen haben, könnten sie, wie gesagt, schon zurück sein!«, antwortete der Köstlbacher.

»Weiß man etwas über ihre Reaktion?«, fragte die Anna.

»Der Münzer soll es ruhig aufgenommen haben. Bestimmt eine Folge des Schocks! Seiner Frau musste der Hotelarzt, übrigens auch ein Schweizer, ein Sedativum verabreichen. Sie hat sich, wenn man der Mail des Managements Glauben schenken darf, wie eine Verrückte gebärdet.«

»Aha!«, antwortete die Anna nur einsilbig.

»Was heißt ›*Aha*‹?«, fragte der Edmund, langsam verärgert, weil er nicht so recht wusste, worauf seine Anna hinaus wollte.

»Aha heißt aha!«, erklärte die Anna in der ihr eigenen weiblichen Logik. »Aber ich kann dir gern näher ausführen, wieso ›*Aha*‹. Also, von der Evi weiß ich, dass ihre Schwester im Streit mit ihren Eltern gelegen hat und deshalb auch ausgezogen ist.«

»Wieso hat mir das die Evi nicht erzählt?«, fragte der Edmund.

»Wieso sollte sie? Sie kennt dich nicht und hat dich außer

ein oder höchstens zwei Mal noch nie gesehen, geschweige denn mit dir gesprochen. Aber die Evi weiß von unserer Clara, dass du ein Kripobeamter bist. Wenn du dich dann zu Hause am Kaffeetisch auch noch aufführst wie bei einer Vernehmung, dann zieht sich so ein Kind doch eher nur in sich selbst zurück. Schüchtern ist die Evi ja auch ohne einen Kriminaler am Tisch schon genug«, sagte die Anna etwas anklagend.

Aufgeführt hatte er sich! Aufgeführt wie bei einer Vernehmung! Na ja, vielleicht hatte die Anna gar nicht so unrecht. Genau genommen hatte er ja wirklich sein automatisches Befragungsritual abgespult. Und das vor einem 10jährigen Kind! Wo ist da die berühmt berüchtigte Psychologie geblieben?

›*Herrgott nochmal! Wie habe ich mich nur derart naiv anstellen können?*‹, dachte der Köstlbacher

»Du hast recht! Es tut mir leid!«, entschuldigte er sich bei der Anna, weil die hätte ihm gegenüber nichts Weiteres mehr erzählt, wenn er seinen Fehler nicht zugegeben hätte. Dafür kannte der Edmund die Anna nur zu gut. Der Anna musst du einfach Oberwasser lassen, dann kannst du von ihr Kooperation erwarten. Ansonsten macht die schneller dicht als unsere Nationalelf, wenn's drauf ankommt.

»Nicht, dass ich die Münzers besonders gut kennen würde, aber ganz unbekannt sind sie mir auch nicht. Schließlich habe ich unsere Clara schon oft zu denen gebracht und auch wieder abgeholt, obwohl ich das inzwischen schon länger nicht mehr machen durfte, weil die Clara mit ihren 10 Jahren nicht mehr wie ein Kindergartenkind behandelt werden will. Und damit hat sie auch recht! Ich würde sagen, die Münzers sind ein ganz normales Ehepaar. Das schwarze Schaf in der Familie ist, beziehungsweise war, die Doris. Schulisch gesehen hat sie ihren Eltern wohl kaum Probleme gemacht. Soweit ich von der Evi weiß, ist die Doris sogar eine von den besseren Schülerinnen ihres Jahrgangs gewesen. Aber privat war sie nicht zu bändigen. Angeblich hat sie alles ausprobiert, was so ein Mädchen auch nur irgendwie ausprobieren kann!«, sagte die Anna.

»Kannst du das etwas genauer formulieren?«, unterbrach da etwas ungeduldig der Edmund.

»So im Detail weiß ich es ja auch nicht. Was man sich eben so erzählt! Illegale Sachen eben, Drogen! Keine Ahnung! Und Sex! Wer wollte, der durfte! Und wenn zwei oder drei gleichzeitig wollten, dann war das für sie auch kein Problem. Auch mit Frauen soll sie rumgemacht haben!«, sagte die Anna.

Das musste an dem hervorragenden Rotwein gelegen haben, den die Köstlbachers kredenzt bekommen haben, weil sie das Überraschungsmenü mit Weinfolge beordert hatten. So hatte der Edmund jedenfalls seine Anna schon eine Ewigkeit nicht mehr erlebt, ich meine so wenig zurückhaltend und mit einem Wortschatz so frei über Dinge redend, die die Anna zum Leidwesen vom Edmund eher selten zum Thema machte, viel zu selten!

»Nun sag' bloß, das weißt du auch alles von der kleinen Evi?«, fragte der Köstlbacher, meinte die Frage aber natürlich nicht richtig ernst, eher rhetorisch, weil er einfach wusste, dass die Anna mit einem 10jährigen Mädchen nicht über derartige Dinge reden würde.

»Wo denkst du hin!«, sagte die Anna. »Aber ich komme mit vielen Leuten aus dem Viertel zusammen, wenn der Tag lang ist. Und der ist ohne dich oft sehr lang!«, fügte sie mit einem leichten Seitenhieb hinzu. »Die Münzers wohnen ja ganz in unserer Nähe und die Wohnung der Doris, jetzt natürlich ihre ehemalige Wohnung, die ist noch näher. Menschen, die anders sind als andere, solche Menschen bleiben eben meist nicht unbemerkt. Jeder kennt sie und viele reden über sie. Und die Doris war anders als die meisten Leute, die ich kenne, total anders jedenfalls als jede Frau, die ich kenne. Und wenn sie auch noch jung war, eine Frau war sie trotzdem schon lange!«

»Und du meinst, ihr Anderssein hat was mir ihrer Ermordung zu tun?«, fragte der Edmund.

»Das musst du raus bekommen. Du bist der Kriminaler! Aber eines ist sicher: ›*Wer das Feuer nicht meidet, dem kann es schon passieren, darin zu verbrennen!*‹ Das Sprichwort heißt zwar irgendwie anders, aber nach all dem Wein erinnere ich mich nicht so genau!«

Da kratzte sich der Köstlbacher am Kinn. Weil, eines kannst du mir glauben, mit allem hat der Köstlbacher vor diesem Abend gerechnet, mit allem! Aber ganz bestimmt nicht damit, dass dieser Abend im Rosenpalais ihn ermittlungstechnisch voran bringen würde. Da sollte man wirklich mal ernsthaft darüber nachdenken, ob es nicht sinnvoll wäre, mit Kollegen ab und zu einmal so etwas zu arrangieren. Vermutlich würde da um einiges mehr dabei herauskommen, als auf dem Präsidium im kleinen Sitzungssaal mit dem zu heißen oder schon wieder zu kalten Kaffee, von dem sich jeder ohnehin den ganzen Tag über vollpumpte.

»Mir fällt das Sprichwort im Moment auch nicht ein. Aber so wie du es sagst, stimmt's bestimmt. Zumindest inhaltlich! Mann oh Mann oh Mann! Weißt du eigentlich, dass du mir mit dem, was du mir da erzählt hast, eine Menge Arbeit machst?«, fragte der Edmund kopfschüttelnd seine Anna.

»Dann wirst du wenigstens nicht arbeitslos!«, lächelte die Anna. »Außerdem ist doch ein großer Kreis von verdächtigen Personen immer noch besser, als im Büro zu sitzen und darüber erfolglos nachzudenken, wer so einen Mord begangen haben könnte.«

Der Köstlbacher schaute seiner Anna in die Augen, als müsse er erst einmal verstehen, was sie da gesagt hatte. Und so war es vermutlich auch wirklich, weil der Wein und so. Da denkst du einfach nicht mehr so flüssig und hast schon auch mal einen Aussetzer.

»Ganz so ist es nicht! Wir haben schon auch unsere Verdachtsmomente!«, sagte er schließlich, weil, dass er nur so im Büro sitzen würde und quasi Däumchen drehen, das kann ein Kommissar selbst seiner Frau gegenüber nicht zugeben.

»Momente! Genau! Momente! Und was macht ihr die restliche Zeit? Kocht deine Klein immer noch so einen vorzüglichen Kaffee?«, fragte die Anna.

Spätestens jetzt merkte der Edmund, dass das Gespräch auf eine Ebene abzudriften drohte, wo er es nicht hin haben wollte. Aber weil der Nachtisch noch nicht serviert worden war, würde er nicht einfach zahlen und gehen können, um die Unterhaltung abzuwürgen. Daher wollte er das Thema auf Clara und den Karl lenken. Die beiden waren immer gut für einen Gesprächsstoff. Da sich der Edmund und die Anna aber in Erziehungsfragen oft nicht einigen konnten, bot dieses Thema leider aber auch eine gewisse Brisanz, was ein schnelles Aufkommen eines erneuten Ehestreits einleiten konnte.

Der Himmel hatte ein Einsehen! Weder eine Antwort auf

die ironische Frage der Anna, noch ein Themenwechsel war nötig. Annas gesamte Aufmerksamkeit und auch die vom Köstlbacher galt von einem Moment auf den anderen nicht mehr ihrer eigenen Unterhaltung.

Wenn du da so sitzt, eine Köstlichkeit nach der anderen vorgesetzt bekommst und verzehrst, guten Wein genießt, tausend Mal besser als der Fusel, über den du dir allabendlich zu Hause die nötige Bettschwere antrinkst, da achtest du nicht mehr so intensiv auf die anderen Gäste. Zugegeben, bei der Vorspeise, da hast du schon noch heimlich deinen Hals verdreht, weil du dir nicht entgehen lassen wolltest, wer außer dir noch aller quasi Genussmensch. Dass der Faltenhuber auch, das hebt nicht gerade deine Euphorie. Weil, irgendwie stört so ein feister Politiker Typ mit seiner aggressiven Aura deine Glücksempfindungen, die so eine Location normalerweise schnell aufkommen lässt. Und es stört dich auch, dass der eine derart geile Begleitung, die du ihm einfach nicht vergönnst. Weil, eines wieder einmal exemplarisch bewiesen: Geld und politischer Einfluss machen sexy. Der Faltenhuber Geld ohne Ende und als Stadtrat auch eine gewisse politische Machtstellung, wenngleich die wesentlich geringer ist, als sie der Faltenhuber gerne gehabt hätte.

Wenn du nämlich nicht nur so ein Stadtratfuzzi, sondern Bundestag oder so, dann kannst du mit 60 problemlos noch eine 20jährige. Je höher das politische Amt, desto jünger das gefühlte Alter. Und die jungen Frauen fühlen da mit den vergreisenden Männern recht synchron mit. Solche Beziehungen haben dann nochmal eine verjüngende Wirkung. Daher Pensionsgrenze mit 70 für Politiker kein Thema!

Der Faltenhuber Tisch unübersehbar, auch wenn du dich

noch so um Ignoranz bemühst. Liegt zum Teil auch daran, dass an den anderen Tischen weniger interessante Menschen saßen, das Paar hinter der Anna einmal ausgenommen. Aber die konnte nur der Köstlbacher sehen, weil so weit kannst du als Gast deinen Kopf auch nicht nach hinten drehen. Wenn das die Anna gemacht hätte, dann mindestens Halswirbelprobleme. Außerdem wäre das beim Rest der Gäste nicht so gut angekommen. Die Anna zwar definitiv weibliche Neugierde, aber auf keinen Fall so sehr, dass am Ende selber Blickmagnet wegen auffälligem Verhalten. Schade für die Anna, weil die beiden hinter ihr wirklich nicht uninteressant.

Das musst du dir einmal vorstellen: Ein Mann und eine Frau. Er farblos, grauer Anzug von der Stange, kurze, dunkle Haare, insgesamt eine Erscheinung, die dir mehrmals über den Weg laufen muss, damit du dich an die erinnerst. Sie in einem feuerroten Kleid, das mehr sehen lässt, als es verhüllt. Und da gab es durchaus was zu sehen, trotz dem dämmrigen Licht im Lokal, das ganz bewusst so gehalten war, damit die Tischkerzen ihren romantischen Zweck erfüllen konnten und nicht nur quasi als Standarddeko dahinbrannten. Für den Köstlbacher das schummrige Licht doppelt gut, weil so bemerkte die Anna nicht, dass er oft gar nicht zu ihr hin, sondern an ihr vorbeischaute.

Für die Restaurantangestellten das schlechte Licht doppelt schlecht. Erstens hatten sie höllisch aufzupassen, beim Servieren nicht zu stolpern und zweitens mussten sie bei jedem Gang am Tisch stehen bleiben und den Gästen erklären, was sich auf den Tellern befand, weil die es selber nicht so richtig erkennen konnten, und die Fantasie, die dich bei der Frau im roten Kleid jederzeit unterstützt, die reicht bei den kredenzten Speisen hinten und vorne nicht aus, um sie so detailliert zu erkennen, dass eine spontane Endorphinausschüttung die Vorfreude auf den Genuss hätte einleiten können.

Normalerweise der Köstlbacher ein schneller Gesichtabchecker, dann erst alles Übrige. Aber bei der in Rot so viele körperliche Hardcorereize, dass das Gesicht schon fast vernachlässigt werden konnte.

Die beiden hinter der Anna sind kurz nach den Köstlbachers ins Restaurant gekommen. Und ob du's glaubst oder nicht, zwei Stunden später, nach dem vierten Gang oder so, da war zwischen den beiden immer noch nichts passiert, absolut nichts. Sie redeten kein Wort, aßen und tranken, wenn etwas gebracht wurde, aber sonst *›niente‹*, *›absolutely nothing‹!* Er saß da, als hätte er als Intro einen Stecken verschluckt, kerzengerade und bewegungslos! Sie die Beine übereinandergeschlagen, leicht vom Tisch nach hinten abgerückt, nervös an ihrer Handtasche herumnestelnd. Und dann alle 10 Minuten Toilette! Ich meine, da machst du dir schon deine Gedanken, weil alle 10 Minuten zur Toilette, das nicht üblich, nicht einmal bei Frauen, die zugegebener Maßen schon öfter mal was an der Blase haben. Aber so gravierend? Weil, wenn du als Frau so krasse Blasenprobleme, dann gehst du doch nicht ins Rosenpalais, wo du jedes Mal bis in den Keller laufen musst, um deiner Blase Erleichterung zu verschaffen.

Nach 2 Stunden, der Köstlbacher hat's nachgerechnet, einfach weil's ihn interessiert hat, nach 2 Stunden hat sie dann erstmals ihre Hände unauffällig über den Tisch zu ihm hinübergeschoben. Nicht zu weit, aber doch deutlich sichtbar. Er hat etwas gebraucht, aber nach ein paar Minuten hat er dann seine Fingerspitzen an ihre Hand gelegt. Bis zum nächsten Gang, die beiden hatten auch das Überraschungsmenü bestellt, bis dahin war's das dann aber auch schon wieder. Geredet wurde nach wie vor nichts! Die Spannung zwischen den beiden konntest du spüren, so ähnlich wie wenn du beim Spazierengehen unter einer Hochspannungsleitung hindurchgehst.

Weil aber der Köstlbacher immer wieder so intensiv im Gespräch mit seiner Anna, wegen den Münzers und so, darum irgendwann Nachlassen seiner Aufmerksamkeit bezüglich dem Paar am Tisch hinter der Anna. Erst viel später wieder Blick zu denen, weil nochmal Bedürfnis zu überprüfen, ob eine Veränderung eingetreten ist, die einer Beobachtung wert wäre.

Und wie das den Köstlbacher überrascht hat, als er die beiden in ein intensives Gespräch verwickelt sah. Dafür hingegen kein Berührungskontakt mehr. Weil aber an den anderen Tischen auch überall Unterhaltung, akustisch keine Chance, etwas zu verstehen, außer ab und zu ein paar Gesprächsfetzen, aus denen sich nichts zusammenreimen ließ.

Der Köstlbacher hat es darum auch schon wieder aufgegeben, den beiden zuhören zu wollen, und dagegen wieder volle Konzentration auf die Anna. Bis zu dem Augenblick, wo dem Abend mit ihr eine unschöne Wendung drohte.

Das verhinderte schlagartig die Rote! Auf einmal ist die aufgesprungen! Der Köstlbacher hat's erst nur aus seinen Augenwinkeln heraus registriert und hat dabei ihren Stuhl umgerissen! Der wiederum hat der Anna beim Umfallen mit der Rückenlehne gegen ihren linken Arm geschlagen, den sie gerade anhob, weil sie einen Schluck vom Wein trinken wollte. Mit einem Schrei hat die Anna das Glas fallen lassen. Wie die Sauerei ausgesehen hat, das muss ich dir wohl kaum erklären. Die Weinspritzer besudelten sogar noch das weiße

Hemd vom Köstlbacher, obwohl der gar nicht direkt in der Schusslinie gesessen hatte.

»Zefix!«, ist es da dem Köstlbacher herausgerutscht, weil nur mit so einem Wort kannst du wirklich ausdrücken, was du in so einem Moment als Opfer fühlst.

Wenn du jetzt glaubst, irgendwer hätte sich jetzt entschuldigt für das Malheur, dann irrst du dich gewaltig. Die Unterhaltung, die am Nachbartisch nach Stunden in Gang gekommen war, hatte offensichtlich in einen massiven Streit gemündet. Und wenn du so intensiv streitest, dann bekommst du es gar nicht mit, was um dich herum ab geht, weil deine emotionale Lage unkontrollierbar und deine Umgebung quasi ausgeknipst.

Die Frau hat dem Mann noch ein paar Schimpfwörter an den Kopf geschmissen und ist aus dem Raum gerannt. Er wollte ihr nach, aber da die Rechnung noch nicht beglichen war, dauerte es eine Weile, bis auch er das Restaurant verlassen konnte.

Die Anna nur noch schneeweiß, abgesehen von den Rotweinflecken, die auf ihrer hellen Haut besser zu sehen waren, als auf dem schwarzen Kleid.

Der Edmund hatte sich eher gefasst und wollte gerade seiner Anna mit einer Serviette das Gesicht abtupfen, als die ruhig und ganz klar verständlich sagte:

»Das waren die Münzers!«

Anmerkung des Autors:
Leider gibt es das Rosenpalais inzwischen nicht mehr!

Pink

(Kapitel 8)

Der Mai wurde insgesamt gesehen eher ein verregneter Monat und obendrein viel zu kalt. Nur an ein paar vereinzelten Tagen wechselte das nasskalte grau in grau zu hochsommerlichem Wetter. Wenn du dann über den Domplatz gegangen bist, da hast du überall auf den Stufen zum Dom hinauf sonnenhungrige, meist junge Leute sitzen sehen. Und weil jeder sein Fleisch seit mindestens sieben oder acht Monaten mit Pullovern, langen Hosen, Mänteln, dicken Jacken und mit was weiß Gott noch allem bedeckt hat halten müssen, wenn er nicht eine Lungenentzündung oder so riskieren wollte, deshalb suchten die Sonnenanbeter das Luftigste aus dem Fundus heraus, das sie finden konnten. Nur wenn die Stadt an Stelle des neuen Reiterdenkmals einen Swimmingpool auf den Domplatz aufgebaut hätte, dann wäre die Bekleidung noch einen Tick zu viel gewesen. Aber Badebekleidung oder gar ganz ohne, wie am Almer Weiher, dafür der Domplatz zu riskant, wegen öffentlichem Ärgernis und so.

Du hast ja bestimmt keine Probleme damit, wenn sich an heißen Tagen quasi mehr oder minder Halbnackte auf dem Domplatz tummeln. Weil du ja ein Genussmensch und Optik ein nicht zu unterschätzender Teil beim Genießen. Aber die Leute, die im Dom beruflich zu tun haben, denen ist der zur Sonnenterrasse umfunktionierte Aufgang zum Dom schon ein Dorn im Auge. Zumindest setzen sie eine empörte Mine auf, wenn am Vorbeigehen. Mit welcher Wachsamkeit deren Augen aber trotzdem all die ihnen verbotenen Einblicke aufsaugen, das wäre selbst einem guten Beobachter wie dem

Köstlbacher nicht aufgefallen, weil die Männer des Glaubens durch konsequente Meditationsübungen Meister im versteinerten Gesichtsausdruck. Und weil auch Kirchenmänner mitunter Genussmenschen und Messwein dafür nicht ausreichend, zum Glück Möglichkeit zu einem Ausflug über die nahe Grenze in die Tschechei. Bei einem 40,- € Stundensatz zwar nicht mehr so günstig, wie noch vor ein paar Jahren, aber im Vergleich zu Regensburg ein Schnäppchen.

Dem Köstlbacher ist was ganz anderes aufgefallen, das innerhalb einiger weniger Tage nun schon zum zweiten Mal eine Erinnerung hochkommen lassen wollte. Aber sie schaffte es beim besten Willen nicht wirklich bis ins Bewusstsein und klopfte nur irgendwo an, wo ihr keiner aufmachte.

Es war der Farbtupfer inmitten der meist weniger auffallenden, farblich dunkel gehaltenen T-Shirts, Röckchen und kurzen Hosen. Rosa! Ein rosa Farbtupfer! Eine junge Frau, vielleicht 18, vielleicht auch schon 25, wer kann das auf die Entfernung schon so genau sagen. Eine junge, etwas pummelige Frau in einem überlangen und zu einem Kleidchen umfunktionierten rosaroten T-Shirt.

Der rosarote Panther, kam dem Köstlbacher in den Sinn, weil der vor Jahren, wenn nicht gar Jahrzehnten, pausenlos im Fernsehen und sogar im Kino. So ein blöder, rosaroter Panther kann einem die ganze Denke blockieren. Ist wie bei einem Lied: Du willst dich an ein ganz bestimmtes Lied erinnern, aber ein Ohrwurm drängt sich konsequent dazwischen und vernebelt alles.

Wo hatte er diese Mädchen in Pink schon einmal gesehen?

Am meisten störte den Köstlbacher, dass er sich nicht einmal sicher war, ob dieses Mädchen überhaupt irgendeine Bedeutung hatte, irgendwie mit einem aktuellen Fall zusammen hing. Sie ist ihm wahrscheinlich nur aufgefallen, weil Pink eben eine nicht alltägliche Farbe, zumindest nicht bei jüngeren Frauen, vermutete der Köstlbacher.

*

Auch wenn du es nicht glauben wirst, aber dem Köstlbacher hat in Wirklichkeit weder ein Ohrwurm noch ein fehlendes Erinnerungsvermögen sein Hirn blockiert. Auch wenn er jederzeit einen Eid darauf geschworen hätte, dass es nicht so war, aber am meisten hat ihn das irritiert, was es sonnenbedingt alles zu begutachten gab. Seit seinem letzten großen Mordfall im vergangenen Jahr, wo er so viel mit leichtlebigen Frauen zu tun gehabt hatte, seitdem hatte der Köstlbacher viel seiner Abgeklärtheit verloren. Nicht, dass er altersmäßig schon jenseits von Gut und Böse gewesen wäre, aber seine Anna hatte ihn langsam aber sicher entwöhnt, weil die Arme immer wieder von Depressionen geplagt wurde.

Und so eine Depression, die kriegst du nicht einfach los wie Kopfweh, wenn du ein Aspirin schluckst. Da brauchst du schon ganz andere Hämmer. Die helfen dir dann vielleicht sogar, machen dich aber nebenher künstlich glücklich, sodass du gar nichts Natürliches mehr brauchst, um befriedigende Gefühle haben zu können. Wenn dann dein Partner was von dir will, was du ihm früher gerne gegeben hast, dann lehnst du ab, weil du es mit dem Chemieglücklichmachern in dir gar nicht mehr nötig hast und keinen Sinn mehr in den körperlich zwischenmenschlichen Glücklichmachereinheiten siehst.

Nach dem Umzug von Straubing nach Regensburg, da hatte

der Köstlbacher zu viele neue Eindrücke zu verarbeiten, sodass ihm die Entwöhnung gar nicht einmal schwer gefallen ist. Vor lauter Arbeit hatte er sie sogar kaum bewusst mitbekommen.

Aber dann waren da die Ermittlungen im Regensburger Rotlichtmilieu. Die veränderten mit einem Schlag alles. Kurzfristig hatte das sogar zur Folge, dass er seine Sekretärin bewusst wahrgenommen hat!

Das alles lag zwar nun schon ein paar Monate zurück, eigentlich schon mehr als ein halbes Jahr. Aber da war ja noch der Liebknecht. Und der Kommissar Liebknecht, der hatte recht begrenzte Interessen: Frauen, Arbeit, Essen, Trinken und natürlich Fußball. Und zwar genau in dieser Reihenfolge. Wenn du mit dem zu einer Vernehmung, einer Festnahme, oder sonst wo hin eine Dienstfahrt gemacht hast, dann hast du dir ständig seine Kommentare anhören müssen, ganz besonders die zum weiblichen Geschlecht.

Anfangs, da war der Liebknecht ja noch etwas zurückhaltend, weil seinen Chef und gleichzeitig Partner im Dienst erst abtastend, was der für einer und so. Wie der Liebknecht dann aber gemerkt hat, dass der Köstlbacher nicht prüde, da ist er volle Kanne abgegangen mit seinen Sprüchen vom geilen Arsch, den prallen Titten und was ihm sonst noch in den Sinn kam, wenn Feminines im Gesichtsfeld.

Nicht, dass er damit genau auf der Wellenlänge vom Köstlbacher geschwommen wäre, weil der eher Gentleman und somit schweigsam, wenn genussvolle Erscheinungen. Aber die Bemerkungen vom Liebknecht haben immerhin bewirkt, auch wenn's unbeabsichtigt war, dass der Köstlbacher Erinnerung. Und vor allem Erinnerung an etwas, was einmal gewesen ist und nur noch selten eine Renaissance. Zumindest mit der Anna.

Außerdem ja auch noch das immense Übergewicht. Nicht das von der Anna, weil die ja eher drahtig. Aber das vom Köstlbacher. Du glaubst ja gar nicht, wie viele Männer auf dicke Frauen stehen! Das hat bestimmt was mit irgendwelchen Gehirnwindungen zu tun, die noch in der Steinzeit hängen. Die verbinden dick mit fruchtbar! Und peng! Die Frau muss her! Fortbestand des Clans gesichert!

Aber leider nur selten ein Umkehrschluss! Dicke Männer weniger gefragt. Du könntest zwar meinen, dass auch da Steinzeit und so, weil dick ein Zeichen für Wohlstand. Das aber eher erst ab der Römerzeit, geschichtlich gesehen. Und 2000 Jahre ist ein zu knapp bemessener Zeitraum für eine echte Verankerung im Gehirn. In der Steinzeit ein fetter Mann bestimmt kein guter Jäger, weil zu behäbig und langsam. So einer eher selbst Opfer von einem Raubtier. Und so einer kein guter und zuverlässiger Ernährer seiner Nachkommen, nur weil selber fett und vermutlich nur nutzloser Esser.

Und so ist die eheliche Treue dem Köstlbacher bisher trotz aller optischen Reize und den aufmunternden Sprüchen vom Liebknecht leicht gefallen, weil die Nachfrage nach Typen wie ihm weitaus geringer, als das Angebot. Nur die Klein, die hatte ihm einmal signalisiert, dass Interesse. Aber im Gegensatz zum Liebknecht für den Köstlbacher dienstliche Mitarbeiterinnen tabu. Zumindest in letzter Konsequenz!

*

Als der Köstlbacher an dem sonnigen Tag im Mai über den Domplatz gegangen ist, da hat er seine Aufmerksamkeit aber nicht nur auf bestimmte Details sommerlicher Bekleidungsrituale und die sich daraus ergebenden Wahrnehmungen gerichtet. Weil eigentlich ja dienstlich unterwegs. Normalerweise der Köstlbacher ja nur sehr selten ohne seinen Dienstwagen und fast genauso selten ohne den Liebknecht. Aber der Liebknecht zur Verstärkung mit am AAG wegen Schülervernehmung. Und in der Innenstadt, so um den Domplatz herum, da kommst du ohne Auto definitiv schneller voran. Drum hat der Köstlbacher seinen Dienstwagen am Donaumarkt geparkt, von wo es nur ein paar Meter ins Zentrum sind. Das mit der Schülervernehmung, das hat der Köstlbacher so angeordnet, dass die in gerade freien Klassenzimmern im AAG durchgeführt wurden, weil die Schüler in ihrer gewohnten Umgebung weniger beklemmende Angstgefühle. Und solche können auf dem Präsidium schon einmal aufkommen, wenn dir da beim Reingehen auf dem Flur schon alle möglichen zwielichtigen Gestalten über den Weg laufen, die eine Vorladung und so.

Schülervernehmungen, auch wenn die Kids schon fast erwachsen, hat der Köstlbacher vermieden, wenn es sich irgendwie hat einrichten lassen. Weil, eines musst du wissen, der Köstlbacher trifft bei den Schülern einfach nicht den richtigen Ton. Drum ist es ihm ja auch schon nicht gelungen, aus der Evi was rauszuholen, als die bei seiner Clara zu Besuch. Nicht, dass sich der Köstlbacher zu sehr als Kripo aufgeführt hätte. Aber so zwanglos mit einem Kind reden, quasi ganz zufällig eine Tüte Gummibärchen in der Hand, von denen du zwischendurch eines anbieten kannst, das kann der Liebknecht tausend Mal besser, der Pirzer und die Koch ebenso. Vielleicht, weil die alle drei noch viel jünger als er. Obwohl, in jüngeren Jahren klappte das beim Köstlbacher auch nicht viel besser. Er konnte gut mit den hartgesottenen Typen umgehen, denen selbst der Respekt vor der Kripo schon abhanden gekommen war. Der Köstlbacher hat noch nie handgreiflich werden müssen, weil seine breite Statur physische Kraft ausstrahlt, auch wenn sie ihr gar nicht innewohnt. Wenigstens ein Vorteil, wenn du nicht zu den Bohnenstangen gehörst, denen eher ein Magengeschwür im Gesicht geschrieben steht, weil nervlich immer auf Hochspannung. Beim Köstlbacher Nerven gut in Fett gepolstert. Und, davon war er überzeugt, besser können Nerven nicht gelagert sein.

Und so ist der Köstlbacher auch ganz ruhig geblieben, als ihm dann plötzlich doch noch eingefallen ist, womit er die rosarote Farbe in Verbindung und so. Neben der Leiche im Villapark, also neben der toten Doris, da hatte ein Rucksack gelegen. Natürlich war nicht von allem Anfang an sicher, dass dieser Rucksack zur Doris gehört hat. Weil, rein theoretisch wäre es ja auch möglich gewesen, dass ihn der Mörder hat liegenlassen. Genau genommen hätte er auch weder Eigentum der Doris noch Eigentum des Mörders gewesen sein können. Nur, im Rucksack befanden sich lauter pinkfarbene Bekleidungsstücke. Der Konfektionsgröße nach hatten die Teile der Doris gehört. Aber ganz sicher war man sich bei der Kripo erst, nachdem die aus Kenia zurückgekehrten Eltern kontaktiert worden waren, weil die Mutter eindeutig bestätigen konnte, dass ihre Doris ab und an diese Pinksachen getragen hatte.

Und jetzt das Mädchen in Pink auf der Domtreppe. Und vor ein paar Tagen, es muss noch vor dem Mord gewesen sein, weil die ärgerliche Sache mit dem Fahrrad noch vor dem ersten Mai gewesen ist, da hatte der Köstlbacher ein weiteres Mädchen in Rosa vor dem AAG gesehen. Und wenn er es sich recht überlegte, dann hätte dieses Mädchen sogar die Doris sein können. Schließlich war die Schülerin am AAG und schließlich lebte sie an diesem bewussten Tag noch. Und die Anna hatte auch irgendwas mit ›*rosarot*‹ gesagt. Was das genau war, da würde sie der Edmund aber nochmal fragen müssen. Vielleicht war das von der Anna aber auch gar nicht wichtig. Vielleicht war es nur, dass der Anna ihre Pinkäußerung ihn an das Mädchen erinnert hatte, oder an den Rucksackinhalt.

Vielleicht war das mit der rosaroten Farbe auch alles nur ein Zufall und hatte gar nichts zu bedeuten. Nur, das kannst du mir glauben, der Köstlbacher hasst Zufälle, zumindest solche, die zu nichts führen. Wohl war ihm momentan jedenfalls gar nicht. Nicht, weil er sich auf einmal erinnerte. Darüber freute er sich sogar. Aber, weil all diese ›*Vielleichts*‹ zu nichts Konkretem führten.

Natürlich hätte der Köstlbacher jetzt schnurstracks zu dem rosaroten Mädchen auf der Domtreppe hingehen und sie fragen können. Was allerdings hätte er sie fragen sollen?

›*Hat es einen tieferen Sinn, dass Sie Pink tragen?*‹

Oder:

›*Kannten Sie eine Doris Münzer?*‹

Oder:

›*Haben Sie Ihre rosaroten Klamotten immer an oder stecken die manchmal auch nur in Ihrem Rucksack?*‹

Zwar lag neben dem Mädchen ein Rucksack auf der Domtreppe, aber neben vielen der anderen Treppensitzer lagen auch Rucksäcke. Heute liefen die jungen Leute doch alle mit so einem Teil rum. Die Clara und der Karl hatten auch jeder einen Rucksack, der als Schultasche umfunktioniert wurde und, wenn sie in die Stadt gingen, immer mit dabei war, natürlich ohne Schulsachen.

Wenn das mit der Farbe Rosa was zu bedeuten hatte, dann würden sie es schon noch raus bekommen, auch wenn er jetzt nicht irgendeine dämliche Frage stellte, für die er keine wirkliche Begründung abgeben konnte.

Drum hatte sich der Köstlbacher schließlich auch entschieden, seinen Weg über den Domplatz nicht länger zu unterbrechen und endlich weiter über den Kohlenmarkt zum Haidplatz zu gehen. Einige Schüler des AAG hatten bisher übereinstimmend zu Protokoll gegeben, dass in diesem Bereich der Altstadt sich vermehrt Jugendliche aufhielten, die quasi zu einer Art Brecheisengang gehörten. Unter Gang verstanden die vernommenen Schülerinnen und Schüler vom AAG nichts Ungesetzliches, eben nur eine Gruppenzugehörigkeit. Normalerweise delegierte der Köstlbacher solche Ermittlungen, weil, einen ersten Eindruck, den konnte sich auch ein jüngerer Kollege verschaffen. Aber bei so einem Wetter, da musst du einfach raus aus dem Büro an die frische Luft, auch wenn's nur die abgasverpestete Altstadtluft ist. Im Büro tauchte zudem in immer kürzeren Abständen der Dr. Huber auf und wollte wissen, wie lange er noch auf einen Abschluss dieses Mordfalles würde warten müssen. Wenn du da zufälligerweise nicht gerade überlegend vor deiner Pinnwand gestanden oder zumindest ein dienstliches Telefonat geführt hast, dann ist der Dr. Huber immer vorschnell zu dem Schluss gekommen, es würde nicht mit Hochdruck gearbeitet werden. Dabei der Köstlbacher total Hochdruck. Sogar blutdruckmesstechnisch hätte sich das nachweisen lassen.

In der Eisdiele am Dom standen ganze Trauben von Menschen an. Kein Wunder, bei dem herrlich warmen Wetter! Der Köstlbacher zwar im Dienst, aber ein oder zwei Kugeln Eis, die mussten schon mal drin sein. Auf dem Präsidium hätte er sich jetzt auch was genehmigt, zumindest einen Kaffee von der Klein und dazu vielleicht ein Gebäckstück, das er sich auf dem Weg zur Arbeit immer gern vom Café Pernsteiner mitnimmt.

Gerade wollte sich der Köstlbacher in die Schlange vor dem Eisangebot einreihen, besser gesagt, er hatte sich schon eingereiht, als ihm dieser Typ auffiel, der mit seinem langen schwarzen Ledermantel, so ein Naziverschnitt. Und diesmal musste der Köstlbacher nicht erst wieder lange überlegen, wo er den schon einmal gesehen hatte. Diesmal wusste er es schlagartig, quasi störungsfreie Erinnerung. Diesmal ja auch nicht abgelenkt von Jungfrauenbrüsten vor dem Dom, die hauchdünne T-Shirts nur behelfsmäßig und kaum erfolgreich zu bedecken versuchten.

Der Typ war der selbe, der vor dem AAG mit der Schülerin in Pink geredet hatte. Nicht, dass so eine Unterhaltung eine strafrechtlich verfolgbare Handlung dargestellt hätte. Aber eine innere Stimme sagte dem Köstlbacher, dass es da irgendeinen Zusammenhang mit der Mordsache gibt.

Nur, eines musst du wissen, der Köstlbacher reagiert nur äußerst selten auf innere Stimmen. Weil auf innere Stimmen hören und dann womöglich noch aus dem Bauch heraus auf diese Stimmen reagieren, das im seltensten Fall verwendbar vor Gericht, weil beweistechnisch nur auf schwachen Füßen.

Bis zum Haidplatz ist der Köstlbacher dann zuletzt aber gar nicht mehr gekommen. Nicht, weil er sich etwa völlig untypisch am Ende spontan doch noch entschieden hätte, seinem Bauch nachzugeben und den verdächtigen Typen unter die Lupe zu nehmen. Schuld war sein Handy, das ihn am Weitergehen hinderte.

*

Diesmal war es kein Anruf vom Präsidium, der ihn zurück beordert hätte, weil sich irgendein neuer Ermittlungsaspekt ergeben hat, der seine Anwesenheit nötig machte. Diesmal die Anna am Handy. Und wenn du den Köstlbacher gesehen hättest, wie bleich der bei dem Anruf geworden ist, dann hättest du dir zum ersten Mal echte Sorgen um seine Gesundheit gemacht. Weil, so sieht einer nur aus, wenn Kreislauf praktisch ohne Funktion.

»Wart' auf mich! Ich bin in 5 Minuten da!«, sagte der Köstlbacher nur und setzte sich so schnell es seine Kondition erlaubte, in Richtung Prinzenweg in Bewegung. Den Umweg zum Auto über den Donaumarkt konnte er sich sparen, weil da hätte er eher länger gebraucht.

Obwohl auf den Stufen vor dem Dom immer noch das selbe Schauspiel, der Köstlbacher diesmal keinen Blick mehr dafür. Außenwahrnehmung quasi reduziert auf Weg und Personen, denen der dahin Hastende ausweichen musste, wollte er sie nicht umrennen.

»'Tschuldigung!«, hörte man ihn nur immer wieder sagen, wenn seine Ausweichmanöver nicht ganz so erfolgreich vonstattengingen, wie sie's tun sollten.

Von-der-Tann-Straße
(Kapitel 9)

In der Von-der-Tann-Straße 24, gleich gegenüber vom Dr. Unger, hatte sich die Doris Münzer eingemietet. Die Wohnung lief auf ihren Vater, der das Appartement bezahlte. Nicht, dass du jetzt meinst, der alte Bernd Münzer großzügig und so, weil monatlich Geld für eine eigene Wohnung seiner Tochter locker, obwohl in dem Haus der Münzers genug Platz gewesen wäre. Ist zwar kein Neubau, das Münzer Anwesen in der Reichsstraße, aber wenn du die Villen dort kennst, dann weißt du auch, dass du einen Neubau vergessen kannst, im Vergleich mit so einer Residenz.

Woher der alte Münzer, der eigentlich noch gar nicht so alt war, höchstens Mitte bis Ende 40, woher der so viel Geld hatte, darüber hat sich auch das Finanzamt schon Gedanken gemacht. Aber das Haus in der Reichsstraße war inzwischen, nach 15 Jahren, fast schuldenfrei. Der Münzer hatte nach seiner kurzen Karriere als Lagerist eine Getränkemarktkette aufgebaut, zu der auch heute noch in fast regelmäßigen Abständen neue Außenstellen hinzukamen. Inzwischen nicht mehr nur im Großraum Regensburg. Sogar in Amberg, Sulzbach-Rosenberg und Schwandorf war er vertreten. Eine östliche Orientierung bis hin nach Cham war angedacht.

Da der Münzer in seinen Märkten in einem, fast möchte man sagen VIP-Bereich, auch erlesene Weine und hochprozentige Obstbrände, meist aus Österreich, im Angebot hatte, fanden sich neben der ortsüblichen Kundschaft, sogar gehobene Gesellschaftsschichten bei ihm ein, die den Genuss exklusiver Getränke zu schätzen wussten.

Zum Zerwürfnis mit seiner Tochter Doris war es vermutlich gekommen, weil die Doris sich den Gothics verschrieben hatte, was der alte Münzer, ohne sich je informiert zu haben, um wen es sich bei den Gothics handelt, nicht akzeptieren wollte. Für ihn waren die Gothics Abschaum der Menschheit.

Die Doris hasste die Geldmacherei ihres Vaters, die zum Großteil nur durch die Mindestlöhne möglich wurde, die er für seine Angestellten bezahlte. Ständige Auseinandersetzungen waren die Folge. Elke Münzer, die zweite Frau vom alten Münzer, drohte damit, mit der Evi auszuziehen, wenn sich nicht bald etwas ändern würde. Nicht, dass sie als Stiefmutter von der Doris negatives Verhältnis und so. Nur so richtig auf der Seite von der Doris hat sie auch nicht gestanden. Letztlich war es dann sogar ihr Vorschlag, dem Wunsch der Doris nach einer eigenen Wohnung nachzugeben. Über einen guten Kunden, der in der Von-der-Tann-Straße Wohnungen in einem Mehrparteienhaus zu vermieten hatte, war verhältnismäßig schnell ein passendes Appartement für die Doris gefunden. Ihr Schulweg zum AAG war entfernungsmäßig fast gleich geblieben und von zu Hause war sie in der Von-der-Tann-Straße auch nicht weit entfernt. Nicht, dass die Doris scharf darauf gewesen wäre, ihrem Vater häufig über den Weg zu laufen. Aber, obwohl die Evi nur ihre Halbschwester war, hatte die Doris ein sehr inniges Verhältnis zu ihr und besuchte sie relativ oft.

Der Doris fehlte die eigene Mutter, die bei einem Autounfall ums Leben gekommen war, als sie noch in den Kindergarten ging. Die Elke versuchte zwar alles, um ihr die Mutter zu ersetzen. Aber die Doris konzentrierte ihre Liebe mehr auf ihre Schwester, die die Elke mit dem Bernd bekam, als die Doris schon 9 Jahre alt war.

Das mit den Gothics, damit hat die Doris schon angefangen, als sie im AAG noch in der 6ten oder 7ten Klasse war. Sie fand es einfach geil, wie sich die Gleichgesinnten kleideten und wie sie miteinander abhingen. Und noch etwas imponierte ihr: Die Gothics waren nicht nur eine Gruppe von jungen Leuten so zwischen 12 und 22. Da waren auch 35jährige dabei, ja sogar Familien mit ihren Kindern, die aus der Szene nicht ausgestiegen waren, als die Kinder kamen, sondern weiter aktiv blieben und ihre Kids zu den Treffen einfach mitgebracht haben. Und das äußere Erscheinungsbild der Gothics fand die Doris einfach cool! Ganz nach ihrem Geschmack! Frech! Frivol, wenn es sein musste! Dominant schwarz mit krassen Farbgegensätzen. Insgesamt einfach spacig! Und doch wiederum nicht so schmuddelig wie die Punks, mit denen der oberflächliche Betrachter die Gothics oft in einen Topf wirft. Oder auch nicht so unberechenbar, wie die Satanisten, deren düsteres Outfit ebenfalls dazu verleitet, in ihnen Anhänger der Gothics zu sehen.

Im Grunde genommen waren und sind die Gothics friedfertige Leute, die sich der mittelalterlichen Musik, vermischt mit harten elektronischen Klängen, verbunden fühlen, Leute, die vielleicht einen Tick mehr als andere Gruppierungen, das Bedürfnis haben, optisch vor allem durch die Farbe Schwarz aufzufallen.

Und weil alle Schattierungen von Rot besonders gut passend zu Schwarz, drum ist es auch nie weiter jemandem groß aufgefallen, wenn die Doris so zwischendurch mal ganz in Pink in Erscheinung getreten ist, zumal sie nicht die einzige Gothic in Regensburg war, die offensichtlich eine Vorliebe für Pink hatte.

Nur wenn die Doris die Evi getroffen hat, dann hat sie nie

ihre rosaroten Klamotten getragen. Gut, du kannst nicht immer wissen, ob dir deine Schwester nicht auch einmal zufällig über den Weg läuft. In so einem Fall ist es dann aber wichtig, deine Aufmachung runterzuspielen. Weil du glaubst gar nicht, wie so eine kleine Schwester Nachahmung und so, weil die große Schwester Vorbildfunktion. Ich meine, im Grunde genommen wäre so etwas ja weiter nicht schlimm. Aber wenn du weißt, welche Bedeutung es jedes Mal hatte, wenn die Doris ihren pinkenen Fummel überzog, dann würdest du als Doris auch alles tun, damit dir deine kleine Schwester es dir nicht nachmacht. Sogar die Doris wollte das alles schon lange nicht mehr, aber wenn du glaubst, da kommst du so einfach wieder raus, wenn du da erst einmal damit angefangen hast, dann irrst du dich gewaltig.

Ich glaube nicht, dass der alte Münzer von alledem auch nur den Hauch einer Ahnung gehabt hat, weil so cholerisch wie der war, der wäre ausgerastet. Aber seit dem Umzug der Doris in ihr Appartement hatte er nur noch sehr sporadische Kontakte zu seiner Tochter. Einen offenen Streit hatten die beiden schon länger nicht mehr. Letztendlich, die Doris seit ihrem 18ten Geburtstag quasi erwachsen und Konfrontation nur mehr auf gleicher Augenhöhe möglich, zumindest bezüglich verbaler Argumentationen wie:

›*Solange du nicht volljährig bis, hast du zu tun, was ich sage!*‹,

Aber die Doris Anklage in ihren Augen sondergleichen, wenn die ihrem Vater im Visier und gleichzeitig im Blick den Satz in Großbuchstaben:

›*ICH BIN VOLLJÄHRIG!*‹

Und dieser Satz sollte auch noch eine Warnung sein, nicht nur ein Hinweis auf etwas, was der alte Münzer bestimmt nicht vergessen hatte.

Ihr Appartement in der Von-der-Tann-Straße hatte die Doris nett eingerichtet. Gar nicht so, wie du es von einer Gothicbraut erwarten würdest. In keinster Weise mittelalterlich spartanisch. Davon war in dem Appartement der Doris wirklich gar nichts zu spüren. Ganz im Gegenteil. Alles hatte eher einen Hauch von High Tech. Der 42 Zoll Fernseher war sogar etwas überdimensional gewählt.

Ein paar Stunden vor ihrem Auftritt in den Arcaden hatte die Doris ihre Schwester von der Von-der-Tann-Grundschule abgeholt. Normalerweise wäre die Clara nach dem Unterricht zur Tante Emma in die Hemauerstraße vorgegangen. Aber die Emma Herzog, Papas Schwester, war beim Arzt, und die Doris hatte versprochen, fürs Mittagessen zu sorgen.

»Haben sich Papa und Mama schon bei dir gemeldet?«, wollte die Doris wissen, nachdem die Evi am kleinen Esstisch im Appartement von der Doris, nur zwei Minuten entfernt von der Grundschule, Platz genommen hatte, um auf die Spaghetti Caprese zu warten, die von ihrer großen Schwester noch gezaubert werden mussten.

»Die Tante Emma hat gestern mit ihnen gesprochen, als ich schon geschlafen habe. Es geht ihnen gut! In den nächsten Tagen sind sie auf einer Safari unterwegs. Vielleicht auch schon heute, das weiß ich nicht mehr. Auf alle Fälle werden sie sich erst wieder melden können, wenn sie von der Safari zurück sind. Ich glaube, das Handy geht da nicht überall! Tante Emma hat was von Funklöchern gesagt!«, sagte die Evi.

»Vermisst du Papa und Mama sehr?«, fragte die Doris.

»Geht so! Mama eigentlich schon!«, sagte die Evi.

»Und Papa?«, bohrte die Doris nach.

»Papa...«, begann die Evi, stockte dann aber überraschend schnell wieder.

»Hast du Probleme mit dem Papa?«, fragte die Doris nun etwas konkreter, weil es den Anschein hatte, als ob die Evi irgendwas sagen wollte, sich dann aber doch anders entschieden hatte.

»N .. !«, verneinte die Evi aber nur in aller Kürze und senkte dabei ihren Blick.

»Sind die Spaghetti bald fertig?«, fragte die Evi, einerseits aus echtem Interesse, weil Hunger, andererseits, weil sie nicht weiter von ihrer Schwester ausgefragt werden wollte.

»Noch zwei Minuten!«, antwortete die Doris und verzichtete darauf, weiter in die kleine Evi zu dringen, weil die ganz offensichtlich nicht über den Papa reden wollte.

Es sollte das letzte gemeinsame Essen der beiden Schwestern werden. Als die Doris die Evi später noch in die Hemauerstraße zur Wohnung der Tante Emma begleitete, konnten beide nicht ahnen, dass sie sich nie mehr wiedersehen würden.

Die Mail
(Kapitel 10)

Guten Morgen Bernd Münzer
1 ungelesene Mail

Es war seine erste Handlung im Arbeitszimmer in seinem Haus in der Reichsstraße, den PC hochfahren und den Posteingang seiner privaten Mailadresse auf Eingänge hin überprüfen. Nicht, dass der Münzer nach den gut 2 Wochen in Kenia nur eine einzige Mail in seinem Postfach vorgefunden hätte. Die geschäftlich genutzten Adressen waren bestimmt jeden Tag angefüllt mit neuen Nachrichten. Aber die bearbeitete seine Sekretärin im Büro am Weinmarkt, beim Eisernen Steg, unten an der Donau. Diese rein private Adresse war der Sekretärin nicht bekannt. Es gab genau genommen nur eine Handvoll Leute, die sie kannten. Um so seltsamer war es, dass der angezeigte Absender keiner dieser Leute war. Drum hätte der Münzer die Mail eigentlich auch nie geöffnet, weil Spam und so. Nur das Betreff von der Mail machte ihn dann doch neugierig, so sehr neugierig, dass er sie lesen wollte, auch auf das Risiko hin, sich beim Öffnen einen Virus einzuhandeln.

Betreff: Doris

Wie fühlt man sich, wenn einem eine Tochter genommen wurde? Angst auch die zweite zu verlieren? Die sollten Sie haben! Angst! Die Welt ist voller böser Menschen!

Der Gesichtsausdruck vom Münzer versteinerte augenblicklich. Er war zur Arbeit gefahren, weil er es zu Hause nicht mehr ausgehalten hatte. Nicht, dass seine Frau Elke nur am Heulen gewesen wäre. Die Doris war nicht ihr eigenes Kind und ist es trotz aller gegenseitigen Bemühungen auch nie so richtig geworden. Trotzdem ist die Ermordung seiner Tochter auch ein Schock für Elke gewesen, zumal sie sich keinen Reim darauf machen konnte wer so etwas getan haben könnte.

»Warum nur? Warum?«, fragte sie immer wieder, ohne wirklich eine Antwort darauf zu erwarten.

Als Vater machst du dir da natürlich Vorwürfe, weil du nicht da gewesen bist, weil du deine Tochter vielleicht falsch erzogen hast, weil du zu wenig auf ihre Probleme eingegangen bist, weil du ihren Umgang kaum gekannt hast, weil du sie viel zu oft nur mit Geld abgespeist und viel zu selten Zeit für sie gehabt hast. Und der alte Münzer, der ganz speziell noch weitere Selbstkritik. In dieser Depriphase, da hat er sich sogar vorgenommen, sich zu bessern. Auch wenn er die Doris damit nicht ..., nicht mehr ..., aber wenigstens die Evi. Er hatte schließlich nun doch nur mehr die eine Tochter!

Wenn du einmal an so einem Punkt angelangt bist, dann hast du selbst auf die Sinnfragen deiner Frau keine wirklichen Antworten parat. Du bist momentan einfach nur noch fertig, kannst das Gequatsche der Kripo nicht mehr haben, willst überhaupt von allem nichts mehr hören und sehen. Die Arbeit scheint dir der einzige Weg zu sein, deine Gedanken abzulenken, den Kopf frei zu bekommen, wieder einen vernünftigen Gedanken fassenzukönnen.

So und nicht anders ging es seit ihrer Rückkunft aus Kenia dem Bernd Münzer. Nicht einmal die Fußballweltmeisterschaft konnte daran was ändern, obwohl der Bernd unter anderen Umständen 100% Deutschland-Fan.

*

Die letzten Tage stürzte sich der Münzer nur noch in seine Arbeit, war täglich als erster im Geschäft und schloss als letzter am Abend ab. Jeden Morgen begann der Bernd mit seinen Privatmails. Eine alte Gewohnheit. Waren seit Tagen nur Beileidsbezeugungen. Kondolenzmails über Kondolenzmails. Von Geschäftspartnern! Aber, um so einer Mail einen persönlichen Anstrich zu geben, mit dem Vermerk *›privat‹* versehen.

Er las diese Mail kaum durch, überflog sie nur. Immer wieder und jeden Tag aufs neue öffnete der Münzer diese mysteriöse Doris-Mail. Als hoffte er, irgendwann einmal einen Geistesblitz zu haben, was denn diese Mail zu bedeuten hätte.

Das Schlimmste bei der ganzen Sache war, dass der alte Münzer mindestens genau so viele Feinde wie Freunde hatte. Vielleicht waren es sogar noch mehr Feinde als Freunde.

Wenn du dein Leben so richtig in Ellenbogenmanier lebst, dann bleibt es einfach nicht aus, dass du aneckst, dass die Zahl derer wächst, die dein Geschäftsgebaren missbilligen und dir deinen Erfolg neiden.

Und der Münzer schon Hornhaut an seinen Ellenbogen. Gut, das mit seiner Doris, so etwas traute er trotz allem keinem seiner Feinde zu. Was hätte das auch bewirken sollen? Man bringt doch nicht aus Rache die Tochter eines Mannes um, mit dem man ein finanzielles Hühnchen zu rupfen hat. Mord, das ist doch eher was, das aus Eifersucht oder aus einem Hass heraus passiert. So einen Hass gegen ihn selber, den konnte sich der Münzer ja gerade noch vorstellen. Aber dann würde man doch ihn ermorden wollen und nicht seine Tochter, die mit seinen Geschäften rein gar nichts zu tun hatte. Und dann noch diese zusätzliche Angstmache in Hinblick auf seine verbliebene Tochter Evi!

Der Kripo gegenüber hat der Münzer Bernd freilich solche Überlegungen nicht zur Sprache gebracht. Warum auch hätte er das tun sollen? Das eine oder andere Geschäftsgebaren von ihm war am Rande der Legalität gewesen, vielleicht sogar etwas über diesen Rand hinaus. Kommt schließlich immer auf die Sichtweise an. Und er würde den Teufel tun und sich jetzt da in Ermittlungen gegen ihn hineinzumanövrieren, die mit seiner Doris absolut nichts zu tun hatten und die seine Doris schon gar nicht mehr lebendig machten. Dieser Hauptkommissar Köstlbacher, der sollte sich lieber auf Ermittlungen im ehemaligen Umfeld der Doris konzentrieren, anstatt in seinem Leben herumzustochern.

Aber jetzt diese Mail! Irgendetwas musste getan werden! Doris war tot. Ermordet! Brutal ermordet! Obwohl er mit seiner Tochter in letzter Zeit alles andere als einer Meinung gewesen ist, ihr Verlust brannte ihn innerlich aus. Irgendwie hatte er die Situation noch nicht so richtig realisiert. Die Emma hatte die Leiche der Doris identifiziert. Er hatte die Doris nur lebend in Erinnerung. Wahrscheinlich war das auch der Grund, warum er sich gar nicht so richtig vorstellen konnte, dass die Doris nun nicht mehr plötzlich zur Türe hereinkommen würde, was sie auch hier im Büro ab und zu getan hatte, wenn auch nur, weil ihr das Geld wieder einmal ausgegangen war.

»Wünschen Sie Kaffee, wie immer?«, fragte die Sekretärin vom Münzer, die urplötzlich im Zimmer stand.

»Ist alles in Ordnung mit Ihnen, Herr Münzer?«, setzte sie noch hinzu, weil sie ihr Chef erschrocken wie einen Geist anstarrte und sein Gesicht dabei an Farbe verlor, was trotz der immer noch satt vorhandenen Urlaubsbräune deutlich auffiel.

»Nein, nein! Ja, ja!«, stotterte der Münzer. »Ich meine nein, keinen Kaffee! Danke! Und ja, es ist alles in Ordnung mit mir! Bitte lassen Sie mich alleine! Und keine weiteren Störungen! Von Ihnen nicht und auch sonst von niemandem!«

Frau Gabelsberger war zwar etwas überrascht, dass sie so angefahren wurde, aber wegen der besonderen Situation, in der sich ihr Chef nach der Ermordung seiner Tochter befand, brachte sie doch auch wieder Verständnis auf. Ohne dem alten Münzer sein rüdes Verhalten nachzutragen, zog sie sich wieder in ihr Vorzimmer zurück, um sich dort weiter ihrer endlosen Arbeit zu widmen.

Und wieder starrte ihn die Mail auf dem Bildschirm seines PCs an.

Da hast du gerade mal zwei oder drei Zeilen vor dir stehen und bist unfähig, sie zu lesen. Stimmt nicht ganz, weil gelesen hast du sie inzwischen bestimmt schon hundert Mal. Aber erst jetzt dringt es langsam zu dir durch, dass die Mail sich nicht nur an dich wegen deiner ermordeten Tochter richtet. Irgendwer will, dass du Angst bekommst. Die Doris ist also nur ermordet worden, um dich zu treffen. Und viel schlimmer noch! Sie wurde getötet, damit du von allem Anfang an kapierst, dass man es ernst mit dir meint. Wenn man dir jetzt androht, auch die Evi noch ...!

Natürlich hatte der Münzer nun eine Angst. Eine Scheißangst! Aber was hilft dir so eine Scheißangst, wenn du keinen Peil hast, was du unternehmen solltest. Ja nicht einmal, was du unternehmen könntest!

Weil, eines war dem Münzer Bernd klar: Da würde irgendwer noch was von ihm fordern. Und mit dem Hinweis auf die Evi wollte man ihm nur unmissverständlich klarmachen, wie kompromisslos er zu handeln haben würde.

»Ich sagte doch: Keine Störungen! Ist das zu kompliziert für Sie?«, herrschte der Münzer die Gabelsberger an, als die erneut ihren Kopf zur Tür herein steckte.

»Entschuldigen Sie, Herr Münzer, Kriminalpolizei! Ein Herr Hauptkommissar Köstlbacher! Er ließ sich ...«, sagte die Gabelsberger mit hochrotem Kopf. Fertigreden konnte sie nicht mehr, weil in dem Augenblick der Köstlbacher schon an der Sekretärin vorbei ins Zimmer vom Münzer trat.

»Sie kann nichts dafür!«, entschuldigte der Köstlbacher die Gabelsberger, weil ihm die Sekretärin wegen der unbeherrschten Äußerung ihres Chefs irgendwie leid tat.

»Ich habe mich nicht abwimmeln lassen«, fügte er noch hinzu und reichte dem Münzer zum Gruße seine Hand.

Geistesgegenwärtig wollte der Münzer noch sein Postfach schließen, streckte stattdessen aber, um nicht auffällig zu reagieren, seine Rechte dem Köstlbacher entgegen.

»Sie sind's!«, stellte der Münzer mit einem nicht gerade freundlichen Unterton in seiner Stimme fest und bot dem Köstlbacher einen Platz am Besuchertisch seines Büros an.

»Was gibt es Wichtiges, dass ich schon wieder mit der Kripo das Vergnügen habe?«, fragte der Münzer nun richtig unwirsch. »Oder haben Sie etwa den Mörder meiner Tochter schon gefunden?«, fügte er leicht spöttisch hinzu.

»Vielleicht könnten wir schon weiter sein, wenn Sie etwas kooperativer wären!«, meinte dazu der Köstlbacher. »Immerhin konnten wir bisher über die Klassenkameraden der Doris mehr in Erfahrung bringen, als durch Ihre Aussagen und die Ihrer Frau.«

»Was wollen Sie damit sagen? Soll das heißen, Sie vermuten, wir verschweigen Ihnen absichtlich etwas, um Ihnen Ihre Arbeit zu erschweren?«

»So möchte ich das nicht ausdrücken«, antwortete der Köstlbacher. »Aber da gäbe es schon noch die eine oder andere Frage, deren zufriedenstellende Beantwortung bisher ausgeblieben ist.«

»Nur zu!«, sagte der Münzer. »Vielleicht haben Sie bisher nur nicht konkret genug gefragt. Ich kann mich jedenfalls nicht erinnern, Ihnen wissentlich etwas verschwiegen zu haben.«

»Was ich nie behauptet habe!«, verteidigte sich der Köstlbacher, wohl wissend, dass der Münzer anders behandelt werden musste, als ein potenzieller Täter. Wegen seinem Aufenthalt in Kenia kam der alte Münzer als Tatverdächtiger nicht in Frage. Er konnte nur allgemeine Aussagen bezüglich seiner Tochter machen, die sich eventuell als Ansatzpunkte für Verdachtsmomente herausschälten.

Aber da war er eben auch wieder, der Bauch vom Köstlbacher. Und wenn er den zu Gunsten von rationalen Überlegungen noch so sehr auszuschalten versuchte, so drängte sich dieser unübersehbare Bauch immer wieder in den Vordergrund, um ihm ein ungutes Gefühl zu machen, sobald er es mit dem Bernd Münzer zu tun bekam. Aus irgendeinem Grund läuteten beim Köstlbacher die Alarmglocken, wenn er den Münzer sah. Sogar, wenn er ihn nur am Telefon hörte, überkam den Köstlbacher dieses Alarmsignal.

Normalerweise der Köstlbacher total Oberwasser und nach

außen hin Respektsperson. In Verbindung mit dem Münzer aber so eine Art Minderwertigkeitsgefühl. Nicht ein wirkliches Minderwertigkeitsgefühl! Eher so ein Gefühl, sich rechtfertigen zu müssen für seine rein beruflichen Fragen und der damit zwangsläufig verbundenen Belästigung. Der Mann hatte eine Tochter verloren. Auch wenn er rein äußerlich nicht so wirkte, er litt innerlich bestimmt wie ein Hund und sah im Augenblick nur noch die Sinnlosigkeit des Lebens.

So und nicht anders sollte dem Münzer von der Kripo begegnet werden! Die Wirklichkeit, die Wirklichkeit vom Köstlbacher, die brachte allerdings ganz andere Saiten zum Schwingen, schlug ganz andere Töne an. Der Köstlbacher war alarmiert, wenn er mit dem Münzer zu tun hatte. Irgendetwas an diesem Mann stimmte nicht! Irgendetwas sehr Unerfreuliches!

»Sie haben mir immer noch nicht plausibel erklärt, warum Sie für ihre Tochter ein Appartement in der Von-der-Tann-Straße angemietet hatten, obwohl Sie doch in der Reichsstraße, also kaum näher am AAG, ein geräumiges Haus besitzen, in dem genug Platz für 4 Personen vorhanden ist, ohne dass man sich gegenseitig auf die Füße treten muss!«, stellte der Köstlbacher fest.

Keine fundamentale Frage vom Köstlbacher, zumal die Emma Herzog darauf schon eine Antwort gegeben hatte. Die Antwort konnte zudem jeder Familienvater in einer ähnlichen Situation geben und sie würde von jedem gefragten Vater ähnlich lauten. Daraus würde sich nichts, aber auch rein gar nichts ableiten lassen. Das Streben nach Eigenständigkeit. Völlig legitim! Völlig nachvollziehbar! In keinster Weise Anlass zu irgendwelchen Verdächtigungen!

Aber was sollte der Köstlbacher fragen? Er hatte keine speziellen Fragen an den Münzer. Besuch quasi spontan, wenn du so willst tatsächlich nur aus dem Bauch heraus. Der Köstlbacher erhoffte sich irgendeine Reaktion vom Münzer, die ihn weiterbrachte, die ihn auf irgendeine Spur lenkte.

»Wenn Sie darauf anspielen, dass meine Doris schon mit 16 von zu Hause ausgezogen ist, dann gab es dafür einen durchaus verständlichen Grund«, antwortete der Münzer.

Als der Köstlbacher nur fragend seine Augenbrauen hob, fuhr der Münzer fort, ohne auf eine Erwiderung vom Kommissar zu warten.

»Wie Sie wissen, ist die Elke meine zweite Frau. Miriam, meine erste Frau, verstarb vor 11 Jahren. Die Doris war damals gerade 8 Jahre alt. Doris hatte ihre Mutter sehr geliebt und es mir wohl nie verziehen, dass ich ein Jahr nach ihrem Tode die Elke geheiratet habe. Aber was sollte ich tun? Beruflich befand ich mich gerade in einer Phase, die meinen vollen Einsatz erforderte. Eine neue Mutter für die Doris war die einzige Lösung!«

»Und warum haben sie nicht an ihre Schwester, die Frau Herzog, gedacht? Verlor die nicht kurz vor dem Tode ihrer Frau ihren Mann bei einem Jagdunfall in Kenia?«, unterbrach der Köstlbacher den Münzer.

»Emma?«, lachte der Münzer. »Die Emma als Ersatzmutter? Die kam ja kaum mit sich selbst klar nach dem Tode ihres Mannes. Die Emma können Sie vergessen!«

»Als Babysitterin für die Evi war sie Ihnen scheinbar gut genug!«, warf der Köstlbacher ein.

»Babysitten! Klar! Auf die Evi aufpassen! Das ist doch ganz etwas anderes!«, sagte der Münzer. »Aber als Mutterersatz, das hätte nie geklappt. Nicht bei der Doris!«

»Mit Ihrer zweiten Frau scheint es diesbezüglich aber letztendlich auch nicht geklappt zu haben!«, meinte der Köstlbacher.

»So ist es! Leider! Aber das hat wohl an beiden gelegen, an der Doris und an der Elke. Die Doris akzeptierte die Elke wohl nie richtig. Was meinen Sie, wie oft mir die Elke damit in den Ohren gelegen hat, dass die Doris ihr das Gefühl gab, sie hätte ihr nichts zu sagen, weil sie ja schließlich nicht ihre echte Mutter wäre.«

»Sagte sie das?«, fragte der Köstlbacher.

»Bisweilen! Ja, bisweilen tat sie das. Elke war dann immer wie am Boden zerstört und einfach nur noch fix und fertig.«

»Und das gipfelte sich dann, als die Doris mit 16 von zu Hause ausziehen wollte?«, fragte der Köstlbacher.

»Sie sagen es! Nicht, dass Sie meinen, wir hätten ihr diesen Wunsch sogleich erfüllt. Aber letztendlich ist die Von-der-Tann-Straße ja ganz in unserer Nähe. Ich ließ mich darauf ein, als Elke meinte, es wäre das Beste für uns alle!«

»Und? War es das?«, fragte der Köstlbacher.

»Geändert hat der Umzug nichts! Aber wenigstens wurde jetzt nicht mehr jeden Tag zu Hause gestritten wegen jeder Kleinigkeit. Wie auch? Doris war nicht mehr da, und mit der Evi haben wir keine Probleme!«

»Noch nicht!«, sagte der Köstlbacher. »Sie ist schließlich erst 10! Wenn sie bei unserer Clara zu Hause ist, macht sie übrigens einen recht gut erzogenen Eindruck.«

Ich kann mir gut vorstellen, dass du diesen spontanen Schachzug dem Köstlbacher nicht zugetraut hättest. Aber da bei allen bisherigen Gesprächen mit dem Münzer und mit seiner Frau nie die Rede auf eine Verbindung zwischen den Köstlbachers und den Münzers gekommen ist, ist der Köstlbacher davon ausgegangen, dass weder der alte Münzer, noch seine Frau sich bewusst waren, dass es so eine Verbindung geben könnte. Vom Prinzip her nicht ungewöhnlich, weil Köstlbacher heißen in Regensburg bestimmt mehr. Und wer kommt schon auf den Gedanken, dass die nette Frau Köstlbacher, die ihre Clara schon so oft zu ihnen in die Reichsstraße gebracht hat, dass die vom Kriminaler Köstlbacher die Frau ist.

Dass der Münzer bei den letzten Worten überrascht und sogar etwas verständnislos aufgeschaut hat, ist dem Köstlbacher natürlich nicht entgangen. Zum ersten Mal glaubte er, eine kleine Unsicherheit über sein Gesicht huschen zu sehen. Aber weil die ganze Mimik in weniger als einer Sekunde wieder die alte, der Kommissar nicht mehr ganz sicher, ob nicht vielleicht bloß Einbildung.

»Da hätte ich ja gleich drauf kommen können!«, sagte der Münzer lapidar. »Sie sind also der Vater von der Clara. Na ja, die Ähnlichkeit hat sie wohl eher mit der Mutter!«

Um die Verunsicherung vom Münzer, falls ihm die gelungen war, noch etwas zu steigern, ging der Köstlbacher mit keinem weiteren Wort mehr darauf ein, dass Mitglieder seiner Familie quasi privaten Kontakt zu den Münzers und so. Der alte Münzer würde sich bei allen weiteren Angaben, die er zu seiner Tochter Doris und der gesamten Familie überhaupt machte, immer vor Augen halten müssen, dass durch die Freundschaft seiner Evi mit der Clara Köstlbacher das eine oder andere Detail in Frage gestellt werden könnte.

»Natürlich hatten wir trotz des Auszugs regelmäßigen Kontakt mit der Doris. Mehr oder weniger haben wir sie fast genauso oft bei uns zu Hause gesehen, als vorher. Nur übernachtet hat sie seitdem nicht mehr bei uns, von ein paar Ausnahmen mal abgesehen, wenn sie ihrer Schwester Gesellschaft leistete, wenn wir mal nicht zu Hause waren«, berichtete der Münzer, als wüsste er, dass der Köstlbacher ihn nach solchen Einzelheiten fragen würde.

»Ist Ihnen in letzter Zeit irgendetwas aufgefallen an Ihrer Doris? Hat sie sich irgendwie verändert?«, fragte der Köstlbacher, obwohl er diese Frage schon einmal gestellt hatte.

»Nein! Was sollte das gewesen sein? Doris war gerade im Abistress. Entsprechend war ihre Stimmung meistens gereizt. Ist doch normal, oder?«, sagte der Münzer.

»Und ihr Freundeskreis, war da irgendetwas Ungewöhnliches?«, fragte der Köstlbacher weiter.

»Unsere Doris brachte so gut wie nie Freunde mit nach Hause, bevor sie auszog schon kaum und später eigentlich überhaupt nicht mehr. Wenn wir uns ab und zu einmal eher zufällig in der Stadt über den Weg gelaufen sind, war sie schon öfters in Begleitung. Mal Mädels, mal Jungs. Junge Leute, wie sie überall in der Stadt anzutreffen sind. Meine Frau sagt, sie hätte die Doris immer wieder mal mit Gothic Leuten gesehen. Ich kann das nicht bestätigen, aber es wird wohl schon so gewesen sein«, antwortete der Münzer.

Ende Juni ist im Villapark ein dreitägiges Gothic Treffen, dachte der Köstlbacher. Muss ja nichts zu bedeuten haben! Vielleicht aber auch kein Zufall! Ich werde dem nachgehen müssen!

Gegenüber dem Münzer äußerte der Köstlbacher aber nichts von diesen Überlegungen, weil eines muss ich dir sagen: Der Münzer antwortete dem Köstlbacher zu prompt und auch zu umfassend. Irgendwie kam er ihm aalglatt vor. Nicht, dass sich der Münzer wirklich verdächtig gemacht hätte. Auf alle Fälle nahm sich der Köstlbacher vor, dem Münzer demnächst öfter einen Besuch abzustatten oder zumindest ihm von Kollegen einen abstatten zu lassen. Es würde sich dann schon herausstellen, ob der Münzer weiterhin seine Nerven so im Griff behalten konnte.

Dem Köstlbacher wollte es einfach nicht glaubhaft erscheinen, dass ein Familienvater seine Tochter schon mit 16 so mir nichts dir nichts ausziehen lässt und alles quasi mehr oder weniger immer im grünen Bereich gewesen sein soll. Wenn er da an seine Clara dachte! Gut, die war erst 10! Aber wie schnell sind 6 Jahre rum! Nein! Unmöglich! Undenkbar!

»Was halten Sie von den Gothics?«, fragte der Köstlbacher in möglichst beiläufigem und nicht sehr interessiertem Ton. Eben dem Ton, der eine Routinefrage beinhalten und keinerlei spezielles Interesse bekunden sollte.

»Ein Gesockse, wenn Sie mich so fragen!«, ereiferte sich der Münzer. »Aber Randgruppen hat es in unserer Gesellschaft immer schon gegeben. Gothics! Punks! Rechtsradikale! Kennen Sie die auseinander?"

Du kannst mir glauben, da war der Köstlbacher ganz schön überrascht, dass den Münzer seine Frage so in Rage gebracht hatte. Natürlich hatte der Köstlbacher den Münzer aus der Reserve locken wollen! Aber dass der Versuch gleich so einschlagen würde, damit hatte er nun doch nicht gerechnet.

»Ist das nicht ein etwas überzogenes Pauschalurteil?«, fragte der Köstlbacher den Münzer. »Ich meine, dann können Sie die Hippies aus Ihrer Generation gleich auch noch nennen!«

Der Münzer schien gemerkt zu haben, dass er sich hatte provozieren lassen und lenkte darum ein:

»Sie haben recht! Ich habe mich da ein wenig vergaloppiert. Aber sind Sie doch einmal ehrlich: Wie soll man wissen, wer von denen zu den Guten und wer zu den Bösen gehört? Schließlich haben die kein Schild umhängen.«

»Na ja, Sie haben ja auch kein Schild umhängen. Und 1000 andere Bürger dieser Stadt auch nicht. Oder glauben Sie, Gute oder Böse gibt es nur in bestimmten gesellschaftlichen Gruppierungen?«, fragte der Köstlbacher.

Der Münzer schaute bei diesen Worten dem Köstlbacher nur ohne zu antworten in die Augen und zuckte mit seinen Achseln, als wolle er sagen:

›Unser Gespräch führt zu nichts!‹

Gedacht hat das der Köstlbacher auch und wollte deshalb aufstehen und sich verabschieden. Nur, weil der Köstlbacher ja immer Kreuzschmerzen, und jetzt gerade besonders heftige Kreuzschmerzen, versuchte er sich festzuhalten, um nicht wieder auf den Stuhl zurücksinken zu müssen. Aber das einzige, was er zu fassen bekam, war der Flachbildschirm vom Münzer seinem PC. Der, natürlich nicht festgeschraubt, drehte sich zur Seite.

Wenn da nicht schon einige Minuten vorher die automatische Selbstabschaltung vom PC aktiv geworden wäre, wer weiß was für Rückschlüsse der Köstlbacher da gezogen hätte, wenn er die Mail zu Gesicht bekommen hätte. Aber so nur schwarzer Bildschirm!

Schwarz
(Kapitel 11)

Einhergehend mit dem ›*Ostengassenfest*‹ in Regensburg vom Freitag bis zum Sonntag in der letzten vollen Juniwoche fand im Villapark ein ›*Gothic Treffen*‹ statt.

Wenn du da zu den normalen Bürgern Regensburgs zählst, dich nicht mit besonders ausgefallener Mode kleidest, die Ideen zu deiner neuen Frisur höchstens aus den gängigen Modezeitungen abkupferst, am Samstag Abend geil auf die Sportschau bist und am Sonntag deinen traditionellen bayerischen Schweinebraten genießt, dann gehörst du hundert pro zu den Leuten in der Stadt, die dem Treiben der Gothics im Villapark sehr skeptisch gegenüber stehen, weil die eben schon auf den ersten Blick abweichend vom üblichen Spektrum an Menschen, die Regensburgs Straßen bevölkern. Während dir eine Gruppe Japaner im Touristenlook schon lange nicht mehr auffällt, wenn sich die an der Wurstkuchl zu einer Bratwurstsemmel anstellen, die sie dann mit Todesverachtung und einem asiatischen Dauerlächeln hinunterwürgen, an den Gothics kannst du dich gar nicht satt sehen. Weil, wie sonst willst du später am Stammtisch über die herziehen, wenn du sie vorher nicht genau beäugt und abgemustert hast.

Vereinzelt oder in Kleingruppen hast du in Regensburg ja schon des öfteren mal diese schwarz gekleideten Freaks gesehen. Bei den Mädels, denen ihr praller Busen aus den korsettähnlichen Kleidern heraus gequollen ist, da hast du besonders genau hingesehen, weil so eine Optik schließlich eine Schande! Und wie willst du wahrheitsgetreu über so eine Schande mit Gleichgesinnten in der Sauna oder am Almer Weiher beim Nacktbaden reden, wenn du nicht vorher alles haarscharf beobachtet hast.

*

Der Köstlbacher geht nie an den Almer Weiher und auch nur sehr selten in die Sauna, außer vielleicht nach dem Polizeisport. Wann er da zum letzten Mal gewesen ist, daran kann er sich allerdings schon gar nicht mehr erinnern. In Regensburg jedenfalls noch nie, höchstens in Straubing, seinem vorangegangenen Dienstort.

Aber der Köstlbacher isst im Prinzip schon sonntags gerne seinen Schweinebraten, obwohl seine beiden Kinder diese Tradition nicht mit ihm teilen und sogar die Anna in den letzten Jahren immer öfter beim Kochen am Sonntag Experimentierfreude an den Tag gelegt hat. Nicht immer mit Einverständnis ihres Mannes, der fremdländischer Küche, ausgenommen der italienischen, eher skeptisch gegenüber steht.

Die drallen Formen mancher Gothic Frauen, die hat der Köstlbacher schon eher fokussiert. Vergiss nicht, dass der Köstlbacher zu Hause eine wenig erotische Anna. Und irgendwo musst du schließlich deine Optik zufrieden stellen, und wenn du hundert Mal Polizist und so. Weil, denke immer daran, auch Polizisten sind Menschen. Und Kriminaler schon dreimal! Auch wenn die ja im Normalfall nicht einmal eine Uniform.

Nicht, dass du jetzt aber glaubst, der Köstlbacher extra wegen der Gothic Frauen in den Villapark. Bestimmt nicht, weil Fototermin für die ganze Gothic Szene vor dem Dom. Und dort nicht nur Reporter von der Mittelbayerischen am Werk. Zwischen all den Japanern, die gerade in Regensburg wegen dem Weltkulturerbe und so, also zwischen denen, da bist du gar nicht mehr aufgefallen, wenn du quasi als Einheimischer auch deinen Digitalen herausgezogen hast.

Dabei hat der Köstlbacher nicht einmal selber Bilder gemacht, weil das der Liebknecht übernommen hat.

»Groß, mit langem schwarzen Mantel und einer tätowierten Glatze? Richtig so?«, fragte der Norbert Liebknecht seinen Chef.

»Fast richtig!«, antwortete der Köstlbacher. »Die Nr. 4567 quer über den rasierten Nacken. Vielleicht auch mit Himmlerbrille!«

»Da ist keiner mit einer Glatze dabei! Und mit einem tätowierten Nacken oder einer Himmlerbrille schon gar nicht!«, brummte der Liebknecht missmutig, weil trotz der Vielzahl an schwarz bemantelten jungen Männern keiner von denen eine Glatze hatte.

»Fotografiere die, die einen Hut tragen. Da sind einige dabei. Auch den da hinten mit dem Zylinder!«, sagte der Köstlbacher.

Irgendwie musste der einen sechsten Sinn dafür gehabt haben für das, was die beiden Kriminaler, die in Zivil als solche ja nicht erkennbar waren, was die soeben miteinander gesprochen haben. Weil, kaum hat der Liebknecht seine Digitalkamera in Position gehoben, da war von dem Typen mit Zylinder plötzlich nichts mehr zu sehen.

Der Liebknecht senkte den Apparat und schaute noch einmal genau hin. Aber an der Stelle, wo vorher ganz deutlich der Zylinder zu sehen war, da hatte sich eine Mollige mit rot gesträhntem Haar breit gemacht. Ihr Dekoltee wäre durchaus eine Aufnahme wert gewesen, aber nicht für den Liebknecht, zumindest nicht in diesem Moment.

Der Köstlbacher hatte leider auch nicht beobachtet, wie der Zylindrige sich verdünnisiert hat. Nicht, dass du jetzt wieder denkst, der Köstlbacher hat sich von dem ganz offensichtlich aufreizenden Outfit der überwiegenden Mehrheit der weiblichen Gothics ablenken lassen. Zu verstehen wäre das ja gewesen, weil wann siehst du schon einmal so etwas in Natura. Am Fernsehen vielleicht. Aber Fernsehen ist nicht live, und wenn der Flachbildschirm eine noch so hohe Herztechnik hat und noch so riesig ist. Höchstens im 3D-Kino. Aber da bringen sie keine Gothics und auch sonst kaum Erotik. Da punkten sie eher mit Dinosauriern und so, weil dann können die Filme auch für Kinder freigegeben werden.

»Du glaubst gar nicht, welche grausamen Szenen die im Kino zeigen, obwohl der Film ab 6 freigegeben ist!«, hat die Anna schon oft zum Edmund gesagt.

»Da brauchen sich die nicht zu wundern, wenn Gewalt zum Problem wird und für eine gut funktionierende Partnerschaft auf einen Psychotherapeuten kaum noch verzichtet werden kann. Außerdem tun sie im Kino immer so, als wäre alles im Leben nur Sex und Liebe gibt's nur im Märchen!«

Das hat die Anna auch noch gesagt. Und wenn die Anna einmal so etwas sagt, dann, das kannst du mir glauben, dann ist das echt ein allgemein brennendes Problem.

Dass der Köstlbacher sich gerade in diesem Augenblick an die Worte seiner Anna erinnert hat, das kann ich dir ehrlich gesagt nicht so wirklich erklären. Aber genau diese Worte sind ihm durch den Kopf gegangen.

Ob es nun tatsächlich diese Gedanken gewesen sind, die den Köstlbacher das Verschwinden des Zylindrigen nicht haben bemerken lassen, oder ob es vielleicht doch die mittelalterlich angepriesenen Oberweiten waren, die kurzfristig seine Aufmerksamkeit beeinträchtigten: Tatsache war, dass der junge Mann mit dem Zylinder weg war, aber all die anderen mit Hut noch auf ihren Plätzen saßen und auf das Gruppenfoto für die Mittelbayerische Zeitung warteten.

Natürlich konnte das Zufall gewesen sein! Weil, eines darfst du nicht vergessen, weder der Köstlbacher, noch der Liebknecht waren sich vorher sicher gewesen, ob der Gesuchte sich überhaupt in der Gothic Gruppe befunden hatte. Die Beschreibung, die ihnen vor einer halben Stunde telefonisch von einem unbekannten Informanten durchgegeben worden ist, die traf, zumindest was die Kleidung und die Größe betrifft, auf einige der Anwesenden zu. Und so einen markanten Kahlschädel mit Tätowierung, der angeblich oben mittig noch eine Handbreit nach hinten gegelte Haarpracht haben soll, den siehst du einfach nicht, wenn der mit einem Hut bedeckt ist. Damit hatten die beiden Kriminaler nicht gerechnet, mit so einem Hut.

Und jetzt deshalb eine Fahndung rausgeben, das würde bestimmt nur wieder einen Rüffel vom Dr. Huber zur Folge haben. Eine ganze Menge Beamte müssten wegen so einer Fahndung ihre augenblickliche Arbeit liegen und stehen lassen. Da muss schon ein wirklicher Grund vorliegen, um so eine weitreichende Entscheidung zu treffen.

Im Grunde genommen war dem jungen Mann, nach dem sie suchten, ja nichts vorzuwerfen. Er war mehrfach mit der Ermordeten gesehen worden. Zum letzten Mal sogar wenige Stunden vor der vermuteten Tatzeit. Aber das allein ist ja kein Verbrechen. Und ein mit einem Hut bedeckter Glatzkopf, auch wenn er eine Tätowierung hat, so einer ist für sich alleine nicht strafbar.

Und trotzdem, der Köstlbacher hätte sich nicht so spontan den Liebknecht geschnappt und wäre nicht so eilig ins Auto gesprungen, um schnellstmöglichst hierher zum Domplatz zu kommen, wenn ihn nicht irgendeine Erinnerung geplagt hätte, die mit diesem Mann in einem Zusammenhang stand, eine Erinnerung, die wieder einmal kurz vor dem Abrufen stand, aber aus irgendeinem Grund nicht abgerufen werden konnte.

Bestimmt kennst du das auch! Nicht, dass du dich auch an einen Glatzköpfigen erinnern solltest. Aber du bist dir ganz sicher, dass da etwas Wichtiges war, aber du es momentan nicht fassen kannst. Wenn dir so etwas passiert, dann ist das ja weiter nicht tragisch. Bist du beispielsweise in den Keller gegangen und weißt nicht mehr, was du da unten wolltest, dann kein Problem. Die Kellertreppe zwei/drei Mal auf und ab, und siehe da, die Erinnerung ist zurück. Und ein paar Minuten Sport hattest du obendrein.

Aber für den Köstlbacher Kellertreppensteigen keine Lösung. Weil, eines wusste der Köstlbacher ganz sicher: Mit einem Keller hatte das Ganze nichts zu tun! Schon eher mit einem Fahrrad! Aber das mit dem Fahrrad schien ihm derart absurd, dass er sich nicht mehr damit beschäftigte und lieber sein Hirn marterte, in welchem Zusammenhang er den Kahlschädeltätowierten schon einmal gesehen hatte.

Erinnerung hin, Erinnerung her, die zwei Kripobeamten standen gegenüber vom Haus Heuport auf dem Bürgersteig und schauten unschlüssig zum Hauptportal vom Dom, vor dem die Gothics sich immer noch im Blitzlichtgewitter einiger Journalisten und weit mehr Japaner sonnten. Dabei alberten sie rum, dass du dich nur wundern konntest, warum die so eine Trauerfarbe für ihre Klamotten bevorzugten, wo sie doch ausgelassen und fröhlich wie ein Theatervölkchen vor der Domkulisse zu sein schienen.

Dem Köstlbacher lief inzwischen der Schweiß über seine Stirn, weil er keinen Hut und natürlich auch keinen Zylinder und schon dreimal keinen Sonnenschirm, wie die meisten Frauen der Japanergruppe. Die Sonne knallte unbarmherzig aufs Kopfsteinpflaster und verbreitete auf dem ganzen Domplatz eine Bruthitze. Aber weil's in der Früh noch eher etwas kühl für die Jahreszeit gewesen war, der Köstlbacher natürlich eher im wärmeren Zwirn. Ein Seitenblick hin zum Kollegen Liebknecht bestätigte dem Köstlbacher wieder einmal, dass der viel hitzeresistenter als er.

Wenn du dich noch an die schwarz/weiß Serien in den frühen Fernsehjahren erinnern kannst, dann hast du bestimmt auch nicht die Folgen von ›*Dick und Doof*‹ vergessen. Und genau so musst du dir das Kriminalerteam Köstlbacher/Liebknecht vorstellen. Nur natürlich in Farbe und auch nur auf die Optik bezogen. Weil, eines darfst du nicht vergessen: Auch wenn das ›*Dick*‹ für den Köstlbacher zutrifft, der Liebknecht alles andere als ein ›*Doof*‹. Warum die lang und schlank Gewachsenen weniger schwitzen, das kann ich dir nicht sagen, weil ich eben kein Mediziner und so. Aber dass die Dicken erheblich mehr Schweißdrüsenaktivitäten haben, daran gibt es nichts zu rütteln. Und der Köstlbacher ganz besonderes fleißige Schweißdrüsen! Dass das der Grund dafür war, warum der Köstlbacher in aller Regel viel lieber die Fäden von seinem Büro aus zog, das wegen seiner Nordlage kühl wie die Toilette eines Einfamilienhauses war, die bekanntlich meistens zur Nordseite hin vom Architekten geplant wird, da bin ich mir nicht absolut sicher. Wenngleich außer seiner Pinnwand, ohne die der Köstlbacher vermutlich keinen Fall lösen könnte, sein Büro nichts Besonderes hatte, was ein Verweilen darin über die Maßen attraktiv gestalten könnte. Abgesehen vielleicht die Klein! Weil, eines kann ich dir nicht oft genug sagen, so eine Klein, die hat selten ein Beamter im Vorzimmer. Vielleicht einer in der freien Wirtschaft, der sich seine Sekretärin selbst aussuchen darf und der keine Ehefrau hat, die beim Aussuchen mitbestimmt. So einer, der eventuell zumindest optisch auch so einen Augenschmaus wie die Klein.

Die Anna hatte aber zu keiner Zeit einen Einfluss darauf, was für eine Sekretärin ihrem Edmund zur Hand gehen würde. Und die bei der Kripo stellen nur nach Eignung ein. Das Aussehen zählt da rein gar nichts. Ungefähr so, wie wenn der Staat Lehrerinnen einstellt. Wo kämen wir da auch hin, wenn eine Verbeamtung vom Aussehen abhängen würde? Erstens wäre das unfair denen gegenüber, bei denen die Gene diesbezüglich schlechter gemischt. Von der rechtlichen Gleichstellung unserer Bürger einmal ganz abgesehen. Und zweitens hätten wir dann womöglich zudem noch Lehrermangel. Und dann wär's schnell vorbei mit der Führungsrolle des Bayerischen Schulsystems im Pisa gebeutelten Deutschland.

Dass die Klein eine war, an der niemand, nicht einmal eine andere Frau, vorbei gehen konnte, ohne sich nach ihr umdrehen zu müssen, das hat dem Köstlbacher seine Arbeit schon jeden Tag versüßt. Und weil die Klein zudem noch eigenständig denken konnte, drum quasi perfekte Sekretärin. Aber zu behaupten, der Köstlbacher nur gerne Polizist, weil Klein im Vorzimmer, da wiederum würdest du zu weit gehen.

Das alles ging dem Polizeihaupkommissar Köstlbacher aber heute nicht durch den Kopf, als der die geplante Observierung auf dem Domplatz abbrach, um zurück ins Präsidium in der Bajuwarenstraße zu fahren. Bei der Hitze konnte er nur noch an sein kühles Nordzimmer denken. Auf einen Kaffee von der Klein freute er sich allerdings trotzdem, auch wenn der seine Schweißdrüsen nicht gerade dazu anregen würde, ihre Tätigkeit zu verringern. Aber Kaffee eben Kaffee! Und ohne Kaffee keine neue Gehirntätigkeit mehr möglich.

»Weiß du was?«, sagte der Köstlbacher zum Liebknecht. »Wir fahren zurück zum Präsidium. Hier richten wir eh nichts mehr aus. War überhaupt eine Schnapsidee von mir, hierher zu kommen. Der Typ ist zwar im Moment unsere einzige Spur, aber mehr schon nicht auch. Bloß weil ein paar Leute ihn mit dem Opfer gesehen haben wollen! Damit können wir ohnehin nichts ausrichten.«

»Mir klingt das aber eher danach, dass dir die Bullenhitze hier zu schaffen macht und du plötzlich keine Lust mehr hast!«, antwortete der Liebknecht fast eine Idee zu respektlos gegenüber seinem Vorgesetzten. Aber mit dem Beginn des ›*Du*‹ zwischen den beiden ist der letzte Rest Respekt, den der Liebknecht vorher noch vor dem Köstlbacher gehabt hat, ganz verloren gegangen. Nicht, dass das dem Köstlbacher völlig egal gewesen wäre, wie sein Kollege mit ihm seither redet. Aber andersrum war es seitdem natürlich auch so, dass der Köstlbacher den Liebknecht oft auch einmal saudumm kommen konnte, so wie du es eben nicht machen würdest, wenn du ›*Sie*‹ sagen müsstest.

»Blöder Hund!«, entgegnete daher der Köstlbacher auf die Äußerung vom Liebknecht. »Ich hab' einfach was Wichtigeres zu tun, als mich hier rumzudrücken und mir eins abzuschwitzen, wo nicht einmal sicher ist, ob unsere Zielperson überhaupt da ist, beziehungsweise zumindest da gewesen ist.«

Und da kam ihm, wie schon so oft, wenn er gerade körperlich und mental am Aufgeben war, ein Geistesblitz:

»Geh' doch mal zu den Fuzzis von der MZ hin. Die haben doch schon bei unserer Ankunft Fotos gemacht. Sie sollen uns Abzüge all ihrer Fotos zuschicken! Heute noch!«, meinte der Köstlbacher.

»Immer ich!«, maulte der Liebknecht kaum vernehmlich. Aber getan hat er natürlich sofort, was sein Chef von ihm verlangte, weil eines trotz dem ›*Du*‹ dem Liebknecht selbstverständlich klar: Chef war immer noch der Köstlbacher und sonst keiner. Vom Dr. Huber einmal abgesehen. Aber der hat noch nie einen von ihnen angesprochen. Der Dr. Huber tritt den ganzen Kriminalern gegenüber immer nur über den Köstlbacher als Mittelsmann auf. Der muss dann auch alles ausbaden, was der Dr. Huber ihm an den Kopf wirft.

Wenn der Köstlbacher beim allmorgendlichen Briefing schlechter Laune ist, dann gibt es in aller Regel nur zwei Gründe dafür: Entweder Zoff mit seiner Anna oder der Dr. Huber hatte ihn vorher schon zur Schnecke gemacht. Wenn der Köstlbacher seinen Unmut dann gezielt an ganz bestimmten Kolleginnen oder Kollegen ausgelassen hat, dann war sicher, dass seine Anna keine Schuld traf.

»Wir bekommen die Fotos als Mailanhänge noch heute! Dann können wir gleich für morgen die Leute aufs Revier bestellen, die den Schwarzgekleideten mit der Doris Münzer gesehen haben wollen. So wissen wir wenigstens, ob er hier dabei war«, sagte der Liebknecht wenige Minuten später zurückgekehrt von einer kurzen Unterredung mit denen von der MZ.

»Ist was?«, fragte er dann noch den Köstlbacher, weil der so versonnen drein schaute, als wäre er nicht ganz hier.

»Ich glaube, ich erinnere mich jetzt!«, antwortete der Köstlbacher und nahm dabei wieder einen Gesichtsausdruck an, der vermuten ließ, dass sein Geist und sein Körper wieder eine Einheit bildeten.

»An was willst du dich jetzt wieder erinnern?«, fragte der Liebknecht.

»Ich kenne ihn auch, den Glatzköpfigen mit der Tätowierung!«, antwortete der Köstlbacher.

»Und woher das so plötzlich?«, fragte der Liebknecht.

»Ich habe ihn vor dem Eingang zum Schulgelände vom AAG gesehen. Und wenn mich nicht alles täuscht, dann hat er mit der Doris Münzer gesprochen!«

»Schmarrn! Die Doris Münzer ist tot!«, sagte der Liebknecht und begann in diesem Moment zu befürchten, dass die Sonne seinem Chef tatsächlich geschadet hatte.

»Ja! Natürlich ist sie tot! Aber da war sie es noch nicht! Das war kurz vor ihrem Tod. Wann genau, das weiß ich nicht mehr. Aber es lässt sich leicht feststellen, weil es an dem Morgen war, als ich mit meinem Fahrrad von den Kollegen vom Verkehr zur Kasse gebeten wurde, beziehungsweise werden sollte.«

»Der Hammer!«, sagte der Liebknecht erstaunt. »Und? Hast

du ihn nur gesehen, oder ist dir irgendwas Spezielles aufgefallen, was uns weiter helfen kann?«, fragte der Liebknecht.

»Ich bin mir nicht sicher. Hab' mich damals so über die Kollegen aufgeregt, dass das, was kurz vorher passiert ist, irgendwie nicht zu fassen ist. Vielleicht fällt mir in meinem Büro vor der Pinnwand was ein. Du weißt doch, dort arbeitet mein Gehirn am besten«, sagte der Köstlbacher. »Vielleicht kommen meine Erinnerungen ja doch noch ganz zurück!«

»Dann lass uns keine Zeit verlieren!«, antwortete der Liebknecht, dem die Marotte seines Chefs mit seinen Pinnwänden natürlich bekannt ist.

Trotz der Baustelle in der Luitpoldstraße, die täglich erneut einen Dauerstau hervorrief, erreichten sie nach 20 Minuten die Bajuwarenstraße.

Der Liebknecht widmete sich nach einer kurzen Zigarettenpause, versteckt zwischen den Bäumen hinter dem Hauptgebäude, seinem üblichen Bürokram. Früher, da hatte er ja noch wenigstens vor dem Eingang eine rauchen dürfen. Aber inzwischen wurde auch das schon nicht mehr gerne gesehen. Die würden es am Ende noch schaffen, dass du nicht einmal zu Hause eine rauchen darfst. Schade nur, dass der Liebknecht heute keinen qualmenden Kollegen zwischen den Bäumen angetroffen hat, weil so eine Zigarette, die schmeckt einfach noch viel besser, wenn du nebenbei mit einem gleichgesinnten Suchtler über die da oben schimpfen kannst, die so ein Nichtrauchergesetz verbrochen haben und natürlich auch über die verblödeten Bürger, die durch ihre Stimmen dieses Gesetz auch noch in verschärfter Form möglich gemacht haben.

Dass der Chef mit seiner Pinnwand, der zum Mordfall Doris Münzer, zunächst einmal am liebsten alleine sein würde, da lag der Liebknecht nicht schief. Nur die Klein durfte ihn stören. Und das auch nur mit einer Tasse Kaffee.

Die Entführung

(Kapitel 12)

Und dann passierte etwas, was den Köstlbacher ganz schön aus der Bahn geworfen hat! Und weil's kaum zu glauben ist und es dem Köstlbacher ganz schön an die Nieren gegangen ist, drum möchte ich es dir auch gar nicht alles aus meiner Perspektive wiedergeben, sondern quasi den Köstlbacher direkt zu Wort kommen lassen, so, wie er's mir viel später einmal selber gesagt hat.

*

»Nicht, dass du glaubst, es wäre so einfach, mich außer Gefecht zu setzen!«, hat der Köstlbacher angefangen mir zu erzählen.

»Dienstlich würde es jedenfalls kaum jemandem gelingen, mich von etwas abzubringen, wenn ich eine Spur gefunden habe. Da bleibe ich drauf wie ein Jagdhund! Aber privat? Ich meine, privat, da bin ich vielleicht nicht unbedingt ein vorbildlicher Familienvater. Und mit der Hausarbeit, da hab' ich's auch nicht so. Bin ja fast schon mehr mit meinem Job verheiratet, als mit der Anna. Wenn ich da am Abend nach Hause komme, da ist mir einfach nur mehr nach Ruhe, was zu Essen und ein bisschen Fernsehen. Aber trotzdem liebe ich meine Familie über alles, auch wenn's nicht ganz so danach aussieht. Und drum habe ich da auch meinen Schwachpunkt. Wenn mir einer über meine Familie ans Leder will, dann bin ich plötzlich nicht mehr der coole Kriminaler, der alles im Griff hat.

Und irgendwie war's drum auch gar nicht verwunderlich,

dass mich eines Tages einer über meine Schwachstelle erwischt hat oder zumindest versucht hat, mich zu erwischen.

Wenn mich damals auf dem Domplatz die Anna nicht angerufen hätte, dann hätte ich das alles vielleicht gar nicht durchmachen müssen. Aber der Anruf hat mich einfach total erschreckt und sich deshalb vermutlich in mein Unterbewusstsein so tief eingegraben!«

›*Die Clara ist entführt worden!*‹, mehr hatte die Anna nicht herausgebracht, als sie mich angerufen hat, als ich gerade mit dem Liebknecht auf dem Domplatz in der Hitze gestanden habe, weil wir gedacht haben, in der Gothicgruppe einen Mann finden zu können, der mit dem Mordfall Doris Münzer was zu tun haben könnte.

Im Normalfall, da wäre ich ja gar nicht zum Domplatz gefahren, schon gar nicht bei der Hitze draußen. Nicht, dass es in meinem Büro besonders kühl gewesen wäre, aber tausendmal angenehmer als in der Innenstadt bestimmt. Aber wenn du als Leiter der Kripo, zumindest wenn du außer Acht lässt, dass die eigentliche Leitung der Dr. Huber hat, der allerdings mehr repräsentative Aufgaben erfüllt und alle kriminalistische Arbeit auf mich abgewälzt hat, wenn du also als Einsatzleiter nach fast 2 Monaten ermittlungstechnisch so gut wie auf der Stelle trittst und keinerlei brauchbare Ergebnisse vorweisen kannst, dann fällt dir im Büro einfach langsam die Decke auf den Kopf. Da hilft auch eine noch so gut montierte Pinnwand nichts, wenn die paar Fähnchen, die du da bisher hingesteckt hast keine wirkliche Spur markieren.

Nach dem Anruf der Anna bin ich auf dem schnellsten Weg nach Hause gerannt! Ja, lach nicht! Ich bin wirklich gerannt! Ich hatte nur 2 Gedanken:

›*Wer ist der Saukerl, der mir meine Clara entführt hat?*‹

›*An was bin ich so nah dran, dass man meine kleine Tochter entführt, um mich unter Druck setzen zu wollen?*‹

Der erste Gedanke erfüllte mich mit einer Wut, die ich bei mir selbst gar nicht vermutet hätte. Weil, im Grunde genommen bin ich ein sehr friedfertiger Mensch. Fast zu friedfertig für einen Kriminaler, der schon von Berufs wegen quasi nicht gerade in friedlichen Bahnen. Aber jetzt, in dem Moment, ich glaube, ich wäre jetzt durchaus in der Lage gewesen, ohne zu zögern, einen tödlichen Schuss abzufeuern. Und ich wusste auch genau, auf wen ich meine Dienstwaffe richten würde. Auf den Scheißkerl, der meine Clara hatte! Da gäb's kein langes Fackeln, falls der meiner Clara auch nur ein Haar gekrümmt hätte.

Wenn du da so Krimis am Fernsehen siehst, oder den einen oder anderen Thriller liest, dann kannst du ja leicht den Eindruck bekommen, dass Entführungen quasi überall an der Tagesordnung. Das mag in einigen Großstädten wie New York, London, oder Berlin vielleicht schon der Fall sein, aber in Regensburg, da kennt man zwar das Wort Entführung, verbindet damit jedoch kaum einen konkret erinnerbaren Fall. Und wenn doch, dann sind das meistens keine solchen Entführungen, wie im Fernsehen oder in der einschlägigen Literatur. In aller Regel sind es dann geschiedene Ehemänner, denen das Sorgerecht für ihren Nachwuchs vom Gericht abgesprochen worden war und die dann, aus einer gewissen Verzweiflung heraus, ihre Tochter oder ihren Sohn von der

Schule abholen und zumindest vorübergehend ein unerlaubtes Sorgerecht ausüben.

Die Polizei wird von den Müttern meistens recht schnell eingeschaltet. Aber du kannst dir vorstellen, dass die nicht gerade erfreut sind, solche im Grunde genommen doch recht familiären Probleme zu lösen, auch wenn die hundert Mal aus rechtlicher Sicht den Tatbestand einer Entführung erfüllen. Meistens finden sich die abhandengekommenen Zöglinge überraschend schnell wieder ein, auch ohne großartige Polizeiaktionen, weil den Entführervätern der eigene Ableger viel zu anstrengend wird.

Und so habe ich zwar schon die eine oder andere Erfahrung im Lösen von Gewaltverbrechen machen können, hingegen noch keinen einzigen wirklich klassischen Entführungsfall zugewiesen bekommen.

Trotzdem, Vorgehensweise klar wie Rinderbrühe! Im Gegensatz zu einer Mordsache, brauchst du den Entführer nämlich nicht zu suchen. Ein Mörder setzt alles dran, nicht entdeckt zu werden. Zumindest, wenn es sich nicht um so einen Psychopathen handelt, der quasi eine Spur legt, weil er ein Spielchen mit der Polizei treiben will. Einen Entführer, den kennst du zwar auch nicht sofort, aber du stehst zumindest sofort mit ihm in Verbindung. Weil so ein Entführer, der will ja was für sein Opfer. Und das, was er will, das bekommt er nur, wenn er sich bemerkbar macht!«, sagte der Edmund und fuchtelte dabei so in der Luft herum, dass er der Kellnerin beinahe das dritte Bier aus der Hand geschlagen hätte, das die gerade gebracht hat.

*

Und weil 3 Biere auch für den Edmund Köstlbacher eine ganze Menge, drum wurde sein Mitteilungsbedürfnis immer mehr und ausschweifender.

Sicher bin ich mir ja nicht, aber dass die Mönche vor langer Zeit gerade in der Fastenzeit vor Ostern ein besonders starkes Bier zu brauen begonnen haben, das hat mit der zusätzlichen Nahrungsaufnahme, die hintenrum übers Trinken nicht verboten und so, das hat damit vielleicht gar nichts zu tun gehabt. Kann gut sein, dass über das besonders starke Bier nur die redefaulen Zungen der Niederbayern und Oberpfälzer gelockert werden sollten, weil die in der Fastenzeit irgendwann ja auch ihre Osterbeichte ablegen mussten.

*

Weil inzwischen der Köstlbacher sogar beim vierten Bier angelangt und mir jetzt alles weitere haarklein erzählt hat, unterbreche ich jetzt doch lieber seine Ausführungen und komprimiere für dich seine Geschichte ein wenig.

Um mit so Entführern klar zu kommen, da, so erklärte er mir weiter, mache er schließlich Fortbildungen und nicht zu vergessen Fernsehabende! Der Köstlbacher quasi immer im Dienst. Tagsüber im Präsidium und nachts oder zumindest abends vor dem Fernseher.

Du kannst dir am Abend natürlich auch eine dieser niveaulosen Talkshows reinziehen. Aber das ist es nicht, was der Köstlbacher macht. Er Krimi! Manchmal Thriller! Quasi die ein wenig abgespeckte Krimiform, die mit Freigabe nicht unter 16 und so. Und so ein Krimiabend, wirklich Fortbildung pur.

Erst kürzlich war da so ein Entführungsfall. Als den der Köstlbacher sich angesehen hat, da hat er eine ganze Reihe an Lehren für sich mitgenommen. So gewappnet würde er den Entführer (eine Entführerin konnte er sich irgendwie nicht vorstellen) schnell enttarnen und dingfest machen können. Einziger Haken bei der Sache, das Leben seiner Clara durfte zu keiner Zeit in Gefahr geraten.

Genau das war aber der springenden Punkt. Weil, wie sollte er der mit Sicherheit kommenden Forderung eines Entführers, üblicherweise keine Polizei einzuschalten, nachkommen, da er doch quasi selbst Polizei? Und Mordkommission noch dazu!

Zu recht viel mehr Überlegungen kam der Köstlbacher nicht. Du musst wissen, vom Domplatz bis zum Prinzenweg, das sind zu Fuß höchstens 5 Minuten. Und wenn du da noch dazu in Eile bist, dann kannst du diese Wegstrecke sogar in einer noch kürzeren Zeit hinter dich bringen. Allerdings für den Köstlbacher Stress pur, weil es ist schon ein großer Unterschied, ob du sportlich in Form oder ob du dampfwalzenmäßig wie der Köstlbacher dahinhastest, wegen des leidigen Übergewichts aber kaum einen watschelnden Entengang an Geschwindigkeit überbieten kannst. Subjektiv gefühlt freilich Sprintgeschwindigkeit!

Vor lauter Aufregung hat der Köstlbacher dann sogar Probleme gehabt, den Schlüssel ins Schloss von seiner eigenen Haustüre zu stecken und hat kurzerhand Sturm geläutet. Die Anna wollte zwar niemandem aufmachen, weil sie doch auf den Edmund gewartet hat, aber sie hat dann doch schnell gemerkt, dass eben genau der unten an der Türe läutete, weil der Köstlbacher auch noch laut angefangen hat, nach seiner Frau zu schreien.

»Jetzt mach' doch nicht die ganze Nachbarschaft rebellisch!«, schimpfte sie, als sie ihrem Mann geöffnet hatte und der mit hochrotem Kopf, verschwitzt und schwer atmend ins Haus stürmte.

»Mein Schlüssel! Ich hab' meinen Schlüssel nicht ins Schloss gebracht!«, antwortete der Edmund entschuldigend.

»Kein Wunder! Meiner steckt von innen«, sagte die Anna. »Hab' mich eingesperrt. Hatte Angst seit dem Anruf.«

»Erzähl doch! Was genau ist passiert!«, forderte der Köstlbacher ungeduldig seine Frau auf.

Aber bevor die Anna ein Wort heraus brachte, da hat sie sich erst einmal fest an ihren Edmund gedrückt und laut zu schluchzen begonnen.

»Ich hab' geglaubt, da hat sich wer verwählt, weil ich weder den Namen, noch die Stimme erkannt habe. Es war ein Mann. Zumindest klang es so. ›*Ich habe Ihre Clara!*‹, hat der gesagt. »Da hab' ich erst einmal nicht verstanden! Ich meine, akustisch habe ich den Anrufer schon verstanden, aber nicht das, was der gesagt hat.«

»Und weiter? Was hast du geantwortet?«, fragte der Köstlbacher ungeduldig, weil der natürlich unter Hochspannung.

»Ja, als ich nicht sofort geantwortet habe, da hat der am Telefon seine ersten Worte nochmal wiederholt. Und da ist mir die Bedeutung seiner Worte erst klar geworden. ›*Wie, Sie haben unsere Clara?*‹, fragte ich zurück.

»Aber der Anrufer ist auf meine Frage nicht eingegangen. Er hat nur noch hinzu gefügt:›*Heute Abend 8.00 Uhr im Villapark! Der Kommissar soll kommen. Allein!*‹«

»Sonst nichts?«, fragte der Köstlbacher.

»Sonst nichts!«, versicherte die Anna. »Er hat nach seiner letzten Anweisung ›*Allein!*‹ aufgelegt. Ich hab' kein Wort mehr sagen können. Nichts sagen! Nichts fragen!«

»Und weiter?«, fragte der Köstlbacher hilflos, verzweifelt hilflos, wie ihn die Anna noch nie gesehen hatte.

»Nichts weiter!«, sagte die Anna. »Ich hab' dann sofort dich auf deinem Handy angerufen und gehofft, dich auch erreichen zu können.«

»Ich war ganz in der Nähe! Auf dem Domplatz! Eine Observierung!«, sagte der Köstlbacher, obgleich das momentan keinerlei Bedeutung hatte.

Weil, eines kannst du mir glauben, in so einer Situation, da bist du ganz bestimmt nicht so cool, wie du immer gemeint hast, es sein zu können, solltest du irgendwann in deinem Leben so einen Anruf erhalten. Und der Köstlbacher selbstredend auch ganz und gar nicht cool. Seltsam erschien ihm nur, warum die Anna nicht mehr Aufregung und so!

»Was werden wir tun?«, fragte die Anna nur sachlich nüchtern.

»**Wir** gar nichts!«, sagte der Edmund. »**Ich** werde was tun!«, fügte er noch hinzu.

»Was hast du vor?«

»Was soll ich schon vorhaben? Hingehen werde ich!«, antwortete der Köstlbacher.

Wenn du jetzt glaubst, dass der Köstlbacher alles im Griff und quasi ganze Aktionspalette in Automatikabspulung, dann irrst du dich gewaltig. Irgendwie war er wie gelähmt, der Köstlbacher. Nur noch an seine Clara konnte er denken, und seine Kriminalerinstinkte, die ließen ihn völlig im Stich. Eigentlich hätte er jetzt sofort zum Telefon greifen und das gesamte Einsatzkommando rebellisch machen müssen. Aber irgendwie hat ihn etwas davon abgehalten, seine Kollegen zu informieren. Der Anrufer hatte ›*Allein!*‹ gesagt. Da versteht es sich ganz von selbst, dass er damit auch meinte ›*Ohne Polizei!*‹. Dass er selbst ›*Polizei*‹, das hat nicht gezählt, weil momentan Hauptberuf ›*Familienvater*‹. Er würde tun, was der Anrufer verlangt hat. Auch seine Dienstwaffe würde er nicht mitnehmen. Die eben noch gefühlte Aggression war verflogen. Weil da war wieder einmal so ein Vorahnen im Bauch. So eine, auf die zu achten der Köstlbacher ganz und gar nicht gewillt war, wegen Professionalität und so. Aber im Augenblick kaum Professionalität. Im Augenblick nur Familiensinn. Und da Gefühle im Bauch zugelassen, weil einziger Anhaltspunkt. Wie der Edmund zu seiner Entscheidung, zu tun, was der Entführer verlangt hat, gelangt ist, das ist schwer zu sagen. Aber er war sich bombensicher, dass es wichtig sein würde, der Anweisung des Anrufers ohne Wenn und Aber Folge zu leisten. Irgendwie und aus irgendeinem unerfindlichen Grund hatte der Köstlbacher keine Angst, sich mit dem Unbekannten im Villapark zu treffen.

»Du allein?«, fragte die Anna.

»Ich allein! Oder willst du unsere Clara gefährden?«, gab der Köstlbacher zurück.

»Natürlich nicht!«, antwortete die Anna. »Aber schließlich bist du ein Kriminaler. Meinst du wirklich, allein zu gehen ist die richtige Vorgehensweise?«

»Gerade weil ich Polizist bin, hat der Anrufer vermutlich darauf verzichtet, explizit das Einschalten der Polizei zu verbieten. Wäre ja auch irgendwie lächerlich, oder?«, sagte der Köstlbacher.

»Mag schon sein! Aber professionell finde ich dein Vorgehen trotzdem nicht!«, gab die Anna zu bedenken, zog dabei ihre Augenbrauen hoch und unterstrich ihre Meinung mit beiden Händen gestikulierend.

»Lass mich nur machen! Ich muss den Kerl erst einmal allein gegenüberstehen, muss wissen, wer er ist und was er will. Wenn ich die Kollegen einschalte, kann's leicht passieren, dass etwas schief läuft. Und wenn ich hundert Mal Chef der Abteilung bin. Bei einer Entführung, da mischen unweigerlich Personenkreise mit, auf die ich absolut keinen Einfluss habe!«

»Und ich? Soll ich da sitzen und Däumchen drehen? Das halte ich nicht aus!«, sagte die Anna.

»Wenn ich mich bis um 22.00 Uhr nicht melde, rufst du den Pirzer im Präsidium an und erzählst ihm die ganze Story. Der Pirzer hat heute Spätschicht. Auf ihn ist Verlass! Aber wirklich nur, wenn ich nicht rechtzeitig zurück bin oder dich nicht zumindest ausdrücklich telefonisch darum bitte! Einverstanden?«, fragte der Edmund seine Anna.

»Nein! Aber ich mache es natürlich trotzdem so, wie du sagst. Bleibt mir ja auch nicht viel anderes übrig!«, antwortete die Anna jetzt doch mit Tränen in den Augen. »Was sagst du deinen Kollegen? Ich meine, du hast ja noch ein paar Stunden Dienst und musst jetzt doch nochmal in die Bajuwarenstraße?

»Vorläufig nichts! Ich habe bis heute Abend genug Arbeit im Büro. Da treffe ich nur auf die Klein und vielleicht noch auf den Liebknecht. Kann schon sein, dass mich der Liebknecht fragt, warum ich so schnell davongerannt bin. Aber da fällt mir schon was ein«, antwortete der Edmund. »Bitte sag' du nichts zum Karl! Oder hast du schon ....?«

»Nein! Der Karl ist noch in der Schule. Die haben heute Bigband Probe. Er wird erst zum Abendessen wieder da sein«, sagte die Anna.

»Ich komme vor meinem Treffen im Villapark nicht nach Hause. Hier würde ich nur durchdrehen!«, sagte der Edmund.

»Wie's mir geht, das interessiert dich wohl nicht?«, sagte die Anna mit Ärger und Frust in ihrer Stimme, weil ihr Mann immer nur davon redete, was er zu tun gedenkt.

»Spinn doch nicht!«, antwortete der Edmund. »Das ist doch jetzt nicht fair! Du weißt genau, dass es nichts bringen würde, wenn ich hier bei dir bis um 21.45 Uhr warten würde. Außerdem wäre ich dann denen im Präsidium gegenüber auch noch Rechenschaft schuldig, wo ich den Nachmittag verbracht habe. Oder hast du vergessen, dass wir jede Minute, die wir nicht im Präsidium sitzen, protokollieren müssen?«, rechtfertigte sich der Köstlbacher.

»Lass uns nicht streiten!«, sagte die Anna. »Bitte ruf mich an, wenn es was Neues gibt!«

»Du mich auch! Kann ja sein, dass sich der Entführer nochmal bei dir meldet!«, antwortete der Köstlbacher.

Nach einer kurzen Umarmung, die herzlicher ausfiel als gewöhnlich und irgendwie gegenseitig trösten und gleichzeitig Mut machen sollte, machte sich der Köstlbacher auf zum Präsidium. Weil der Liebknecht das Auto hatte, und sein Privatwagen im Präsidium stand, hat der Köstlbacher den Bus genommen. Auf sein Rad hat er verzichtet, obwohl er unter anderen Umständen gerade in so einer Situation bestimmt auf seinen Drahtesel zurück gegriffen hätte. Aber, weil ihm verständlicher Weise so viele Gedanken durch den Kopf gegangen sind, da hätte er vermutlich wieder eine Ampel überfahren. Und das hämische Grinsen von einer Verkehrsstreife, das fehlte ihm jetzt gerade noch.

Es ist auch ziemlich schnell ein Bus gekommen. Sitzplätze gab es mehr als genug. Und in dem Moment, wo der Bus abfahren wollte, der Köstlbacher hatte sich schon hingesetzt, da sah er den Schwarzbekleideten aus der Von-der-Tann-Straße auf einem Fahrrad kommen und am Café Pernsteiner nach rechts abbiegen. Der Typ befand sich nun quasi direkt neben dem Bus.

Du kannst dir vorstellen, wie sich der Köstlbacher in diesem Moment gefühlt hat. Aussteigen konnte er nicht mehr, weil der Bus schon unterwegs war. Im Normalfall wäre jetzt ja die Ampel an der Kreuzung Minoritenweg/Gabelsbergerstraße auf Rot gestanden. Im Normalfall! Jedes Mal ärgerlich, weil kaum bist du in den Bus gestiegen, schon wieder Vollbremsung. Typisch für Regensburg! Bus in der Innenstadt und den Innenstadt nahen Bezirken kaum schneller als Fußgänger und mit Sicherheit langsamer als Fahrrad. Aber diesmal kein Normalfall. Diesmal grüne Welle! Und diesmal Bus erheblich schneller als Radfahrer.

Einzige Aktionsmöglichkeit Handy. Umständlich kramte es der Köstlbacher aus seiner Jackeninnentasche. Die Jacke hatte er mitgenommen, weil sich darin so einiges verstauen ließ und er bis zum Abend noch entscheiden wollte, was das alles sein würde, das er in den Villapark mitzunehmen gedachte.

Endlich: Handy einsatzklar! Bus inzwischen fast an der Adolf-Schmetzer-Straße. Ampel dort wieder grün! Der im

Nazilook inzwischen wieder auf gleicher Höhe, direkt neben dem Köstlbacher seinem Sitzplatz. Hätte der Bus ein offenes Fenster gehabt, der Köstlbacher hätte den Typen mit seiner Rechten anfassen können.

Als hätte der die Nähe vom Köstlbacher gespürt, hob er seinen Kopf, bemerkte den vor Aufregung schwitzenden Kommissar, der gerade umständlich an seinem Handy rummachte, und grinste ihn unverschämt an. Sein Gesicht, das der Köstlbacher noch nie so nah und nie so deutlich vor sich gehabt hatte, sein Gesicht glich einer Teufelsfratze, Furcht und Abscheu erregend in einem.

»Hallo Edith!«, schrie der Köstlbacher in sein Telefon. Vor lauter Erregung hat er seine Sekretärin wieder ›*Edith*‹ genannt, wie damals, als er im Ermittlungseifer gegen den Septembermörder schon einmal ins vertraute ›*Du*‹ gerutscht war.

»Hallo Edith!«, schrie er nochmal. Diesmal erheblich lauter, weil die Klein Edith nicht gleich geantwortet hat.

»Hab' ich's mir doch gedacht, dass du was mit deiner Sekretärin hast!«, war in diesem Augenblick seine Anna zu vernehmen.

Schweißgebadet wachte der Köstlbacher von seinem Albtraum auf und blinzelte verständnislos seiner Anna nach, die er gerade noch mit der Bettdecke und einem Kopfkissen unterm Arm durch die Schlafzimmertüre in Richtung Wohnzimmer verschwinden sah.

Normalerweise, wenn du träumst, kannst du dich an einen Traum ja nicht mehr erinnern. Zumindest weißt du nicht mehr alle Details. Nicht so heute beim Köstlbacher! Der hatte alles noch glasklar vor sich. Vor allem natürlich klangen seine eigenen Worte: ›*Hallo Edith!*‹ noch absolut deutlich im eigenen Ohr nach.

Ich weiß nun ja nicht, ob dir so etwas schon einmal passiert ist, aber der Köstlbacher momentan nicht in der Lage, abzugrenzen, welche Teile der jüngsten Vergangenheit Traum und welche Wirklichkeit. Schwerfällig, wie nach einer körperlichen Überanstrengung, schälte sich der Edmund aus dem leichten Sommerbett und setzte sich fix und fertig am Bettrand auf. Einerseits hellwach, andererseits noch im vergangenen Traum verhaftet, torkelte er wie ein Betrunkener zu Claras Zimmer. Sachte öffnete er die Türe. Dort lag sie, die süße Clara, tief schlafend in ihrem Bett mit einem entspannten, fast lächelnden Gesicht, das den Eindruck erweckte, sie befände sich im seligen Land wunderschöner Träume. Mit Sicherheit ganz andere Träume, als sie der Köstlbacher noch vor Minuten gehabt hatte.

Ein Stein fiel dem Edmund vom Herzen. Keine Entführung! Alles in Ordnung! Fast! Denn jetzt, nachdem seine schlimmsten Befürchtungen, der Traum könnte doch wahr gewesen sein, vom Tisch waren, jetzt wurde dem Köstlbacher schlagartig bewusst, dass seine Anna vor seiner Gesellschaft im gemeinsamen Schlafzimmer auf die Wohnzimmercouch geflohen war.

Dort lag sie nun, bewusst ihren Rücken dem Raum zugewandt, und mimte die Schlafende.

»Anna?«, sagte der Edmund nur. Und in seiner Stimme lag plötzlich so viel Liebe und Zärtlichkeit, wie du sie dem oftmals doch etwas pampigen Kommissar gar nicht zugetraut hättest. Natürlich war ihm klar, dass er mit seinem im Traum laut ausgesprochenen ›*Hallo Edith!*‹ seine Anna zutiefst verletzt haben musste. Womöglich hatte er das ›*Hallo*‹ gar nicht so gut vernehmbar ausgesprochen. Eine eifersüchtige Ehefrau kann aus so einem ›*Hallo Edith!*‹ schnell einmal ein ›*Ahhhh ... Edith*‹ heraushören. Und wie so ein ›*Ahhhh ... Edith*‹ zu interpretieren ist, das muss ich dir bestimmt nicht näher erläutern.

»Ich kann dir alles erklären!«, sagte der Köstlbacher, als sich seine Anna nicht rührte, ja nicht einmal die kleinste Bewegung machte. Außer einem kleinen Schluchzer, den sie ganz bewusst nicht unterdrückte.

»Ich hab' nichts mit der Frau Klein! Und da war auch nie was! Bitte glaub' mir das doch!«, sagte der Köstlbacher, sicher, dass die Anna nicht am Schlafen war.

»Und warum presst du ihren Namen, wohl gemerkt ihren Vornamen, nun schon im Schlaf heraus, noch dazu mit einem Stöhnen in der Stimme, das nur einen Rückschluss zulässt?«, fragte die Anna anklagend, nachdem sie sich urplötzlich umgedreht hatte, und hatte nun ihr Tränen überdecktes Gesicht zu sehen war.

»Ach Anna!«, sagte da der Edmund nur und tat das einzig Richtige, was du als Mann in so einer Situation tun kannst: Er kniete sich zum Sofa nieder und nahm seine Frau liebevoll in den Arm.

Wieder was, das du dem Köstlbacher bestimmt nie zugetraut hättest. Aber unter seiner rauen Schale eben ein weicher Kern. Und die Anna hätte vor 18 Jahren ihren Edmund niemals geheiratet, wenn der eben nicht auch diese Seite seiner sonst so rüden Art.

Sogar ihre Tränen hat er ihr zart weggeküsst. Und das hat ihr dann schließlich auch jeden Groll gegen ihren Edmund genommen.

Am liebsten hätte ihr der Edmund nun sofort seinen Traum erzählt. Aber, so banal das klingen mag, so ein übergewichtiger Mann wie der Edmund, der kann nicht mehr als zwei/drei Minuten kniend vor einem Sofa verbringen, weil dann beginnen seine unteren Extremitäten sich mit einem Kribbeln bemerkbar zu machen. Und wenn er dann nicht schnell aufsteht, setzt auch noch ein schmerzhafter Krampf ein. Darüber hat der Edmund ja noch nie mit seiner Anna gesprochen, weil die sonst nur unnötig Sorgen und so. Schließlich würde er noch mehr als 20 Jahre arbeiten müssen. Jetzt schon mit dem Jammern anfangen, das erschien dem Edmund einfach noch zu früh. Außerdem hätte ihn seine Anna dann nur zu einem Arzt geschickt. Und bei dem war er doch sowieso schon, ohne ihre Anweisung und sogar ohne ihr Wissen.

»Komm, setz dich hin. Ich bringe uns ein Glas Roten. Was ich dir erzählen möchte, dauert ein paar Minuten, vielleicht sogar etwas länger«, sagte der Edmund und erhob sich schwerfällig, weil ein erstes Kribbeln hatte schon eingesetzt und beginnende Krämpfe kündigten sich auch schon an. Und wenn sich so ein Oberschenkel erst einmal richtig verkrampft, dann kannst du das nicht mehr verbergen, weil Schmerz einfach zu groß! Da hilft dann nicht einmal mehr eine doppelte Dosis Magnesium!

Weil die Anna schon lange drauf gewartet hat, dass ihr Edmund endlich einmal mit ihr über die Klein reden würde, richtete sie sich auf in eine sitzende Position, wickelte sich gleichzeitig in die Bettdecke, weil es im Wohnzimmer doch recht kühl und die Anna schließlich nur ein luftiges Nachthemd an. Ihr Gesicht verriet aufkommendes Interesse, zum Teil aber auch noch immer eine tiefe Kränkung.

Schon bald kam der Köstlbacher aus der Küche zurück mit

zwei Gläsern Rotwein, den von der Sorte, den seine Anna besonders bevorzugte.

»Auf uns!«, sagte er und prostete ihr zu.

Die Anna erhob zögerlich ihr Glas, nickte nur etwas, sagte aber nichts.

»Weißt du, ich hab' tatsächlich von der Klein geträumt! Aber nicht so, wie du denkst!«, hat der Edmund zu erzählen begonnen.

Am Anfang, da hat seine Anna ja noch sehr abweisend drein geschaut. Mehrmals war sie versucht, ihren Edmund zu unterbrechen. Aber letztendlich hat sie ihm dann aber doch bis zum Ende zugehört.

*

Wie mir Wochen später der Köstlbacher diese Geschichte erzählt hat, da konnte ich gut nachvollziehen, wie der sich gefühlt haben muss. Weil, eines musst du wissen, der Köstlbacher auch nach Tagen noch nicht sicher, wann sein Traum begonnen hatte und was davon Realität und was nicht! In so einem Moment, da kannst du schon an dir selbst zu zweifeln beginnen. Und wenn du sowieso schon gesundheitliche Probleme, dann Bedenken vielleicht gar nicht so unbegründet. Schließlich so ein kleiner, verdeckter Schlaganfall, der Ausfälle im Gehirn und so. So einer bei gravierendem Übergewicht gar nicht abwegig.

Aber der Edmund zum Glück ja seine Anna. Und die natürlich gewusst, dass ihr Mann abends nach dem Tatort ins Bett gegangen war und somit nicht vom Domplatz nach Hause gekommen sein konnte.

Aber so ist das eben mit diesen ewigen Tatort Fortbildungen. Da kann es schnell einmal passieren, dass du so eine Tatort Entführung in einen Traum einbaust, in dem du deine jüngsten dienstlichen Ermittlungen wiederkäuermäßig verarbeitest. Das ergibt dann ein Kudlmudl, in dem keiner mehr durchblickt, auch kein Kommissar Köstlbacher. Und ein deutscher Tatort, womöglich noch einer, der in Regensburg gedreht worden ist, so einer besonders leicht und realistisch in einen Traum einbaubar, weil so einer nicht derart unwirklich und absurd wie die amerikanischen Fernsehkrimis, wo Serienkiller sich gerne ein Spiel daraus machen, lebende Menschen aufzuschlitzen und mit beiden Händen in deren Gedärmen herumzuwühlen. Wenn der Köstlbacher so etwas geträumt hätte, dann hätte er bestimmt im Traum schon gewusst, dass er nur träumt.

»Du warst gestern mit dem Liebknecht auf dem Domplatz, um jemanden zu observieren. Zumindest hast du mir das erzählt, als du auf meinen Anruf hin nach Hause gekommen bist«, sagte die Anna. »Dass ich dich umsonst aufgeschreckt hatte, weil dem Karl zum Glück gar nichts passiert ist, als er vorne im Minoritenweg von einem Auto angefahren worden ist, das tut mir leid. Aber in dem Moment, als von der Verkehrspolizei einer unten an der Haustüre war, da hab ich weiß Gott was befürchtet! Und du, du hast im Traum deine Arbeit, meinen Anruf und den Tatort, den du vor dem Schlafengehen angeschaut hast, vermischt! Rausgekommen ist dann dieser schreckliche Albtraum!«, vermutete die Anna Köstlbacher.

Wenn er jetzt auch gewusst hat, was eigentlich los gewesen war, aber Sorgen gemacht hat er sich trotzdem, der Köstlbacher, Sorgen um sich selber. Weil, eines musst du wissen, solche Träume kommen nicht einfach so! Erzählen durfte er das freilich niemandem, weil psychologische Betreuung dann das Mindeste, was er verordnet bekäme. Womöglich sogar ein paar Nächte zur Überwachung ins Bezirksklinikum und so, weil quasi Lehrbeispiel für Sigmund Freud Seminaristen in Sachen Traumdeutungen!

Und die im Bezirksklinikum, die hätten dann auch noch einen Grund dafür gefunden, warum er im Traum den Anruf am Domplatz bekommen hat und nicht am Haidplatz.

Oder war er womöglich nie am Haidplatz?

Regensburger Gothic Treffen

(Kapitel 13)

Am letzten Freitag im Juni startete das Regensburger Gothic Treffen mit einem Mittelaltermarkt im Villapark. Dies war der Auftakt zu einem Spektakel mit viel Musik und mittelalterlichem Lagerleben. Auch wenn die Gothic Leute in der nachempfundenen geschichtlichen Epoche in der Form, wie sie heute auftreten, nie wirklich existent waren, Events wie dieses verkörperten schon seit längerer Zeit die Plattform, auf der sie sich überregional trafen, sich amüsierten, aber auch gerne sich einem gaffenden Publikum präsentierten. Dass Teile ihrer Kommune einem Satanistenkult frönten, der nicht unbedingt nur friedliebende Freizeitgestaltung im Gothiclook zum Inhalt hatte, das machte sie in den Augen der Betrachter nur noch interessanter.

Weil, eines musst du wissen, die Menschenmenge im Villapark vom Freitag bis zum Sonntagabend nur teilweise Gothics. Der Rest, wie auf der Landshuter Hochzeit, zahlende Besucher, die neugierig. Bestimmt auch ein paar Sympathisanten. Aber auch genug Leute, die keinerlei Hintergrundwissen und Beurteilung nur visuell. Da kannst du dir sicher vorstellen, dass eine solche Beurteilung des Gesehenen schnell Vorverurteilung! Obwohl ich ehrlich sagen muss, dass die Gothics im Villapark irgendwie authentischer als auf dem Domplatz, wo sie umringt von all den Japanern waren.

*

Vom Domplatz hatte der Köstlbacher, wie du dir denken kannst, erst einmal die Nase voll. Immerhin kostete es ihn noch eine ganze Zeit lang enorme Mühe, auseinanderzuhalten, was er nun dort tatsächlich gesehen hatte und was nicht. Weil so ein Traum, der wird schnell zum Trauma! Zum Glück konnte dem Köstlbacher der Liebknecht zumindest partiell weiter helfen. Weil der nicht nur gemailte Fotos von der MZ. Der Liebknecht hatte auch selbst mit seiner Digi Erfolg gehabt. Auf seinem Foto war die Lady in Pink mit drauf, neben dem Typen mit dem schwarzen Zylinder. Nur haben spätere Recherchen dann ergeben, dass die Lady in Pink nicht die Doris Münzer war und der mit dem Zylinder nur ein Hobbygothic, der eigentlich nur ein Student der Kunstgeschichte. Das mit der Doris, das war natürlich von vorne herein klar, weil die zum Zeitpunkt des Fotos ja schon fast 2 Monate tot und immer noch im Kühlfach der Gerichtsmedizinischen.

Wie dann der Liebknecht dem Köstlbacher vom Domplatz erzählt hat, da war das für den fast wie ein Déjà-vu, weil der Liebknecht quasi genau das in Worten wiedergegeben hat, was der Köstlbacher geträumt hatte. Aber gesagt hat dazu der Köstlbacher nichts. Auch die Anna hatte er gebeten, ja kein Wort darüber zu verlieren. Weil, wenn du so esoterische Erlebnisse, dann kann es dir schnell passieren, dass du in eine Schublade für solche mit einem Dachschaden und so. Und das wäre schließlich das Letzte, was ein gestandener Kriminalhauptkommissar noch gebrauchen könnte.

Überhaupt hat es dem Köstlbacher gereicht, sich weiterhin ermittlungstechnisch von Gefühlen im Bauch oder gar von Träumen beeinflussen zu lassen. Wie sollte man auch derart unfundierte Erkenntnisse mit Fähnchen auf der Pinnwand fixieren. Vielleicht violette für Träume und giftgrüne für Bauchgefühle? Was hätte dazu der Dr. Huber gesagt? Dem konnte man zwar viel verkaufen, aber bestimmt keinen derartigen Blödsinn.

Drum hat sich der Köstlbacher auch vorgenommen, Gothics, Neonazis oder Punks nicht mehr in seine Ermittlungen weiter einzubeziehen, solange er nicht er von irgendeiner Seite konkrete Verdachtsmomente auf den Tisch bekommen würde.

So kam es dann sogar so weit, dass dem ganzen Gothic Spektakel im Villapark keine Bedeutung mehr zugemessen wurde. Außer ein paar 400,- € Jobber vom Ordnungsamt und ein Beamtenduo der Kripo wurden keine weiteren Vertreter behördlicherseits zum Rummel im Park neben der Königlichen Villa entsandt. Wo käme man da auch hin, wenn man quasi präventiv eine Hundertschaft Kriminaler auf ein Festival abkommandieren würde, wo sie doch zum Schreiben ihrer ausstehenden Tagesberichte dringend im Präsidium anwesend sein mussten?

Nicht, dass der Köstlbacher jedes Interesse an der Spur mit dem Schwarzbemantelten verloren hätte. Eine abgespeckte Fahndung lief quasi schon noch nebenher weiter. Aber bevor nicht etwas mehr Licht ins Leben der Doris Münzer gebracht werden würde, wollte der Köstlbacher nicht alle Kräfte der Kripo auf eine ominöse Person konzentrieren.

Bestimmt war dieser Frust, weil alles nicht so voran ging, wie der Köstlbacher das gerne gehabt und es sich vor allem gewünscht hätte, bestimmt war dieser Frust mit schuld daran, dass er sich vom Liebknecht in die Gerichtsmedizinische nach Erlangen hat fahren lassen, obwohl er sich das Medizinerdeutsch vom Dr. Kroner auch am Telefon in ein verständliches Kripodeutsch hätte übersetzen lassen können.

*

»Hast du den Roland heute schon gesehen?«, fragte die dralle, blonde Hildegard (im bürgerlichen Leben hieß sie Chantal) den mit dem roten Ziegenbart, der gerade damit beschäftigt war, Kabel für die Instrumente auf der Bühne zu verlegen, auf der diesen Abend noch ›*SOKO FRIEDHOF*‹ mit ihren Klassikern ›*Blutrünstiges Mädchen*‹ oder ›*Des Satans liebster Klingelton*‹ für Stimmung sorgen wollten.

»Was willst'n von dem?«, fragte der Ziegenbart zurück.

»Nichts, was du wissen müsstest!«, sagte die Hildegard und baute sich dabei einen Schritt näher vor der Bühne auf. Wenn du die Hildegard jetzt gesehen hättest, dann wäre dir vermutlich als erstes eine Wikingerbraut in den Sinn gekommen, so eine, wie sie überzeichnet eigentlich nur in Zeichentrickfilmen zu sehen ist. Die Hildegard erreichte aufgerichtet und mit beiden Händen auf ihren ausladenden Hüften abgestützt gut und gern die 2 Meter. Und weil sie gothicmäßig stilgerecht ihre Matronenhaftigkeit durch Korsagen und auch sonst entsprechend fürs Auge trappiert hatte, hast du beim ersten Hinschauen schon Probleme bekommen, wem du der Reihe nach mehr Augenmerk, dem gewaltigen runden Hinterteil oder den Brüsten, die locker ausgereicht hätten, eine ganze Fußballmannschaft in der Halbzeit mit Milch zu versorgen.

»Sei doch nicht so pampig!«, antwortete der Ziegenbart und achtete nicht weiter auf die Hildegard. Seinem Verhalten nach hat die blonde Wikinger Bavaria kaum Eindruck bei ihm hinterlassen, obgleich er nur ein zwetschgendünnes Männchen war und du deine Fantasie nicht strapazieren müsstest, wolltest du dir vorstellen, wie ein Zweikampf zwischen den beiden enden würde. Selbst bei einem Liebesspiel bestünde in gewissen Positionen vermutlich Gefahr für Leib und Leben vom Ziegenbart. Der Eventkabelverleger schien aber derartige Befürchtungen nicht zu hegen. Jedenfalls wirkte er trotz der offensichtlichen Drohgebärden ganz und gar nicht beunruhigt.

»Was heißt hier pampig?«, sagte die Hildegard, nahm eine Haltung ein, die ein Soldat nach dem Kommando ›*Rühren!*‹ eingenommen hätte und verlor dabei einen hohen Prozentsatz ihrer Bedrohlichkeit.

Und wenn der Ziegenbart noch so einen schwindsüchtigen Eindruck machte, die körperliche Überlegenheit der Hildegard offensichtlich für ihn nicht relevant. Aber, du kannst so einem Zigarettenbürschchen ja nicht ansehen, ob der nicht vielleicht Qualitäten, von denen du nicht einmal träumen kannst. Und da denke ich nicht nur an innere Werte und so. Ich meine, was sollte so eine wie die Hildegard anfangen mit einem von den 75% übergewichtigen Männern in Bayern? Weil, eines kannst du mir glauben, die Hildegard hat nicht ausgesehen, als ob die nur platonisch. So eine, die will's ab und zu wirklich wissen. Und ein Dickbauchiger, mit dem schon gewisse Dockingprobleme!

»Pampig eben! Auf alle Fälle nicht so freundlich wie gestern!«, sagte der Ziegenbart ohne von seiner Tätigkeit groß aufzusehen.

»Gestern! Gestern!«, äffte die Hildegard den Tontechniker wieder eine Idee aggressiver nach. »Bild' dir nur nichts ein wegen gestern! Oder meinst du, ich muss jetzt jedes Mal Männchen machen, wenn ich dich sehe?«

»Schöne Vorstellung!«, grinste nun der Ziegenbart und blickte nun doch von seiner Arbeit auf. »Vorausgesetzt du schaffst das mit dem Männchen überhaupt!«, lästerte er noch dazu.

»Blödmann!«, sagte die Hildegard, konnte sich ihrerseits aber nun auch ein Grinsen nicht verkneifen. Und dem Ziegenbart böse sein, das hätte sowieso nicht geklappt, weil vergangene Nacht, da Leistung vom Ziegenbart wirklich enorm. Und nicht wegen dem Bart und auch nicht wegen den zig Metern Kabel, die er vor jedem Auftritt von ›*SOKO FRIEDHOF*‹ verlegen musste.

»Ich glaube, der Roland ist irgendwo da vorne und starrt auf die Donau hinunter. Jedenfalls hat er das vor 5 Minuten gemacht, als ich unser Hauptkabel in seiner Nähe vorbei verlegt hab'«, antwortete nun der Ziegenbart bereitwillig, fügte aber ein zweites Mal fragend hinzu: »Aber sag doch: Was willst'n denn von ihm? Der sieht heute nicht so aus, als ob er Lust auf eine Unterhaltung hat!«

»Das kann ich mir gut vorstellen! Wenn ich dem seine Probleme hätte, würde ich vermutlich hier erst gar nicht auftauchen!«, entgegnete die Hildegard. »Vielleicht erzähl' ich dir später, was los ist! Heut' Abend nach der Show bei dir im Wohnwagen?«, fragte sie und blinzelte dabei teils fragend, teils aufmunternd.

»Hm!«, brummte der Ziegenbart nur und wandte sich ohne ein weiteres Wort wieder seiner Arbeit zu.

Hätte er noch etwas gesagt, bei der Hildegard wäre das sowieso nicht mehr angekommen, weil die abrupt umgedreht und in Richtung Roland davon. Und wenn sie nicht quer über den Rasen gegangen wäre, dann hättest du die Erschütterungen auf dem Gehweg fühlen können, die sie dort mit ihren schweren Stiefeln hervorrief. Weil, wenn sich so ein dreifaches Vollblutweib in Bewegung setzt, dann hat das mit dem leisen Schritt eines sich anschleichenden Indianers nichts gemeinsam. Vielleicht die Hildegard gerade deshalb im Wikinger Look bei den Gothics und nicht in einem der vielen Cowboy- oder Indianerclubs, die es in fast allen Städten gibt, natürlich auch in Regensburg.

Der Roland stand tatsächlich immer noch bewegungslos vorne an der Mauer, die den Villapark zum Ufer der Donau hin abgrenzt, eine brennende Zigarette zwischen Mittel- und Zeigefinger seiner rechten Hand eingeklemmt, und starrte zum gegenüberliegenden Ufer, scheinbar ohne dort etwas Bestimmtes anzusehen. Die Zigarette qualmte so vor sich hin und würde bald seine Hand verbrennen, wenn er sich nicht in den nächsten Sekunden an sie erinnerte, um die Kippe nach unten ins Wasser zu schnalzen oder sie mit seinen Füßen auszutreten.

»Zefix!«, fluchte der Roland, als in dem Augenblick, in dem sich ihm die Hildegard näherte, genau das passierte, nämlich dass die Kippe seine Finger ansengte. Beim Schütteln der Hand löste sich der Zigarettenstummel und fiel der Hildegard vor die Füße. Die trat ihn gezielt aus und fragte gleichzeitig den Roland:

»Dir geht's nicht gut! Oder?«

Nun erst registrierte der Roland so richtig die Anwesenheit der Hildegard. Aber anstatt sich zu ihr umzudrehen wandte er sich wieder der Mauerbrüstung zu und richtete seinen Blick erneut zur Donau hin. Die rechte Hand führte er zum

Mund, um sich die beiden Brandblasen zu lecken, die seine Zigarette hinterlassen hatte.

Nicht, dass der Roland auch so ein Hänfling wie der Ziegenbart. Im Vergleich zum Ziegenbart der Roland sogar ziemlich stattlich. Und mit seinem langen, schwarzen Ledermantel, den Springerstiefeln, dem kahl geschorenen Kopf, der übrig gelassenen, handbreit nach hinten gegelten Haarsträhne, den Tätowierungen am Hals und schließlich der Himmlerbrille, der Roland sogar irgendwie eine Furcht einflößende Erscheinung. Zumindest für Leute, die eine Ahnung haben, wer der Himmler war, dessen Brillenlook der Roland imitiert hat. Der lange schwarze Ledermantel hat zwar die Figur vom Roland verdeckt, aber dass er viel größer war und auch viel mehr auf den Rippen hatte als der Ziegenbart, das war trotzdem erkennbar.

Nur jetzt im Augenblick, jetzt wo sich die Hildegard neben ihm aufgebaut hatte, jetzt ging vom Roland kaum noch etwas von dem aus, was der normalerweise ausstrahlte.

Neben so einer Hildegard, auch wenn sie eigentlich Chantal heißt, neben so einer, da haben aber vermutlich nur wenige Männer eine Chance, auch nur irgendwie männlich zu wirken.

»Was hast'n da an deiner Hand?«, fragte die Hildegard den Roland, weil sie nicht gleich mit der Tür ins Haus fallen wollte, und so ein kleines Vorgespräch zur Lockerung der offensichtlich angespannten Lage immer dienlich ist.

So ein Vorgespräch ist wichtig, weil nur durch so ein Vorgespräch kannst du eine Situation schaffen, die ein vernünftiges Reden miteinander erlaubt.

*

Beim Sex ist das nicht viel anders. Sich die Kleider vom Leib reißen und gleich zur Sache, wie du es täglich fast in jedem mittelmäßigen und bisweilen sogar in den besseren Filmen im Fernsehen und nicht weniger im Kino siehst, so eine Darstellung geht doch an der Realität total vorbei! Auch wenn das meistens nur beim ersten Mal der Fall sein sollte, dann käme so ein Sex zumindest für Menschen mit häufigem Partnerwechsel ganz schön teuer, wenn jedes Mal Knöpfe abgerissen und Blusen zerrissen würden. Von weiteren, nicht weniger wichtigen Kleidungsstücken ganz zu schweigen! Interessant wäre eine empirische Untersuchung, ob besonders eifrige Schnäppchenjäger beim Schlussverkauf womöglich ausgeprägten Kleider-vom-Leib-reiß-Sex! Vielleicht wird auch deshalb im Schlussverkauf weniger auf Qualität geachtet, weil Kurzlebigkeit einberechnet.

Die Mehrzahl der Personen laut allgemein bekannter Umfragen keine Kleider-vom-Leib-reiß-Sex-Typen. Ein Vorspiel für die Mehrheit durchaus üblich. Vergleichbar dem Aussuchen der Menüfolge und dem anschließenden Warten auf das Essen im Restaurant. Dein ganzer Körper wird auf das Kommende vorbereitet, öffnet sich gleichsam dem kommenden Genuss.

Wenn du das für die Frau beim Sex fast wörtlich nehmen kannst, dann gilt das mit dem Vorspiel, zumindest im übertragenen Sinn, für ein sich anbahnendes Gespräch, das zu führen Fingerspitzengefühl verlangt, ganz besonders.

Beim Roland, da war im Moment nicht ganz klar, ob der am Explodieren, oder mehr ein Implodieren, quasi innerer

Zusammenbruch. Drum behutsamer Gesprächsbeginn besonders wichtig!

Die Gabelsberger
(Kapitel 14)

Nach einem Gewaltverbrechen, spätestens, wenn die dazugehörige Leiche gefunden worden ist, machen sich die Forensiker in Windeseile ans Analysieren und Rekonstruieren, ans Identifizieren und Ausschließen. Selbst wenn eine Rekonstruktion des Tathergangs halbwegs plausibel gelingt, ein Täter wird damit noch lange nicht gefunden.

Darum versucht als Nächstes ein Heer von Psychologen herauszufinden, wie es zu dieser Tat kommen konnte. Erst wenn die Psychoforensiker das Mordopfer genug ausgelotet haben, wenn quasi Schritt für Schritt bekannt wird, wer das Opfer wirklich war, wie es gelebt hat und mit wem es Umgang gehabt hat, erst dann können Beziehungen hergestellt werden zwischen einzelnen Personen und dem Opfer. Und dann lassen sich manchmal erst Motive für die Tat erkennen.

*

Und nach dem Leichenfund der Doris Münzer natürlich die ganze Palette der Forensik auf dem Plan. Nicht, dass der Köstlbacher kein Forensiker! Eigentlich der Köstlbacher sogar Chefforensiker, weil an seiner Pinnwand, da fasst er sie alle zusammen, die Ergebnisse der einzelnen forensischen Disziplinen, wie zum Beispiel die der forensischen Entomologie, die Todesumstände durch die Interpretation von Insektenfunden auf und in der Leiche zu ermitteln versucht oder die forensische Serologie, die sich mit der Auswertung von Blutspuren oder anderen Körpersekreten befasst. Fast bei jeder Untersuchung einer Leiche wird automatisch die forensische Toxikologie aktiv, bei der es um einen eventuellen Nachweis von Giften und Drogen geht.

*

Ob der alte Münzer damit gerechnet hat, dass wegen der Ermordung seiner Doris derart intensiv ermittelt werden würde, daran wage ich zu zweifeln. Anfangs, da hat er vielleicht schon eher an eine rührige Regensburger Kripo geglaubt, deren Arbeit vielleicht sogar gefürchtet. Aber weil dann nach zwei/drei Besuchen vom Köstlbacher in seinem Büro und einmal auch in der Reichsstraße nichts mehr nachgekommen ist, schien es mehr und mehr so zu sein, dass eine Lösung vom Fall ›*VILLAPARK*‹ nicht mehr groß vorangetrieben wurde. Wäre ja schließlich auch nicht der erste Mordfall, der ungelöst in einen Aktendeckel verpackt sein Dasein im Archiv der Kripo fristen musste.

Inzwischen waren immerhin mehr als 2 Monate vergangen. In den Zeitungen war nichts mehr über seine Doris zu finden, keine Mutmaßungen und schon dreimal keine neuen Ermittlungsergebnisse. Und weil man bekanntlich schlafende Hunde nicht wecken soll, drum hat der alte Münzer von sich aus auch nicht beim Köstlbacher angerufen, um nachzufragen.

Die Elke, die Frau vom alten Münzer, ich trau mich's dir ja fast gar nicht sagen, weil man über fremde Leute nicht schlecht reden soll, vor allem dann, wenn nicht ganz sicher ist, dass es auch stimmt, was man sagt, aber die Elke war seit Monaten nicht mehr so gut drauf wie dieser Tage. Und an dem tollen Kenia-Urlaub, den sie mit ihrem Bernd Ende April/Anfang

Mai gemacht hatte, an dem konnte ihre gute Laune nicht gelegen haben.

Auch wenn die Elke immer so getan, als ob sie und die Doris immer ein Herz und eine Seele, für mich ging es der Elke jetzt einfach deshalb so gut, weil sie zusammen mit der Evi nun den Bernd ganz für sich hatte und ihn nicht mehr (auch sein Geld nicht, und vor allem sein Geld nicht) mit einer Tochter teilen musste, die nicht die ihre war. Kann sein, du findest, dass ich da der Elke ganz schön was unterstelle. Aber eines kannst du mir glauben, ich nicht der einzige, der so dachte. Nur, die anderen eben nicht laut gedacht.

Dem Köstlbacher seine Anna zum Beispiel, die hatte ja nach wie vor Kontakt zu den Münzers, wegen der Evi und ihrer Clara. Du erinnerst dich! Die Evi und die Clara dicke Freundinnen! Also die Anna, die hat es wirklich öfter mitbekommen, wie positiv verändert die Münzer Elke war. Und, ganz ehrlich, die Anna deswegen schon sehr erstaunt. Immerhin hatte die Münzer doch ein Kind verloren, auch wenn's nur ein angeheiratetes war. Natürlich hat die Anna darüber auch mit ihrem Edmund gesprochen. Der aber hat sich nie dazu geäußert und höchstens gebrummt, dass er voll in den Ermittlungen stecke.

Was er seiner Anna nicht gesagt hat, das war, dass bisher keinerlei Anlass gesehen wurde, von keiner der forensischen Abteilungen, deren Fäden bei ihm zusammenliefen, gegen die Münzers zu ermitteln. Die waren zur Tatzeit in Kenia. Das stand zweifelsfrei fest. Und da müsste schon ein größeres Erdbeben Regensburg erschüttern, um so ein Alibi zu Fall zu bringen. Kann schon sein, dass in der Familie der Münzers nicht alles Vorbildscharakter und so. Aber in welcher

Familie immer alles tadellos? Nicht einmal bei den Köstlbachers! Und das sollte die Anna doch am allerbesten wissen!

*

Die Sekretärin vom alten Münzer, die in seinem Vorzimmer in der Firma, die Roswitha Gabelsberger, die hat ja niemand gefragt. Eine Unterlassungssünde, die dem Kriminalhauptkommissar Edmund Köstlbacher nicht hätte passieren dürfen.

Auch wenn es wie ein Klischee klingt, aber der Bernd Münzer, der hatte schon seit Jahren was mit der Gabelsberger. Und du wirst es dir nicht vorstellen können, obwohl die beiden schon mehr als einmal quasi übereinander hergefallen sind, meistens sogar direkt im Büro, und immer ohne Vorspiel, trotzdem redeten sich die beiden immer noch mit ›*SIE*‹ an. Vielleicht keimt in dir jetzt auch langsam so ein Verdacht, dass der alte Münzer schon ein wenig einer der perversen Art, weil normal ist so ein Verhalten ja gerade nicht. Dass die Roswitha da mitgespielt hat?

Was würdest du tun, wenn es für dich außer deiner Arbeit nichts gäbe, und du, warum auch immer, unsterblich in deinen Chef verknallt wärest? Und wenn du dann auch noch jedes Mal weiche Knie bekämst, wenn dich dein Boss auch nur optisch registriert, weil sein Testosteronspiegel wieder einmal zu hoch? Wenn du dann auch nicht gleich, so wie die Roswitha, mit einer Handbewegung Platz auf dem Schreibtisch vom Chef machen würdest, weil im Büro kein Sofa. Wer weiß schon, welche animalischen Seiten selbst in dir zum Schwingen kämen.

Die Roswitha war jedenfalls mit allem einverstanden, Hauptsache der Chef war mit ihrer Arbeit zufrieden und Hauptsache, er besorgte es ihr ab und zu so richtig. Auch wenn der Chef sie nicht liebte. Aber deutlich gesagt hatte er es ihr schließlich noch nie, das mit dem ›***nicht***‹ Lieben. Also tat er es ja vielleicht doch! Und eines Tages ... Dafür würde sie für ihn durchs Feuer gehen. Und damit es überhaupt erst einmal dazu kommen konnte, würde sie loyal hinter und vor dem Bernd stehen, wie sie ihn heimlich für sich nannte. Der Bernd hatte Fehler, die bisweilen .... Na ja! Jedenfalls Fehler! Bestimmt hatte er sogar schwerwiegende Fehler! Aber was wissen die alle schon über ihren Bernd? Nichts! **Sie** ist schließlich seine Sekretärin. Und **sie** kannte seinen Schreibtisch mindestens genauso gut, wie der Bernd Münzer selbst. Eine gute Sekretärin muss Ordnung halten, auch auf dem Schreibtisch vom Chef! Und Ordnung halten bedeutet weit mehr, als alles nur zu einem Stoß am Rand vom Schreibtisch auftürmen und ein wenig Staub wischen. Da musst du die einzelnen Schreiben schon erst sichten, bevor du sie in eine Gitterablage einordnest.

Ich weiß nicht, ob sich der alte Münzer im Klaren darüber, was die Gabelsberger bei diesen regelmäßigen Aufräumungsarbeiten so alles bewusst zu Gesicht bekam. Vielleicht hat er es aber auch gewusst, der Münzer, und sie deshalb immer wieder mal so zwischendurch flach gelegt, damit sie hundert pro loyal. Weil, dass er für die Gabelsberger quasi Sonnenkönig, das ist ihm natürlich nicht entgangen.

Um sicher zu gehen, dass die Gabelsberger immer noch zuverlässig, hat der alte Münzer gleich nach dem ersten Kripobesuch ein Thema angeschnitten, das bisher immer tabu gewesen ist.

»Roswitha?«, begann er, wohl wissend, welche Emotionen ihr Vorname aus seinem Mund auslösen würde. »Roswitha, hat die Polizei eigentlich mit Ihnen auch über mich gesprochen?«

»Wenn Sie meinen, ob sie mich über Sie ausgefragt haben? Nein! Nein, die wollten nur zu Ihnen vorgelassen werden. Weiter nichts!«, antwortete die Gabelsberger, die blitzartig rote Flecken auf ihrer sonst makellos weißen Haut am Hals und im Gesicht bekam, als der Münzer sie mit ihrem Vornamen angeredet hatte.

»Und falls sie es doch noch tun? Ich meine, Sie über mich ausfragen?«, setzte der alte Münzer nach, zufrieden mit dem, was er gehört hatte, aber eben doch noch auf Nummer sicher gehen wollend.

»Aber Herr Münzer! Ich kann denen viel erzählen! Nur werden die mich nicht lange reden lassen, weil sie sonst vor Langeweile einschlafen würden! Ich bin im vergangenen Jahr mit denen von der Steuerfahndung fertig geworden. Da werde ich mich gerade von dem Köstlbacher aushorchen lassen!«, lächelte sie und blinzelte dem Münzer dabei sehr vertraulich zu.

»Und die Geschichte mit der Doris? Ich weiß, dass Sie den Brief von ihr gelesen haben. Ich hatte ihn versehentlich liegen lassen, weil er plötzlich irgendwo unter einen Stapel Verträge gerutscht war, die ich noch durcharbeiten wollte. Weil er aber nicht mehr zu finden war, konnten nur Sie den Brief an sich genommen haben!«, sagte der alte Münzer.

»Welchen Brief? Ah, den von Ihrer großen Tochter! Hab' kurz rein geschaut, weil ich mich noch gewundert habe, was der zwischen den Verträgen zu tun hat. Töchter in dem Alter können hysterisch sein. Die von meiner Schwester ist nicht viel anders. Haben eben eine rege Fantasie in dem Alter!«, antwortete sie.

Nach diesen Worten entstand erst einmal ein kurzer Moment des Schweigens, wo der Münzer forschend der Gabelsberger in die Augen gesehen hat. Es war nicht nötig, das Thema weiter zu vertiefen. Dass die Gabelsberger sich nicht dazu geäußert hat, dass sie den Brief nicht nur gelesen, sondern sogar an sich genommen hatte, das sprach für sich.

Diesmal war es nicht die Gabelsberger, die mit einer Handbewegung Platz auf dem Schreibtisch vom Münzer schaffte. Was tut man nicht alles, wenn man sich der Loyalität seiner Sekretärin versichern will, ohne die die Hölle losbrechen könnte?

Für dich mag so etwas ehelicher Treuebruch sein. Für den Münzer war es hartes und zielgerichtetes Geschäftsgebaren. Diesmal sogar mit einem Schuss Selbstschutz!

Gerichtsmedizin Erlangen

(Kapitel 15)

»Hallo Ernst!«, begrüßte der Köstlbacher seinen Kollegen von der Gerichtsmedizin in Erlangen und schlug ihm freundschaftlich auf die Schulter.

»Hallo Edmund!«, kam es vom Dr. Kroner zurück.

Der Liebknecht nickte dem Dr. Kroner mit einem bayerischen »Grüß Gott!« zu und steckte ihm die Hand entgegen.

Der Dr. Kroner erwiderte den Gruß, griff aber nicht nach der Hand vom Liebknecht.

»Einem Leichenfledderer wie mir sollten Sie besser keine Hand geben!«, lachte er. »Bin zwar momentan sauber, aber noch vor ein paar Minuten steckte ich bis zum Ellenbogen in einer Wasserleiche. Natürlich mit Gummihandschuhen! Trotzdem!«

Erschrocken zog der Liebknecht seine Hand zurück und verlor gleichzeitig etwas an Farbe in seinem Gesicht. Bei Wasserleichen, die letzte gab's in Regensburg im September vergangenen Jahres, bei Wasserleichen, da hat er bisher immer kotzen müssen.

»War nur ein Spaß!«, sagte der Dr. Kroner und verzog sein Gesicht dabei zu einem schelmischen Grinsen.

»Was gibt's Neues in Regensburg? Bin ja nur zum Schlafen dort!«, fragte er seinen Kripofreund Köstlbacher.

»So viel, dass die MZ es schafft, jeden Tag eine neue Zeitung zu drucken. Ist aber nichts dabei gewesen in letzter Zeit, das ich dir nach Erlangen hätte schicken können!«, sagte der Köstlbacher und tat damit das Seinige, die entspannte Atmosphäre dieses dienstlichen Treffens zu bewahren.

»Muss auch nicht sein!«, sagte der Dr. Kroner. In unserem Kühlhaus musst du dich eh bald voranmelden, wenn du da noch eine Einlagerung machen lassen willst.«

»Echt? So viel los bei euch?«, fragte der Köstlbacher.

»Eigentlich geht es so. Aber da gibt es eben immer wieder so Dauerbesetzer wie euer Haufen, der glaubt, wir sind hier ein Hotel für nicht beerdigte Leichen!«, antwortete der Dr. Kroner, meinte das Gesagte allerdings keineswegs so ernst, wie er es hatte klingen lassen.

»Dem kann abgeholfen werden! Die Familie drängt sowieso schon lange auf Freigabe der Leiche. Aber wir sind in unseren Ermittlungen so was von stecken geblieben, da wollten wir auf die Leiche nicht ganz verzichten. Drum habe ich dich ja kürzlich auch gebeten, das ganze Untersuchungsprogramm durchzuziehen, damit bestimmt keine Fragen mehr offenbleiben. Wenn die Leiche erst einmal weg ist, ist der Zug für weitere Untersuchungen abgefahren. Die Münzers wollen den Leichnam nämlich verbrennen lassen!«

»Aha! Na dann kommt einmal mit. Ich zeige euch, was ich noch alles gefunden habe!«, sagte der Dr. Kroner, machte mit seiner rechten Hand eine einladende Geste und ging den beiden voran zum Kühlhaus.

Auf der Fahrt von Regensburg nach Erlangen, da hatte der Liebknecht ja gewissermaßen Ablenkung, weil er am Steuer. Aber jetzt reichte ihm schon allein der Formalingeruch, der ihm wie ein schweres Parfüm vom Kühlhaus entgegenschlug.

Dem Köstlbacher machte das kaum etwas aus. Hätte er sich seiner Zeit nicht für die Kripo entschieden, mit so einem Job wie dem vom Dr. Kroner, mit so einem hätte er sich auch anfreunden können. Absolut interessanteste Teildisziplin der Forensik! Freilich musst du da erst einmal Medizin studieren. Und da wäre schon vorab die Abiturnote vom Köstlbacher ein Hindernis gewesen. Nicht, dass sie besonders schlecht gewesen wäre. Nein, aber besonders gut war sie eben auch nicht.

Und in diesem Augenblick, wo der Köstlbacher über seine verpasste Berufsorientierung sinnierte, da schlechtes Gewissen, weil er sich nicht ausreichend um die schulischen Belange von seinem Karl kümmerte. Vielleicht würde der beruflich auch einmal an seinen durchschnittlichen Noten scheitern, die mit etwas mehr väterlicher Unterstützung bestimmt besser sein könnten. Zumindest hat die Anna das schon oft behauptet.

Das Gefühl in so einem Kühlraum ist schon gewöhnungsbedürftig. Allein das Wissen, dass hinter jedem dieser Türchen eine Leiche liegt, zumindest hinter fast jedem Türchen, da bist du dem Tod schlagartig nicht nur näher. Du bist momentan quasi auf du und du mit ihm.

Solche Gefühle dürften dem Dr. Kroner schon vor Jahren abhandengekommen sein, falls er sie überhaupt jemals hatte. Weil, wenn du in so einer Umgebung dein halbes Leben verbringst und dann noch mehr oder minder tagtäglich an den Leichen rumschnipselst, sie aufschneidest, Organe entnimmst, Mageninhalte analysierst, Einschusslöcher und Messerstiche überprüfst und was weiß ich sonst noch alles, dann darf dich das gefühlsmäßig nicht negativ belasten. Mehr noch! Du musst sogar Spaß dabei haben und echte Freude entwickeln können. Wie sonst wäre es möglich, so einen Job ein halbes Leben lang zu machen.

Welcher Art diese Freude am Beruf eines Gerichtsmediziners sein könnte, da habe ich mir schon oft Gedanken darüber gemacht. Der Köstlbacher hat einmal gemeint, dass so einer sich eben freut, wenn er mit seinen Untersuchungsergebnissen Entscheidendes zur Aufklärung so mancher Gewaltverbrechen beitragen kann. Der Liebknecht, dem diese Arbeit nur einen Würgereiz abverlangt, der war hingegen der Ansicht, dass du schon einen sehr morbiden Charakter haben musst, wenn dir diese ›*Scheiß Arbeit*‹ Spaß macht.

Ich muss sagen, die Auffassung vom Liebknecht, die teilen viele Menschen, sogar Schriftsteller. Wenn in so einem Schriftstellerhirn ein Serienkiller geboren wird, dann ist das am Ende nicht selten ein Gerichtsmediziner. Dem traut man einfach alles zu, so abgestumpft gegenüber dem Leben, wie der sein muss.

Wie der Dr. Ernst Kroner aber in den nächsten 20 Minuten zu seiner Höchstform aufgelaufen ist, da hat sogar der Liebknecht, zumindest was den Dr. Kroner betrifft, seine Meinung zur Gerichtsmedizin überdacht. Weil so einer, wie der Dr. Kroner, der unmöglich Killer und schon dreimal kein Serienkiller, auch wenn er in Regensburg wohnt und so, wie Hunderte andere Regensburger Bürger auch, regelmäßig ein paar Schritte durch den Villapark geht, zumindest an dienstfreien Wochenenden!

»Gut, dass ich das ganze Programm machen sollte und nicht nur das, was bei so einer Leiche Standard ist«, begann der Dr. Kroner, sobald er die Leiche der Doris aus ihrem Kühlfach geholt und sie von zwei Mitarbeitern auf den Seziertisch hatte legen lassen.

Nicht, dass du dir denkst, da hätte jetzt eine aufgeschnittene und mehr oder minder bis zur Unkenntnis verunstaltete Doris gelegen. Genau genommen sah die Doris jetzt sogar viel besser aus, als am ersten Mai. Da war nichts mehr blutverschmiert und so. Die zerschundene Gesichtshälfte hatte man wieder geschönt. Schon wegen der Emma Herzog, die damals ihre Nichte identifizieren sollte. Und alles, was der Dr. Kroner aufgeschnitten hatte, das hatten seine Assistenten hinterher wieder sauber zugenäht. Zum Glück für den Liebknecht, der es sonst nicht in der Nähe der Toten ausgehalten hätte. Einen Würgereiz hatte er zwar nach wie vor, aber tiefes Durchatmen und ein beachtlicher Adrenalinschub verhinderten Schlimmeres.

Die Doris muss ein sehr schönes Mädchen gewesen sein. Selbst in ihrem jetzigen Zustand ließ sich das noch gut erkennen. Auch wenn sie da nur liegend zu sehen war, ließ sich doch gut abschätzen, dass sie eher eine von der kleinen Sorte war. Die pink gefärbten Haare waren am Haaransatz blond. Wahrscheinlich lag die letzte Tönung schon eine Weile zurück. Etwas rausgewachsen sind ihre Haare aber auch noch nach ihrem Tod. Die Haarwurzeln sind wohl das am Körper, was am längsten am Leben bleibt. Bis die kapieren, dass endgültig Schluss ist, da schieben sie erst einmal noch ein paar Millimeter Hornsubstanz weiter.

»Fangen wir einmal mit der tödlichen Verletzung an«, begann der Dr. Kroner und deutete auf das Gesicht der Doris. »Nachdem du mir mitgeteilt hast«, wandte er sich direkt dem Köstlbacher zu, »dass im Erdreich unter dem Kopf der Leiche nur sehr geringe Mengen Blut gefunden wurden, musstet Ihr davon ausgehen, dass der Fundort der Leiche nicht identisch mit dem Tatort war. Da Ihr neben der Leiche keine Tatwaffe gefunden habt, kein Brecheisen, keine Eisenstange und auch sonst nichts, womit dieser tödliche Schlag hätte ausgeführt werden können, habt Ihr die nähere Umgebung des Leichenfundortes, also den gesamten Villapark und die darunter liegende Uferpromenade der Donau abgesucht. Negativ!«

»Hm!«, brummte der Köstlbacher gleichsam bestätigend dazwischen, unterbrach den Dr. Kroner aber nicht wirklich.

Der Liebknecht fixierte inzwischen seinen Blick auf die Zehen der Doris. Vermutlich, wie die gesamte Doris, frisch gewaschen mit einer Formaldehytlösung. Mit den pink lackierten Nägeln, so schienen die schlanken Füße dem Liebknecht momentan die einzigen Körperteile, die zu betrachten seine erneut aufkommende Übelkeit einzudämmen in der Lage waren. Zusätzlich stellte sich der Liebknecht vor, er betrachte die schlanken Knöchel, Fersen und Zehen einer Lebenden. Was ihn dann aber letztlich sogar so sehr ablenkte, dass er dem Dr. Kroner nicht mehr richtig zuhörte, sondern sich von ganz anderen Fantasien einfangen ließ.

»Drum habe ich mir die Verletzung oder besser die Verletzungen noch einmal genauer angesehen«, fuhr der Dr. Kroner fort.

»Verletzungen?«, fragte nun der Köstlbacher doch dazwischen.

»Richtig! Verletzungen!«, bestätigte der Dr. Kroner. Da waren ein paar Abschürfungen! Prellungen! Zunächst nichts weiter Aufregendes. Erweckte auf alle Fälle oberflächlich betrachtet zunächst den Anschein, dass die Doris sich gegen ihren Angreifer gewehrt haben musste. Bis ich die Doris dann aufgeschnitten habe.« Und dabei deutete der Dr. Kroner auf den langen, sauber vernähten Schnitt vom Hals bis hinunter zum Schambein.

Nach diesen Worten drehte sich der Gerichtsmediziner um und holte aus einem Glasschrank hinter ihm ein Gefäß. Den Köstlbacher erinnerte der Kunststoffbehälter an eine mehrere Liter große Familieneispackung. Nur durchsichtig und nicht mit einem Etikett versehen. Zumindest nicht mit einem für Verbraucher. Ein Aufkleber mit dem Namen *Doris Münzer*, ihrem Geburts- und ihrem Sterbedatum, ihrer Registriernummer hier in der Gerichtsmedizinischen in Form eines Barcodes und, in roten Großbuchstaben geschrieben, MILZ/LEBER.

»Sieh dir das an! Milz- und Leberriss! Und nicht zu knapp!«

»Fffffff!«, pfiff der Köstlbacher durch seine Zähne. »Da hat aber einer mächtig zugelangt!«

»Dachte ich zuerst auch!«, meinte der Dr. Kroner. »Aber wer schlägt erst so brutal zu und setzt dann noch mit einem Brecheisen oder Ähnlichem eins nach? Oder auch in umgekehrter Reihenfolge. So viel Wut kann auf so ein hübsches Mädchen doch keiner gehabt haben!«

»Du meinst ...?«, fragte der Köstlbacher, beendete seine Frage aber nicht.

»Ich meine gar nichts!«, antwortete der Dr. Kroner. »Was das betrifft, da müsst Ihr nochmal ran. Mir ist da was durch den Kopf gegangen. Ist nur 'ne Vermutung! Vielleicht ist sie irgendwo runter gestoßen worden und dabei auf was gefallen, das ihr diese Verletzungen mehr oder weniger gleichzeitig verursacht hat.«

»Dann wäre der Tathergang ein ganz anderer gewesen, als wir ihn uns bisher vorgestellt hatten!«, sagte der Köstlbacher.

Bei diesen Worten zog der Dr. Kroner beide Schultern hoch und machte dazu ein Gesicht, das vermutlich zum Ausdruck bringen sollte, dass in dieser Sache wohl noch enormer Klärungsbedarf bestand.

»Könnte natürlich auch ganz anders gewesen sein!«, unterstrich der Dr. Kroner seine Körpersprache.

»Und das wäre?«, fragte der Köstlbacher.

Der Dr. Kroner zögerte ein wenig, weil er natürlich keinen Beweis, nur Vermutung.

»Vielleicht war es Suizid!«, meinte er.

»Suizid? Wie kommst du darauf? Hat sich die Münzer wohl erst zu Tode gestürzt und ist anschließend, damit wir irritiert werden, als Leiche hinauf in den Villapark gekrabbelt?«, antwortete der Köstlbacher und hatte in diesem Moment so seine Zweifel, dass es sinnvoll gewesen war, hierher nach Erlangen zu fahren. Diese Mutmaßung vom Dr. Kroner erschien ihm bei aller Freundschaft doch sehr weit her geholt. Die reinste Räuberpistole!

»Sie war im vierten Monat schwanger!«, sagte nach ein paar Sekunden des Schweigens der Dr. Kroner.

»Schwanger? Davon wussten wir bisher nichts!«, sagte der Köstlbacher und zog überrascht seine Augenbrauen nach oben. »Trotzdem, heutzutage ist das doch kein Grund, sich umzubringen!«, fügte er noch hinzu.

»Für 99 von 100 Frauen vermutlich nicht! Aber was, wenn sie die Hundertste war?«, sagte der Dr. Kroner.

»Gut! Gut! Wir werden das überprüfen! Wenn sie im vierten Monat schwanger war, dann müsste ja eigentlich ihr Hausarzt, der Dr. Unger davon gewusst haben. Vielleicht weiß der noch mehr!«, sagte der Köstlbacher.

»Ich würde mir die Eltern auch noch einmal vornehmen!«, meinte dazu ergänzend der Dr. Kroner.

Der Köstlbacher kratzte sich ob der neuen Situation am Kopf. Missmutig sah er die Arbeit vor sich, die nun zu bewältigen war, bis herausgefunden sein würde, ob Suizid oder Mord.

»Nehmen wir einmal an, die Münzer hat tatsächlich Selbstmord begangen. Wie ist sie dann als Leiche in den Villapark gekommen? Da, wo sie gelegen hat, ist sie nach Lage der Dinge nicht gestorben.«

»Ob Suizid oder nicht! Irgendjemand muss sie im Villapark abgelegt haben. Wer auch immer! Eine andere Möglichkeit gibt es nicht«, stellte der Dr. Kroner fest.

Ganz in Gedanken drehte sich der Köstlbacher um und wollte gerade den Liebknecht zum Gehen auffordern, als ihn die Stimme vom Dr. Kroner in der Bewegung innehalten ließ.

»Langsam! Langsam! Das ist noch nicht alles! Die *Vagina* und das letzte Stück vom *Intestinum crassum* vor dem *Sphinkter* weisen starke Vernarbungen auf!«

»Intes.... cra... ? Sphi... ?, fragte der Köstlbacher, der außer der Vagina nichts davon kannte.

»Entschuldigung! Entschuldige mein Medizinerdeutsch! *Intestinum crassum* ist der lateinische Name für Dickdarm und *Sphinkter* steht für den Schließmuskel.«

»Aha! Und was bedeutet das?«, fragte der Köstlbacher.

»Na ja!«, sagte der Dr. Kroner und kratzte sich dabei am rechten Ohr, weil er nicht so recht wusste, wie er seine Interpretation dieser Befunde dem Kriminaler ausdeutschen sollte. »Meine Entdeckungen lassen eigentlich nur einen Schluss zu!«

»Mach's nicht so spannend! Welchen Schluss?«, fragte der Köstlbacher.

»Das Narbengewebe ist überraschend alt. Man erkennt das an der Ausdehnung, das es durch das Wachstum des Mädchens angenommen hat, bis hin zu der Form, wie es sich momentan darstellt!«

»Das bedeutet?«, fragte der Köstlbacher ungeduldig.

»Das bedeutet mit großer Wahrscheinlichkeit, dass die junge Frau im Kleinkindalter sexuell missbraucht worden ist!«

Für den Köstlbacher war das wie ein Schlag ins Gesicht. Alles Mögliche an Gewalt hatte er bisher in seinem Beruf kennen gelernt, angefangen von Schlägereien bis hin zum Mord. Auch Vergewaltigungen waren ihm schon untergekommen. Ehrlich gesagt, nicht einmal wenige! Aber sexueller Missbrauch von Kleinstkindern? Reichte denn die viel zu oft vorkommende körperliche Gewalt gegen Kleinkinder nicht? Wie pervers musste jemand sein, um sexuelle Lust zu verspüren, wenn ...? Er schüttelte sich bei dem Gedanken.

»Wie alt?«, fragte der Köstlbacher nur.

»Schwer zu sagen! Den Narben nach zu urteilen sehr alt!«, antwortete der Dr. Kroner.

»Wir werden das Schwein finden!«, presste da der Köstlbacher nur noch heraus.

»Wenn es ihn noch gibt. Fast zwei Jahrzehnte sind eine lange Zeit!«, meinte der Dr. Kroner.

Noch vor zwei Minuten wollte der Köstlbacher den Raum verlassen, weil er geglaubt hat, über alles informiert zu sein. Jetzt stand er da wie eine Salzsäule und starrte auf die Doris nieder. Unfähig, sich auch nur einen Millimeter zu bewegen. Im Geiste stellte er sich vor, wie sie ihr Peiniger im zarten Kindesalter geschunden haben musste. Der Köstlbacher wehrte sich gegen diese Vorstellung, konnte sich aber zumindest für lange Sekunden nicht davon lösen.

Der Dr. Kroner merkte, wie sein Freund litt. Für ihn war es nicht das erste Mal, mit so viel Grausamkeit und Perversität konfrontiert zu werden. Aber auch er hatte diese Gefühle irgendwann ein erstes Mal durchlebt. Da bist du hilflos und hast nur noch eine Wut im Bauch, eine Wut, die du erst zu kanalisieren lernen musst. Am allerwenigsten hilft in so einer

Situation blinder Aktionismus. Gerade jetzt musst du besonders umsichtig und planvoll agieren, wenn deine Arbeit von Erfolg gekrönt sein soll.

Die Worte vom Dr. Kroner sind, das wirst du dir schon denken, auch beim Liebknecht angekommen, obwohl der sich die ganze Zeit über intensiv bemüht hat, geistig abwesend zu bleiben. Bestimmt ist der Liebknecht auch wütend geworden auf Menschen, die sich an kleinen Kindern vergehen. Tatsache ist, dass der Liebknecht sich aber nicht irgendwie dazu äußerte. Stattdessen hat er sich urplötzlich umgedreht. Den Weg hinaus hat er nicht mehr geschafft. Auch wenn es ihm im Nachhinein schrecklich peinlich war, aber verhindern hat er es nicht mehr können, sich direkt neben dem Seziertisch auf den Boden zu übergeben.

Den Köstlbacher hat das aus seiner Starre gerissen.

Der Dr. Kroner zeigte sich nicht übermäßig überrascht. Bestimmt war es nicht das erste Mal für ihn, dass jemand seinen Magen in diesem Raum nicht mehr unter Kontrolle hat halten können. Ohne etwas zu sagen hat er zum Haustelefon gegriffen und die Putzkolonne über das Malheur informiert.

»Kein Problem!«, beruhigte er den Liebknecht, als der mit einer entschuldigenden Geste den Dr. Kroner anschaute. »Zur Türe hinaus und rechts den Gang hinunter! Die Toiletten befinden sich am Ende des Gangs!«

Der Liebknecht bedankte sich nur durch eine kleine Handbewegung und verließ den Raum. Reden konnte er nicht, weil erneut Übelkeit hochstieg.

»Das verkraftet nicht jeder!«, sagte der Dr. Kroner.

»Mir kommt ehrlich gesagt auch das Kotzen!«, sagte der Köstlbacher, meinte das aber eher im übertragenen Sinn.

»Versteh' ich. Aber leider ist das immer noch nicht alles!«, sagte der Dr. Kroner.

»Was denn noch?«, stöhnte der Köstlbacher.

»Wir haben aufgrund toxischer Untersuchungen zweifelsfrei festgestellt, dass die Tote zu ihren Lebzeiten Drogen genommen haben muss. Kokain! Im Urin ließ es sich nicht mehr nachweisen, weil euere Anordnung, das ganze Programm zu absolvieren, erst so spät gekommen ist. Aber in den Haaren ist noch genug davon vorhanden, um von einem regelmäßigen Konsum ausgehen zu können.«

»Auch das noch!«, sagte der Köstlbacher und schüttelte seinen Kopf. »Was denn noch alles?«

»Ich denke, das reicht!«, beendete der Dr. Kroner seine Ausführungen zur Doris Münzer.

»Und warum hast du mir das alles nicht in deinem Büro erzählt? Warum musste ich mir jetzt die ganze Zeit über die Tote anschauen?«, lamentierte der Köstlbacher, dem die beschwingt gelöste Stimmung vom Anfang völlig abhanden gekommen war.

»Damit du jemand findest und diesen Jemand zur Rechenschaft ziehst für das, was dieser armen Kreatur angetan worden ist. Und du wirst jemanden finden, weil du sie gesehen hast, weil sie hier tot vor dir gelegen hat, weil dich ihr Gesicht nun verfolgen wird. Was auch immer sie getan haben mag, sie wurde zu dem gemacht, was sie am Ende war. Du kennst ihre Familie, kennst vor allem ihre Schwester. Es wäre nicht das erste Mal, dass Geschwister das selbe Trauma erleben müssen.«

Und dann sagte der Dr. Kroner noch etwas, was der Köstlbacher am allerwenigsten von ihm erwartet hätte:

»Ich hasse diesen Job! Und wie ich ihn hasse! Ich habe

meinen vorzeitigen Ruhestand beantragt! Die hier war nur der Auslöser. Ich kann nicht mehr! Verstehst du?«

Der Köstlbacher sah seinen Freund an, sah ihm in die Augen und nickte. Dann gab er ihm seine rechte Hand löste sie wieder und nahm stattdessen den Ernst in seine Arme. So wenig dieser Trost die Situation auch ändern konnte, dem Ernst bedeutete diese Geste sehr viel.

»Du hörst von mir!«, sagte der Köstlbacher, bevor er sich endgültig zum Gehen wandte.

»Das will ich doch hoffen!«, antwortete der Dr. Kroner und hatte wieder ein leises Lächeln auf seinen Lippen, das, mit dem er alle immer Glauben machte, er sei ein glücklicher Mensch.

Der Köstlbacher und der Liebknecht wollten gerade ins Auto einsteigen, als ihnen der Dr. Kroner nachgelaufen kam, sie mit einem »Halt! Noch auf ein Wort!« zum Warten veranlasste und etwas außer Atem sagte:

»Übrigens, was ich ganz vergessen habe zu erwähnen, die Münzer hatte fremdes Körpergewebe unter ihren Fingernägeln. Widerspräche der Suizidtheorie! Kann sie aber auch schon länger da gehabt haben. So etwas lässt sich leider kaum zweifelsfrei feststellen. Solltet Ihr von irgendwelchen Verdächtigen Vergleichsmaterial haben oder noch bekommen, dann schickt es mir! Ich werde mich schnellstens drum kümmern!«

»Danke!«, sagte der Köstlbacher. »Wird gemacht!«

Bismarckplatz

(Kapitel 16)

Selten zuvor war der Bismarkplatz so belebt, wie an den lauen Abenden anfangs Juli, als die Regen- und Kälteperioden, die in den beiden Vormonaten immer wieder aufkommende Sommergefühle ausbremsten, endgültig der Vergangenheit anzugehören schienen. Wie es zustande kam, dass ein Platz, den die Regensburger bisher eher etwas stiefmütterlich behandelt hatten, plötzlich derart an Interesse gewann, darüber kann man nur mutmaßen. Vielleicht lag es ja auch gar nicht so sehr am Zauber dieses Platzes zwischen Stadttheater und dem Gebäude der ehemaligen Französischen Gesandtschaft. Vielleicht sind, so wie du auch, viele Nachtschwärmer einfach nur vor der hässlichen Baustelle geflohen, die dem Lieblingsplatz der Regensburger, dem Haidplatz, schon seit Monaten seinen Charme genommen hat. Wer sitzt auch schon gerne in einem Café, das normalerweise einen fantastischen Blick auf Regensburgs mittelalterliche Patrizierhäuser und die überall flanierenden Menschen im ständigen Gratisangebot hatte, in dem du wie auf dem Präsentierteller verweilen konntest, soweit es dich danach gelüstet hat, das momentan aber nur noch von Baulärm, Bauzäunen und schwerem Gerät umgeben war?

So war auch der Stadtrat Willi Faltenhuber so gut wie nicht mehr auf dem Haidplatz zu sehen. Wahlweise, je nach Lust und Laune, trank er seinen Espresso in einem der zahlreichen Altstadtcafés, bevorzugte dabei aber eher die kleinen Locations, wie auch am Bismarkplatz eine zu finden ist. Von seiner Nobelwohnung in der Gesandtenstraße in der restaurierten Schnupfe, der ehemaligen Schnupftabakfabrik Regensburgs, hatte er nur wenige Schritte zum Bismarkplatz.

So richtig genutzt hat der Faltenhuber seine Wohnung ja eigentlich nur als Schlafstätte und neuerdings, seit ihn seine Frau verlassen hat, auch für seine amourösen Abenteuer. Früher ist er deswegen oft in ein tschechisches Bordell gefahren. Aber weil diese Vorliebe von ihm im Zuge der Ermittlungen vom Kommissar Köstlbacher an einem Mordfall quasi als Nebeneffekt publik geworden, hat der Faltenhuber sein Betätigungsfeld ins heimatliche Regensburg verlegt. Das mit seiner Frau kam ihm in diesem Zusammenhang sehr gelegen, weil wo kannst du unkontrollierter herumvögeln, als in deinen eigenen vier Wänden. Der häufig wechselnde Damenbesuch fiel in der Schnupfe zudem niemandem groß auf. Dazu kocht dort jeder viel und zu sehr sein eigenes Süppchen. Und so einer wie der Stadtrat Faltenhuber, der ist eben einer der fleißigen Sorte, einer, der sich schon mal Arbeit mit nach Hause nimmt, quasi den Parteiverkehr nicht nur auf seine offiziellen Stadtratsprechzeiten im Amt beschränkt.

Ist ja nicht so, dass einer, nur weil er Stadtrat ist, gleich Sprechzeiten einrichten müsste. Aber weil der Faltenhuber Kulturreferent, drum optimale Bürgernähe quasi Grundbedingung für erfolgreiche Tätigkeit. Und wenn zig Mal nur nervige Leute zu ihm gekommen sind. Ab und zu, da war immer wieder mal auch so ein Sahneschnittchen dabei, das sich mit oder auch ohne Kaffee wunderbar vernaschen ließ. Natürlich erst, wenn ihr kulturrelevantes Anliegen befriedigt war.

Am Anfang, da war der Faltenhuber ja noch ganz normal, was seine sexuellen Praktiken anging. Ab und zu ein wenig grob! Das hatte er noch so von der Tschechei drin, wo du für ein paar Euro mehr schon auch mal den Macho raushängen lassen durftest, ohne gleich als Sadist zu gelten. Aber dann, wie soll ich's dir erklären, dann so etwas wie ein Schlüsselerlebnis. Nicht in der Tschechei! Das war auf einer etwas weitern Urlaubsreise, von der er erst kürzlich zurückgekommen ist.

Aber da will ich jetzt nichts vorweggreifen!

In einer Stadtratssitzung wurde wenige Tage nach Beendigung vom Faltenhuber seinem Urlaub darüber diskutiert, ob Regensburg es den Berlinern gleichmachen und eine Präventionsstelle für Pädophile einrichten sollte. Angeblich hätte sich diese Einrichtung in Berlin super bewährt. Sogar bis aus Bayern seien Pädophile da hingereist, um sich helfen zu lassen. Und ebenso angeblich wären die einschlägigen Straftaten seither messbar zurück gegangen. Am Ende der Sitzung wurde der Beschluss gefasst, so eine Anlaufstelle auch in Regensburg möglich zu machen. Schon deswegen, weil das die erste dieser Art in Bayern sein würde. Zudem hatte Regensburg in den letzten Jahren einen Papst hervorgebracht, ist zum Weltkulturerbe hochrangiert und errang dieser Tage sogar den nicht unrühmlichen Platz 6 in der Beliebtheitsskala bayerischer Städte. So eine Pädophilenanlaufstelle wären die Bürger diesem Regensburg einfach schuldig!

Bestimmt denkst du, das klingt fast wie: ›*Man gönnt sich ja sonst nichts!*‹ Und fast so ähnlich scheint mir das Ganze auch gewesen zu sein. Der Köstlbacher jedenfalls hat gemeint, dass der eine Regensburger, der in dieser Anlaufstelle in Berlin aufgekreuzt ist, dass der den ganzen Aufwand hier nicht rechtfertigen würde. Außerdem kann ja auch gut sein, dass der pädophile Bayer quasi nur zur zwecks Horizonterweiterung nach Berlin und so.

Als Kulturreferent war es ja eigentlich nicht einsichtig, warum gerade der Faltenhuber sich um die Details der Realisierung kümmern sollte. Aber weil sich kein anderer Stadtrat nach dieser Aufgabe gerissen hat, erklärte sich der Willi großzügig bereit, diese Last auch noch zu schultern. Und weil der Faltenhuber im letzten Jahr mit seiner Person und den damit verbundenen Machenschaften den gesamten Stadtrat in Misskredit gebracht hatte, wurde sein Engagement in der Pädophilensache von seinen Parteigenossen zudem als Möglichkeit gesehen, wieder positiv zu punkten.

Warum ihn der Teufel geritten hatte, sich so einer Herausforderung zu stellen, da hatte der Faltenhuber seine Gründe dafür. Ganz andere, als seine Parteifreunde geglaubt haben. Offiziell hat er in der Stadtratssitzung angegeben, dass er das Pädophilenproblem immer schon in den Griff bekommen wollte, aber bisher nie eine Möglichkeit gesehen hätte, in dieser Sache selbst aktiv werden zu können.

Dass der Faltenhuber so um die ersten Julitage herum den Münzer Bernd in dem kleinen Café am Bismarckplatz getroffen hat, war nicht geplant. Er kannte den Bernd schon länger. Eigentlich sogar schon sehr lange. Das letzte Mal hatte er ihn mit seiner Frau im Rosenpalais gesehen. Vor ein paar Wochen, als der Köstlbacher mit seiner Frau auch im Rosenpalais war. Der Bernd hatte ihn nicht bemerkt und er selbst wollte auch gar nicht bemerkt werden, weil sonst hätte er nur irgendeine blöde Ausrede erfinden müssen, wer die Schöne wohl sei, mit der er einen Abend im Rosenpalais verbrachte.

*

Übrigens, einer seiner eher seltenen Reinfälle! Da gibst du Unsummen von Geld fürs Essen und den Wein aus, nur damit dich die Zicke danach bittet, sie nach Hause zu fahren, weil ihr Mann zur Spätschicht muss und sie die drei Kinder nicht alleinlassen könne. Und weil du dann nicht locker lässt, weil Ausrede offensichtlich, da Migräne. Scheint immer der letzte Weg bei Frauen, aber einer, der garantiert funktioniert. Weil, was willst du schon mit einer, die Migräne? Ob gespielt oder real! Behindert in jedem Fall jede Planung und noch mehr einen reibungslosen Ablauf. Quasi Libidobremse hoch drei!

Aber Schuld war der Faltenhuber selber! Er hätte einfach besser vorab Erkundigungen einziehen sollen und sich nicht vom Gewackel des Hintern, den prallen Möpsen und der Vampmähne verwirren lassen dürfen. Hatte die Zicke alles nur inszeniert, um an ein ›*dinner for free*‹ im Rosenpalais zu kommen.

*

Beim Anblick vom Münzer kamen diese noch nicht endgültig verblassten, nicht gerade rühmlichen Erinnerungen hoch. Auch wenn der Münzer nichts dafür konnte, aber er war immerhin jetzt der Auslöser seiner negativen Gefühle. Und deshalb war dem Willi eigentlich gar nicht danach, mit ihm ein Gespräch und so.

Das ist eben der Nachteil von so einem kleinen Café! Wenn du da mit jemandem, den du kennst, nicht in Kontakt kommen möchtest, dann kannst du das vergessen. Wohin auch solltest du dich bei ein paar Quadratmetern verdrücken?

Dafür hast du in so einem kleinen Café aber wiederum auch keinerlei Probleme, neue Leute kennenzulernen. Zum aneinander vorbeireden ist der Raum einfach viel zu winzig!

Drum ist es dem Faltenhuber schließlich auch nicht gelungen, ohne ein Wort am Bernd Münzer vorbeizukommen. Und wenn es am Anfang auch noch so lästig war, mit ihm zu reden, weil einfach kein Bock, so wurde es mit der Zeit doch immer kurzweiliger. Und nach einer halben Stunde, da war der Willi sogar froh, den Bernd getroffen zu haben.

Wie's auch immer dazu gekommen ist, aber plötzlich hatten die zwei einen Gesprächsstoff gefunden, der beide interessierte, wenn auch aus ganz unterschiedlichen Gründen. Vermutlich hat der Barkeeper die Sache mit der Präventionsstelle für Pädophile in Regensburg angesprochen, weil der irgendwoher gehört, dass der Faltenhuber in der Sache quasi die Oberaufsicht. Und da dann nur natürlich, dass die beiden darüber redeten, der Barkeeper und der Faltenhuber. Und schließlich gab auch der Münzer seinen Senf dazu.

Nicht, dass der Faltenhuber in dem Moment schon erfreut über Einmischung vom Münzer. Aber das änderte sich ganz schnell, wie der Münzer von Hilfestellung seinerseits und dann sogar von einer Finanzspritze zu labern angefangen hat.

Genau genommen war das die übliche Strategie vom Münzer, seine Nase irgendwo rein zu stecken, wo hinterher finanzieller Geldsegen und so. Drum der Münzer immer Kontaktpflege zu Entscheidungsträgern. Stadträte dabei unterste Ebene, aber oft besser aus der dritten oder zweiten Reihe zu agieren, als gleich oben anzusetzen. Hebelwirkung zwar geringer, aber dafür meist unauffälliger!

Weil, eines musst du wissen, geschäftliche Erfolge in dem Ausmaß, wie die vom Münzer, nicht möglich ohne Beziehungen und Vetternwirtschaft. Da hat der Münzer schon ab und zu einmal von seinem Schwarzgeld etwas abgeben müssen, weil zweite oder dritte Reihe finanziell immer bedürftig. Und ohne Schmiere läuft nichts, nicht einmal ein Spielzeugmotor! Aber wirklich schmerzhaft war das mit dem Geld abdrücken für den Münzer nie wirklich, weil fast immer irgendwelche Behörden dann unbürokratisch und viel umgänglicher, als das üblicherweise sonst der Fall. Schnell kannst du da dann einmal eine Filiale wo hinbauen, wo eigentlich über Jahre hinaus noch keine Bebauung vorgesehen. Und die Straße zu deiner Filiale, die ist dann auch plötzlich im Budget vom entsprechenden Amt drin, weil die rein zufällig natürlich schon lange geplant, um dein Grundstück verkehrstechnisch und so weiter anzuschließen. Wo andere dann noch mit einer Steinzeitleitung ins Internet gehen müssen, da bekommst du plötzlich einen ultra schnellen Glasfaseranschluss, wie ihn sonst nur Banken oder Börsen haben.

Nun möchtest du natürlich wissen, welche unterschiedlichen Gründe der Faltenhuber und der Münzer hatten, über diesen Pädophilenplan der Stadt Regensburg in eine angeregte Unterhaltung zu verfallen.

Die vom Faltenhuber liegen auf der Hand. Der Willi immer schon großes Geltungsbedürfnis. Und jetzt, wo ihn quasi einer anhimmelte, weil er mit so einer tollen und interessanten Aufgabe betraut, noch dazu einer, der zu den vermögenderen Bürgern dieser Stadt gehört, ...! Nicht gerade vergleichbar mit den Aldibrüdern. Aber doch immerhin auf dem Weg dazu. Auf alle Fälle einer, der einem nützen kann, wenn du dich gut mit ihm stellst. Sich so einem Zeitgenossen entsprechend zu präsentieren, das konnte nicht schaden. Die nächste Wahl war noch nicht gewonnen! Schon wegen dem leidigen Imageverlust im vergangenen Jahr! Und wenn der Faltenhuber das geplante Projekt mit der Präventionsstelle für Pädophilie in Regensburg gut auf den Weg brachte, und so einer wie der Münzer auch dafür zu mobilisieren war, dann konnte das nur von Vorteil sein. Erstens kannte der Münzer eine Vielzahl von Leuten, die sich unter Umständen ebenfalls für das Projekt vor den Karren spannen lassen würden. Und zweitens signalisierte der Münzer mit der soeben in Aussicht gestellten Finanzierungshilfe enormes Interesse an der Sache, was ihm, dem Faltenhuber, ein Gefühl der Wichtigkeit gab. Und, ich hab's dir ja schon gesagt, der Faltenhuber extremes Ego! Bauchpinseln, das tat ihm gut! Unendlich gut!

Denn eines darfst du nicht vergessen! Dass der Stadtrat Willi Faltenhuber sich das ganze Projekt nur aufgehalst hat, weil das ein offizieller Weg, mit der pädophilen Szene in Kontakt zu treten, das musste er dem Münzer schließlich nicht auf die Nase binden.

Was meinst du, wie schnell du da unter die Räder gerätst, wenn du im Amt oder auch ganz privat auf entsprechenden Seiten herumsurfst und so! Wenn du glaubst, du beherrscht das mit dem anonymen Surfen, dann täuscht du dich gewaltig! Und jetzt offizielles Surfen quasi in Aussicht! Vielleicht sogar vielmehr!

Allzu lange war es ja noch nicht her, dass der Faltenhuber gemerkt hat, welche unerfüllten Fantasien ihn plagten. So lange seine Frau noch mit ihm zusammen, da hat es ihn schon befriedigt, wenn ab und zu Tschechei und so. Und wenn er es einmal total eilig, weil unerwarteter Hormonschub, dann auch Adolf-Schmetzer-Straße hier in Regensburg. Unabhängig, dass das Etablissement inzwischen zum Verkauf im Internet steht und vielleicht bald Umwandlung in Wohngebäude oder so. In Regensburg war es seit dieser leidigen Angelegenheit im letzten Jahr opportuner, kein Bordell mehr aufzusuchen. Und die tschechischen Behörden hatten auch ein Auge auf den Faltenhuber geworfen. Wenn dir da langsam aber sicher jede vernünftige Grundlage entzogen wird, dann bleibt dir letztendlich nur noch das Internet oder ein Urlaub in Thailand oder so.

Und dort ist es dann passiert! Nicht im Internet, zumindest nicht anfänglich! In Thailand, Indien, Kenia, Brasilien oder sonst so einem Urlaubsland, das mit mehr als nur Kultur oder Wildnis aufwarten konnte. Da hat der Faltenhuber dann plötzlich entdeckt, was ihm gefehlt hat.

Bestimmt denkst du jetzt, dass es irgendwelche exotischen Frauen waren, kleine, zarte, dunkelhäutige, auf alle Fälle willige und gleichzeitig billige. Anfangs, da hat das sogar der Willi selber gedacht, dass genau diese Art von Frauen ihm bisher gefehlt haben. Und er hat jeden Tag vom Pauschalurlaub davon gevögelt, so viele er geschafft hat und so viele die blauen Pillen ihm gestatteten. Bis er dann einmal von so einem Animateur in ein Taxi verfrachtet worden ist. Etwas ganz Besonderes sollte ihm geboten werden. Als Dank für das großzügige Trinkgeld vom Vortag! Hat der Willi unbeabsichtigt abgedrückt, als er zu viel Whisky intus hatte.

Der Faltenhuber Willi an diesem Tag wegen der geplanten Aktion vom Animateur besonders geil. Weil so ein Sexurlaub, da ist der ganze Tagesablauf mit lang Ausschlafen, gut Essen und einer Tagesdosis Viagra organisiert, damit körperlich auch alles machbar. Nicht wie bei normalen Urlauben, wo du Kultur-, Naturhighlights und so anpeilst. Zumindest spielen da die kleinen Blauen keinerlei Rolle.

Dort, wo ihn der Animateur dann abgeliefert hat, da waren aber keine dieser den Spezialtourismus anheizenden Frauen. Frauen waren da schon vor Ort, aber die waren nicht für ihn gedacht. Die quasi eine Art Kindergärtnerinnen. Und wie in einem Kindergarten hat sich der Willi dort zunächst auch gefühlt.

Ich glaube nicht, dass du jetzt hören willst, was der Willi dort erlebt hat und was er seit dieser Zeit immer wieder erleben möchte. Der Willi hat in seinem Leben ja schon alles ausprobiert. Auch einen Lover hat er sich schon einmal zugelegt, weil der ihm eingeredet hat, dass man nichts ablehnen kann, was man nicht aus eigener Erfahrung kennt. Recht gehabt hatte der Lover letztendlich schon irgendwie, weil eines wusste der Willi danach sicher: So etwas fehlte ihm nicht!

Und jetzt diese Möglichkeit, hier in Regensburg eine Anlaufstelle für Pädophile gründen und sogar leiten zu dürfen! Welche Möglichkeit! Welche Möglichkeiten!

Was kann dir da besseres passieren, als gleich einen zu finden, der die finanziellen Probleme aus dem Weg zu räumen hilft. Weil, eines must du wissen, der Stadtrat und der Bürgermeister, die haben schon so manches Projekt ins Auge gefasst, es dann aber wegen fehlender Geldmittel wieder fallen lassen.

Auch wenn du es bisher nicht gewesen sein magst, weil du so lange irgend vertretbar positiv und so. Aber jetzt bist du bestimmt angewidert vom Willi Faltenhuber! Doch wie sehr angewidert erst der Münzer Bernd, das kannst du dir gar nicht vorstellen. Weil quasi Spiegel und so! Nur, der Münzer Bernd perfekt Chinese, und der Willi keine Ahnung was im Kopf vom Bernd. Der Willi eben immer in irgendeiner Form geil! Diesmal geldgeil! Nicht, dass der Willi selber kein Geld! Aber mit fremden Geld Arbeit doppelt schön.

Auf alle Fälle haben die beiden in dem kleinen Café am Bismarkplatz noch eine ganze Menge zu besprechen gehabt. Möglich ist das nur gewesen, weil der Barkeeper sich intensiv mit den drei anderen Gästen des Cafés unterhalten hat, drei Stammgästen vom Stadttheater. So hat auf den Faltenhuber und den Münzer niemand geachtet. Nicht, dass die etwas besprochen hätten, was nicht ohnehin in den nächsten Tagen in der Zeitung. Aber so zwischen den Zeilen, da haben sich die beiden abgetastet. Jeder mit einem anderen Ziel. Und weil sie am Ende eine enge Zusammenarbeit vereinbart haben, hat die Abtasterei für beide vermutlich zufriedenstellende Ergebnisse gebracht.

Endlich tut sich wieder was!

(Kapitel 17)

Gleich auf dem Rückweg von der Gerichtsmedizinischen in Erlangen wollte sich der Köstlbacher vom Liebknecht erst einmal zum Villapark fahren lassen. Quasi vertiefte Tatortbegehung, da neue Erkenntnisse. Dann hat er sich aber doch anders entschieden, weil andere Ermittlungsarbeit vorrangiger, zum Beispiel ein Blitzbesuch beim alten Münzer, der um diese Zeit bestimmt in seinem Büro am Weinmarkt.

»Endlich tut sich wieder was!«, murmelte der Köstlbacher vor sich hin, was der Liebknecht aber akustisch nicht verstanden zu haben glaubt.

»Was tut sich?«, fragte er daher bei seinen Chef nach.

»Endlich tut sich wieder was, habe ich gesagt!«, wiederholte der Köstlbacher noch einmal laut. »Sogar eine ganze Menge tut sich!«, fügte er noch Hände reibend hinzu, griff zu seinem Handy und wählte die Nummer vom Münzer seinem Büro. Die Frage vom Liebknecht hat er entweder nicht verstanden, oder er wollte jetzt gerade nicht darauf antworten.

»Münzer Supermärkte! Frau Gabelsberger am Apparat! Was kann ich bitte für Sie tun?«, meldete sich monoton die Sekretärin vom alten Münzer.

»Hallo Frau Gabelsberger! Kripo Regensburg! Kommissar Köstlbacher. Ich würde gerne so in etwa einer halben Stunde auf eine kurze Unterredung zu Herrn Münzer kommen.«

Die Antwort kam schnell, aber doch nicht so schnell, wie normalerweise zu erwarten gewesen wäre. Du hättest diese minimale Zeitverzögerung vielleicht gar nicht bemerkt, aber du eben nicht der ausgefuchste und erfahrene Hauptkommissar Köstlbacher!

»Tut mir leid, Herr Köstlbacher! Herr Münzer ist außer Hauses. Soll ich ihm etwas ausrichten?«

»Danke, nicht nötig! Bis wann wird er zurück sein?«, fragte der Köstlbacher.

»Er hat hier heute keine weiteren Termine mehr. Darum kann ich es nicht sicher sagen. Aber in aller Regel kommt er vor dem Feierabend nochmal zur Vorbesprechung für den nächsten Tag vorbei.«

»Dann melde ich mich später noch einmal!«, sagte der Köstlbacher und legte auf.

»Außer Hauses! Wer's glaubt!«, sagte er zum Liebknecht, der in Gedanken aber wo anders war und mit keinem Mucks reagierte.

Geärgert hat das den Köstlbacher nicht, dass er seine Unterredung mit dem Münzer aufschieben musste, weil so ein wichtiges Gespräch, das kannst du ohnehin nicht einfach so aus dem Ärmel geschüttelt führen, auch nicht als altgedienter Kriminaler. Da plapperst du schnell einmal was Falsches und veranlasst deinen Gesprächspartner dazu, in allem, was der sagt, Vorsicht waltenzulassen, weil der plötzlich merkt, worauf du hinauswillst. Wenn der vorher noch gesprudelt hat wie ein Wasserfall, dann verweist er dich nun nur noch auf seinen Anwalt. Und den Rest kennst du ja. Dass eine Ermittlung im Sande verläuft, weil so ein gewiefter Anwalt mitzumischen beginnt, dass so etwas passiert, das wäre auch beim Köstlbacher nicht das erste Mal. Insofern war es gar nicht einmal so schlecht, dass der Münzer momentan außer Hauses und der Köstlbacher erst einmal ›*cooling down*‹.

Ist ja auch nicht so, dass der Köstlbacher nach der Unterredung mit dem Dr. Kroner jetzt gleich den Münzer in Verdacht und so. Weil so ein Verdacht, das ist so eine Sache. Wenn du den erst einmal in Worte gefasst hast, dann kannst du den kaum mehr wieder ganz aus der Welt schaffen, auch dann, wenn Unschuld bewiesen. Irgendwas bleibt immer hängen. Das ist bei einem einmal ausgesprochenen Verdacht nicht viel anders, als bei einem Gerücht.

»Was willst du vom Münzer?«, hat der Liebknecht seinen Chef nach einigen Minuten gefragt, als die letzten Worte vom Köstlbacher endlich bei ihm zeitverzögert angekommen waren. »Du glaubst doch nicht ...?«, fragte er weiter, brach aber seine Frage ab, weil der Köstlbacher ihn nicht hat ausreden lassen..

»Ich glaub' gar nichts! Aber ich muss wissen, ob ich was glauben soll oder nicht!«, antwortete der Köstlbacher.

»Redest du jetzt von der Möglichkeit, dass die Doris Selbstmord begangen hat oder davon, dass wir einen zweiten Fall haben?«, fragte der Liebknecht, nun wieder mehr bei der Sache.

»Beides geht mir durch den Kopf! Das mit dem möglichen Suizid sollten wir rausbekommen können. Nach allem, was wir inzwischen über die Doris wissen, kann ich mir inzwischen vieles vorstellen, auch einen Selbstmord. Was die zweite Sache betrifft, da ist es wichtig, dass wir an der richtigen Stelle ansetzen. Die Sache ist so prekär, dass uns der Dr. Huber in der Luft zerreist, wenn wir uns da einen Schnitzer erlauben«, sagte der Köstlbacher.

»Willst du dem Huber jetzt schon davon erzählen? Ich meine, wenn da was war, dann ist es auf alle Fälle ewig her, vermutlich sogar schon verjährt«, warf der Liebknecht ein.

»Übergehen kann ich den Dr. Huber nicht!«, antwortete

der Köstlbacher und betonte dabei den Titel *›Doktor‹*, weil es der Liebknecht durch Weglassen des Titels seiner Meinung nach an Respekt vor dem obersten Chef in Regensburg hatte mangeln lassen. Nicht, dass der Köstlbacher so ein Schleimschlecker, der immer Ansprache mit Titel und so. Aber wo kämen wir da hin, wenn kein Respekt! Und wer vor dem Dr. Huber keinen Respekt, der vielleicht vor ihm erst recht nicht.

»Und warum nicht?«, bohrte der Liebknecht nach.

»Weil dem Dr. Huber in den nächsten Tagen vom Dr. Kroner ein Bericht auf seinen Schreibtisch flattern wird. Und was meinst du passiert, wenn der Dr. Huber dann spitz kriegt, dass wir ihm etwas vorenthalten haben?«

»Ich meinte ja nur, wir sollten uns jetzt nicht verzetteln und erst einmal die Sache mit der Doris klären, ihren Tod meine ich!«, antwortete der Liebknecht beschwichtigend und hob dabei, sehr zur Missbilligung vom Köstlbacher, beide Hände abwehrend nach oben. Ist nichts passiert, aber gut ist so ein Gefühl nicht, wenn du als Beifahrer zusehen musst, wie der Fahrer bei Tempo 140 sein Steuer loslässt.

»Ganz meine Meinung!«, sagte der Köstlbacher, ohne wegen dem freihändig Fahren eine Bemerkung zu machen. »Aber das Mädel ist schließlich nicht aus heiterem Himmel zu Tode gekommen. Da gab's ein Motiv, verstehst du? Und so ein Motiv macht eine Entwicklung durch, bis es stark genug ist, dass am Ende eine Leiche da liegt. Mag sein, dass nicht alles, was wir heute erfahren haben, mit dem Tod der Münzer im Villapark zusammenhängt. Aber wie willst du zum jetzigen Zeitpunkt entscheiden, welchen Hinweisen wir nachgehen müssen und welchen nicht? So lange wir nicht irgendwo einen Ansatz finden, wo wir uns dann voll drauf setzen können, so lange müssen wir diesen Sumpf Schicht für Schicht trocken legen.«

»Genau! Du sagst es! Schicht für Schicht! Aber doch von oben nach unten und nicht umgekehrt!«, warf der Liebknecht ein.

»Jetzt stell dich nicht so an! Du weißt genau, dass ich das mit dem Sumpf und den Schichten nur zur Veranschauung gesagt habe. Von oben nach unten oder von unten nach oben, so ein Quatsch! Wir werden parallel arbeiten, wie immer! Den Pirzer und die Koch schicke ich in den Villapark. Die sollen sich dort noch einmal genau vor Ort umsehen. Falls etwas übersehen worden ist, schauen wir uns das später selber auch noch an. Baldauf und Dirmeier sollen dem Hausarzt der Münzers, diesem Dr. Unger, noch einmal auf den Leib rücken. Wird ihn auf alle Fälle nervös machen, wenn er was zu verbergen hat. Der muss von der Schwangerschaft der Doris gewusst haben oder von ihren Drogengeschichten oder auch von beidem. Womöglich weiß der sogar überhaupt noch viel mehr! Vermutlich brauchen wir aber da erst einen richterlichen Beschluss, der ihn von seiner ärztlichen Schweigepflicht entbindet. Mal abwarten, wie kooperativ sich der Dr. Unger zeigt! Und wir beide, wir nehmen uns ein weiteres Mal den Münzer Clan vor, Vater, Tante und Stiefmutter. Aber vorher reden wir mit dem Stadtrat Faltenhuber!«

»Was hat der Faltenhuber mit der Sache zu tun?«, wunderte sich der Liebknecht, der nun seinem Chef wirklich nicht mehr folgen konnte.

»Vielleicht nichts! Vielleicht aber auch eine ganze Menge. Ich erklär's dir gleich! Muss nur noch schnell den Pirzer anrufen und dann noch den Baldauf, damit die beiden Teams was zu tun haben!«, sagte der Köstlbacher, endlich wieder einmal ganz in seinem Element als leitender Beamter der Mordkommission. Seine Aushilfsermittlungen mangels Mordfall im Betrugsdezernat sind ihm schon lange auf den Keks gegangen.

Die beiden Telefonate dauerten etwas länger, weil er den beiden Kommissaren nicht nur Aufträge erteilen konnte, ohne detailliert eine Vorabinformation zum Stand der Dinge zu geben.

Dass der Besuch beim Münzer warten musste, war nicht weiter schlimm, weil den Stadtrat Faltenhuber wollte sich der Köstlbacher ja auch am besten noch gleich heute vornehmen. Und ob erst den Münzer und dann den Faltenhuber oder umgekehrt, das war ihm eigentlich egal. Eine ›*Schicht*‹ so schmutzig wie die andere! Genau genommen war's ihm so rum sogar lieber. So blieb, wie schon erwähnt, noch etwas Zeit, den Auftritt beim Münzer genauer zu planen.

Der Faltenhuber war verfügbar! Im Augenblick säße er zwar noch in einer wichtigen Besprechung, so seine Sekretärin Frau Maierhofer, aber in einer halben Stunde könne sie einen Termin für den Köstlbacher und den Liebknecht einrichten.

»Der Faltenhuber wartet auf uns. Kannst gleich direkt durch in sein Büro fahren!«, sagte der Köstlbacher, sobald er mit der Telefoniererei fertig war.

»Faltenhuber! Faltenhuber!«, antwortete der Liebknecht. »Warum zum Teufel zum Faltenhuber? Was bitte soll der mit unserem Fall zu tun haben?«, fragte der Liebknecht erneut und dachte bei dem Namen Faltenhuber nur daran, wie nervig und penetrant dieser schmierige Typ die Aufklärung der Mordserie im letzten Jahr behindert hat.

»Wenn du öfter mal deine Nase in die Mittelbayerische stecken würdest, anstatt nur Weiber anzubaggern, um dann hier am Steuer von ihnen zu träumen, dann wüsstest du, warum!«, sagte der Köstlbacher. Der Liebknecht reagierte nur mit einem blitzartig hochroten Kopf. Gesagt hat er nichts. In dem Augenblick der Köstlbacher wieder einmal ausschließlich Chef und Duzfreund nur noch peripher. Zumindest aus der Sicht vom Liebknecht! Obwohl er der Ehrlichkeit halber zugeben musste, dass der Köstlbacher nicht unrecht hatte.

»Wenn die Doris tatsächlich als Kleinkind sexuell misshandelt worden ist, so wie's der Dr. Kroner nicht ausschließt, eigentlich sogar vermutet, dann war das ein pädophiles Schwein, das so etwas gemacht hat«, begann der Köstlbacher mit seinen Erklärungen, um den Liebknecht auf die Sprünge zu helfen.

»Und der Faltenhuber ist jetzt dieses Pädophilenschwein?«, fragte der Liebknecht und schaute überrascht zu seinem Chef hin, obwohl immer noch Tempo 140.

»Schau nach vorne!«, sagte der Köstlbacher daher schnell, weil ihm mit dem Liebknecht als Fahrer momentan gar nicht wohl.

Von seinem Befehlston zurück in die schulmeisterliche Erklärstimme fallend, fuhr er fort:

»Regensburg startet demnächst ein neues Missbrauchspräventionsprojekt.«

»Ein was?«, unterbrach ihn da der Liebknecht schon wieder.

»Ich bin ja gerade dabei, es dir zu erklären! Hör' mir doch einfach einmal zu, schau auf die Straße und halte deine Klappe!«, wechselte der Köstlbacher in einen wesentlich schärferen Ton. Wie auch sollte er den ganzen Sachverhalt in kurzen Worten umreißen, wenn ständig Unterbrechung?

»Also, abgekupfert haben sie das von Berlin, wo es schon eine Weile mit angeblich großem Erfolg angelaufen ist. Da soll in Regensburg eine Anlaufstelle für pädophile Menschen entstehen, wo diese Typen psychologisch betreut, beziehungsweise therapiert werden, damit sie nicht, oder zumindest nicht mehr, straffällig werden. Und, ich mach's kurz für dich, der Oberboss, der, der das alles organisieren und auf die Beine stellen soll, das ist unser Freund Faltenhuber!«

»Der? Warum gerade der? Hat der etwa Psychiatrie oder so studiert?«, platzte der Liebknecht mehr als überrascht heraus.

»Wohl kaum! Denke eher, der Faltenhuber hat was gut zu machen bei seinen Parteigenossen, denen er im letzten Jahr ganz schön Stimmenverluste eingefahren hat. Zumindest wenn man den Meinungsumfragen Glauben schenken kann. Aber das ist nicht der springende Punkt. Der springende Punkt ist, dass wir über den Faltenhuber an die Pädophilenszene herankommen könnten!«

»Und du glaubst, da würde der mitmachen? Gerade der?«, fragte der Liebknecht mit einem zweifelnden, fast mitleidigen Lächeln.

»Nach der Mordserie im letzten Jahr hatte ich veranlasst, den Faltenhuber im Auge zu behalten. Er war zwar in keinen der Morde direkt verwickelt, aber die Untersuchungen haben genug Dreck zu Tage gefördert, den der am Stecken hat. Beweisen konnten und können wir ihm von all seinen Machenschaften nichts, aber ein Wink an die Presse, und er ist endgültig erledigt. Gerüchte sind oft verheerender in ihrer Wirkung, als Tatsachen!«, sagte der Köstlbacher.

»Und damit willst du ihn jetzt erpressen? Sehe ich das richtig?«, fragte der Liebknecht.

»Ein hässliches Wort! Ich werde ihm nur einmal seine Zukunft ausmalen, wenn er sich nicht kooperativ zeigen sollte«, meinte der Köstlbacher.

»Bin gespannt, wie du das machen wirst!«, sagte der Liebknecht.

Auf den noch verbleibenden Kilometern bis zum Büro vom Faltenhuber wurde nicht mehr viel geredet, weil jeder der beiden mit Spannung der Unterhaltung mit dem Stadtrat Willi Faltenhuber entgegen gesehen hat.

Ortstermin
(Kapitel 18)

Auf den Anruf vom Köstlbacher hin haben sich der Kommissar Pirzer und seine Kollegin, die Kommissarin Koch, sofort auf den Weg in den Villapark gemacht. Der Auftrag vom Chef ist ihnen sehr gelegen gekommen, weil die vom Computerbetrug sich die beiden schon seit ein paar Tagen ›*ausgeliehen*‹ haben. Und wenn du da am Arbeiten bist, dann hast du am Abend Augen wie ein Monitor und fühlst dich nur noch gaga. Praktisch vom Morgen bis zum Abend mussten sie sich durch Festplatten konfiszierter Rechner wühlen, auf der Suche nach irgendwelchem illegalen Zeug. Und wenn du da nichts findest, dann kannst du nicht einmal unterbrechen, um einen Bericht zu schreiben. Kann ja sein, dass manche auf so einen Job ganz wild sind, aber nicht der Pirzer und die Koch. Die fühlten sich total überqualifiziert für diesen Zeitvertreib.

Als die Leiche von der Doris im Villapark gefunden worden war, da ging durch das ganze Morddezernat ein innerliches Raunen, weil endlich wieder Arbeit, für die man ausgebildet ist. Aber sei einmal ehrlich, wie soll so ein Morddezernat auf Zack bleiben, wenn tagein tagaus Vergeudung von Fachpersonal für Festplattensichtung. Das ist fast so tragisch, wie wenn ein arbeitsloser Geschichtsprofessor statt Hartz 4 in der Krankenpflege! Wenn hochrangige Politiker solche Vorschläge, ab in die Kranken- oder Altenpflege statt Hartz 4, dann vermutlich nie Gedanken an vergeistigte, arbeitslose Wissenschaftler, denen dann so ein Einsatz im Altenheim auch blühen würde. Vermutlich wäre dann bald nicht mehr sicher zu unterscheiden, wer Pfleger und wer die an Demenz erkrankten Alten!

Die Doris hatte leider der Mordkommission nur kurzes Ermittlungsglück gebracht, weil bald keine konkreten Spuren mehr, denen nachgegangen werden konnte. Aber das schien sich jetzt zu ändern! Der Chef hatte eben wieder einmal ein gutes Gespür gehabt, als er das volle Programm in der Gerichtsmedizinischen für die Tote angefordert hat. Und was er da vom Dr. Kroner erfahren, das zumindest hochinteressant. Nur einen Nachteil, quasi ein Wermutstropfen in dem guten Wein, hatte die Sache: Wenn die Doris Suizid, dann Mordfall in Luft aufgelöst. Und dann: Festplatte lässt grüßen! Also würden sich die beiden, der Pirzer und die Koch, den Villapark besonders genau ansehen. Natürlich in der Hoffnung, keine Anhaltspunkte für einen Selbstmord oder, noch schlimmer, für einen Unfall zu finden. Oder andersrum ausgedrückt: Suche bis zur Beweisfindung für Mord angesagt! Zumindest angestrebt!

*

Regensburg präsentierte sich an diesem Tag unter einem wolkenlos, blauen Himmel, wie schon seit Tagen nicht mehr. Und weil am Nachmittag auch schön hochsommerlich warm, drum Ortstermin im Villapark fast Erholungscharakter.

Der Pirzer und die Koch stellten ihren Dienstaudi in der Gabelsbergerstraße auf der Höhe vom AAG ab, von wo sie nur ein paar Schritte bis zum Eingang vom Villapark hatten. Schon beim Betreten des Parks war klar, dass sie hier eine Weile würden verweilen müssen. Die ganze linke Seite, hin zum Graben entlang der ehemaligen Stadtmauer und der

›*Königlichen Villa*‹, der dieser Park seinen Namen verdankte, diese Seite war abgesichert durch einen Bauzaun, weil dringende Restaurierungsarbeiten an der Mauer. Gerüste, die der Mauer entlang aufgestellt waren und etliches schweres Gerät, sogar zwei mittelgroße Bagger, machten es quasi unmöglich, hier auch nur die Spur einer Spur finden zu können. Sollte also auf dieser Seite mit der Doris was passiert sein, dann hätte das die sprichwörtliche Suche nach der Nadel im Heuhaufen zur Folge. Und die würde nicht nur Unmengen von Zeit kosten. Die würde vermutlich nicht einmal was bringen. Weil, wo willst du da noch was entdecken, wenn nicht einmal dokumentiert ist, was sich hier seit dem ersten Mai alles verändert hat?

Das hat die Stimmung des Ermittlerteams trotz des schönen Nachmittages schon wieder etwas gedrückt.

»So ein Scheiß!«, hat der Pirzer nur gemurmelt.

Und die Koch, die solche Ausdrücke normalerweise entsprechend kommentiert hätte, weil die Koch guten Umgangston und so, die nickte diesmal ausnahmsweise nur zustimmend.

»Muss ja nicht gerade da gewesen sein!«, sagte sie und deutete nach vorne. »Schauen wir doch erst einmal vor zur Donauseite!«

»Hm!«, brummte dazu der Pirzer. »Hätte zwar auch hier gewesen sein können, aber na ja!«

Der Park ist nicht wirklich groß. Eigentlich sogar sehr klein. Der für die Öffentlichkeit zugängige Teil ist sogar kleiner als der Herzogspark im ›*Inneren Westen*‹ Regensburgs. Insofern dürfte der Villapark der kleinste Park der Stadt sein. Abzüglich des abgetrennten Baustellenterrains, sogar mit Sicherheit der kleinste Park. Sich da umzusehen und nach weiß Gott was zu suchen, dürfte daher machbar sein. Auch für ein Festplatten geschädigtes Kriminalerteam!

Störend waren höchstens die vielen Sonnenhungrigen und Erholungssüchtigen, die sämtliche Parkbänke besetzt haben und auf Decken im Rasen lesend, dösend oder ein Picknick veranstaltend, das geübte Polizistenauge ablenkten. Bestimmt wundert es dich nicht, dass dabei der Pirzer um einiges abgelenkter war, als die Koch. Echte Adoniskörper bildeten hier eher die Ausnahme. Heute, ehrlich gesagt, war gar keiner zu sehen. Das männliche Publikum, überwiegend aus der zahlreichen Regensburger Studentenschaft, versuchte eher durch Dreadlocks oder geile Brillen auf sich aufmerksam zu machen.

Nichts davon interessierte die Koch, die mehr auf die sportlichen Typen stand. Kann sein, weil ihr Freund ein Antisportler. Und bekanntlich schaust du dich dann immer nach was anderem um und so.

Wegen der Sonne und vielleicht auch damit Blickmagnet, einige der Mädels im Minimalfummel. Manche sogar noch ein wenig minimaler. Logisch, dass der Pirzer, der fast den selben Dauernotstand wie sein Kollege Liebknecht, logisch dass der Pirzer quasi jeden Quadratzentimeter vom weiblich belegten Rasen in Augenschein genommen hat. Nur aus ermittlungstechnischen Gründen. Versteht sich!

Auf den normalen Wegen im Park war kein richtiges Vorwärtskommen, weil Zivis oder auch Angehörige anscheinend des gesamten Elisabethinum Altenheim von der Roritzerstraße hierher evakuiert hatten. Jedenfalls wurden die Rollstühle im Konvoi vom Eingang in der Adolf-Schmetzer-Straße hin zum Ausgang an der gegenüber liegenden Nordseite geschoben, wo sie dann nach unten über die Uferpromenade der Donau in Richtung Wurstkuchl verschwanden. Der Pirzer und die Koch reihten sich nicht in diese Prozession ein. Im Slalom um die ausgebreiteten Decken über den Rasen gehend, wandten sich die beiden zu den paar Stufen hinauf zur Mauer. Ein Weg, der in der Regel da oben nicht weiterführte, quasi vor einer verschlossenen schmiedeeisernen Türe endete, die heute aber, vermutlich wegen der Bauarbeiten, geöffnet war. Der beste Platz, willst du einen Gesamteindruck vom Park bekommen! Zudem wegen der Treppe hier hinauf kein Rollstuhlstau und, weil etwas kühl und windig hier oben, auch keine wärmesüchtigen Sonnenanbeter.

Was die beiden Kriminaler nicht wissen konnten: Hier standen beim Gothic-Treffen der Roland und die blonde Hildegard, die eigentlich Chantal heißt. Und die beiden hätten ihnen tausend Mal mehr erzählen können, als sie hier jetzt zu sehen bekamen.

Weil, eines darfst du nicht vergessen, etliche Wochen mit wechselhaftem Wetter, viel Regen und Hunderten von Parkbesuchern, da ist jede Spur weg. Auch wenn du da ein direkt eingeflogener Indianerscout wärest, dann würdest du dir hier nur die Augen ausschauen und am Schluss doch lieber auf ein frisches Bier und ein paar Bratwürste mit Kraut vor zur Wurstkuchl gehen, auch wenn du unterwegs noch so viele Rollstühle überholen müsstest.

Wie lange die beiden Kripobeamten hier oben gestanden und auf die Donau hinunter geschaut haben, vielleicht auch auf das gegenüberliegende, mit Bäumen bewachsene Ufer, das kann ich dir nicht sagen, aber eine ganze Weile bestimmt. Der Pirzer ausgestattet mit übermächtiger Fantasie, Ergebnis täglichen Trainings beim Beobachten verdächtiger Personen, vorwiegend Frauen, der Pirzer hat sich vorgestellt, wie affengeil es wäre, wenn da unten in der Donau eine Leiche treiben würde. Aber so eine Leiche, die kannst du dir eben nicht herbeiträumen. Mehr als einen Stecken hat der Pirzer nicht in der Donau schwimmen stehen. Und wenn du noch so gut im Träumen bist, so ein Stecken bleibt am Ende doch nur ein Stecken.

Mittendrin jedenfalls hat sich der Pirzer umgedreht, weil sein Interesse an der stetig dahin fließenden Donau erlahmt ist.

Und genau in dem Moment hat die Koch durch ihre Zähne gepfiffen. Das hat den Pirzer echt gewundert, weil, dass die Koch anerkennend pfeift, nur weil ihr so ein Studentenknabe da unten auf der Uferpromenade gefällt, der eine alte Oma im Rollstuhl zur Wurstkuchl und so, das hätte er von der Koch nicht gedacht. Aber man lernt eben nie aus! Wenn die Koch emotional so auf Männer abfährt, dann sollte er seine Kollegin vielleicht auch einmal unter einem privateren Aspekt betrachten. Nicht, dass die Koch sein Typ gewesen wäre, aber wer sagt denn, dass es immer ein gewisser Typ Frau sein muss? ›*Vive la différence!*‹, dachte der Pirzer, der wegen seiner Französischkenntnisse aus seiner Gymnasialzeit gerne zwischendurch mal auf Französisch dachte und für ›*Französisch*‹ auch sonst recht viel über hatte.

»Dreh dich nochmal um!«, unterbrach da die Koch seine französischen Gedanken. »Schau! Was sagst du dazu?«

»Wozu?«, fragte der Pirzer, der nichts entdecken konnte, was er vorher nicht auch schon gesehen hätte.

»Na, zu dieser Fahnenstange da unter uns!«, antwortete die Koch.

»Fahnenstange? Du meinst diese Eisenstange, die dort aus der Mauer ragt?«, fragte der Pirzer.

»Eisenstange, Fahnenstange, ist doch egal, wozu die benutzt wird. Jedenfalls eine Stange. Und dick wie ein Brecheisen!«, meinte die Koch.

»Du meinst ...?«, fragte der Pirzer, beendete aber seine Frage nicht.

»Klar meine ich! Volltreffer! Oder?«, jubelte sie.

»Kann sein«, dämpfte der Pirzer die Euphorie seiner Kollegin. »Kann sein«, wiederholte er und meinte noch: »Da muss die Spurensicherung nochmal ran!«

»Quatsch! Was soll die nach alle den Tagen da unten finden?«, sagte die Koch.

»Egal! Versuchen muss sie's!«, meinte der Pirzer, zog seine Digi aus der Jackentasche und machte erst einmal ein paar Fotos von der Stange, der Mauer, aus der sie herausragte und von der gesamten Lokation an sich.

Dann griff er zum Handy, um den Köstlbacher anzurufen.

»Meinst du nicht, wir sollten das erst einmal abklären? Ich meine, wie stehen wir da, wenn sich unsere Idee als Unfug erweist?«, fragte die Koch.

»Hast recht! Was schlägst du vor?«, fragte der Pirzer, nickte zustimmend und steckte das Handy wieder weg.

»Die Spurensicherung können wir auch ohne das Okay vom Chef kommen lassen. Und wenn die nichts finden, dann können wir dem Chef immer noch erzählen, welches Szenario wir uns vorstellen könnten. Befürchte aber, ohne Beweise bringt das niemanden wirklich weiter!«, meinte die Koch.

Riskantes Spiel
(Kapitel 19)

Bestimmt hast du dir gedacht, als du vom Dr. Kroner seinen Ausführungen gelesen hast und so, dass der Roland die Doris geschwängert haben wird. Ich meine, du natürlich in diesem Fall auch dem Köstlbacher voraus, weil der zu diesem Zeitpunkt noch absolut keine Ahnung von einem möglichen Zusammenhang zwischen der Doris und dem Roland, zumindest nicht bewusst, weil, wegen der albtraumhaften Verwirrungen am Domplatz, der Köstlbacher die ganze Rolandthematik extrem verdrängt.

Aber du tippst bestimmt auch nur deshalb auf den Roland, weil bisher noch kein anderer Mann ins Spiel gekommen ist, von dem du dir auch nur annähernd hättest vorstellen können, dass Beziehung mit der Doris, abgesehen vom Ziegenbart.

Dazu musst du aber eines wissen, das mit der Doris und den Männern war kompliziert. Das musst du dir vorstellen wie beim Facebook im Internet. Wenn du da Mitglied werden willst, dann bittet dich der Betreiber dieser Plattform oder zumindest ein automatisches Computerprogramm, deine zukünftige Seite informativ zu gestalten, weil du nur so gefunden werden kannst oder eben dadurch jemand an dir Interesse findet. So sollst du zum Beispiel ankreuzen, ob ›*verheiratet*‹ oder ›*single*‹. Bist du keines von beiden so richtig, was auch immer du damit zum Ausdruck bringen willst, dann gibt es als weitere Option ›*in einer Beziehung lebend*‹. Wenn das immer noch nicht optimal deine Situation, weil einfach nichts von alledem vollständig auf dich zutrifft, dann gibt es als letzte Auswahlmöglichkeit *›ist kompliziert‹*. Und genau dieses *›ist kompliziert‹* ist es, was hundertprozentig auf die Doris zugetroffen hat. Bei der war immer schon alles kompliziert!

Mit dem Roland war die Doris schon eine ganze Reihe von Jahren zusammen. Und weil sie mit ihm natürlich nicht verheiratet war, hätte für die Doris der Status *›in einer Beziehung lebend‹* gelten müssen. Aber erstens bewohnte die Doris ihre Wohnung in der Von-der-Tann-Straße alleine und zweitens war das mit dem Roland mehr als nur kompliziert. Weil der Roland etwas älter als sie, waren beide quasi in etwa gleichzeitig durch ihre Pubertät durch, die bei den meisten Jungs ja bekanntlich zeitverzögert beginnt. Der Roland war dann auch der erste, mit dem die Doris .... Und es hat auch nicht lang gedauert, bis der Roland geschnallt hat, was mit der Doris los. Nicht, dass ihm die Doris viel erzählt hätte. Die Doris eher selten gesprächsfreudig und wirklich mitteilsam noch weniger.

Jetzt müsstest du meinen, die beiden ein Paar! Was also kompliziert?

Hauptschuld hatte wahrscheinlich der unbändige Lebenshunger der Doris. Während den viele Mädels in ihrem Alter mit Kalorien stillen, weil sie diesen Hunger fälschlicherweise als Lust auf Essen interpretieren, da versuchte ihm die Doris beizukommen, indem sie alles mitnahm, was ihr junges Leben bekommen konnte. Und du glaubst gar nicht, was das alles sein kann! Weil die Doris intelligent und gutaussehend, stand ihr noch mehr offen, als das vermutlich andersrum gewesen wäre. Dass sie trotz alledem auch ein kleines bisschen pummelig war, hat kaum jemanden wirklich gestört.

Am Anfang, da hat es ihr ja noch genügt, ihre Experimentierfreudigkeit, was das Leben betrifft, nur zusammen mit dem Roland auszuleben. Aber bald fing sie an, mit dem Leben zu spielen und setzte dabei oft genug auf Alles oder Nichts.

Ihre erste Bekanntschaft mit Drogen hatte die Doris schon sehr früh. Früher, als du es dir vorstellen kannst. Lange vor dem Roland! Aber die Doris trotz allem große Willenskraft! Zwischendurch immer wieder einmal Phasen, wo sie damit Schluss machen wollte und es zumindest vorübergehend auch einige Zeit geschafft hat.

Das waren dann die Zeiten, wo die Doris sexuelle Experimente. Nicht, dass sie was gemacht hätte, das seit dem Beginn des Pornozeitalters nicht schon viele ausprobierten, die ihre körperlichen Bedürfnisse in dieser Hinsicht nicht vorab mit Angoraunterwäsche erstickt haben. Aber auf alle Fälle reichte der Doris mit einem Mal der Roland nicht mehr aus, weil der Roland eben nur der Roland. Und wenn du experimentieren willst, dann geht das nicht mit einem einzigen Reagenzglas, Wasser und einem Streifen Lackmus Papier. Soviel wusste die Doris schon vom Chemieunterricht her.

Bis die Doris dann gemerkt hat, dass das mit den Drogen und dem Sex durchaus im Einzelfall auch zusammengehen kann.

Gut aussehend war er ja, der Dr. Unger! Ein bisschen alt vielleicht. Mag sein, ein bisschen sehr alt! Aber älter als der Faltenhuber war er bestimmt auch nicht. Nicht, dass die Doris nach der Sache mit dem Stadtrat Faltenhuber weitere Erfahrungen mit Männern seiner Altersgruppe gebraucht hätte. Ehrlich gesagt war es sogar so, dass sie nach jedem Besuch beim Faltenhuber intuitiv doch wieder mehr zu jüngeren Männergenerationen tendiert hat. Aber der Dr. Unger trotzdem weiterhin im Repertoire. Weil der Dr. Unger Rezeptblock. Und was besseres kann dir gar nicht passieren! Nicht, dass du Koks auf Rezept bekommen könntest. Aber du bekommst 1000 andere Sachen auf Rezept. Und die kannst du dann am freien Markt gegen Koks eintauschen.

Aber der Dr. Unger ein schlechter Arzt, wenn er nicht bemerkt hätte, dass die Doris schwanger. Noch nicht allzu lange! Aber fast zu lange, um noch was unternehmen zu können. Und, du wirst es nicht glauben, die Doris wollte gar nichts unternehmen.

Wenn du da als junge Frau einen Freund hast und der dich schwängert, dann kann das schon zu einem Problem werden, wenn der Freund zwar gut im Bett, aber mit Sicherheit zumindest momentan noch total ungeeignet als Vater. Schließlich brauchst du für dein Kind einen Vater, der sich nicht nur biologisch als solcher auszeichnet.

Und genau das war der Punkt! Die Doris quasi mehrere potenzielle Väter in petto! Und darunter auch so gut situierte wie der Faltenhuber oder gar der Hausarzt der Familie Münzer und damit natürlich auch ihrer, der Dr. Unger. Und wenn sie es richtig anstellte, dann würde auch keiner einen Vaterschaftstest machen lassen. Auf so einen Blödsinn wie einen Vaterschaftstest kommt schließlich auch nur jemand, der Verdacht und so. Aber je älter der Bock, je weniger Verdacht, hintergangen zu werden. Da genügen ein paar Schmeicheleien, Treueschwüre und so. Und schon hast du einen Vater für dein Kind, den du nicht einmal zu heiraten brauchst, weil schon verheiratet oder zumindest nicht mehr im heiratsfähigem Zustand. Okay, der Faltenhuber würde vielleicht Probleme machen. Bei ihm wäre das Risiko zumindest nicht wirklich kalkulierbar. Aber der Dr. Unger! Der liebe Heiner würde schon deshalb die Verantwortung übernehmen, weil es die Doris sonst Gott und der Welt stecken würde, dass der Dr.

Unger mit seinen Patientinnen rumvögelt. Und noch einen Vorteil hatte es, den Heiner zum Vater zu machen: Der Heiner geschieden und somit frei für eine Vaterschaft für welches Kind auch immer! Falls das alles noch nicht reichen sollte, dann vielleicht noch die Angst vor ihrem Vater. Auch wenn der mit seiner Tochter Doris nicht gerade ein Herz und eine Seele, den Dr. Unger würde er fertig machen, wenn der seiner Tochter erst ein Kind macht und das dann nicht anerkennt.

Solche Gedanken gingen der Doris durch den Kopf, als sie in der Nacht zum ersten Mai im Villapark an der Mauer gestanden hat, genau dort, wo Wochen später der Roland und die Hildegard und noch etwas später das Kriminalerteam Pirzer/Koch gestanden haben. Sie hatte in ihrem nun bald 2 Jahrzehnte andauerndem Leben vieles falsch gemacht. Nicht zuletzt, weil man vorher vieles an und mit ihr falsch gemacht hatte. Ob sie es schaffen würde, selbst aus diesem Sumpf herauszukommen, in dem sie sich nun schon eine geraume Zeit tummelte, ohne bisher darin unterzugehen, das stand in den Sternen, denen, die dort über der Donau am Himmel zu sehen waren. Aber zumindest dem ungeborenen Leben würde sie einen Start fernab von diesem Sumpf verschaffen. Mag sein, ein riskantes Spiel! Aber sie würde es gewinnen, schon deshalb, weil die Regeln dafür von ihr stammten.

Der Sternenhimmel und der gerade aufgehende Mond faszinierten die Doris. Sie liebte großartige Auftritte der Natur, träumte sogar oft von ihnen, obwohl sie seit ihrer Kindheit nur in der Stadt gelebt hatte und sich ein Leben außerhalb von ihrem geliebten Regensburg nicht vorstellen konnte.

Ob die Doris ihren Tod überhaupt mitbekommen hat? Vermutlich kam alles so plötzlich, dass es schon vorbei gewesen sein dürfte, bevor es in ihr Bewusstsein hat vordringen können.

Floriansprinzip

(Kapitel 20)

Wenn du dich als gläubiger Katholik in Bayern, wenn du Glück hast auch außerhalb der bayerischen Landesgrenzen, mit dem Heiligen Florian gutstellst, ihm zu Ehren ab und zu eine Kerze anzündest, dann darfst du getrost damit rechnen, dass dich und die Deinen der Heilige Florian vor allen Gefahren und Heimsuchungen bewahrt, die mit unkontrolliertem Feuer zu tun haben. Du kannst dich dem Heiligen Florian seiner tatkräftigen Unterstützung auch noch zusätzlich versichern, indem du betest: ›*Heiliger Florian, verschon' mein Haus, zünd' and're an!*‹ Und weil es auch noch ganz andere Gefahren geben kann, die über dich herein brechen können, für die es aber keinen Schutzheiligen gibt, kannst du dir den Heiligen Florian schon auch einmal für eine feuerfremde Schutzfunktion ausleihen.

Das war der Grundtenor der Regensburger Bürger, die sich auf Grund der Aktivitäten vom Stadtrat Willi Faltenhuber plötzlich damit konfrontiert gesehen haben, einen Pädophilentreff in ihrer Nachbarschaft hinnehmen zu sollen. Präventionsprojekt hin oder her!

Aber sei doch einmal ehrlich, getrautest du dir noch deine Kinder vors Haus auf die Straße zu lassen, wenn da die Pädophilen quasi prozessionsmäßig ins Nachbarhaus zu sogenannten Vorbeugebehandlungen strömen?

Und was die Sache noch verschlimmert, du kannst den Heiligen Florian da nicht einmal so richtig involvieren, weil der ja normalerweise für dein Haus zuständig und nicht für die Nachbarschaft. Aber das selbstverständlich Spitzfindigkeiten. Der Heilige Florian würde schon wissen, wie's gemeint ist! Kerzen angezündet wurden dieser Tage jedenfalls vor diversen Altären in der an Kirchen so reich ausgestatteten Papststadt viele.

Dabei fielen Bürgerbefragungen zum geplanten Pädophilenprojekt gar nicht so übel aus. Weil, eines darfst du nicht vergessen, die direkte oder zumindest die nähere Nachbarschaft zum auserkorenen Treff für Pädophile relativ begrenzt. Bürgerumfrage aber stadtweit. Und die meisten mit dem Heiligen Florian doch recht zufrieden, weil der dafür gesorgt hat, dass der Treff nicht in ihrer Nähe geplant und so.

Der Stadtrat Faltenhuber hätte natürlich als Organisator dieser neuen Einrichtung der Stadt Regensburg den Ort des Geschehens am liebsten in der inneren Altstadt gesehen, quasi in direkter Nachbarschaft zur Schnupfe. Nicht, dass er selbst wegen seiner ›*Neigungen*‹ zur Therapie später dort hätte auftauchen wollen. Da hat er nämlich nicht im Traum daran gedacht, der Faltenhuber, sich therapieren zu lassen.

Wenn du schwul bist, dann hast du weiter ja keine großen Probleme, dich mit Gleichgesinnten zu treffen. Weil jetzt, wo sogar hochrangige Bundespolitiker sich zu ihrem Schwulsein bekennen und sogar ihren Partner ehelichen dürfen, da darfst du als Stadtrat natürlich auch und so. Aber das hat dem Faltenhuber wenig gebracht, weil ausgerechnet schwul bei seinen sexuellen Vorlieben nicht aufgelistet.

Vermutlich war die Anzahl der Kerzenstifter gegen ein Therapiezentrum für Pädophile in der Innenstadt zu übermächtig, als dass der Faltenhuber noch den Hauch einer Chance gehabt hätte, seine Vorstellungen durchzusetzen. Da hätte der Heilige Florian schon selbst zu Lebzeiten pädophil gewesen sein müssen, dass der Faltenhuber sich gegen die Kerzenstifter hätte durchsetzen können.

So ist es dann auch dabei geblieben, in der Innenstadt die Pädophilenkonzentration nicht zu erhöhen, auch nicht zeitweise.

Und, sei doch einmal ehrlich, Pädophile können nur therapiert werden, wenn sie um sich herum auch ihre Lustobjekte laufen sehen. Alles andere wäre blanke Theorie, und die Praxis würde sie dann wieder in zwanghafte Handlungen zurückversetzen. Und, in der Innenstadt, da kaum noch junge Familien, also auch kaum Kinder. Schulkinder tagsüber vielleicht ab und zu schon eher, aber eben nur tagsüber, wenn alle Straßen belebt und so.

Aber in den Außenbezirken, da Konzentration von Kindern viel höher. In den Außenbezirken auch überall Kindergärten und Grundschulen. Wenn du da als Pädophiler unterwegs bist, dann kannst du die an dir begonnene Therapie quasi optimal umsetzen und direkt in der Nachbarschaft den Teufel mit dem Belzebub austreiben.

In seiner Eigenschaft als Organisator von der ganzen Sache, da war der Faltenhuber wenig beeindruckt von irgendwelchen Bürgerbedenken, weil die gibt es praktisch immer, egal was in Planung ist. Und ein guter Politiker ist schließlich dazu da, Zeichen und nicht jedes Gemeckere auf die Tagesordnung zu setzen!

Im Prinzip sind in Wirklichkeit quasi fast alle Bürger mit allem einverstanden, egal ob es sich um eine neue Strafvollzugsanstalt handelt, einen Flugplatz, einen Spielsalon, einen Sexshop oder ein Bordell. Nur in ihrer Nähe sollte es nach Möglichkeit nicht sein. Aber dafür gibt es schließlich den Heiligen Florian. Zumindest in Bayern! Im protestantischen

Norden der Republik, da haben's die Bürger nicht so einfach, weil Schutzheilige eher Mangelware. Vielleicht zieht es ja auch deshalb so viele von denen in den deutschen Süden nach Bayern.

Vielleicht war es Zufall, aber die Wahl auf den Standort ist zuletzt auf einen Stadtteil gefallen, in dem relativ wenige Katholiken. Und, du wirst es dir schon denken, in den anderen Stadtteilen sind schon lange nicht mehr so viele Kerzen zu Ehren des Heiligen Florians angezündet worden. Da siehst du wieder einmal, was Kerzen so alles bewirken können, zumindest im katholischen Raum!

Wenn sich die Pädophilen, man rechnete mit 120 bis 140 Männern jährlich, Frauen scheinen da eher absolute Exoten zu sein, wenn sich diese Pädophilen in Zukunft in Regensburg therapieren lassen würden, dann würde das zwar nicht nahe der Schnupfe passieren, aber es würde passieren. Und das war dem Faltenhuber am Ende wichtiger, als einen Sieg über eine Ortsentscheidung davonzutragen.

Weil, eines musst du wissen, der Faltenhuber nur am Kontakte schließen interessiert. Und die kannst du auch in einem Außenbezirk von Regensburg schließen. Natürlich hat der Faltenhuber auch schon einschlägige Kontakte übers Internet und so. Aber seit einige Kreise in Regensburg ein etwas zu scharfes Auge auf ihn, seitdem musste der Willi andere Wege wählen. Immerhin wurde von der Kripo schon einmal sogar die Festplatte von seinem privaten PC überprüft. Zum Glück hatte er sich damals gerade einen neuen Rechner gekauft und der war quasi noch jungfräulich. Beim alten hatte er sich einen irreparablen Virus eingefangen. Bevor er ihn am Wertstoffhof beim Elektroschrott abgegeben hatte, hat er ihn sicherheitshalber vorsichtig mit seinem Range Rover überfahren. Vorsichtig deshalb, damit der Range Rover keinen Schaden genommen hat.

Und auf die Kontakte mit den Pädophilen, da hat sich der Faltenhuber mehr als nur gefreut. Mit dem Arzt und den beiden Psychologen, die das Projekt in der Praxis durchführen würden, mit denen hat er schon gesprochen. Er möchte gerne an einigen Gruppensitzungen mitmachen. Offiziell natürlich! Nicht, weil er etwa pädophil oder so. Nur damit er letztendlich auch mitbekäme, welchem Ziel sein organisatorischer Einsatz diente. Und natürlich, weil er in kommenden Stadtratssitzungen auch darüber referieren möchte.

Normalerweise keine Teilnahme eines Nichtpädophilen erwünscht, weil Arztgeheimnis und so. Aber das mit dem Arztgeheimnis, das in diesem Zusammenhang ohnehin etwas lockerer, weil in einer Gruppe automatisch Geheimnislüftung. In diesem Zusammenhang sogar Teil der Therapie!

Und gerade darauf hat der Willi Faltenhuber spekuliert. Weil seine persönlichen Neigungen, die waren ihm spätestens seit diesem Erotikurlaub bewusst. Jetzt ging es ihm nur noch darum, Möglichkeiten zu finden, sie hier in Regensburg ausleben zu können. Weil, wer kann es sich wegen so einer Neigung schon leisten, jedes Mal einen Flug um die halbe Welt zu buchen? Und die Therapieanwärter würden ihm da ganz unbewusst sicher den einen oder anderen Tipp geben!

In der Gesandtenstraße
(Kapitel 21)

»Hallo meine Herren!«, begrüßte die Frau Maierhofer die beiden Kriminaler, die gleich nach ihrer Rückkehr nach Regensburg ins Büro vom Faltenhuber gefahren sind.

»Es tut mir leid, aber der Herr Stadtrat hat dringend nochmal schnell in seine Wohnung in der ehemaligen Schnupftabakfabrik müssen. Wenn Sie bitte einstweilen Platz nehmen wollen. Er dürfte in wenigen Minuten wieder hier sein«, sagte die Sekretärin vom Faltenhuber noch und zeigte dabei auf zwei Stühle, die sonst vermutlich Wartenden beim Parteiverkehr als Sitzgelegenheiten dienten. Natürlich hätte der Faltenhuber seine Bürgersprechstunde auch andernorts abhalten können. Aber hier im Büro seiner Firma war es für ihn zeitsparender.

»Danke!«, brummte der Köstlbacher, verärgert, weil er seine Zeit besser genutzt wissen wollte, als hier rumzusitzen, bis sich der noble Herr Stadtrat für die Kripo Zeit nehmen würde. »Hatten Sie mir am Telefon nicht versichert, der Herr Stadtrat wäre hier?«, fragte er daher nach, obwohl er natürlich wusste, dass die Sekretärin für die Abwesenheit ihres Chefs nichts konnte.

»Er war hier und wollte auf Sie warten! Aber dann kam noch ein Anruf. Irgendwas mit Wasserrohrbruch in der Schnupfe oder so. Ich habe den Anrufer gleich zu ihm durchgestellt. Jedenfalls ist er sofort losgestürmt. Er hat mir aber noch gesagt, dass er sich melden würde, falls es doch länger dauern sollte«, sagte die Maierhofer.

»Und, hat er sich gemeldet?«, fragte der Köstlbacher.

»Eben nicht! Drum wird er auch jeden Moment wieder zurück sein. Vermutlich wollte er nur nachsehen, ob seine Wohnung mit betroffen ist. Darf ich Ihnen inzwischen einen Kaffee anbieten?«

«Danke! Gerne! Einmal schwarz, bitte!«, antwortete der Köstlbacher.

»Und einmal *›con tuti‹*!«, fügte der Liebknecht lächelnd hinzu, weil gerne *›multi kulti‹* und nicht nur *›französisch‹*.

Die beiden Kriminaler hatten sich noch nicht lange auf den ehrlich gesagt ziemlich unbequemen Stühlen niedergelassen, der Liebknecht begann gerade in einer Illustrierten zu blättern, da klingelte dem Köstlbacher sein Handy.

»Was ist denn jetzt schon wieder los?«, fragte er mehr sich selbst als den Liebknecht, der sich anscheinend von Null auf Hundert in einen Artikel über Promis vertieft hatte. »Hab' der Klein doch ausdrücklich Bescheid gegeben, dass ich nicht gestört werden will!«

»Ja!«, fragte er etwas grob, weil er an der Nummer sah, dass es, wie vermutet, tatsächlich die Klein war, die ihn anrief. »Was gibt's?«

»Nichts Erfreuliches, Chef!« antwortete die Klein. »Ein Toter in der Schnupfe! Sie wissen schon, das Appartementhaus in der ehemaligen Schnupftabakfabrik.«

»Wer?«, fragte der Köstlbacher nur knapp, weil er schon so eine Vorahnung hatte.

»Die junge Frau behauptet, der Tote ist der Stadtrat Faltenhuber. Sie war gerade in der Innenstadt unterwegs und wollte auf einen Sprung bei ihm vorbei schauen. Da fand sie die Türe zu seiner Wohnung offenstehend«, berichtete die Klein. »Eine Fußstreife ist schon dort. Sie war gerade in der Nähe, als der Anruf der Frau in der Notrufleitstelle einging.«

»Eine Einheit zum Absperren, Spurensicherung und das ganze Pi-Pa-Po! Wir sind in ein paar Minuten da!«, reagierte der Köstlbacher sofort in gewohnt professioneller Art.

»Hast du nichts Besseres zu tun, als diesen Stuss zu lesen? In der Schnupfe gibt's eine Leiche! Und so wie's aussieht ist's unser Freund, auf den wir hier warten sollen!«, fuhr er den in seine Promilektüre versunkenen Liebknecht an.

Bestimmt kannst du dir vorstellen, wie sich die Maierhofer gewundert hat, als der Köstlbacher und der Liebknecht durch die Türe des Wartezimmers gestürzt kamen und dem Ausgang zustrebten, während sie gerade mit dem gewünschten Kaffee im Anmarsch war.

»Sie gehen schon? Was soll ich dem Chef sagen?«, fragte sie.

»Es wird Ihnen schon was einfallen!«, meinte der Köstlbacher im Gehen. »Und danke für den Kaffee!« Dass die Maierhofer ihrem Chef nie mehr etwas würde sagen müssen, das behielt er im Augenblick aber noch für sich.

»Bitte!«, antwortete die Maierhofer, die nicht wusste, was sie von den beiden Kriminalern halten sollte.

Der Liebknecht konnte sich schon gar nicht mehr daran erinnern, wann er das letzte Mal mit Blaulicht und Martinshorn durch Regensburg gerast ist. Nicht, dass du dir jetzt denkst, das hat dem Liebknecht so richtig Spaß gemacht. Genau das Gegenteil war nämlich der Fall. Wenn du da bei so einem Einsatz einen Unfall baust, dann hast du ganz schön viel Ärger am Hals. Weil eine Mitschuld bekommst du fast immer. Das einzig Gute bei so einer rasanten Fahrt ist höchstens, dass die Kollegen vom Verkehr keine Anzeige stellen konnten, auch wenn das geblitzte Foto noch so scharf war.

Diesmal waren nur zwei Streifenpolizisten am Tatort. Der eine kümmerte sich um die völlig verstörte junge Frau, die in der Wohnung vom Faltenhuber kreidebleich auf dem Sofa saß. Der andere erwartete die beiden Kriminaler an der Wohnungstüre, froh, endlich abgelöst zu werden.

»Aha, die Herren vom Verkehr!«, lächelte der Köstlbacher trotz der ernsten Situation, weil er natürlich sofort bemerkt hat, wie sehr den beiden ihr unfreiwilliger Einsatz hier an die Nieren ging.

Bestimmt kannst du es dir schon denken, um welche Polizisten es sich hier gehandelt hat. War zwar ein fast unglaublicher Zufall, aber es sind tatsächlich die beiden gewesen, die dem Köstlbacher damals den Strafzettel in der Fahrradsache verpasst haben. Unter anderen Umständen hätte der Köstlbacher sich bei ihnen liebend gerne revanchiert für ihr arrogantes Gehabe damals an der bewussten Ampel. Doch dazu war hier weder die Zeit, noch der geeignete Ort dazu. Aber es tat immerhin gut, zu sehen, wie die beiden jungen Polizisten die Sache hier mitnahm. Ist eben doch ein Unterschied, einen Verkehrstoten sehen zu müssen oder einen, der erschossen in seinem Blut vor einem liegt und dich dabei noch mit offenen, glasigen Augen anstarrt.

Und erschossen hatte man den Faltenhuber. Das war zweifelsfrei zu sehen. Die Kugel hatte ihn mitten in die Brust getroffen und vermutlich eine Schlagader zerfetzt, weil viel Blut übers Hemd gequollen war. Beim Hinfallen hatte der Faltenhuber offensichtlich noch versucht, sich an einem Stuhl festzuhalten, was ihm aber nicht gelungen ist. Der Stuhl lag umgerissen neben ihm, zusammen mit einer Stehlampe, nach der der Faltenhuber mit seiner anderen Hand gegriffen haben muss. Auf einen Kampf schien trotz der Unordnung, die der

Sturz des tödlich getroffenen Stadtrats verursacht hat, zumindest auf den ersten Blick nichts hinzuweisen.

Nicht, dass der Köstlbacher ein besonderes Bedauern empfunden hätte, wie er den toten Willi Faltenhuber da so vor sich in seinem Blut liegen sah. Dass er aber nicht mehr mit ihm hat sprechen können, das wurmte ihn schon sehr.

Bis die komplette Belegschaft anwesend war, die nach einem Mord Tatort und Leiche in ihrem Arbeitsprogramm haben, vergingen nur wenige Minuten. Wenn du so etwas erlebst, dann kommt dir unweigerlich der Verdacht, dass in Regensburg Spurensicherung, Notarzt, Bestattungsinstitut und so weiter ähnlich der Feuerwehr quasi schon auf Abruf warten, bis endlich wieder mal was passiert. Entsprechend gut gelaunt waren sie auch alle, weil die Warterei auf Dauer eher langweilig. Und anders, als bei der brutalen und allen unverständlichen Bluttat an der jungen Doris, war hier auch die Arbeit nicht vom Gefühl der Trauer überdeckt. Den Mord an der Doris, den wollte damals niemand so recht begreifen. Aber den am Willi Faltenhuber! Nicht dass ein Mord nicht grundsätzlich schlimm wäre, aber manche Menschen, wenn's die erwischt, dann höchstens Krokodilstränen. Und der Faltenhuber, der ganz sicher so ein Mensch!

Der Köstlbacher wollte noch mit der jungen Frau, einer Nicole Mader reden, die den Faltenhuber gefunden hat. Aber vorläufig hat er sich mit ihrem Namen und ihrer Adresse zufrieden geben müssen. Der Amtsarzt Dr. H. Grander, der gleich um die Ecke im Regierungsgebäude seinen Dienst tut, der war noch vor der Gerichtsmedizin da und stellte fürs Protokoll den Tod vom Faltenhuber fest. Und weil es der Nicole Mader gar nicht gut ging, hat der Dr. Grander sich auch gleich noch um die junge Frau gekümmert und ihr eine

Beruhigungsspritze gegeben. Kann sein, es hat daran gelegen, dass so ein Amtsarzt nicht mehr die nötige Praxiserfahrung hat, jedenfalls ist die Spritze dosierungsmäßig etwas zu hoch ausgefallen. Und so war es am Ende dann nicht mehr möglich, aus der Mader noch irgendwas Vernünftiges herauszuholen.

»Und?«, fragte der Köstlbacher den Liebknecht, der gerade von den Nachbarwohnungen zurückkam, wo ihn sein Chef hingeschickt hatte. Er sollte dort nachfragen, ob jemand einen Schuss gehört oder zumindest irgendwelche verdächtigen Wahrnehmungen gemacht hätte.

»Fehlanzeige! Nichts! Nur in einer Wohnung war jemand zu Hause. Ein freiberuflicher Fachinformatiker! Fehlanzeige aber auch bei ihm!«, sagte der Liebknecht. »Hat nichts gehört und nichts gesehen. Sogar auf mein Läuten an seiner Wohnung hat er erst beim dritten Mal reagiert. Kein Wunder, weil der mit Kopfhörern vor seinem PC gesessen hatte und am Programmieren war!«

»Einen Schuss hätte der bestimmt trotzdem hören müssen! Tippe auf Schalldämpfer. Lässt sich aber an der Kugel zweifelsfrei erkennen«, meinte der Köstlbacher. »Denke, morgen werden wir das Ergebnis der Untersuchung vorliegen haben.«

»Hast du eine Ahnung, warum jemand den Faltenhuber erschossen hat?«, fragte der Liebknecht.

»Ahnung? Ich kann mich vor Ahnungen nicht retten. So viel Dreck wie der am Stecken hatte, da wird es nicht so einfach sein, eine Verbindung zwischen ihm und irgendeinem seiner Bekannten herzustellen, wo nicht auch gleichzeitig ein Motiv zu finden wäre«, antwortete der Köstlbacher.

»Aber gleich ein Mord? Verärgert hat der Faltenhuber eine ganze Reihe von Leuten, manche mehr, manche weniger.

Das ist allgemein bekannt. Aber wird man deswegen gleich ermordet? Da müssten vermutlich ein paar andere Stadträte auch dran glauben!«, meinte der Liebknecht vermutlich nicht ganz zu unrecht.

»Kann sein, dass du Recht hast. Mir geht da nur diese Pädophilengeschichte nicht aus dem Kopf. Was ist, wenn der Faltenhuber da nicht nur als Organisator mit dringesteckt hat?«, fragte der Köstlbacher.

»Pädophile vergreifen sich an Kindern, Chef! An einen ausgewachsenen Mann würden sich diese feigen Schweine nie heranwagen!«, meinte der Liebknecht.

»Hm!«, antwortete der Köstlbacher einsilbig. »Fahr' mich zurück ins Präsidium! Wir werden hier nicht mehr gebraucht und ich muss überlegen!«

Dass der Köstlbacher im Moment nur den einen Wunsch hatte, an seiner Pinnwand seine Gedanken zu ordnen, das sagte er nicht, weil der Liebknecht ihn wegen seiner Pinnwand schon ein paar Mal aufgezogen hatte.

»Und bring raus, wo dem Faltenhuber seine Ex-Frau wohnt! Sie muss informiert werden! Über sie erfahren wir auch am schnellsten, ob es noch Angehörige vom Faltenhuber gibt und so. Und die Maierhofer! Sie sollte vom Tod ihres Chefs auch durch uns informiert werden! Schnapp dir den Pirzer und die Koch! Die beiden sollen dir helfen!«, ordnete der Köstlbacher an.

»Was ist mit der Presse?«, fragte der Liebknecht. »Da stehen jetzt schon ein paar von diesen Aasgeiern vor der Tür unten auf der Gesandtenstraße. Ein Mord zieht die an wie Fleisch die Fliegen!«

»Vertröste sie noch ein paar Stunden! Frag erst den Dr. Huber! Denke nicht, dass wir vor der Presse diesmal was zu verbergen haben. Aber du kennst ja den Dr. Huber! Der denkt gerne anders. Soll der entscheiden!«, antwortete der Köstlbacher.

Vergeltung

(Kapitel 22)

Offensichtlich hatte der Dr. Huber grünes Licht für die Presse gegeben. Der Mörder, wer auch immer es gewesen sein mag, wollte seine Tat nicht vertuschen. Er wusste, dass sein Opfer nicht lange unentdeckt in der Wohnung in der Schnupfe liegen würde, weil immer irgendjemand den Willi dort besuchen kam. Und dieser Jemand konnte unerwartet schnell kommen. Er würde nicht nur auf einen erschossenen Stadtrat treffen sondern auch ihn selbst noch hier vorfinden. Darum steckte der Mörder sofort nach der Tat seine Waffe weg, unsichtbar für Passanten, die ihm unten auf der Straße begegnen konnten. Er verbarg sie unter seiner Jacke und verließ umgehend den Tatort. Gerne hätte er sich hier noch umgesehen, wäre dabei sicher noch auf das eine oder andere Dokument gestoßen, das sein Wissen um den Stadtrat Faltenhuber und seine Aktivitäten erweitert hätte.

Anonym an die Presse weitergeleitet, wäre endlich einmal der Öffentlichkeit klar geworden, wen sie da zum Stadtrat gewählt hatten. Und, man würde seine Tat dann verstehen! Man würde ihm insgeheim sogar für diese Tat danken!

Beinahe hätte er sie umgerannt bei seinem ersten Schritt hinaus in die Gesandtenstraße. Niemand hatte ihn im Haus gesehen! Die Gänge zu den einzelnen Wohnungen waren leer gewesen. Nicht, dass er eine Begegnung hätte scheuen müssen! Man geht aneinander vorbei, murmelt ein ›*Hallo!*‹, oder sagt auch gar nichts. Mehr Kontaktpflege wohl kaum. Man spricht sich an, wenn man sich kennt, man ignoriert sich und vergisst sich, noch bevor man sich registriert hat, wenn man sich nicht kennt.

»Danke!«, sagte die junge Frau zu ihm, als er ihr die Tür von der Straße hinein zur Schnupfe aufgehalten hatte.

Es war eine reine Reflexhandung gewesen, ihr die Türe aufzuhalten. Du kannst so etwas nicht steuern. Wenn du dein Leben lang gute Manieren und so, dann kannst du nicht plötzlich schlechte Manieren, nur weil du kurz vorher jemanden erschossen hast. Und dabei machst du auch keinen Unterschied, ob junge Frau oder alte Frau. Auch wenn dir das manchmal böse Zungen nachsagen. Du bist höflich und zuvorkommend. Mag sein eine Idee zuvorkommender bei Personen, die dir freundlich ins Gesicht schauen. Mag sein!

Sie konnte es nicht wissen, die junge Frau, dass er soeben kaltblütig einen Mord begangen hatte. Sie konnte erst recht nicht wissen, dass er diesen Mord aus Überzeugung begangen hatte und jetzt eher ein befreites, denn ein belastendes Gefühl hatte.

Drum lachte sie ihn auch an, während sie sich bedankte. Sie schenkte ihm ein freudiges, strahlendes Lächeln, so wie du es nur jemandem schenkst, der dir mit einem ebensolchen Ausdruck im Gesicht begegnet.

Hätte er sich schuldig gefühlt, bestimmt hätte er sich nun auf seinem Weg durch die Gesandtenstraße zum Neupfarrplatz immer wieder umgesehen, umgesehen, um festzustellen, ob ihn auch niemand verfolgt, umgesehen, um nach Blicken zu forschen, die ihn anstarren könnten, weil er sich durch seine Tat stigmatisiert gefühlt hätte.

Aber er fühlte sich nicht schuldig. Im Gegenteil!

Er war kein Typ, der ein Lied vor sich hinpfeift. Beim Pfeifen kam selten ein Ton zustande, der auch nur einen des gewünschten Liedes traf. Darum ließ er es sein, begnügte sich mit einem freudigen Durchatmen der würzigen Sommerluft und legte, obgleich nicht wirklich in Eile, eher aus Freude am Leben, einen Schritt zu und befand sich wenige Minuten später schon am Dachauplatz. Dort entschied er sich aus zweierlei Gründen, den Weg zum Villapark über die Donaulände zu nehmen. In der Donau würde er seine Waffe entsorgen können. Um diese Tageszeit waren kaum noch Touristen dort unten unterwegs. Auch die Alten vom Elisabethinum waren zum Abendessen schon zurück in ihr Seniorenheim geschoben worden. So konnte er ungestört das Wasser der Donau beobachten, das stetig dahinfließende Wasser, das so viel schon gesehen hatte und doch nie etwas davon preisgab. Er würde dem Wasser berichten von der Vergeltung, die er geübt hatte, damit es besänftigt weiterfließen konnte. Und im Villapark würde er die Kühle und Ruhe des hereinbrechenden Abends auf einer Parkbank genießen.

Nicole Mader

(Kapitel 23)

Nicole mag 22, vielleicht 23, höchstens jedoch 25 Jahre alt gewesen sein. Zumindest wirkte sie so auf mich, als ich ihr Bild schon am Tag nach der Ermordung vom Stadtrat Willi Faltenhuber in der Mittelbayerischen Zeitung gesehen habe.

Bei allen eitlen Gefühlen, die junge, hübsche Frauen empfinden mögen, wenn sie sich in Großformat in der Zeitung abgedruckt wieder finden, um diese Publizierung hat die Nicole Mader bestimmt niemand beneidet.

Dabei hatte der Tag für die Mader so gut begonnen. Durch eine Künstleragentur ist sie erfolgreich als Schauspielerin an das Stadttheater in Regensburg vermittelt worden. Gut, der Willi hat in seiner Eigenschaft als Kulturreferent ein wenig mitgemischt. Aber sei doch einmal ehrlich, ohne Vitamin B geht heutzutage doch gar nichts mehr. Wenn da denen von der Agentur nicht jemand zu Hilfe käme, wie sollten die denn herausfinden, welche Qualitäten gerade sie, die unbekannte Nicole Mader, von den anderen 2000 Bewerbern abhebt? Ich meine, der Willi Faltenhuber, der ist einfach ein Ass auf seinem Gebiet! Der hat die Nicole weinend, weil ohne Job und so, in einer Bar kennen gelernt, sich spontan um sie gekümmert und quasi schon am nächsten Morgen gewusst, aus welch edlem Holz die Mader geschnitzt und so.

Dass der Faltenhuber nach seiner ersten Wahl zum Stadtrat das Kulturreferat bekommen und es bis heute inne hat, das sagt doch alles aus! Kein anderer von den übrigen Stadträten hatte ein so großes Herz für die Kunst, keiner verstand so viel von ihr und konnte so gut mit diesen in der Regel doch etwas anderen Leuten umgehen.

Gestern war dann ihr erster Tag im Stadttheater, ihre erste Probe für das Schauspiel ›*Tannöd*‹, das in der nächsten Spielsaison wegen der großen Nachfrage noch einmal aufgeführt werden sollte. Ihre Rolle war keine tragende, aber immerhin eine Rolle, eine Rolle im Rahmen eines festen und vertraglich abgesicherten Engagements für zunächst eine Saison. Und zur Feier des Tages wollte die Nicole Mader ihren Gönner überraschend besuchen, ein Glas Champus mit ihm trinken und so, sich bei dem Willi eben einfach lieb bedanken.

Weil, eines musst du wissen, die Mader keine von denen, die ohne Benimm! Wenn der einer den kleinen Finger, dann hat ihm die Mader die ganze Hand! Nein! Nicht was du denkst! Sie hat ihm zum Dank ihre ganze Hand hingestreckt, nicht die seine genommen! Und weil so eine Hand oft nicht den Druck wert, den sie hergibt, da hat die Mader noch alles drauf gelegt, wonach es so einen Mäzen gelüstet.

Bisher ist die Nicole Mader damit recht gut gefahren in ihrem jungen Leben. Hat bestimmt auch daran gelegen, dass in fast allen Städten das Kulturreferat fest in männlicher Hand und die Herrn Kulturreferenten am liebsten in Stammkneipen verkehren, wo sie ihre Schützlinge antreffen, wo sie sich von denen anhimmeln lassen können und wo sie jeder leicht finden kann, auch eine Nicole Mader. Ein bisschen eher da sein, ein bisschen weinen vorab, wozu war man schließlich auf der Schauspielschule?

Aber, ich hab's ja schon erwähnt, die Mader keine von denen, die nur ihren Nutzen und so. Die Mader hat Anstand und weiß, was sich gehört. Drum der Gang gestern zum Faltenhuber. Bestimmt hatte der einen guten Champagner in seinem Kühlschrank, der ihrer Dankbarkeit geopfert werden könnte.

Gedacht und ein wenig sogar befürchtet hat die Mader schon, dass der Willi um diese Zeit noch nicht da sein würde. Sie hätte ihn anrufen können. Aber wo bliebe dann die Überraschung? Einen Versuch war's jedenfalls wert und notfalls hätte sie eben noch ein wenig in einem der umliegenden Cafés auf den Herrn Stadtrat gewartet und später noch einmal vorbeigeschaut.

*

Und dann dieser Schock! Im Theater, da bist du ja einiges gewohnt, weil ein Toter quasi in jedem Stück Minimum, egal ob Oper oder Schauspiel. Höchstens die Operette macht da eine Ausnahme, aber vielleicht wird die ja auch gerade deshalb von vielen Leuten nicht so ernst genommen.

Aber dann doch der große Unterschied, ob inszenierter Tod mit auswaschbarem Farbstoff, weil die finanzielle Theatersituation keine Einwegkleidung im Budget, oder ob richtiges, echtes, frisches Menschenblut. Eigentlich hätte der Schock nach der Entdeckung dieser Bluttat die Nicole Mader zum Umfallen bringen müssen, zumindest zum hysterischen Schreien. Das waren auch wirklich ihre ersten Gedanken, ich meine, dass sie jetzt laut Drehbuch bestimmt umfallen oder schreien müsste. Weil so eine Vollblutschauspielerin, die eben nicht nur auf der Bühne im Beruf, die quasi immer Schauspielerin. Und darum natürlich auch immer professionelle Gedanken, welche Reaktion richtig und vor allem publikumswirksam. Aber der Schock hat vermutlich ihre Professionalität gehemmt. Und weil sie heute schon einige Seiten von ihrer neuen Krimilektüre verschlungen hat, so einen Thriller einer amerikanischen Autorin, wo nach jedem Mord die Leichen fachgerecht vom Killer ausgeweidet werden, da vermisste sie in einem zweiten Gedanken den Eisengeruch, den frisches Menschenblut angeblich verströmt, wenn es aus der tödlichen Wunde über die Kleidung und auf den Fußboden sickert. Dieses Detail würde sie sich merken und einen entsprechenden Leserbrief auf die Homepage der amerikanischen Autorin setzen. Offensichtlich wurde man da als Leser ganz schön verarscht. Kann so eine Autorin leicht machen! Weil, wer ist schon in der Lage, zu überprüfen, ob das mit dem Eisengeruch stimmt?

Schön war der Anblick vom Stadtrat Willi Faltenhuber nicht. Am allerwenigsten schön waren seine offenen Augen, die, obwohl durch den Tod gebrochen und leicht glasig, ein Erstaunen ausdrückten, ein Nichtglaubenwollen.

Da möchtest du meinen, wenn einer das Zeitliche gesegnet hat, dann erschlafft seine gesamte Muskulatur, also auch die in seinem Gesicht. Es ist seltsam, aber die im Gesicht scheint sich mit dem Eintritt des Todes nicht zu verändern. Als wollte es den Lebenden noch etwas erzählen, das nur noch jetzt erzählt werden kann. Quasi Möglichkeit zu einer letzten non verbalen Kontaktaufnahme!

Als später der Köstlbacher diesen Gesichtsausdruck gesehen hat, da war er schon nicht mehr so klar. Aber ein guter Kriminaler, der kann so einen Gesichtsausdruck auch nach einigen Stunden quasi noch zurückrechnen. Die jungen Kripobeamten, die können das heutzutage nicht mehr, weil die zum Zurückrechnen immer PC-Programm und so. In 100 Jahren werden vielleicht nur noch dreidimensionale digitale

Fotos in einen PC eingespeist und das Programm übernimmt dann die ganze Ermittlungsarbeit. Das aber frühestens in 100 Jahren! Bis dahin immer noch Kriminalerverstand und Intuition gefragt!

Die Nicole Mader hat diesen Gesichtsausdruck aber falsch interpretiert. Sie hat eher gemeint, der Willi wäre erstaunt darüber, dass sie hier aufkreuzt, gerade jetzt, wo sie doch etwas ungelegen käme.

»Ich geh' schon! Bin schon wieder fort!«, sagte sie darum zum ermordeten Faltenhuber, hat sich umgedreht und ist aus der Wohnung hinaus auf den Hausflur geeilt. Dort hat sie dann zu ihrem Designerhandy gegriffen, ein Teil, das ihr der Kulturreferent ihres letzten Engagements in Würzburg geschenkt hatte, damit sie ihn und er sie zu jeder Stunde und so. Würzburg war passé, aber das Handy war noch da!

Nach dem Anfunken der Notrufleitstelle wartete sie noch vor der Wohnung auf das Eintreffen der Polizei. Und weil jetzt quasi Szenenwechsel, da ist sie kurz darauf in Ohnmacht gefallen. Ein Arzt, den die Polizisten schnell herbeorderten, der gab ihr nach dem Erwachen aus ihrer Ohnmacht eine Beruhigungsspritze. Und weil der nicht wissen konnte, dass sie in Wirklichkeit nur eine drehbuchmäßig zu erwartende Ohnmacht und im Grunde genommen eigentlich in Ordnung, drum seine Injektion auch eine etwas überzogen krasse Wirkung.

Die Nicole Mader versank also erst einmal in einen Dämmerzustand, wie sie seit ihrem letzten Trip keinen mehr gehabt hat.

Mehr Professionalität bitte!

(Kapitel 24)

Sicher wartest du schon lange darauf, dass sich irgendwann der Dr. Huber, der Abteilungsleiter aller Beamten der Kripo Regensburg, dass der beim Köstlbacher aufkreuzt und wieder einmal so richtig Ramba Zamba macht. Vermutlich hätte der Dr. Huber das auch schon lange getan. Aber der Dr. Huber hatte seit ein paar Wochen echten Ärger wegen erneuter Umstrukturierungspläne des Ministeriums, sodass er seine Abteilung ›*Mord und Totschlag*‹ unbeabsichtigt stiefmütterlich behandelte.

Nicht, dass es dem Köstlbacher was ausgemacht hätte, wenn sich der Dr. Huber einmal länger nicht in seinem Büro blicken ließ. Weil, eines musst du wissen, der Köstlbacher seinen Laden perfekt im Griff, mit oder ohne einer ständigen Gängelung vom Boss. Und genau genommen, hat das der Dr. Huber auch gewusst. Aber da musst du als Boss weit nach oben kommen, bis irgendwann einmal kein Boss mehr über dir. Und so hat der Dr. Huber natürlich irgendwo da oben in der Regierung auch wieder einen Boss. Wenn bei dem nicht ständig Erfolgsmeldungen für eine schöne Statistik eintrudeln, dann steht auch so ein Dr. Huber ganz schön unter Druck. Ganz zu schweigen von dem Druck, den die Staatsanwaltschaft tagtäglich auf ihn ausübt.

Bestimmt erinnerst du dich noch an den guten alten Dampfdrucktopf, in dem deine Mutter die Kartoffeln gekocht hat. Wenn da der Innendruck durch den Dampf zu hoch geworden ist, weil deine Mutter den Herd zu heiß eingestellt hat, dann hat sich das Ventil geöffnet und der Überdruck ist mit lautem Getöse entwichen.

Und genau so hat sich das auch beim Dr. Huber angehört, wenn der wieder einmal beim Köstlbacher Druck ablassen wollte, damit er selber keinen inneren Schaden davon trug, der sein beginnendes Burn Out nur noch beschleunigt hätte.

Und genau so hat es sich auch diesmal wieder angehört, nachdem der Dr. Huber nach mehrwöchiger Absenz endlich doch wieder einmal im Arbeitszimmer vom Köstlbacher aufgekreuzt ist. Selbstverständlich ohne Anmeldung durch die Klein, weil ein Dr. Huber durch so ein Vorzimmer einfach hindurchstürmt, ohne der Sekretärin auch nur den Hauch einer Chance zu geben, ihren Chef vorzuwarnen.

»Was soll das, Köstlbacher?«, hat der Dr. Huber ohne jeden Gruß seinen verbalen Angriff gestartet.

»Hallo, Herr Dr. Huber!«, antwortete der Köstlbacher, weil ihn sein Chef so aus seinen Gedanken gerissen hat, dass er momentan nicht wusste, was er anderes sagen sollte.

»Ersparen wir uns die Förmlichkeiten! Beantworten Sie lieber meine Frage!«

So ein Gehabe, damit kannst du einem Kriminalkommissar Köstlbacher nicht kommen, auch nicht, wenn du sein Boss und so. Drum der Köstlbacher sofort Schaltung auf begriffstutzig.

»Was soll was?«, fragte er, obwohl ihm natürlich klar, worauf der Dr. Huber hinaus wollte.

»Am 1. Mai wurde eine junge Dame im Villapark ermordet! Am 1. Mai! Und? Ist Ihnen klar, welches Datum wir heute haben? Was haben Sie bisher rausbekommen? Nichts! Nichts, was ich der Presse oder dem Staatsanwalt melden könnte. Stattdessen flattert mir die Nachricht eines weiteren Mordes in Regensburg auf den Tisch! Und weil es ein Mord an einer Person nicht tut, für die sich niemand interessiert, diesmal gleich einer an einem Stadtrat! Also, was soll das? Etwas mehr Professionalität, wenn ich bitten darf!«, polterte der Dr. Huber weiter.

»Tut mir leid, Chef! Der Mord am Herrn Faltenhuber war nicht vorhersehbar. Allerdings besteht die Möglichkeit, dass er mit dem ersten in Verbindung steht«, sagte der Köstlbacher.

»Na toll! Schön, dass ich das auch erfahre!«, schimpfte der Dr. Huber halb verärgert, halb gekränkt, weil er nicht auf dem neusten Stand der Dinge.

»Sie wissen, dass ich Sie regelmäßig über alles informiere. Aber diese äußerst aktuelle und noch wenig abgesicherte Vermutung, der wollte ich erst noch etwas nachgehen.«

»Tun Sie das! Tun Sie das! Wie es scheint wird hier allerdings allem etwas zu wenig eifrig nachgegangen!«, antwortete der Dr. Huber, womit er den Köstlbacher ganz schön getroffen hat.

»Wenn Sie darauf anspielen, dass wir, was den Mord am 1. Mai im Villapark angeht, nicht viel weiter gekommen sind, dann hat das nichts mit unserer Arbeitsmoral hier zu tun. Jeder tut sein Möglichstes. Aber wenn gerade mal nicht postwendend Ergebnisse vorgelegt werden können, dann fördert es auch nicht unsere Arbeit, wenn eine ganze Reihe von mir zugeteilten Kollegen als Feuerwehr in andere Abteilungen abgezogen werden!«, beschwerte sich der Köstlbacher.

»Papperlapapp!«, erwiderte der Dr. Huber und wedelte dabei abwehrend mit seiner rechten Hand durch die Luft. »Sagen Sie mir nicht, wen ich wo einzusetzen habe!«

»Werde mich hüten! Ist auch nicht mein Job! Aber ich kann hier keiner kontinuierlichen Ermittlung nachgehen, wenn ich aus Personalmangel ständig selbst unterwegs sein muss. Sie wissen sehr gut, wie wichtig es ist, von hier aus koordinieren zu können. Einzelne Ergebnisse bringen mir nichts, wenn ich sie verspätet erfahre, erst umständlich am Abend Berichte durcharbeiten muss und keine Zeit finde, das Puzzle hier zusammenzusetzen!«, wehrte sich der Köstlbacher und erhob ganz gegen seine Gewohnheit dabei seine Stimme doch etwas mehr, als es seine Absicht gewesen ist.

»Beruhigen Sie sich! Beruhigen Sie sich!«, sagte der Dr. Huber, der seinen ungerechten und cholerischen Ausbruch zu bedauern begann.

Grundsätzlich gesehen war der Dr. Huber ja ein toller Chef, der mit seiner Autorität immer hinter seinen Leuten stand. Den Strafzettel vom Köstlbacher, den hat er letztendlich auch völlig unbürokratisch vom Tisch gefegt. Aber er hatte eben diese cholerische Ader, die einem das Leben mit ihm schon manchmal zu einem Geduldspiel machen konnte. Zum Glück war sich der Dr. Huber seiner aufbrausenden Art aber durchaus selbst bewusst. Er hat es meist recht schnell gemerkt, wenn er Dampf abgelassen hatte und von dieser Dampfwolke quasi wieder runtergekommen ist.

»Wenn ich schon einmal da bin, könnten Sie mir nicht gleich eine Zusammenfassung des Ermittlungsstandes in beiden Mordfällen geben?«, fragte er den Köstlbacher, ohne sich allerdings für seine ungehobelte Polterei zu entschuldigen.

Der Köstlbacher, dem sehr wohl bewusst war, dass diese Verhaltensänderung seines Chefs sogar einer umfassenden Entschuldigung gleich kam, der Köstlbacher war gerne bereit, dem Dr. Huber seinen Wunsch zu erfüllen.

Als hätte es die Klein gerochen, dass die beiden Streithähne einen Kaffee vertragen könnten, steckte sie in dem Moment ihren Kopf durch die Verbindungstüre zu ihrem Zimmer und fragte:

»Darf ich den Herren einen Kaffee bringen?«

»Gerne!«, antworteten beide wie aus einem Mund, nahmen ob dieser spontanen Übereinstimmung für den Bruchteil einer Sekunde einen wohlwollenden Augenkontakt auf und drehten sich anschließend zur Pinnwand vom Köstlbacher um, ohne die jeder Report chaotisch oder zumindest weitaus weniger klar geworden wäre.

»Fangen wir mit dem 1. Mai an!«, sagte der Köstlbacher, redete, erklärte, redete und gestikulierte.

Der Dr. Huber unterbrach ihn kein einziges Mal. Seinen Mund öffnete er nur, als von der Klein die beiden Tassen mit wohlduftendem Kaffee gebracht wurden. Dass die Klein, die den Dr. Huber ja schon länger kannte und seine Vorliebe für Süßes ebenso, dass die Klein in der Kürze der Zeit es auch noch geschafft hatte, eine Cremeschnitte für den Dr. Huber aufzutreiben, dafür hätte sie der Dr. Huber am liebsten gedrückt.

Der Ehrlichkeit halber muss ich dir aber sagen, dass es vermutlich im ganzen Kripogebäude keinen Mann gegeben hat, der die Edith Klein nicht gerne gedrückt hätte, auch ohne Cremeschnitte. Weil die Klein einfach nur umwerfend!

Motive

(Kapitel 25)

So eine Tageszeitung, wenn du die am Morgen aufschlägst, während du nebenbei an deinem frisch vom Bäcker oder aus der Gefriertruhe geholten Croissant, was nicht zwangsläufig einen Unterschied bedeuten muss, während du also an diesem Croissant nagst und zwischendurch einen Schluck Kaffee schlürfst, da wirst du von Schlagzeilen vollgemüllt, die sich an Größe und Fettdruck zu überbieten versuchen, nur damit du sie ja nicht ungelesen überblätterst.

Klar, dass du an den Meldungen vom Tod der Doris Münzer und neuerdings die Auffindung des in seiner Wohnung erschossenen Stadtrats Willi Faltenhuber rein optisch schon gar nicht vorbeikommen konntest, weil 3 Tote nach einem Fahrgeschäftsunfall auf einem Volksfest, 25 Verkehrstote am Rückreisesonntag nach den Sommerferien in Süddeutschland und schon gar nicht die 120 Tote beim Absturz irgendeiner Airline in Kasachstan für Regensburg auch nur annähernd so bedeutsam gewesen sind. Fette Großbuchstaben daher überdimensional! Allenfalls Fußballnachrichten gleichrangig! Aber die nicht störend, weil auf anderer Seite. Leider haben die Redakteure von regionalen Tageszeitungen noch kein Rezept dafür gefunden, wie sie diese tollen und Auflage steigernden Lokalkatastrophenmeldungen besser auf die mageren Zeiten verteilen könnten.

Ich meine, das musst du dir einmal durch den Kopf gehen lassen: Montag und Donnerstag bräuchte es nicht einmal einen Tsunami, weil Fußball. Aber weil Wochenenden zum Beispiel auch bevorzugte Zeit für Familiendramen mit tödlichem Ausgang, der Montag fast immer doppelt belegt. Da hat die Presse zwischendurch gar nichts dagegen, wenn die Kripo ein/zwei Tage Informationsstopp. Weil dann auch Dienstag oder Mittwoch Stoff über für die vom ereignislosen Alltag genervten Zeitungskonsumenten.

Weil, eines musst du wissen, die Leute süchtig nach Katastrophen. Nicht, dass sie welche erleben wollen! Gott bewahre! Aber darüber lesen, wie brutal es in der Welt zugeht und wie viele sich gegenseitig die Köpfe einschlagen, das jederzeit und immer wieder gerne. Die dazugehörigen Meldungen in der Tageszeitung ersetzen vielen Erwachsenen das Lesen von einem Thriller, in dem womöglich seitenweise gar nichts Prickelndes, und in dessen Verwirrspiel um den Serienkiller sich so viele Personen einreihen, dass Stichwortzettel nötig, willst du da gedanklich noch Schritt halten.

Wenn dann einmal hier in Regensburg was passiert, dann ganz anderer Bezug! Da kennst du quasi jede Straße, jeden Platz, jedes Gebäude und jeden Winkel und bekommst am Abend das Gruseln, wenn du weißt, dass hier oder dort einer real ermordet worden ist. Unter Umständen nimmt so eine Tat, wenn sie quasi schon geschichtlich geworden, die ›*Stadtmaus*‹ mit in ihr Programm auf, in seltenen Fällen sogar das Stadttheater. Würde mich zuletzt gar nicht wundern, wenn die Bluttaten dieses Sommers eines Tages sich in diese eher seltenen Fälle einreihen würden.

Allein schon das Leben der Doris, so wie es bisher rekonstruiert werden konnte, reicht, um einen ganzen Theaterabend damit zu gestalten, zumindest dramaturgisch gesehen. Weil ein Drama, das war ihr Leben, von Anfang an.

Was als Baby mit ihr passiert ist, das wird wohl auch der Köstlbacher nicht mehr ans Tageslicht bringen können. Woher nun wirklich die Vernarbungen, die der Dr. Kroner entdeckt hat, stammten, das konnten dem Köstlbacher auch ein paar Fachärzte, von denen sich die Kripo schon öfter Auskunft in Ergänzung zu einem gerichtstauglichen Gutachten geholt hatte, nicht schlüssig sagen. Fakt war aber auf alle Fälle, dass die Doris keine wirklich schöne Babyzeit gehabt haben konnte, egal ob sich nun an ihr brutal vergangen worden ist, ob an ihr rumgespielt worden ist oder ob die Vernarbungen nur eine Reaktion ihres Körpers auf innere Entzündungen oder eine Viruserkrankung war.

Vielleicht verbrachte sie die folgenden Jahre relativ normal. Weitere Ermittlungen, vor allem im Verwandten- und Bekanntenkreis würden das hoffentlich noch klären. Was schätzungsweise in den vergangenen 10 Jahren, dem Zeitraum, den die Doris am Gymnasium verbrachte, abging, darauf würde sich in den nächsten Tagen die Arbeit der Kripo am meisten konzentrieren.

Ich kann mir gut vorstellen, dass du dich jetzt fragst, warum die Kripo erst jetzt mit Vollgas, wo die Doris doch schon am 1. Mai und so. Und da bin ich ausnahmsweise einmal ganz deiner Ansicht. Auch wenn der Köstlbacher vieles erst seit seinem letzten Besuch beim Dr. Kroner weiß. Selbst dieses komplette Obduktionsprogramm, das hätte er schon viel früher anordnen können, ja sogar sollen!

Aber eines musst du wissen, der Köstlbacher schlauer, als wir alle zusammen! Weil der Kripo und nicht Laie wie du und ich! Also sollten wir nicht jetzt schon vorschnell besserwissend urteilen. Kann gut sein, dass die Arbeit vom Köstlbacher System, viel mehr System, als es nach außen hin den Anschein hat.

Zum Dr. Huber hat er beispielsweise gesagt, dass es nichts

taugt, wenn nur auf Vermutungen hin gleich Festnahmen und so. Weil, was kommt dabei heraus? Nichts! Gar nichts! Die 24 Stunden, die du einen Verdächtigen ohne richterlichen Beschluss fest halten kannst, die sind gleich rum. Und wie willst du in 24 Stunden auf einmal handfeste Beweise für deine Bauchgefühle heranschaffen, die dem Richter reichen? Manchmal dauert es eben ein bisschen länger, bis ein Fall gelöst werden kann. Auch wenn es danach aussieht, dass es absichtlich länger dauert, damit die Mordkommission mangels adäquater Arbeit nicht wieder der Steuerfahndung beim Festplatten Durchstöbern aushelfen muss.

Aber jetzt, nach dem Mord am Faltenhuber, zumindest jetzt kann so ein Argument nur noch als blanker Unsinn bezeichnet werden, weil jetzt ein zweiter Fall. Und somit Arbeit im Überfluss! Und dabei denke ich bestimmt an keine weiteren Festplattensichtungen!

Dass der Pirzer und die Koch dann trotz alledem Festplattendurchforstung, das lag daran, dass der Faltenhuber zwei Rechner, einen in seinem Büro und einen in seiner Wohnung in der Schnupfe. Also genau für jeden der beiden Kriminaler einer, den es auf irgendwelche Dateien zu durchsuchen galt, die Hinweise auf ein Mordmotiv, vielleicht sogar auf den Mörder selbst liefern könnten. Dass der Pirzer und die Koch das machen mussten, den Grund dafür kannst du dir schon denken. Die beiden waren die einzigen im Team, die das wegen ihrer Leiharbeiterfahrung in anderen Kriminalpolizeiabteilungen schon quasi routinemäßig drauf hatten.

Den Rechner von der Doris hatte der Köstlbacher schon in den ersten Maitagen sichten lassen. Leider ergab der Inhalt keines Ordners irgendeinen Hinweis auf irgendetwas, was ermittlungstechnische Brisanz hatte. Außer den Ergebnissen vom Dr. Kroner, auf die hin der Pirzer und die Koch noch einmal eine genaue Tatortbegehung gemacht hatten, lagen keine neuen Erkenntnisse vor, die den Tod von der Münzer näher beleuchtet hätten. Vom Prinzip her war inzwischen alles nur noch undurchsichtiger geworden.

Weil, eines darfst du nicht vergessen, inzwischen nicht einmal mehr sicher, ob der Mord an der Doris Münzer tatsächlich ein Mord. Laut Pirzer/Koch hätte sich die Doris auch bei einem Sturz über die Mauerbrüstung an dem Fahnenstangeneisen, das unterhalb aus der Mauer ragte, ihre todbringende Schädelverletzung und beim Aufprall tief unten die erheblichen inneren Verletzungen zuziehen können. Die Spurensicherung war zwar nochmal vor Ort, konnte aber erwartungsgemäß nichts mehr finden. Bliebe, egal ob die Münzer nun da hinunter gestürzt ist oder nicht, noch die Frage, ob sie in selbstmörderischer Absicht gehandelt hat oder ob sie gestoßen worden ist. Und weil sie vorher Koks konsumiert hatte, war sogar die Wahrscheinlichkeit gegeben, dass sie in ihrem Rauschzustand ganz von alleine das Übergewicht bekommen hat. Ihre Schwangerschaft hat dagegen mehr das Suizidmodell favorisiert.

Fragt sich letztlich nur, wie sie dann hoch in den Villapark gekommen ist. Die Kopfverletzung musste laut Arztgutachten sofort zum Tode geführt haben. Also stürzte die Doris entweder nie über diese Mauer und wurde von jemandem im Park oben erschlagen, oder sie stürzte doch über diese Mauer, ob mit oder ohne Fremdeinwirkung, und wurde dann von einer oder mehreren Personen hoch in den Park getragen und dort abgelegt.

Wurde sie tatsächlich von der Uferpromenade unterhalb

der Mauer nach oben in den Park gebracht, dann stellt sich die Frage, warum man sie nicht unten hat liegenlassen?

Für die Mauersturztheorie, egal ob in Form eines Suizids, in Form eines Unfalls oder in mörderischer Absicht, spricht das fehlende Blut im Erdreich unter dem Kopf der Leiche, das dort eine weitaus größere Menge Erde hätte kontaminieren müssen, als dies nachgewiesen werden konnte. Folglich ist der Fundort nicht gleich dem Tatort. Unsicherheitsfaktor: Starker Regen in den Morgenstunden vor dem Auffinden der Leiche konnte Untersuchungsergebnisse kontaminierten Erdreichs verfälscht haben. Vor Gericht zumindest wären nach Lage der Dinge diese Werte höchst zweifelhafte Indizien.

All diese Gedanken gingen dem Köstlbacher durch den Kopf. Jetzt umso mehr, weil er sie vor wenigen Minuten schon einmal im Beisein vom Dr. Huber erläutert hatte. So ein Rapport beim Chef hat auch seine guten Seiten, weil da bemühst du dich zwangsläufig, deine Ermittlungsergebnisse geordnet darzustellen. Beim allmorgendlichen Briefing sollte das zwar auch passieren, aber die Zusammenfassung kam meistens zu kurz, weil Tagesarbeitsplanung vorrangig.

Als der Dr. Huber wieder in sein Büro gegangen war und der Köstlbacher noch ein paar weitere Minuten sinnierend vor seiner Pinnwand stehen geblieben ist, da verwunderte es ihn irgendwie, wie viel er doch dem Dr. Huber bezüglich der Doris Münzer erzählt hatte und wie wenig über den ermordeten Stadtrat Willi Faltenhuber geredet worden ist.

Dabei darfst du eines nicht vergessen: Alles, was von der Münzer inzwischen bekannt geworden ist, hat etwas Schwammiges an sich. Hingegen die bisherigen, wenn auch noch mageren Erkenntnisse, was den Faltenhuber betrifft, die sind Fakt. Vielleicht ist es im Leben so, dass du Probleme leichter in den Griff bekommst, wenn du viel darüber laberst. Und die Doris Münzer war im Augenblick für den Köstlbacher eindeutig das größere Problem. Den Mörder vom Faltenhuber musste er natürlich auch finden. Aber ganz in seinem Innersten war das zweitrangig. Der Faltenhuber war tot. Und außer, dass er nun in keiner Sache mehr befragt werden konnte, berührte den Köstlbacher der Tod von dem schmierigen Stadtrat nicht sonderlich.

Für einen Bruchteil von Sekunden, als der Köstlbacher seine Gedanken auf der Fahrt von Erlangen nach Regensburg im Auto in aller Ruhe sortiert hat, da war er nahe dran gewesen, einen Zusammenhang zwischen dem Faltenhuber und der Münzer zu entdecken. Er sah da quasi zwei Figuren in einem Gedanken aufblitzen, einmal die vielleicht als Baby geschändete Doris und daneben den hämisch grinsenden, Ekel erregenden Pädophilenfreund Willi Faltenhuber.

Ganz aus dem Sinn ist dieses Szenario dem Köstlbacher immer noch nicht gegangen. Aber wo sollte er da jetzt noch ansetzen, um so einen Zusammenhang herstellen und den zu guter Letzt auch noch beweisen zu können? Der Köstlbacher hatte gehofft, durch ein Gespräch mit dem Faltenhuber weiterzukommen. Vielleicht sollte er mit seiner Sekretärin reden oder mit der kleinen Schauspielerin. Deren Namen hatte er schon wieder vergessen. Aber genauso gut hätte er das Blondchen ausfindig machen können, das mit dem Faltenhuber im Rosenpalais gewesen ist. Oder irgendeine andere seiner Liebschaften. Nicht zu vergessen, die Ex-Frau vom Faltenhuber. Aber weil die beiden noch nicht offiziell geschieden waren, würde die erst einmal an ihr Erbe wollen, bevor sie sich bezüglich der Aufdeckung von irgendwelchen Machenschaften vom Willi kooperativ zeigte. Weil, wer weiß schon, welches unrechtmäßig erworbene Geld ihr sonst zuletzt noch durch die Lappen ginge.

»Ach ja, das Erbe!«, brummte er vor sich hin, schrieb eine kleine Notiz und heftete sie an die rechte Hälfte der Pinnwand, wo er für den Faltenhuber noch eine freie Fläche gefunden hatte, unter den Oberbegriff ›*MOTIVE*‹.

Leider war seine Pinnwand nicht mehr so übersichtlich wie im vergangenen Jahr, als die ›*Septembermorde*‹ Leben ins Präsidium gebracht hatten. Die Klein hatte damals alle seine Notizen mit Maschine geschrieben und laminiert. Je nach Wichtigkeit in unterschiedlich großen Buchstaben! Nicht, dass die Klein momentan eine Sehnenscheidenentzündung gehabt und das mit dem Schreiben nicht geschafft hätte. Auch das Laminiergerät war nach wie vor voll funktionstüchtig und Folien waren genug vorhanden. Aber die damals immer enger werdende Zusammenarbeit mit seiner Sekretärin .... Die Edith hatte ihn am Schluss kaum noch alleine gelassen vor seiner Pinnwand! Und auch nicht, dass die Ideen seiner Sekretärin bei ihm nicht gut angekommen wären! Teilweise fielen sie sogar auf sehr fruchtbaren Boden. Aber da hat eben außer der Sekretärin auch noch die Edith Klein als sinnliche und Sinn verwirrende Frau in seinem Büro gestanden. Wenn du neben so einer Frau einen klaren Gedanken fassen sollst, dann musst du entweder schwul sein oder zumindest einer dieser katholischen Priester. Wobei schwul vermutlich die bessere Variante! Auf alle Fälle wäre das auf die Dauer nicht mehr gut gegangen. Und wie das dann auch dem Liebknecht aufgefallen ist, da hat der Köstlbacher schnell die Notbremse gezogen und ist quasi auf Distanz und so. Seitdem hat sich der Hormonhaushalt vom Köstlbacher wieder beruhigt. Alles in allem sehr zu seiner Zufriedenheit. Außer eben das mit seiner Pinnwand! Weil die sah im vergangenen Jahr echt besser aus. Das ist dem Dr. Huber auch schon aufgefallen.

Das mit dem Erbe, das würde er als Erstes nachprüfen lassen. Und natürlich auch, ob dem Faltenhuber seine Frau ein Alibi. Aber selbst wenn, so einen Mord muss man schließlich nicht persönlich und so.

So einleuchtend der Gedanke spontan auch schien, dass der Stadtrat Faltenhuber einem Mord aus Gewinnsucht zum Opfer gefallen ist, irgendwie hat es den Köstlbacher gestört, dass ihm diese Idee erst jetzt gekommen ist. Sie schien ihm auch gleich wieder sehr weit hergeholt und von einem typischen Beamtenhirn gedacht. Und sein Hirn zwar in der Tat ein Beamtenhirn, aber kein typisches! So hat der Köstlbacher zwar das Wort ›*Erbe*‹ unter dem Oberbegriff ›*MOTIVE*‹ stehen lassen, es aber nicht wirklich wichtig eingestuft und die entsprechenden Recherchen delegiert.

Obwohl ihm schon seit einer halben Stunde wieder einmal sein Kreuz vom langen Stehen geschmerzt hat, hatte der Kriminalhauptkommissar Edmund Köstlbacher plötzlich eine Eingebung, wie sie nur vor so einer Pinnwand auftreten kann. Er kam sich dabei vor, wie der weiße Indianer in dem Film: ›*Ein Mann, den sie Pferd nannten*‹. Der hat auch gerade dann, als er die schmerzhaftesten Riten absolvierte, seine größten Visionen gehabt.

Der Köstlbacher zwar momentan wahnsinnige Kreuzschmerzen, aber der Köstlbacher kein Indianer, auch kein Weißer, der durch schmerzhafte Riten zum Indianer mutieren will. Drum hat sich der Edmund jetzt erst einmal auf seinen bequemen Schreibtischstuhl gesetzt, seinen stechenden Rücken durchgebogen und seine Eingebung Revue passieren lassen.

Weil, eines musst du wissen: So eine Idee, wenn die was taugt, dann musst du sie drehen und wenden und von allen Seiten beleuchten, ob sie auch das zu halten in der Lage ist, was dir spontan dazu eingefallen und so. Und, auch wenn er sich noch vor wenigen Minuten nicht mehr erinnern konnte, auf einmal war er wieder da, ihr Name:

NICOLE MADER!

Frau Münzer
(Kapitel 26)

Elke Münzer war inzwischen fast 15 Jahre mit dem Bernd verheiratet. Sie hatte ihn kennen gelernt, kurz nachdem Bernds erste Frau Miriam bei einem Autounfall ums Leben gekommen ist.

Der Verlust seiner ersten Frau hatte den Bernd völlig aus der Bahn geworfen. Er empfand das Leben nur noch als sinnlos. Einzig die Suche nach einem Schuldigen an ihrem Unfall trieb ihn weiter an. Aber es gab keinen Schuldigen, zumindest keinen im Sinne einer Straftat. Nicht einmal eine kleine Verkehrsübertretung hatte das Disaster beeinflusst.

Zum Zeitpunkt des Unfalls herrschte dichter Nebel. Miriam saß allein im Wagen. In einer Kurve, die sie als solche wegen des dichten Nebels vermutlich zu spät erkannte, verlor sie die Kontrolle über das Fahrzeug und rammte frontal einen Baum. Sie war auf der Stelle tot.

Nach drei oder vier Monaten hatte der Bernd Münzer überraschend einen Schuldigen gefunden, den er nun gnadenlos für diesen tragischen Unfall verantwortlich machen konnte! Er hatte sich selbst gefunden! Er war schuld! Er ganz allein!

Er hatte die Miriam alleine diese Fahrt im Nebel machen lassen. Er hatte sie sogar auf diese Fahrt geschickt. Der Klavierlehrer für die Doris hatte eine Autopanne bei Wolfsegg. Nicht, dass sie für die Doris einen Klavierlehrer aus dem nicht gerade nahen Wolfsegg gehabt hätten. Gott bewahre! Regensburg selbst bot ein zahlenmäßig großes und auch qualifiziertes Angebot.

Aber die in Wolfsegg haben leider dieses Angebot nicht.

Wenn du da dein Kind am neu erworbenen Stutzflügel zum Mozart ausbilden lassen willst, dann musst du schon einen Meister aus Regensburg kommenlassen. Und der kommt in aller Regel mit seinem Auto. Dass so ein Klavierlehrerauto auch einmal den Geist aufgeben kann, weil sein Besitzer wegen dem Hungerlohn für seinen Unterricht den letzten Kundendienst ausfallen lassen musste, das ist nur verständlich.

Jedenfalls musste die Miriam Münzer los, um den liegengebliebenen Klavierlehrer abzuholen. Immerhin hatte sein Handy funktioniert, weil wenigstens Prepaidkarte noch genügend Ladung, mit dem er bei den Münzers um Hilfe bitten konnte.

Logisch wäre jetzt gewesen, wenn der Bernd Münzer auf der Suche nach einem Schuldigen am Tod seiner Frau den Klavierlehrer ins Auge gefasst hätte. Aber der Bernd Münzer nicht ungerecht. Der Klavierlehrer konnte definitiv nichts dafür. Die Miriam hatte **ihn** gebeten, die Fahrt zu machen, den Abholdienst zu spielen. Aber **er** hatte abgelehnt, weil noch unaufschiebbare geschäftliche Dinge und so. War aber nur ein Vorwand gewesen. In Wirklichkeit hatte er schlicht und einfach keine Lust gehabt.

Die Logik von einem kranken Hirn gehorcht anderen Gesetzen. Und dem Münzer sein Hirn war nach dem Unfall mehr als krank. Krank geworden durch den schmerzlichen Verlust seiner geliebten Frau. Auch wenn er sie mit der Gabelsberger schon mehrfach betrogen hatte. Aber die Gabelsberger zählte nicht. Was er mit der gemacht hat, war immer nur eine Gefälligkeit. Quasi Loyalitätssicherung!

Bei solchen Gedanken musste der Bernd immer innerlich lachen, weil ihn Loyalitätssicherung immer irgendwie an Qualitätssicherung erinnerte.

Auf alle Fälle hielt sich der Münzer jetzt tatsächlich selbst für schuldig! Und weil es immer auch gut ist, sich so eine Schuld nicht ganz allein aufzubürden, drum nahm der Münzer seine Tochter Doris noch mit ins Boot. Sie war schließlich die, wegen der die Miriam diese Todesfahrt gemacht hatte! Sie mit ihrem blöden Klavierspielen!

Sein Verhältnis zur Doris war von dem Tag an gespannt. Er warf ihr nie konkret vor, was er dachte, verweigerte ihr aber konstant jegliche Zuneigung. Einzig finanziell ließ er die Doris nicht im Stich! Selbst als er später entdecken musste, welche Geheimnisse seine Tochter vor ihm hatte, sah er sich in seiner Haltung ihr gegenüber eher bestätigt, als sie warmherzig und väterlich in seine Arme zu nehmen.

Besser wurde alles erst wieder, als er die Elke kennenlernte. Zumindest haben das alle geglaubt, weil es nach außen auch danach ausgesehen hat.

Aber eines musst du wissen, die Elke war eine Studierte. Nicht nur so ein Wald- und Wiesen Studium! Nein! Medizin, Psychologie und so! Jedenfalls arbeitete sie als Ärztin in der Psychiatrie im Bezirksklinikum. Früher haben die Regensburger dieses spezielle Krankenhaus nur Karthaus genannt. Da hat dann jeder gleich gewusst, was dort für Patienten und so. Aber heute ›*Verrückter*‹ ein Schimpfwort, wie ›*Neger*‹ oder ›*Zigeuner*‹. Heute alle viel feinfühliger! Und Bezirkskrankenhaus klingt ja auch wirklich völlig normal und niemand denkt deshalb bei diesem Krankenhaus irgendwie ..., so wie man eben heute nicht mehr denkt.

Der Bernd für die Elke, damals noch Frau Dr. Eberl, aber auf die Ansprache mit ihrem Titel hat die Elke keinen Wert gelegt, der Bernd war für sie zwar irgendwo ein Mann, aber in erster Linie wegen seiner unbegründeten Selbstvorwürfe

Forschungsobjekt. Und weil die Elke eine erfahrene Ärztin, drum auch schnelle Erfolge beim Bernd. Schon wenige Wochen nach ihrer Heirat der Bernd quasi geheilt.

Das schlechte Verhältnis vom Bernd zu seiner Tochter Doris, das hat die Elke nie besonders gestört und sie hat's auch nie zu therapieren versucht, weil dadurch auch kein Konkurrenzkampf. Sie war die Neue an Bernds Seite, ohne Nebenbuhlerin! Auch nicht in Form einer schlecht erzogenen Göre!

Da der Bernd Münzer Großverdiener mit seiner Getränkemarktkette, die Elke Kündigung im Bezirksklinikum und Eröffnung einer schmucken kleinen Privatpraxis im eigenen Haus in der Reichsstraße. Auch wenn dort jetzt auf dem Messingschild Frau Dr. Elke Münzer steht, sie hatte es immer noch lieber, ohne den Titel angesprochen zu werden, weil Kontakt dann nach ihrer Meinung problemloser, zumindest für den Patienten!

Und weil bei der neuen Frau Münzer die biologische Uhr schon unanständig laut tickte, die Elke ging schon in großen Schritten auf die 40 zu, hat sie auch schnell und erfolgreich die Evi angesteuert, die schon wenige Monate nach ihrer Heirat zur Welt gekommen ist.

Soweit schien alles bestens in Ordnung zu sein. Die Münzers lebten finanziell gut eingebettet im eigenen Haus mit Praxis in der Reichsstraße. Ab und zu erhielten sie Besuch von der Tante Emma, der Schwester vom Bernd, der einzigen lebenden Verwandten der Familie in Regensburg.

Schien? Nun, du musst wissen, der Bernd nicht wirklich geheilt! Dem Bernd seine Symptome quasi nur umkanalisiert. Das hat die Elke natürlich nicht ahnen können. Aber, wenn du ehrlich bist, dann weiß das jeder Hausarzt. Wenn du irgendwo was wegheilst und es aber nicht an der Wurzel erwischt hast, dann taucht es an anderer Stelle wieder auf. Nicht unbedingt symptomatisch gleich, aber doch ursächlich identisch.

Und so hat der Bernd zwar inzwischen nicht mehr unter seiner vermeintlichen Schuld gelitten, aber er war, ohne noch darüber nachzudenken warum, davon überzeugt, dass es seine Aufgabe sei, Schuldige zu finden. Schuldige wofür oder für was, das war dem Bernd dabei egal. Hauptsache schuldig!

So gestrickt wäre der Bernd vermutlich ebenso erfolgreich als Kriminaler geworden, wie er erfolgreich als Firmenchef war, selbstverständlich nicht, was das Geldscheffeln angeht. Weil Kriminaler in Deutschland eine ehrliche Arbeit. Und ehrliche Arbeit immer nur mittelmäßige Entlohnung!

*

Selbstverständlich haben die Recherchen, die der Köstlbacher in Bezug auf die Münzers, einschließlich der Tante Emma Herzog, hat machen lassen, das fast alles ans Licht gebracht, zumal vor allem die Elke Münzer sehr kooperativ und so.

Aber eben nur fast alles! Dass der Bernd Münzer quasi seit Jahren einer der Hauptinformanten der Regensburger Kripo war, der ihnen schon so manchen anonymen Hinweis gegeben hatte, das hätte niemand vermutet, nicht einmal der Köstlbacher.

Das Geständnis

(Kapitel 27)

Gerade wollte der Köstlbacher wegen seiner Eingebung bezüglich der Nicole Mader den Liebknecht kommen lassen, um mit ihm zu besprechen, wie sie am besten vorgehen sollten, da stürmte der Liebknecht schon unangemeldet und natürlich auch unerwartet an der überraschten Klein vorbei ins Büro vom Köstlbacher.

Nicht, dass du jetzt meinst, der Liebknecht hätte sich jedes Mal erst von der Klein beim Köstlbacher anmelden lassen müssen und so. Natürlich nicht! Aber weil der Liebknecht schon einmal ein Techtelmechtel mit der schönen Edith Klein, deshalb normalerweise trotzdem nie ohne ein paar unverbindliche Worte an der Klein vorbei! Quasi Ritual! Aber diesmal Ritualbruch. Nicht die kleinste Audienz für die Klein.

»Gut dass du kommst!« begrüßte ihn der Köstlbacher. »Wollte dich gerade holen lassen! Mir ist da eine Idee ...«

Aber der Liebknecht ließ seinen Chef nicht ausreden. Keine Idee konnte so wichtig sein, wie das, was er ihm berichten wollte und weshalb er es so eilig hatte, hierherzukommen.

»Heb's dir auf für später!«, sagte er und erntete dafür einen erstaunten, fast verärgerten Blick seines Chefs.

»Der Roland sitzt unten. Der Roland sowieso. Hab' seinen Nachnamen vergessen! ... Der Roland!«, wiederholte er noch einmal mit etwas lauterer und festerer Stimme, als er den verständnislosen Ausdruck im Gesicht vom Köstlbacher gesehen hat.

»Wer sitzt unten? Von wem sprichst du?«, fragte der Köstlbacher, weil ihm der Name Roland tatsächlich nichts sagte.

»Der Roland! Der Gothic! Der Nazi! Der mit der 4567 am Hals oder was auch immer! Jedenfalls der, nach dem wir so lange vergeblich gesucht haben. Dein Albtraum!«

Natürlich hat der Köstlbacher inzwischen verstanden, von wem der Liebknecht gesprochen hat. Aber dreingeschaut hat er immer noch wie einer, der total auf der Leitung. Weil, alle möglichen Personen in den letzten Tagen im Kopf vom Köstlbacher quasi Karussell. Aber kein Roland dabei. Wegen dem Albtraum hatte er den erst einmal beiseite geschoben. Nicht aus den Ermittlungen heraus genommen, aber doch zumindest ans Ende gesetzt. Sein Bauch, auf den er zwar nicht viel gab, zumindest wenn es nicht um dessen Umfang gegangen ist, aber sein Bauch hatte ihm gesagt, dass der seltsame, schwarz Bemantelte vorläufig keine Schlüsselposition innehatte.

»Was will der hier?«, brachte der Köstlbacher nur erstaunt heraus, weil in Gedanken bis vor wenigen Sekunden noch total bei der Nicole Mader. Und bis du dich da auf eine andere Person konzentrieren kannst und die neue Situation quasi realisiert hast, da vergehen eben nochmal ein paar Sekunden, auch bei einem Kommissar Köstlbacher.

»Eine Aussage will der machen, Chef, eine Aussage!«, antwortete der Liebknecht und gestikulierte dabei wild mit seinen beiden Händen.

»Ein Geständnis?«, fragte der Köstlbacher, jetzt wirklich ungläubig, weil das ja bedeuten würde, dass er von diesem Roland eine irrige Meinung und so.

»Keine Ahnung! Eine Aussage, sagte er. Von einem Geständnis hat er nichts gesagt!«

»Und du sagst, er ist unten?«, fragte der Köstlbacher, weil ihm momentan nichts anderes einfiel.

»Ja! Unten! Komm mit! Lass und hören, was er uns zu sagen hat!«, forderte der Liebknecht seinen Chef auf.

Oft ist das ja bisher noch nicht vor gekommen, dass der Liebknecht seinen Chef zu etwas auffordern musste. Als würde das dem Köstlbacher plötzlich bewusst werden, ging er ohne jede weitere Frage am Liebknecht vorbei und sagte nur:

»Komm! Lassen wir den Herren nicht warten!«

Die Klein, gewohnt über alles informiert zu werden, vor allem darüber, wohin ihr Chef ging, schüttelte nur den Kopf, als die beiden aus dem Köstlbacher seinem Zimmer kamen und mit schnellen Schritten das ihre durchquerten.

»Für wann soll Frau Mader vorgeladen werden?«, hat die Klein dann aber doch noch gefragt, bevor ihr Chef endgültig zu verschwinden gedachte.

»Ah ja! Die Mader! Unternehmen Sie da einstweilen nichts! Wir reden darüber, wenn ich zurück bin!«, gab ihr der Köstlbacher zur Antwort.

Diesmal war es der Liebknecht, der erstaunt schaute, weil er nicht ganz verstand, warum die Mader vorgeladen werden sollte. Aber gesagt hat er nichts, weil Gedanken sofort wieder beim Roland, der unten auf sie wartete.

Der Liebknecht hatte vorher angeordnet, den Roland in ein Vernehmungszimmer bringen zu lassen. Dort saß er nun schon einige Minuten und nestelte nervös an seinen Fingernägeln rum.

Das Gute an so einem Vernehmungszimmer ist, dass es da ein Fenster gibt, durch das du reinschauen kannst, ohne dass der Kandidat, der drinsitzt davon etwas mitbekommt. Heutzutage natürlich zusätzlich eine Kamera, weil dann auch noch alles bequem vom Schreibtischsessel aus auf dem Monitor vom PC, quasi in jedem Zimmer abrufbar. Und dann natürlich noch Mitschnitt! Zwecks Dokumentation!

»Ich hab' ihm gesagt, dass ich dich hole, weil du den Fall bearbeitest und zufällig im Haus bist«, sagte der Liebknecht zum Köstlbacher, der seltsam geistesabwesend auf den Roland starrte.

Dazu muss ich dir sagen, dass der Roland tatsächlich der war, nach dem der Köstlbacher in seinem Albtraum auf dem Domplatz gesucht hatte. Genau so hatten ihn mehrere Zeugen beschrieben, die ihn in den Arcaden und auch in der Stadt mit der Doris gesehen haben wollten. Und, genau der war es auch, da war sich der Köstlbacher hundert pro sicher, der in der Allee entlang dem Schulgelände vom AAG vor dem Hofeingang gestanden hat und mit der Doris dort geredet hat, als er sein Rad dort ein paar Tage vor ihrer Ermordung vorbeigeschoben hatte.

»Hast du gehört, was ich gesagt habe?«, fragte der Liebknecht nach, weil der Köstlbacher keine Reaktion und so.

»Wieso fragst du? Natürlich hab ich dich gehört. War nur kurz in Gedanken«, antwortete der Köstlbacher.

»Und? Zu welchem Schluss bist du gekommen?«, fragte der Liebknecht, auf die Gedanken vom Köstlbacher anspielend.

»Wie sagst du heißt er?«, fragte der Köstlbacher, ohne auf die Frage vom Liebknecht einzugehen.

»Fuchs! Roland Fuchs!«, antwortete der Liebknecht, dem der Nachname vom Roland wieder eingefallen war.

»Fuchs? Fuchs sagt mir nichts! Aber lass uns hören, was uns dieser Herr Fuchs zu sagen hat!«, sagte der Köstlbacher, öffnete die Tür zum Vernehmungszimmer und ging mit dem Liebknecht im Gefolge rein.

Der Roland stand sofort auf, als die beiden Kommissare eintraten und reichte dem Köstlbacher seine rechte Hand.

»Grüß Gott Herr Kommissar!«, begrüßte er den Kriminaler.

»Köstlbacher! Kommissar Köstlbacher! Meinen Kollegen Kommissar Liebknecht kennen Sie ja bereits. Sie haben uns was zu erzählen?«, fragte der Köstlbacher und bedeutete gleichzeitig mit seiner rechten Hand, wieder Platz zu nehmen. Er selbst setzte sich dem Roland Fuchs gegenüber. Zwischen den beiden stand ein Tisch, auf dem bereits ein Kaffee für den Fuchs dampfte, den der Liebknecht schon vorab geordert hatte. Auf ein digitales Aufnahmegerät konnte verzichtet werden, weil der automatische Mitschnitt mit der Kamera ohnehin mit Ton. Der Liebknecht nahm etwas abseits Platz. Die Taktik sah es bei solchen Unterredungen vor, dass einer das Gespräch führte, der andere nur beobachtete.

»Ich möchte eine Aussage machen!«, begann der Roland zaghaft. »Es geht um die Doris Münzer, die Tote, die Sie am 1. Mai im Villapark gefunden haben. Meine Doris!«, fügte er noch hinzu.

Der Köstlbacher hat nur aufmunternd und fragend seinen Kopf gehoben, aber nichts gesagt. Weil, eines musst du wissen, wenn du bei so einer freiwilligen Aussage gleich mit Fragen unterbrichst und so, dann bringst du den Typen aus seinem Konzept, das der sich mit Sicherheit zurechtgelegt hat und am Schluss hört der womöglich sogar auf, weiterzureden. Drum Gebärdensprache das Maximum, was an Kommunikationsbeteiligung deinerseits in dem Augenblick praktikabel.

»Bestimmt haben Sie sich gewundert, warum die Doris oben im Villapark gelegen hat und nicht unten an der Donaupromenade, wo sie gestorben ist. Aber ich konnte sie doch nicht da unten liegen lassen! Es war stockfinster dort und ich habe nicht genau feststellen können, wie schwer sie verletzt war. Also habe ich sie hochgehoben und nach oben auf die Wiese getragen. Die Doris war ja nur ein leichtes Persönchen. Dort oben hat das Licht vom angestrahlten Ostentor und der auch hell beleuchteten Villa ausgereicht, dass ich gesehen habe, was los war. Sie war tot! Mausetot! Da habe ich die Panik bekommen und bin abgehauen. So war das!«, sagte der Roland, unterstrich das Gesagte mit einer Geste und signalisierte damit ein vorläufiges Ende seiner Aussage.

Der Köstlbacher hat nicht gleich was gesagt. Erst einmal ein paar Sekunden Ruhe. Die Zäsur, die der Roland gemacht hatte, wirken lassen. Vielleicht dadurch auch die innere Unruhe vom Roland steigern, falls dies nötig sein sollte. Erst dann fragte der Köstlbacher:

»Warum haben Sie die Doris hinuntergestoßen über die Mauer? Weil sie mit Drogen nichts mehr zu tun haben wollte? Oder weil sie wussten, dass sie von Ihnen schwanger war und sie das Kind nicht abtreiben wollte?«, fragte der Köstlbacher eiskalt und behielt dabei den Roland fest im Auge.

»Was sagen Sie da? Die Doris war schwanger?«, fragte der Roland und wirkte dabei nach Ansicht beider Kriminaler glaubhaft überrascht. Auch die späteren Auswertungen der Videoaufzeichnung durch ein Expertenteam, was die Körpersprache vom Roland betraf, kam zu diesem Schluss.

»Sie wussten das nicht? Wollten Sie das Kind nicht abtreiben lassen, weil Sie befürchtet haben, es könnte eine Missbildung werden? Immerhin war die Doris regelmäßig auf Koks. Und das hatte sie von Ihnen!«, behauptete der Köstlbacher einfach mal so ins Blaue. Der Liebknecht hob daher auch erstaunt seine Augenbrauen.

Nicht, dass so eine Überrumplungstaktik mit nicht bewiesenen Fakten und, im Grunde genommen nur reinen Vermutungen, die übliche Befragungstechnik vom Köstlbacher. Aber diesmal besonderer Umstand. Aussage freiwillig und ohne die Einmischung eines Anwalts. Zumindest noch!

»Herr Kommissar, ich hatte keine Ahnung, dass die Doris schwanger war. Das müssen Sie mir glauben! Wie kommen Sie überhaupt auf so etwas?«; fragte der Roland.

Und wieder war es die besondere Situation, in der es der Köstlbacher großzügig gestattete, dass der Befragte auch eine Gegenfrage stellen durfte.

»Gerichtsmedizin! Obduktion!«, antwortete der Köstlbacher nur knapp. »Im vierten Monat!«, fügte er noch hinzu.

»Das glaub ich jetzt nicht!«, sagte der Roland, meinte aber wohl eher, dass ihn das total überraschte.

»Das können Sie halten, wie Sie wollen! Aber Tatsache bleibt Tatsache!«, sagte der Köstlbacher.

»Und wenn Sie's nicht waren, wer dann?«, fragte er noch weiter, bevor der Roland was sagen konnte.

»Keine Ahnung! Die Doris hat mit vielen rumgemacht. Wir haben uns diesbezüglich nie Beschränkungen auferlegt, Aber sie hat immer vorgesorgt. Heidenrespekt vor AIDS, wenn Sie verstehen, was ich meine«, antwortete der Roland, dem dieses Thema sichtlich unangenehm war.

Der Köstlbacher hat die Schwangerschaftsthematik daraufhin zurückgestellt, weil so eine Diskussion zu nichts führt. Er würde den Dr. Kroner nochmal kontaktieren müssen. Vor der Freigabe zur Verbrennung hatten die bestimmt die DNA vom Embryo der Doris analysiert und sie für einen eventuell nötig werdenden Datenabgleich auf ihrer Datenbank liegen.

Die Aussage vom Roland wäre somit im Falle des Falles leicht veri- oder auch falsifizierbar.

»Dann bliebe immer noch die Frage, wie die Doris an ihr Koks kam. Oder wollen Sie mir etwa erzählen, dass Sie von der Kokserei auch nichts gewusst haben?«, fragte der Köstlbacher.

»Nein! Natürlich hab' ich davon gewusst! Alle haben davon gewusst! Aber sie hat sich ja nichts sagen lassen! Ich soll mich um meinen eigenen Scheiß kümmern, hat sie mir jedes Mal zur Antwort gegeben, wenn ich wegen der Kokserei was gesagt habe!«, sagte der Roland.

»Und wenn ich Ihnen sage, dass Sie schon des öfteren bei der Übergabe von einem Koksbriefchen beobachtet worden sind!«, bluffte der Köstlbacher erneut, nicht zuletzt, weil er selbst ja einmal von so einer Übergabe Zeuge war, wenngleich die Übergabe von etwas, das man nicht genau sieht, alles Mögliche hätte gewesen sein können.

»Herr Kommissar!«, sagte der Roland und begann in dem Augenblick sogar zu lachen. Allerdings klang dieses Lachen fast ein wenig hysterisch. »Ich hab' mit Drogen nichts am Hut! Prüfen Sie das nach! Sie werden zu keinem anderen Ergebnis kommen!«

Natürlich würde der Köstlbacher das noch überprüfen. Momentan gab er sich mit der Behauptung vom Roland überraschend zufrieden. Der wirkte einfach nicht kriminell, der Knabe, auch wenn er noch so verrückt aussah.

»Hat das eigentlich einen Grund?«, wechselte der Köstlbacher das Thema und deutete mit einer kreisenden Handbewegung auf das Outfit und die Tätowierungen und so.

»Nicht wirklich! Das heißt, irgendwie schon! Ich studiere Soziologie. Und da interessiere ich mich speziell für die Randgruppen unserer Gesellschaft. Will irgendwann auch meine Doktorarbeit darüber schreiben. Wenn ich da normal aussehe, so mit Jeans, T-Shirt und so, dann habe ich keine Chance, an solche Cliquen ranzukommen. So, mit diesen Klamotten, dem Haarschnitt, Tätowierungen und so weiter, da haben die meisten keine Berührungsängste mit mir«, erklärte der Roland, überraschte damit beide Kriminaler sehr, weil die mit allem und mit jeder Erklärung gerechnet hatten, nur nicht mit der.

Aber konnte schließlich gut sein, dass der Roland tatsächlich ehrlich. ›*Kleider machen Leute!*‹ Das hat schon der Dichter Gottfried Keller gewusst, und beim ›*Hauptmann von Köpenick*‹, da hat's der Carl Zuckmayer thematisiert. Schien zwar irgendwie abgefahren, aber sie hatten den Roland wegen seinem Outfit und dem Ganzen schließlich wirklich diversen Szenen zugeordnet, nur ganz bestimmt nicht der Soziologischen Fakultät an der Uni.

Entweder war der Knabe extrem clever und durchtrieben bis zum Gehtnichtmehr, oder er sagte die Wahrheit.

»Sie werden verstehen,«, sagte der Köstlbacher, »dass wir Ihre Angaben erst überprüfen müssen. Auch die Möglichkeit Ihrer Vaterschaft müssen wir in Betracht ziehen.«

»Ich bin mir keiner Schuld bewusst! Machen Sie einen Test!«, sagte der Roland überraschend schnell, was dafür zu sprechen schien, dass er die Doris wirklich nicht geschwängert hatte, was aber auch dafür sprach, dass er sehr genau wusste, welche Möglichkeiten die Kripo an der Hand hatte. »Und mit dem Tod der Doris habe ich schon dreimal nichts zu tun! Warum in aller Welt hätte ich so etwas auch tun sollen?«

Diesmal reagierte der Köstlbacher nicht auf die Frage vom Roland.

»Wie kam es überhaupt, dass Sie mitten in der Nacht im Villapark waren, seltsamerweise gerade in dem Moment, als das Fräulein Münzer dort zu Tode kam?«, entgegnete der Köstlbacher stattdessen. Er wählte bewusst die Worte zu Tode kam und nicht ermordet wurde, verunglückte, oder Selbstmord begangen hatte. Der Roland sollte nicht wissen, welche Möglichkeiten bei der Kripo bereits in Erwägung gezogen worden waren.

»Ich hatte schon den ganzen Tag über Zoff mit der Doris gehabt«, antwortete der Roland. »Sie hatte wieder einmal eine dieser zickigen Phasen, die in letzter Zeit immer öfter auftraten. Wir haben uns im Laufe des Tages mehrfach getroffen. Ich wusste, wo ich sie finden würde und habe sie auch immer wieder gefunden. Aber es kam immer wieder aufs Gleiche hinaus: Wir haben uns jedes Mal angeschrien. Sie wurde sogar mehrfach handgreiflich gegen mich. Sehen Sie hier, die Narbe von ihrem Biss in meine Hand! Die ist immer noch zu sehen! Durch meine Lederhandschuhe hindurch!«

Der Köstlbacher schaute ungläubig, aber die Narbe war tatsächlich unverkennbar. Eindeutig Bissspuren!

»Am späten Abend wollte ich mich nochmal mit ihr treffen. Eigentlich war es die Idee der Hildegard.«

Der Köstlbacher und der Liebknecht schauten sich an, weil der Name Hildegard bisher noch gar nicht aufgetaucht war. Das hat der Roland natürlich sofort gemerkt und deshalb auch gleich eine Erklärung nachgeschoben.

»Die Hildegard, eigentlich heißt sie Chantal, Chantal Pusch, also die Hildegard hat gemeint, ich solle mit der Doris noch einmal in aller Ruhe reden. Die Doris sei irgendwie neben der Spur. Als Freundin der Doris konnte die Hildegard das vielleicht sogar besser beurteilen als ich.«

»Und dann wollten Sie sich mitten in der Nacht im Villapark mit der Doris treffen? Das nehme ich Ihnen nicht ab!«, unterbrach ihn an dieser Stelle der Köstlbacher, der sich langsam wie in einer Märchenstunde fühlte.

»Nein! Sie wollte mich bestimmt nicht sehen! Aber so wie mir die Hildegard die Doris beschrieben hat, machte ich mir echt Sorgen!«, sagte der Roland.

»Ich dachte, Sie hätten die Doris am besagten Freitag vor dem 1. Mai bereits öfter getroffen? Warum haben Sie da Ihren Streit nicht irgendwann beigelegt? Warum erst in der Nacht, zu so später Stunde?«, fragte der Köstlbacher.

»Im Nachhinein weiß ich ja selbst nicht mehr, warum ich tagsüber so stur gewesen bin. Aber die Hildegard hat mir eben erst gegen Abend ins Gewissen geredet, als ich ihr bei einer Zusammenkunft des Planungskomitees für das anstehende Gothic Festival im Villapark über den Weg gelaufen bin. Die Doris hat mich geliebt, aber eben ganz anders, als ich sie. Und das zu akzeptieren ist nicht gerade leicht.«

»Und wieso jetzt der Villapark? Bin echt gespannt, wie Sie mir das erklären wollen. Schließlich trifft man sich in Regensburg doch nicht spät nachts in einem Park, der zudem abgeschlossen sein dürfte«, sagte der Köstlbacher.

»Also das mit dem Abgeschlossensein, das mag für normale Leute zutreffen. Wir haben immer einen Weg dort reingefunden. Wenn Sie wollen, kann ich Ihnen gerne mal zeigen, wie. Aber nur wenn uns niemand dabei beobachten kann, weil sonst kann ich bei meinen Gothic Freunden einpacken!«, sagte der Roland.

»Soviel zum Reinkommen in den Park! Womit aber noch nicht geklärt sein dürfte, warum im Villapark und nicht beispielsweise am Haidplatz oder so!«, hakte der Köstlbacher nach.

»Ja! Ja! Wollte gerade dazu kommen! Auf dem Haidplatz, da wäre unsere Streiterei mit Sicherheit weitergegangen. Dort sind zu viele unserer Freunde, vor denen sich die Doris keine Blöße hätte geben wollen. Aber dass ich sie noch im Villapark antreffen würde, da war ich mir ziemlich sicher. Die Doris ging oft spät nachts noch in den Villapark. Und jetzt im Frühjahr, da war sie praktisch an jedem regenfreien Abend irgendwann darin anzutreffen. Sie hatte dort einen Lieblingsplatz. Oben auf der Mauer!«

Der Köstlbacher schaute fragend zum Liebknecht. Der nickte. Das musste die Stelle sein, die der Pirzer und die Koch beschrieben und auch fotografiert hatten, als sie kürzlich noch einmal dort eine Ortsbegehung gemacht hatten. Der Köstlbacher erinnerte sich jetzt auch wieder, weil er auf seiner Pinnwand ja ein entsprechendes Fähnchen mit Foto gesetzt hatte.

»Ja! Und weiter!«, forderte der Köstlbacher den Roland auf.

»Also, es war natürlich nicht 1000 pro sicher, dass ich sie dort antreffen würde. Aber ich wollt's wenigstens versuchen. Unser Streit war sinnlos. Und mir tat auch so einiges leid, was ich zu ihr gesagt hatte. Jedenfalls wollte ich mich versöhnlich zeigen und sie auch wegen ihrer Kokserei nicht mehr angehen. In der Beziehung hatte ich eh keine Chance, sie zu ändern!«

»Und dann? Haben Sie die Doris an ihrem Lieblingsplatz auf der Mauer getroffen?«, fragte der Köstlbacher.

»Ja und nein!«, antwortete der Roland.

»Ja und nein!«, bluffte der Köstlbacher nach. »Was soll das? Haben Sie die Doris nun getroffen oder nicht?«

»Ich habe sie oben stehen sehen. Wenigstens dachte ich, dass sie da oben steht. Allerdings muss ich zugeben, dass ich mir nicht ganz sicher war, weil die Doris doch ein sehr kleines Persönchen war. Und die Person da oben wirkte irgendwie größer. Vermutlich habe ich mich da aber nur getäuscht. Vielleicht hat sie sich auf einen Mauervorsprung gestellt oder so. Jedenfalls habe ich ihren Namen gerufen, um sie nicht zu erschrecken, und bin schnell nach vorne zur Mauer gelaufen. Auf dem Weg dorthin sind 10 oder 15 Meter, während der man kurz keine Sicht mehr auf die Mauer hat, weil Büsche davor sind. Wie ich dann an der Mauer angekommen bin und die paar Stufen zu ihr hoch wollte, war sie verschwunden. Ich bin trotzdem hoch, um nachzusehen, weil ich mir nicht vorstellen konnte, wo sie hin sein könnte, aber sie war tatsächlich weg. Ich hätte ihr Nichts zurufen sollen, dachte ich, weil so hatte sie Gelegenheit, sich mir zu entziehen. Sie wollte offenbar heute absolut nichts mehr von mir wissen. Also habe ich umgedreht und bin gegangen. Sie im Dunkeln hier zu suchen, war sinnlos. Hinaus habe ich einen anderen Weg genommen, als herein. Wenn Sie wollen kann ich Ihnen auch das gerne zeigen. Jedenfalls habe ich den Park zur Donau hin verlassen. Ich liebe die Donau! Das hatte ich schon immer mit der Doris gemeinsam. Wir standen so oft an der Donau oder machten lange Spaziergänge an ihrem Ufer entlang. Doch diesmal brachte mir die Nähe des Flusses nichts Gutes. Beim Verlassen des Parkes bin ich im Dunklen über etwas gestolpert. Doris! Sie war noch warm. Sie konnte noch nicht lange hier gelegen haben. Ich hoffte so sehr, sie lebt! Behutsam nahm ich sie in meine Arme und trug sie hinauf in den Park, so weit, bis es hell genug war und ich erkennen konnte, was wirklich mit meiner Doris geschehen war. Was ich nun gesehen habe, das werde ich bestimmt nie mehr vergessen. Kurz zuvor hatte ich noch die vage Hoffnung gehabt, die Doris würde nicht tot sein. Aber wie ich sie nun im Licht sah, da war mir natürlich sofort klar, dass eine solche Verletzung niemand überleben kann. Ich bekam Panik, ließ die Doris liegen und lief so schnell ich konnte weg«, beendete der Roland seine Geschichte. Zuletzt war er dabei immer bleicher geworden, was den beiden Kriminalern natürlich nicht entgangen war.

»Trinken Sie von Ihrem Kaffee!«, forderte der Köstlbacher den Roland mit dem Gefühl auf, hier jemandem zugehört zu haben, der weitaus ehrlicher war, als er, zugegeben voreingenommen, anfangs von ihm erwartet hatte.

Irgendwie zusammengepasst hat die Aussage vom Roland sogar mit den Ermittlungen vor Ort vom Pirzer und der Koch. Auch wenn die Spurensicherung davon nichts mehr bestätigen konnte.

*

Den Roland Fuchs festzuhalten, war vorläufig nicht nötig, auch wenn seine Aussage erst einiger Überprüfungen bedurfte. Ihn als Tatverdächtigen einzustufen, kam vorerst nicht in Betracht, da er sich wohl sonst kaum selbst gemeldet hätte. Die Personalien waren aufgenommen. Der Roland hatte einen festen Wohnsitz in Regensburg. Man würde zur Klärung einiger Details noch seine Präsenz benötigen. Zunächst einmal aber durfte er das Präsidium verlassen. Nichts anderes hätte auch der Dr. Huber gutgeheißen, weil, nach Lage der Dinge, kein Regensburger Richter eine Festnahme befürwortet hätte.

Nur, was den Mauervorsprung betraf, von dem der Roland vermutet hatte, dass die Doris drauf gestanden hätte, so einen Mauervorsprung gab es an dieser Stelle nicht. Das zeigten eindeutig die vom Kollegen Pirzer geschossenen Fotos vom Ort des Geschehens.

Die Tatwaffe

(Kapitel 28)

Die von der Ballistik hatten schnell herausgefunden, dass es sich bei der Tatwaffe, mit der auf den Stadtrat Willi Faltenhuber geschossen worden war, um eine Pistole vom Kaliber 6.35 gehandelt haben musste. Das konnte auch eine Erklärung dafür sein, warum den Schuss niemand gehört hatte. Diese relativ schwache Pistolenmunition macht keinen großen Lärm, ist in ihrer Wirksamkeit auf eine kurze Distanz aber dennoch präzise und todbringend. Die Verwendung eines Schalldämpfers konnte ausgeschlossen werden.

Ein Abgleich beim BKA bezüglich der spezifischen Verformung des Projektils, das sich bei jeder Waffe individuell, vergleichbar einem Fingerabdruck, darstellt, ergab nichts. Mit anderen Worten: Aus dieser Waffe wurde noch kein Schuss abgefeuert, der zum Vergleich in den Archiven vom BKA zur Verfügung gestanden hätte. Das schloss natürlich nicht aus, dass es sich nicht trotzdem um eine gestohlene oder eine illegale Pistole gehandelt hatte. Ballistische Daten existieren beim BKA schließlich auch nur, wenn die Waffe schon einmal bei einem Verbrechen aufgetaucht und die abgefeuerte Kugel untersucht worden war. Das Kaliber 6.35 ist nicht selten. Pistolen dieses Kalibers werden gern als Damenpistolen bezeichnet, weil sie dem Gewicht und der Größe nach in jede Damenhandtasche passen.

Der Köstlbacher war naturgemäß von dem Ergebnis der Untersuchung nicht überrascht, aber doch ein wenig enttäuscht. Weil, eines musst du wissen, wenn so eine Tatwaffe nicht identifiziert werden kann, dann Suche nach ihr wieder einmal wie bei der berühmten Nadel im Heuhaufen. Über die Tatwaffe ist schon so mancher des Mordes überführt worden. Aber wo keine Waffe, da auch keiner, den du damit überführen könntest.

Entmutigen lassen hat sich der Köstlbacher aber trotzdem nicht so schnell. Es würde zwar wenig Sinn machen, sich eine Liste aller als gestohlen oder zumindest als abhandengekommen gemeldeten 6.35er vom BKA schicken zu lassen. Aber die aus dem Raum Regensburg, vielleicht auch etwas darüber hinaus, da könnte vielleicht mit etwas Glück eine dabei sein, eine, die in Betracht kommen würde. Für das BKA natürlich nur ein Mausklick. Die da oben technisch fast auf dem Stand vom FBI oder vom CIA.

Die Klein kam auch schon wenige Minuten nach der Anfrage mit dem Ergebnis beim Köstlbacher angetanzt. Das Lächeln auf ihrem Gesicht ließ Erfolg vermuten. Vor ein paar Monaten hätte so ein Lächeln ja noch alles Mögliche bedeuten können, aber inzwischen Lächeln eindeutig nur noch dienstlich motiviert.

Und, du wirst es nicht glauben, Volltreffer! Weit und breit keine als gestohlen gemeldete 6.35er. Bis auf eine! In Regensburg! Gestohlen gemeldet vor drei Jahren von einer Frau Emma Herzog!

Der Köstlbacher eher selten einer, der sein Gesicht zu einem Lachen verzieht, weil der fast nie wirklich Grund dazu. Aber jetzt ein breites Grinsen. Wenn jetzt nicht jetzt, sondern ein paar Monate früher, ich glaube der Köstlbacher hätte seiner Sekretärin einen Kuss auf ihre Wange gedrückt. So aber ging er nicht über ein »Danke! Sie sind ein echter Schatz!« hinaus.

»Danken Sie nicht mir! Danken Sie dem BKA! Die waren

diesmal wirklich schnell!«, antwortete die Klein und drehte sich um, weil sie nicht wollte, dass ihr Chef bemerkte, wie ihr die Röte ins Gesicht gestiegen ist. Ein Lob vom Edmund hat einfach immer noch Saiten in ihr zum Schwingen gebracht, die viel mehr privat als dienstlich.

»Frau Klein!«, hat der Köstlbacher noch gerufen, bevor die ganz aus seinem Zimmer verschwinden konnte. »Funken Sie doch bitte den Liebknecht an. Er soll sofort zu mir kommen!«

»Wird gemacht, Chef!«, antwortete die Klein und bedauerte es ein wenig, dass der Köstlbacher nach der beinah Affaire im Spätherbst des vergangenen Jahres vom vertrauten ›*Du*‹ wieder zum ›*Sie*‹ zurückgewechselt hat. Um Tratsch vorzubeugen, hatte er damals gemeint.

Wenige Minuten später betrat der Liebknecht das Arbeitszimmer vom Köstlbacher.

»Was gibt's?«, fragte der Liebknecht, überrascht, dass er schon wieder zu seinem Chef gerufen wurde, obwohl er ihn erst vor einer halben Stunde verlassen hatte.

»Kümmere dich um die Überprüfung der Angaben von unserem Roland später! Wir müssen zur Herzog. Und zwar schnell!«

Unterwegs berichtete er dem Liebknecht, was ihm vom BKA zugeleitet worden war. Du kannst dir vorstellen, dass der Liebknecht genauso erstaunt gewesen ist.

Auch wenn der Arzt dem Köstlbacher viel Bewegung und so, diesmal hat er trotzdem den Lift hinauf in die Wohnung der Herzog genommen.

Die Kriminaler hatten sich bei der Herzog nicht angemeldet. Nicht, dass es sich die Kripo leisten konnte, nutzlos in der Gegend rumzufahren, aber immer noch besser erfolglos hier aufzukreuzen, als auf den wertvollen Moment der Überraschung zu verzichten.

Und sie waren tatsächlich nicht umsonst hier. Ganz und gar nicht! Und überrascht war nicht nur die Herzog! Überrascht waren sie alle, der Köstlbacher, der Liebknecht, die Herzog und der Münzer. Der öffnete ihnen nämlich die Türe.

»Die Herren von der Kripo?«, begrüßte der Münzer die beiden Beamten erstaunt.

»Wer ist da, Bernd?«, kam es fragend aus der Küche am hinteren Ende des Flurs. Die Frage zu beantworten war aber unnötig, weil sich die Herzog inzwischen selbst auf den Flur begeben hatte und die beiden ihr bekannten Kriminaler erkannte.

»Was verschafft mir die Ehre?«, fragte sie, nicht weniger erstaunt als ihr Bruder. »Bernd, bitte die Herren doch herein!«, fügte sie noch hinzu, weil ihr Bruder nicht aus seiner Erstarrung zu erwachen gedachte.

»Oh! Entschuldigung! Bitte! Treten Sie ein!«, sagte der Münzer, in den auf die Worte seiner Schwester hin wieder Bewegung kam.

»Danke! Es wird nicht lange dauern! Können wir kurz mit Ihnen reden? Da Sie schon mal da sind, gleich mit Ihnen beiden?«, fragte der Köstlbacher.

Selbstverständlich hatte der Münzer nichts dagegen und bat die unerwarteten Gäste ins Wohnzimmer.

»Tee? Kaffee?«, fragte die Herzog.

»Machen Sie sich keine Umstände! Es dauert wirklich nur ein paar Minuten. Wir benötigen lediglich eine Auskunft!«, antwortete der Köstlbacher.

»Frau Herzog, ist es richtig, dass Sie eine Pistole Kaliber 6.35 als gestohlen gemeldet haben?«

Mit der Frage schien keiner der beiden gerechnet zu haben. Sie sahen sich einen Moment unschlüssig, fast verwirrt an.

»Ist das nicht schon zwei oder drei Jahre her?«, fragte der Münzer seine Schwester.

»Drei Jahre!«, bestätigte der Köstlbacher, bevor die Herzog zu Wort kommen konnte.

»Ja! Vor drei Jahren! Das könnte hinkommen! Ich habe damals alle Waffen meines verstorbenen Mannes verkauft, weil niemand in der Verwandtschaft Jäger oder Sportschütze ist, und ich selber mich von dem Zeug in der Wohnung eher bedroht gefühlt habe. Genau habe ich ja gar nicht gewusst, was mein Mann in seinem Waffenschrank alles verwahrt hatte. Der Abgleich mit seiner Waffenbesitzkarte hat dann ergeben, dass eine Pistole fehlte. Ich habe der Polizei damals gesagt, dass ich keine Ahnung habe, wo die sein könnte. Außer mein Bruder hier hätte niemand den Waffenschrank öffnen können. Ihm habe ich einmal den Aufbewahrungsort des Schlüssels gezeigt. Falls mit mir mal was sein sollte! Man weiß ja nie! Aber der Bernd hat den Schrank nie geöffnet und schon gar nicht eine Waffe daraus entnommen. Oder?«, sagte die Herzog und wandte zuletzt fragend ihren Blick zum Bernd Münzer.

»Natürlich nicht, Emma! Was sollte ich mit einer Waffe?«, antwortete der Münzer.

»Sehen Sie, das gaben wir damals auch schon zu Protokoll! Die Waffe kann meinem Mann schon vor zig Jahren abhanden gekommen sein. Was weiß ich? Die beiden Polizisten, die damals alles aufgenommen haben, meinten, es wäre das Beste, die Waffe als gestohlen zu melden. Was ich dann auch getan habe. Kann ja schließlich gut sein, dass sie meinem Mann wirklich gestohlen worden ist. So eine Waffe zu verlieren, da war er eigentlich nicht der Typ dafür. Mit seinen Waffen, da war er immer sehr penibel!«, sagte die Herzog.

»Warum kommen Sie deswegen jetzt hierher?«, fragte der Münzer. »Ist die Pistole gefunden worden?«

»Es spricht vieles dafür, dass der Stadtrat Willi Faltenhuber letzte Woche mit dieser Waffe in seiner Wohnung erschossen wurde!«, sagte der Köstlbacher und beobachtete dabei genau die Reaktion vom Münzer.

»Wahnsinn!«, entfuhr es da dem Münzer und er wirkte dabei ehrlich überrascht.

So hat das auch der still beobachtende Liebknecht empfunden. Aber eines darfst du nicht vergessen, wer einen Mord begehen kann, der kann auch noch andere Dinge, wie zum Beispiel sich perfekt verstellen. Und das wussten natürlich auch die beiden Kriminaler. Wenn das nicht so wäre, dann könnten manche Verbrecher viel leichter überführt werden. Du bräuchtest denen bei einer Vernehmung nur ein paar schwer verdauliche Brocken hinwerfen, und die würden sich sofort ducken und ihre Schuld eingestehen.

»Wo waren Sie am vergangenen Mittwoch gegen 17.00 Uhr?«, fragte da ganz spontan der Köstlbacher.

»17.00 Uhr? Das kann ich Ihnen genau sagen. Gegen 16.00 Uhr war ich in der Sprechstunde beim Dr. Unger. Aber der war zu einem Notfall unterwegs. Darum habe ich ziemlich lang warten müssen. Vor 18.00 Uhr habe ich jedenfalls seine Praxis nicht verlassen. Das können die Sprechstundenhilfen bezeugen!«, sagte die Herzog

»Ich dachte eigentlich gar nicht an Sie, Frau Herzog«, sagte der Köstlbacher, drehte sich explizit zum Bernd Münzer hin und sah ihn fragend an.

»Ich? Wieso ich? Ich dürfte in meinem Büro gewesen sein!

Bin ich jetzt verdächtig, nur weil irgendwer meinem Schwager vor Jahren eine Pistole geklaut hat, die nicht wieder aufgetaucht ist?«, empörte sich der Münzer. »Und überhaupt, was hätte ich mit dem Faltenhuber zu schaffen?«

Dem Köstlbacher redete der Münzer in diesem Moment auf seine Frage nach einem Alibi etwas zu viel. Aber auch das musste schließlich nichts sagen. Wen macht das nicht nervös, sich plötzlich in einen Mordfall verwickelt zu sehen?

»In Ihrem Büro waren Sie nicht!«, stellte der Köstlbacher sachlich fest.

»Woher wollen Sie das jetzt so schnell wissen?«, fragte der Münzer zurück und schien nun doch etwas nervös zu sein.

»Wir wollten gegen 17.00 Uhr bei Ihnen im Büro vorbeischauen. Ihre Sekretärin meinte, Sie seien unterwegs. Wir hatten einige neue Fragen an Sie wegen ihrer Tochter Doris. Die Fragen stehen übrigens noch immer an! Nur hatten wir wegen des Mordfalles am Stadtrat Faltenhuber inzwischen noch keine passende Gelegenheit, bei Ihnen vorstellig zu werden«, sagte der Köstlbacher.

Du konntest es dem Münzer jetzt richtig ansehen, wie der hin- und herüberlegt hat. Aber so richtig entscheiden, wie er sich aus der misslichen Lage befreien sollte, konnte er sich nicht. Dass die Gabelsberger den Kommissar abgewimmelt hat, weil er gerade dabei war sie zu ficken, das konnte er dem Köstlbacher ja wohl am allerwenigsten sagen. Und noch weniger konnte er ihm sagen, warum er das tat. Der Köstlbacher und der Liebknecht waren zwar von der Mordkommission, aber Kripo ist Kripo. Und da wirst du schnell einmal zu einer anderen Abteilung weitergeleitet, wenn die eine mit dir fertig ist.

»Wenn meine Sekretärin gesagt hat, dass ich unterwegs sei,

dann wird das wohl so gewesen sein. Aber das lässt sich doch leicht nachprüfen! Soll ich Sie mit Frau Gabelsberger verbinden?«, fragte der Münzer frech und zückte sein Handy.

Aber weder der Köstlbacher noch der Liebknecht hielt es für nötig, das Angebot vom Münzer anzunehmen und mit dessen Sekretärin gleich von hier aus zu telefonieren. Weil so eine Sekretärin, wenn die loyal, dann ihre Aussage auch kaum verwertbar. Da ist ein Terminkalender zuverlässiger. Und in den wirft man am besten unangemeldet einen Blick!

Weil der Köstlbacher das hingehaltene Handy kommentarlos ablehnte, schob's der Münzer zurück in sein Jackett.

»Werde ich noch gebraucht?«, fragte er. »Ich hätte nämlich noch einen dringenden Termin in Cham.«

»Nein! Fahren Sie nur! Wegen Ihrer Tochter, da telefonieren wir uns noch zusammen. Ich hätte, wie schon gesagt, gerne mit Ihnen und nach Möglichkeit auch mit Ihrer Frau noch einmal über die Doris gesprochen«, sagte der Köstlbacher.

»Bei Ihnen im Präsidium?«, fragte der Münzer.

»Wie Sie wollen! Ich komme mit Herrn Liebknecht aber auch jederzeit bei Ihnen zu Hause in der Reichsstraße vorbei!«, erwiderte der Köstlbacher.

»Ist mir beides recht! Ich richte mich da ganz nach Ihnen!«, sagte der Münzer und verabschiedete sich. Seine Schwester begleitet ihn noch zur Wohnungstüre.

»Unterhalte du dich mit der Herzog noch ein wenig über die Doris. Ich verspreche mir zwar nichts davon, aber man weiß ja nie. Ich mache schnell einen Überraschungsbesuch bei der Gabelsberger, solange der Münzer unterwegs ist. Mal sehen, ob ich einen Blick in seinen Terminkalender erhasche!«, sagte der Köstlbacher, zwinkerte mit seinem rechten Auge dem Liebknecht zu und verließ ebenfalls, an der erstaunten Herzog vorbei, die Wohnung.

»Mein Typ wird verlangt!«, sagte er noch zu ihr und deutete dabei vielsagend auf sein Handy, das er in der Hand hielt. »Kommissar Liebknecht wird Ihnen noch ein paar Fragen stellen. Auf Wiedersehen!«

*

Viel aus der Herzog rauskitzeln konnte der Liebknecht erwartungsgemäß nicht mehr. Die Doris schien so etwas wie das schwarze Schaf in der Familie gewesen zu sein. Hinzu kam ihr Dickschädel, den sie überall und immer durchzusetzen versuchte.

Die einzige neue Erkenntnis war vielleicht die, dass die Doris offensichtlich eine sehr angeschlagene Gesundheit gehabt haben muss, weil sie alle ellenlang zum Hausarzt, dem Dr. Unger gerannt ist. Die Herzog hatte sich deshalb schon Sorgen gemacht. Aber das sei jetzt vermutlich nebensächlich, da die Doris ja ohnehin tot.

Sackgasse
(Kapitel 29)

Nicht, dass der Köstlbacher den Münzer wirklich in Verdacht, was den toten Faltenhuber betrifft. Dazu fehlte dem Köstlbacher ein plausibles Motiv. Eher hätte sich der Köstlbacher noch vorstellen können, dass der Münzer was mit dem Tod seiner Tochter und so.

Aber so ist das eben im Leben eines Kriminalers. Hast du einen Tatverdächtigen, dann hilft dir das nur was, wenn du auch ein Motiv präsentieren kannst, weil sonst kaum richterliche Unterstützung. Noch weniger hilft dir allerdings ein Motiv, wenn der dazu passende Tatverdächtige ein perfektes Kenia Alibi.

Und wenn du dann endlich auf einen gekommen bist, der mit Infos vielleicht weiter helfen könnte, weil der in diversen Szenen besser Bescheid als die Kripo, da meucheln sie dir den weg! Wenn das nicht ärgerlich ist!

Das hat den Köstlbacher dieser Tage nämlich am meisten gewurmt, dass der Faltenhuber ausgefallen ist. Nicht, dass er ihn so schrecklich vermisst hätte! Aber irgendeinen Hinweis hätte der bestimmt geben können.

Der Faltenhuber selber, was den Mord an der Doris betraf, natürlich nicht wirklich tatverdächtig. Aber dem seine Kontakte? Da wäre bestimmt was rauszukitzeln gewesen.

Weil eines darfst du nicht vergessen, dem Faltenhuber seine Finger steckten in so vielen schmutzigen Sachen. Und Regensburg nicht München! Regensburg klein und übersichtlich! Wenn du da ein bisschen bei der Prostitution, ein wenig beim Betrug und ab und zu in Hehlerkreisen mitmischt und Bestechungsgelder nicht vehement genug ablehnst, dann hast du dich auch schon zu einer stadtbekannten Adresse gemausert. Stimmentechnisch reichen diese Kontakte zwar noch nicht ganz für eine Wahl zum Stadtrat, aber wozu hast du denn noch deine Saubermannseite, die du pressemäßig immer wieder aufpolierst. Zuletzt beim Faltenhuber geschehen durch sein Engagement für die Pädophilen. Offiziell für deren Präventivbehandlung.

Und die Doris irgendwo mitten drin in dem ganzen Getriebe. Ein kleines Rädchen. Vielleicht nicht einmal das. Aber zuletzt vielleicht ein Störfaktor! Lästig! Zu lästig! Und schließlich achtlos am Donauufer liegen gelassen!

Dem Köstlbacher seine Fantasie schlug bei solchen Gedanken die unglaublichsten und seltsamsten Kapriolen! Und was ihn dabei am meisten störte: Er hatte ohne jede vernünftige Grundlage das Gefühl, dass die beiden Morde zusammenhängen. Nur wie?

Und wenn sich so eine Idee erst einmal in dich eingefressen hat, dann kannst du plötzlich die beiden Fälle nicht mehr auseinanderhalten. Wenn du an den einen Fall denkst, dann schwirrt dir gleichzeitig der zweite mit im Kopf rum, weil du krampfhaft nach Querverbindungen suchst.

Denk doch nur einmal an den vom Dr. Kroner vermuteten Kindesmissbrauch. Keiner weiß natürlich ob überhaupt und wenn wirklich, wie lange? Aber falls tatsächlich, da konnte sich der Köstlbacher gut vorstellen, dass das die Ursache von dem verkorksten Leben der Doris.

Und der Faltenhuber plötzlich Organisator von dieser Pädophilengeschichte! Sollte da vielleicht der Zusammenhang zu suchen sein?

Nein! Alles nur Spekulation! Frustrationskonstrukte eines in einer Sackgasse angelangten Kriminalers wegen einem schwer lösbaren Fall! Wenig professionelle Gedanken vor einer noch weniger aussagekräftigen Pinnwand! Keine Fakten, die als Bericht für den Dr. Huber geeignet! Jetzt nach dem Tod vom Faltenhuber schon dreimal nicht!

Vielleicht einfachste Lösung doch Suizid! Einfach und plausibel zugleich!

Oder den Roland zum Sündenbock machen! Abgesehen von ein paar Schönheitsfehlern sogar richtertauglich, der Roland. Kein Alibi und wegen der Doris ihrer Schwangerschaft vielleicht sogar ein Motiv!

Oder den Fall von hinten aufrollen? Wenn es denn wirklich nur ein Fall ist und keine zwei! Erst sich um den Faltenhuber kümmern, bei dem wegen dem Loch und der Kugel in seiner Brust eindeutig von Mord ausgegangen werden kann. Vielleicht ergibt sich ja dann ganz automatisch des fehlende Glied zur Doris?

Manchmal, da musst du als Kriminaler einfach darüber hinwegsehen, dass du nichts weißt und ein bisschen griechischen Philosoph spielen. Sobald du dir nämlich bewusstgemacht hast, dass du im Grunde genommen nichts weißt, nichts, mit dem sich echt was anfangen ließe, dann bekommst du deinen Kopf wieder frei für neue Überlegungen und Gedankengänge.

Außerdem, wenn du als Kripo nicht das Unmöglichste und Undenkbarste einkalkulierst, auch wenn es am Anfang noch so verrückt klingt, dann kannst du gleich deinen Ruhestand beantragen. Weil dann bist du nicht mehr flexibel genug im Umgang mit der Halbwelt, in der du dich ständig bewegst und in der mangels Respekt vor Gesetzen alles möglich ist.

*

Das größte Tief hatte der Köstlbacher, nachdem er überraschend bei der Gabelsberger aufgekreuzt ist und all seine Hoffnungen auf ein platzendes Alibi vom Münzer für die Tatzeit vom Faltenhubermord nun auch noch den Bach hinuntergegangen sind.

Das Nervenkostüm der Gabelsberger war nicht nur hauchdünn, es war quasi nicht vorhanden. Die Gabelsberger brach schon allein deshalb zusammen, weil die Kripo im Haus, der Chef unterwegs und im Beisein vom Köstlbacher nicht einmal telefonischer Kontakt möglich.

Ohne dass der Köstlbacher groß Fragen zu stellen brauchte, hat sie zu heulen begonnen und zitternd vor Angst dem Kommissar von der Mordkommission vom Münzer seinen krummen Geschäften, seinen Schwarzgeldtransaktionen und noch so einigen Sachen erzählt. Sie hätte da nie freiwillig mitgemacht, aber der Münzer hat ihr immer wieder versichert, dass sie die Frau seiner Träume und so, und dass er eines Tages all das hier aufgeben und mit ihr verschwinden würde. Sie hatte auch regelmäßig Sex mit ihm, auch an dem Tag, an dem er, der Köstlbacher, hier angerufen hat, um den Bernd zu sprechen. Als sie ihn am Telefon verleugnet hat, war das eine Notlüge, die ihr der Kommissar bitte verzeihen möge.

Das mit dem Sex erzählte die Gabelsberger mit einem gewissen Stolz in der Brust, vor allem aber in ihrer Stimme. Der Köstlbacher schüttelte dabei innerlich den Kopf. Als ob es etwas Besonderes wäre, von seinem Chef gevögelt zu werden. Hat der Münzer mit Sicherheit nur aus Berechnung gemacht, um die für seine Machenschaften unentbehrbare Sekretärin im wahrsten Sinn des Wortes bei der Stange halten zu können. Weil, an ihrer Schönheit kann's nicht gelegen haben, dachte der Köstlbacher und nahm dabei die Gabelsberger etwas genauer in Augenschein.

*

Auf dem Weg im Auto zurück zum Präsidium hat der Köstlbacher ernsthaft überlegt, ob er über diesen Besuch bei der Gabelsberger einen Bericht schreiben soll, oder nicht. Weil, was seine laufenden Ermittlungen betrifft, da hat ihm diese Beichte nichts, aber auch rein gar nichts gebracht. Nicht einmal ein Alibi hat sie, wie sehnlichst erhofft, platzen lassen. Aber einen Haufen Arbeit und Ärger mit den Kollegen von der Wirtschaftskripo! Das sah er schon auf sich zukommen. Aber so ist er nun mal, der Job bei der Polizei. Du willst einen Mord oder auch zwei aufklären und musst dazu in der Scheiße wühlen. Wenn du dort keine Juwelen findest, dann braucht dich das nicht zu wundern.

Angst
(Kapitel 30)

Auf jeden Regen folgt auch irgendwann mal wieder Sonnenschein. Das gilt auch im übertragenen Sinn! Und das schien heute für den Köstlbacher ganz besonders so zu sein.

Gegen 17.45 Uhr, der Köstlbacher hatte sich gerade doch noch zu dem Bericht durchgerungen, meldete die Klein eine Frau Nicole Mader bei ihm an, ob die trotz der späten Stunde noch reinkommen dürfe.

»Was verschafft mir das Vergnügen?«, begrüßte der Köstlbacher die Mader, hoch erfreut, wegen ihr zumindest für den Moment nicht weiter an diesen verhassten Bericht denken zu müssen. Außerdem hatte er ohnehin vor, mit der Mader baldmöglichst zu reden.

Die Mader hatte zwar keine Ahnung, warum der Köstlbacher so gute Laune, aber ein schlechter Anfang ist das schließlich nie, wenn Begrüßung freundlich.

»Ich habe Angst!«, sagte die Mader und erstaunte damit den Kommissar, der mit allem Möglichen gerechnet hatte, aber nicht damit. Immerhin schon die zweite Person heute, die ihm mit Angst kam.

Bei der Gabelsberger hatte es das ja noch verstehen können. Der ging ihr Allerwertester wahrscheinlich schon lange auf Grundeis. Aber die Mader? Vor weniger als 24 Stunden hatte der Köstlbacher die sogar selbst in Verdacht. War aber kein wirklicher Verdacht. Eher so eine Verdachtsidee! Und weil die schon wieder verdächtig bauchorientiert gewesen ist, hat sie der Köstlbacher auch erst einmal beiseitegeschoben.

»Da überraschen Sie mich jetzt aber!«, antwortete der Köstlbacher, senkte seinen Kopf etwas, um besser über die Ränder seiner Lesebrille blicken zu können und zog gleichzeitig fragend seine Augenbrauen hoch. »Bestimmt werden Sie mir jetzt gleich sagen, wovor oder vor wem Sie Angst haben?«

»Ich glaube, ich habe den Mörder gesehen!«, antwortete sie.

Da hat der Köstlbacher seine Lesebrille erst einmal ganz abgenommen und sie nervös zwischen seinen Fingern zu drehen begonnen. So richtig nervös war er eigentlich nicht, aber Adrenalin war auf einmal schon viel mehr da, als normalerweise, wenn er um diese Zeit vor seinem Schreibtisch gesessen und überlegt hat, ob er vor Dienstschluss noch was Neues anfangen soll oder nicht.

Am meisten überrascht war der Köstlbacher aber, weil genau diese Möglichkeit, dass die Nicole Mader den Mörder gesehen haben könnte, ihm gestern sein Bauch geflüstert hatte. Vielleicht sollte er in Zukunft doch ...!

»Welchen Mörder?«, fragte er, obgleich er sich natürlich bewusst, dass nur vom Faltenhuber die Rede sein konnte.

»Nicht der von ›*Tannöd*‹!«, antwortete die Nicole Mader provozierend, etwas erstaunt über die seltsame Frage vom Kommissar Köstlbacher. »Den vom Stadtrat Willi Faltenhuber natürlich!«

»Natürlich! Natürlich!«, wiederholte der Köstlbacher. »Ich wollte Sie nicht ...! Ich meine, ich weiß natürlich, dass Sie bei ›*Tannöd*‹...! Aber daran dachte ich gerade absolut nicht. Ich ermittle nur augenblicklich in zwei Mordfällen!«

»Dann muss ich mich wohl entschuldigen!«, antwortete die Mader. »Aber es ist tatsächlich so, dass ich auf der Bühne die spiele, die eine Leiche findet. Und nun habe ich auch im realen Leben eine gefunden. Da kommt es schon mal vor, dass darüber jemand einen albernen Scherz macht.«

»Wo wollen Sie den Mörder vom Herrn Faltenhuber gesehen haben?«, fragte der Köstlbacher, dem seine Entgleisung peinlich war, weil er doch gar nicht an ›*Tannöd*‹ gedacht hatte. Seine beiden Todesopfer alles andere als Bühnenleichen vom Abendprogramm im Stadttheater.

»Er hat mir höflich die Türe unten am Haupteingang zu den Wohnungen in der Schnupfe aufgehalten!«, sagte die Mader.

»Was bringt Sie zu der Annahme, dass der Kavalier der Mörder war?«, fragte der Köstlbacher.

»Mein Gefühl! Und ... weil sonst weit und breit niemand in der Schnupfe unterwegs gewesen ist!«, sagte die Mader, machte dabei aber den Eindruck, dass das nicht alles war, was sie dazu anführen könnte.

»Und warum haben Sie das nicht gleich bei Ihrer ersten Vernehmung zu Protokoll gegeben?«, fragte der Köstlbacher.

»Erstens war ich nach der Beruhigungsspritze von dem Arzt ziemlich hinüber und zweitens hab' ich da noch keine Ahnung gehabt, dass der Mann der Mörder gewesen ist!«, antwortete die Mader.

»Und inzwischen hat Ihnen das Ihr Bauch geoffenbart?«, fragte der Köstlbacher und ließ dabei ein mitleidiges, fast zynisches Lächeln um seine Lippen spielen.

»Natürlich nicht!«, antwortete die Mader etwas verärgert, weil sie langsam das Gefühl bekam, vom Köstlbacher nicht ganz für voll genommen zu werden. »Er verfolgt mich! Er taucht immer wieder auf und verfolgt mich! Und dann verschwindet er wieder!«

»Aha!«, sagte der Köstlbacher, dem dazu im Moment kein weiter Kommentar einfiel.

»Sie glauben mir nicht?«, fragte die Mader.

»Doch! Doch! Reden Sie weiter!«, sagte der Köstlbacher, klang aber nicht besonders überzeugend.

»Wenn ich sein Gesicht beim Verlassen der Schnupfe nicht so deutlich gesehen hätte, dann hätte ich ihn vermutlich nicht wiedererkannt. Aber wir waren einander so nahe und er hat mir so freundlich zugenickt, da merkt man sich so ein Gesicht schon eher. Ein gut aussehender Mann! Groß! Athletisch gebaut für sein Alter!«

»Wie alt war er denn Ihrer Meinung nach?«, fragte der Köstlbacher dazwischen.

»Schwer zu sagen! Nicht mehr jung jedenfalls! Eher so in Ihrem Alter! Vielleicht auch etwas älter!«, antwortete die Mader und hat mit diesem Vergleich wieder einmal eine empfindliche Stelle beim Köstlbacher angerührt, der sich zwar seiner Jahre bewusst, es aber nicht wahrhaben wollte, dass Außenstehende das auch so brutal realistisch sehen.

»Und der verfolgt Sie?«, fragte der Köstlbacher, der immer noch nicht so recht wusste, ob er der Mader glauben oder ihren Auftritt nur unter dem Aspekt ihres Schauspielberufes sehen soll.

Weil, eines musst du wissen, einmal ein Schauspieler, immer ein Schauspieler. Und ob du da privat und Beruf noch so trennen kannst, da sprechen zumindest Einzelfälle aus der Klatschpresse eine andere Sprache.

»Ja! Der verfolgt mich! Da bin ich mir ganz sicher. Sogar im Zuschauerraum vom Theater hab' ich ihn schon sitzen sehen. In der 4ten Reihe. Die Leute dort sieht man von der Bühne aus besonders gut, weil die 4te Reihe die erste ist, die eine Stufe höher ist«, beteuerte die Mader und wartete ein paar Sekunden auf einen Einwurf vom Köstlbacher.

Weil der sie aber nicht unterbrochen hat, redete sie weiter:

»Immer wenn der merkt, dass ich ihn ansehe, dreht er sich weg. Als ob er vermeiden will, dass ich ihn wiedererkenne. Ich tu natürlich auch immer so, als ob ich nicht mitbekomme, dass der mich verfolgt und so. Aber ich hab' eine Heidenangst! Was ist, wenn der nur einen geeigneten Zeitpunkt abpassen will?«, fragte die Mader.

»Was für einen geeigneten Zeitpunkt?«, fragte der Köstlbacher nach.

»Na, einen geeigneten Zeitpunkt eben! Einen, wo er mich abmurksen kann!«, sagte die Mader.

»Warum sollte der, selbst wenn es sich tatsächlich um den Mörder vom Herrn Faltenhuber handeln sollte, warum sollte der Sie beseitigen wollen? Wenn er befürchten müsste, dass Sie ihn erkannt haben, dann muss er doch auch damit rechnen, dass Sie uns das bereits gesagt haben!«, sagte der Köstlbacher.

»Kann schon sein! Aber selbst wenn er so tickt, wie Sie meinen, dann kann ich ihm doch letztendlich nur dann richtig gefährlich werden, wenn ich ihn bei einer Gegenüberstellung identifiziere. Und wenn ich tot bin, dann gibt's auch keine Gegenüberstellung! Kapito!«, sagte die Mader und wurde im Tonfall dabei immer hysterischer.

Das ›*Kapito!*‹ überhörte der Köstlbacher wohlwollend, weil das natürlich kein Umgangston mit einem bayerischen Kriminalbeamten. Aber weil der Rest von dem, was die Mader da so sagte, gar nicht so falsch geklungen hat, drum wollte er auf so eine Fastbeleidigung erstmal nicht reagieren.

»Da mögen Sie nicht unrecht haben!«, stimmte der Köstlbacher zu. Seine ganze euphorische Stimmung, weil der Besuch der Mader ihn zumindest für den Augenblick vom Schreiben dieses Gabelsbergerberichtes erlöst hatte, diese ganze

Stimmung war wie weggeblasen. Es sah fast so aus, als würde da draußen tatsächlich ein Mörder rumlaufen. Nicht, dass der vorher nicht auch schon rumgelaufen wäre. Aber jetzt hatte er ein Gesicht! Und, in die Enge getrieben, würde er gefährlich werden können, todgefährlich!

»Und was schlagen Sie vor? Irgendwas muss doch passieren! Oder sehen Sie das anders?«, fragte die Mader, der es nicht entgangen war, dass der Köstlbacher endlich ihre Aussage ernstzunehmen begonnen hatte.

»Immer in der Annahme, dass was dran ist an Ihren Befürchtungen! Es ist Ihnen hoffentlich klar, dass wir hier umfangreiche Kräfte mobilisieren müssten, um das rauszubekommen!«, sagte der Köstlbacher.

»Ich helfe Ihnen, so gut ich kann!«, versprach die Mader. »Aber bitte schützen Sie mich vor diesem ... Mörder!«, bat sie noch und rang dabei sichtlich um den richtigen Begriff.

»Was Ihren Schutz betrifft, so kann ich Ihnen nur empfehlen, heute und auch die nächste Zeit über die Nächte bei Freunden zu verbringen und sich im Finstern nicht alleine draußen aufzuhalten. Tagsüber wird Ihnen kaum etwas passieren. Aber auch da sollten Sie menschenleere Straßen und Gässchen hier in der Stadt meiden. Zusätzlich werde ich mich darum bemühen, dass man einen Beamten zu Ihrem Schutz abstellt. Aber bei dem derzeitigen Stand der Ermittlungen dürfte ich da nur wenig Gehör bei meinem Vorgesetzten finden. Leider wird der Staat erst tätig, wenn schon etwas passiert ist. Und außer Ihrer Beobachtungen, die Ihnen aber bisher nicht zum Schaden gereichten, ist ja noch nichts passiert!«, sagte der Köstlbacher. Dabei blieb es ihm nicht verborgen, dass auf die Mader seine Ausführungen nicht gerade beruhigend wirkten.

»Ihre Hilfe ganz konkret wäre, dass Sie erstens zusammen mit einem unserer Phantomzeichner ein Porträt des mutmaßlichen Mörders anfertigen. Außerdem würde ich Sie bitten, uns sofort anzurufen, wenn Ihnen die besagte Person wieder zu Gesicht kommt. Am besten gebe ich Ihnen hierzu meine Karte. Da finden Sie meine direkte Durchwahl für hier, wenn ich anwesend bin, und meine Handynummer, über die Sie mich praktisch rund um die Uhr erreichen können«, fügte der Köstlbacher noch hinzu.

»Gut! Einverstanden! Und wann soll das mit der Phantomzeichnung geschehen?«, fragte die Mader.

»Heute wird dafür niemand mehr im Haus sein. Aber wenn Sie gleich morgen Früh ...? So gegen 8.00 Uhr?«, sagte der Köstlbacher.

»Ich werde pünktlich da sein!«, sagte die Nicole Mader, bedankte und verabschiedete sich und verließ dem Köstlbacher sein Zimmer. Gerade rechtzeitig, um zusammen mit der Klein, die Dienstschluss hatte, zur Bushaltestelle in der Bajuwarenstraße zu gehen. Da beide in die Innenstadt mussten, stiegen sie auch gemeinsam in den Bus.

*

Für den Beobachter auf der anderen Straßenseite in einem VW Golf sah es so aus, als ob die Mader Polizeischutz und so. Aus diesem Grund verzichtete er auf eine weitere Beschattung und begab sich nach Hause. Er würde sich in den nächsten Tagen Gewissheit verschaffen und eine Entscheidung treffen müssen!

Großeinsatz
(Kapitel 31)

Und wieder ist was passiert!

Der Köstlbacher war gerade dabei, die am nächsten Tag pünktlich um 8.00 Uhr im Präsidium erschienene Nicole Mader zu einem Zeichner wegen dieser Phantomanfertigung zu bringen, als ihm die Klein hinterhergerufen hat, er möchte bitte sofort ans Telefon kommen.

»Zimmer 29! Da vorne rechts! Der Kollege erwartet Sie schon!«, dirigierte der Köstlbacher noch schnell die Mader, drehte sich um und nahm gleich im Zimmer der Klein das Telefon entgegen.

»Ja? Kommissar Köstlbacher!«, sagte er nur knapp, weil wegen der paar schnellen Schritte schon wieder außer Atem.

»Herr Kommissar?«, klang es nur zaghaft.

»Frau Gabelsberger?«, fragte der Köstlbacher, weil er die unverwechselbare Stimme der leicht sächselnden Gabelsberger sofort erkannt hatte. »Was gibt's Wichtiges?«

»Ich hab' den Münzer erstochen!«, sagte die Gabelsberger.

Was jetzt gleich los war, das kannst du dir vermutlich nur vorstellen, wenn du so einen Moment bei der Polizei schon einmal erlebt hast, oder dann, wenn du mindestens bei der freiwilligen Feuerwehr, der Wasserwacht oder beim THW aktives Mitglied bist und ab und zu durch die Sirene zu einem Einsatz gerufen wirst.

Krankenwagen, Notarzt, Feuerwehr, Sondereinsatzkommando der Polizei, Psychologe, ..., einfach die ganze Palette!

Schon bald nach dem ersten Auftreten dieser gehäuften

Aktivitäten von Amokläufern, durch die regelmäßig Menschen zu Tode kommen, diesem neuartigen Volkssport, schon sehr bald danach wurde seitens der Polizei für Regensburg dieser Chaosplan entwickelt. In Regensburg ja diesbezüglich bisher Gott sei Dank noch nichts passiert, aber die Stadt war bestens darauf vorbereitet und nun endlich Gelegenheit, die Theorie in der Praxis zu erproben!

Dass die Gabelsberger letztendlich keinen Amoklauf, das war dabei nicht von Belang, weil wissen konnte man schließlich nichts!

Bis der Köstlbacher dann trotz Blaulicht und Sirene erst nach acht Minuten im Bürogebäude vom Münzer unten am Weinmarkt angekommen ist, war dort schon alles vorbildlich abgesperrt.

Der Liebknecht, einer der ersten, der am Tatort eingetroffen ist, weil der zufällig gerade wegen einiger noch zu klärender Fragen zum Münzerbüro unterwegs war, als der Einsatzbefehl kam, der Liebknecht kam seinem Chef entgegen, als der aus seinem Auto stieg.

»Fehlalarm, Chef!«, sagte er nur und hob, fast könnte man meinen bedauernd, die Arme.

»Wie? Fehlalarm?«, fragte der Köstlbacher.

»Nichts Großartiges passiert! Die Gabelsberger ist nur ausgeflippt und hat dem Münzer einen Brieföffner in den Bauch rammen wollen. Vor Schreck ist der gleich zusammengebrochen und erst mal ein paar Minuten liegengeblieben, weil er sich den rechten Knöchel beim Fallen verdreht hat. Der Brieföffner hat aber nur einen kleinen Kratzer gemacht, mehr nicht!«, sagte der Liebknecht und lächelte dazu.

»Mann oh Mann! Und ich hab den toten Münzer schon

vor mir liegen sehen!«, antwortete der Köstlbacher. »Hast du eine Ahnung, warum die Gabelsberger so ausgeflippt ist?«

»Alles was die gerade herausgebracht hat, das waren ein paar ordinäre Schimpfnamen, die sie dem Münzer gegeben hat, als der von den Sanis verbunden und sein Knöchel geschient worden ist.

»Sind beide vernehmungsfähig?«

»Der Notarzt meinte ja! Dachte mir schon, dass du das wissen willst und hab ihn gefragt«, sagte der Liebknecht.

»Gut mitgedacht!«, lobte der Köstlbacher seinen Kollegen und fügte hinzu:

»Dann lass die Gabelsberger zur Vernehmung mitnehmen. Um den Münzer kümmern wir uns später. Du kennst das ja: Schockzustand nach tätlichem Angriff und so weiter! So eine Vernehmung bringt uns absolut nichts. Der schaltet seinen Rechtsanwalt ein, und wir machen die ganze Arbeit umsonst!«

Zum Leiter des Sondereinsatzkommandos, der gerade vorbei kam, sagte der Köstlbacher:

»Vorbildliche Arbeit! Feuertaufe mit Bravour bestanden!«

»Danke!«, antwortete der Kommandeur grinsend. »Trotzdem gut, dass es nur blinder Alarm war!«

»Zum Glück!«, stimmte der Köstlbacher zu.

Auch wenn's kein Amoklauf gewesen ist, ja nicht einmal ein Einzelmord! Dass im Ernstfall alles so reibungslos ablaufen würde, darauf konnten nun für die Zukunft alle Beteiligten hoffen. Ein beruhigendes Gefühl und eine gute Publicity für diesen Chaosplan und seine Entwickler!

*

»Ich hab Ihnen doch gestern schon alles gesagt!«, beschwerte sich die Gabelsberger, weil sie jetzt hier auf dem Revier in einem Vernehmungszimmer sitzen sollte und Fragen gestellt bekam, die sie ihrer Meinung nach schon zur Genüge beantwortet hatte.

Der Köstlbacher leitete die Vernehmung, weil er so am besten erkennen konnte, ob die Gabelsberger neue Version oder so. Der Liebknecht sollte sich in der Zwischenzeit um die Mader kümmern, weil die bald fertig sein dürfte, aber noch gebraucht würde. In einer Ecke saß die Koch, weil in aller Regel Vernehmungen nur zu dritt. Für das spätere Protokoll lief ein Aufnahmegerät mit. Videomitschnitt wieder einmal nicht möglich. Diesmal Kamera defekt!

»Sie vergessen, dass Sie gerade jemanden das Leben nehmen wollten. Was wir gestern hatten, war nur ein dienstliches Gespräch ohne weitreichende Folgen. Zumindest nicht für Sie!«, sagte der Köstlbacher. »Aber heute! Das war zumindest schwere Körperverletzung, wenn nicht gar Mordversuch!«

»Haben Sie eine Ahnung! Der hätte mich umgebracht, wenn ich ihm nicht zuvor gekommen wäre. Und schuld sind Sie, weil Sie mich mit Ihrer Fragerei gestern gegen ihn aufgebracht haben«, keifte die Gabelsberger, die mit ihren fettigen Haaren und den vom Nikotin der Zigaretten gelb gefärbten Fingern den Rest ihrer spärlichen Attraktivität auch noch verloren hat.

»Wie konnte ich den Herrn Münzer gegen Sie aufbringen? Ich habe doch nur mit Ihnen gesprochen?«, fragte der Köstlbacher.

»Und dabei meinen ganzen Ärger über den Bernd in mir aufgewühlt! Seit 20 Jahren mache ich nun seine Drecksarbeit, schöne seine Zahlen und frisiere Tabellen. Seit 20 Jahren! Und, was habe ich dafür bekommen? Ich war und blieb immer die Nummer Zwei. Das war schon bei seiner Miriam so und das ist jetzt bei seiner Elke nicht anders. Und hätte ich nicht diesen Brief, der Bernd hätte mich schon lange gegen eine Jüngere ausgetauscht. Heute habe ich ihm den Brief in meiner Wut unter die Nase gehalten, hab' gesagt, dass ich damit zu Ihnen gehe! Da hätten Sie ihn sehen sollen, wie der reagiert hat! Wenn ich nicht rechtzeitig mit dem Brieföffner nach ihm gestoßen hätte ... Ich trau' dem Bernd alles zu! Alles!«, blitzte die Gabelsberger zum Köstlbacher hin.

»Was für einen Brief?«, fragte der Köstlbacher.

»Den hier!«, sagte die Gabelsberger, zog ein zerknittertes Kuvert aus dem Ausschnitt ihres nur dürftig ausgefüllten Dekoltees und wedelte damit siegessicher dem Köstlbacher vor der Nase herum.

»Lassen Sie mal sehen!«, sagte der Köstlbacher, nahm ihr den Brief mit zwei Fingern ab und begann zu lesen:

Der Brief
(Kapitel 32)

»Lieber Papa, ...«

Der Brief war eine einzige Anklageschrift einer zutiefst von ihrem Vater enttäuschten Tochter. Auch wenn die Behauptung jeder Grundlage entbehrte, die Doris schien der festen Überzeugung gewesen zu sein, dass ihr Vater Schuld am Tod ihrer Mutter trug. In seiner nicht enden wollenden Gier nach Geld hätte er in diversen kriminellen Angelegenheiten seine Finger mit drin und würde skrupellos selbst über Leichen gehen. Einzelheiten hierzu hat die Doris nicht geschrieben, nur noch einmal explizit auf ihre verstorbene Mutter verwiesen.

Weit detaillierter äußerte sie sich zu dem angeblichen Gerechtigkeitswahn ihres Vaters. Er habe schon so manchen ihrer Freunde anonym bei der Polizei angeschwärzt und dabei aber nur von seinen eigenen Machenschaften ablenken wollen.

»Und wenn du mich nicht für alle Zukunft in Ruhe lässt, werde **ich** *einmal die sein, die ans Anschwärzen denkt. Was meinst du würde die Polizei tun, wenn ich denen einen Hinweis gäbe?*

Wie der Köstlbacher diese Zeilen gelesen hat, da war ihm bewusst, wie tief der Abgrund für diese verletzte Seele gewesen sein musste.

Dieser Brief reichte vielleicht, um einen Bernd Münzer zu verhaften. Ein Haftrichter würde darüber zu befinden haben.

Aber er war zu allgemein geschrieben, um ihn damit auch länger festzusetzen. Kaum Fakten, denen man auf den Grund hätte gehen können! Und die Verfasserin, die ja leider tot!

»Wie kam dieser Brief in Ihre Hände?«, fragte der Köstlbacher die Gabelsberger, als er zu Ende gelesen hatte.

»Vor gut 3 Jahren, als die Doris von zu Hause ausgezogen ist, da hat der Bernd den Brief mit ins Büro in der Prüfeninger Straße gebracht und wollte ihn dort wahrscheinlich im Tresor deponieren. Warum er ihn nicht vernichtet hat, weiß ich nicht. Jedenfalls kam an dem Tag plötzlich irgendein Geschäftstermin dazwischen. Der Brief blieb verdeckt von einem Stapel Geschäftspost liegen. Mir fiel er beim Aufräumen auf, weil ich ihn da nicht hingelegt hatte. Aus Neugierde sah ich hinein. Verschlossen war er ohnehin nicht mehr«, sagte die Gabelsberger.

»Und weiter?«, fragte der Köstlbacher, weil die Gabelsberger mitten im Sprechen innegehalten hatte, als würde sie die Szene von damals Revue passieren lassen.

»Ich hab' den Brief an mich genommen und den Bernd am nächsten Tag zur Rede gestellt. Er geriet zuerst in Rage und drohte, mich umzubringen. Erst als ich ihm sagte, dass ich den Brief zusammen mit einem Begleitschreiben bei einem Notar hinterlegt habe, ließ er von mir ab. Wir arrangierten uns. Eigentlich änderte sich gar nichts. Nur wusste ich jetzt, dass er mich nicht mehr aus seinem Boot stoßen würde. Und das war mir nur recht!«

»Wieso hatten Sie den Brief heute plötzlich doch wieder im Büro?«, fragte der Köstlbacher.

»Er war nie irgendwo anders. Das mit dem Notar hatte ich nur gesagt, um mich zu schützen!«, sagte die Gabelsberger.

»Und heute waren Sie so dumm, ihm den Brief unter die Nase zu halten?«, stellte der Köstlbacher fragend fest.

»Ich habe den Druck einfach nicht mehr ausgehalten! Als Sie dann gestern auch noch bei mir aufkreuzten, da schob ich Panik. Den Staat zu bescheißen ist eine Sache, aber Mitwisser von etwas zu sein, wogegen Rechnungen und Bilanzen schönen Kavaliersdelikte sind, das war mir zu viel. Verstehen Sie?«, fragte die Gabelsberger.

»Aber wenn Sie den Brief doch schon über drei Jahre hatten, dann wussten Sie doch die ganze Zeit schon davon! Warum erst jetzt Ihre Skrupel?«, fragte der Köstlbacher.

»Was in dem Brief steht, ist lange vorbei. Bestimmt verjährt! Nichts auf der Welt kann was daran ändern, was geschehen ist. Und was wirklich geschehen ist? Wer weiß das schon? Aus dem Brief geht's nicht wirklich hervor. Der Bernd hat bestimmt ganz genau gewusst, was die Doris gemeint hat. Und deshalb brauchte das die Doris auch nicht explizit ausdrücken. Ich glaube, da sind Dinge passiert, die lassen sich einfach nicht in Worte fassen!«, antwortete die Gabelsberger und fuhr, das Thema wechselnd, fort:

»Beim letzten Mal auf seinem Schreibtisch, da hat er's nicht mehr gebracht, wenn Sie verstehen, was ich meine. Kein Wunder, bei all dem Stress! Ich hätte sogar Verständnis gehabt. Aber er hat mich eine alte, vertrocknete Schlampe genannt! Das und der Brief! Das Maß war voll! Wie hätten Sie da reagiert?«

Der Köstlbacher gab ihr keine Antwort. Er zuckte nur mit beiden Achseln in die Höhe. Diese Frau hatte eine seltsame Art der Rechtsauslegung. Es war nicht seine Sache, sie darüber aufzuklären. Darüber würde ein Gericht zu befinden haben.

Frau Koch brachte die Gabelsberger nach Hause. Es würde ein paar Tage in Anspruch nehmen, bis eine Anklageschrift aufgesetzt und eine richterliche Entscheidung bezüglich einer Inhaftierung getroffen werden konnte. Da der Angriff auf den Münzer Notwehrcharakter und so, blieb die Gabelsberger bis zur Verhandlung vielleicht sogar auf freiem Fuß.

Das Phantombild

(Kapitel 33)

Der Weg zu seiner Pinnwand, die er neu gestalten und an der er sich quasi Rat holen wollte, führte den Köstlbacher naturgemäß an seinem Schreibtisch vorbei. Die Klein hatte ihm die zugefaxten Ergebnisse vom Vaterschaftstest hingelegt, zu dem sich der Roland freiwillig bereit erklärt hatte. Zum Glück der Dr. Kroner ausreichend Genmaterial vom Fötus der Doris gebunkert!

Der Köstlbacher warf einen eiligen Blick drauf. Gerechnet hatte er mit einem negativ. Aber da stand: *›... zu 99% positiv...‹* Das Genmaterial unter den Fingernägeln der Doris stammte auch vom Roland. Der Dr. Kroner hatte diesen Abgleich ungefragt und ungebeten gleich mitgemacht, weil sein Freund Köstlbacher unverzeihlicher Weise nicht daran gedacht oder es zumindest anzuordnen vergessen hatte.

»Also doch der Roland!«, murmelte der Köstlbacher und war mit dieser plötzlichen Wende unzufriedener denn je. Auch über seine eigene Nachlässigkeit, die seit diesem fatalen Albtraum seine sonst so akkurate und umsichtige Art zu bedrohen schien.

»Frau Klein, ist der Liebknecht schon fertig mit der Mader?«, fragte er die Klein durch die offenstehende Verbindungstüre zu ihrem Vorzimmer.

»Womit fertig?«, fragte die Klein zurück.

»Mit dem Phantombild?«, fragte der Köstlbacher.

»Schon lange! Das Bild ging sofort zur Fahndung raus. Anordnung vom Dr. Huber. Der war kurz hier und wollte Sie sprechen, als gerade der Liebknecht das Phantombild hereingebracht hat!«, berichtete die Klein.

»Schön, dass ich auch informiert werde!«, schmollte der Köstlbacher, weil normalerweise gewohnt, bei seinem Eintreffen automatisch Info und so! »Und wo ist der Liebknecht jetzt?«

»Der ist gleich nachdem er das Bild dem Dr. Huber gezeigt hat weggegangen. Vorher hat er sich noch eine Kopie gemacht von dem Bild. Und eilig hat er's gehabt!«, berichtete die Klein.

»Zefix!«, sagte der Köstlbacher, laut genug, dass ihn die über diesen Ausbruch erstaunte Klein hören konnte. »Macht denn hier jeder was er will?«

»Sie hatten eine Vernehmung!«, entschuldigte die Klein das Geschehen im Präsidium, das ohne ihren Chef in Gang gekommen war. »Aber warten Sie, der Herr Liebknecht hat bei seinem Gehen einen Zettel auf Ihren Schreibtisch ...! Da, sehen Sie!«

»Einen kleineren Zettel hat der Norbert wohl nicht gefunden?«, brummte der Köstlbacher und nahm ihn von der Klein entgegen. Es stand nur ein einziges Wort drauf:

Unger!

»Scheiße!«, rutschte es da dem Köstlbacher nur heraus. Natürlich hat das nicht der Klein gegolten. Der gab er ganz schnell noch eine Anweisung:

»Holen Sie den Pirzer! Er soll mit der Koch zu diesem Roland Fuchs fahren. Wenn er nicht zu Hause ist, finden sie ihn vielleicht an der Uni. Soziologische Fakultät! Ich will ihn hier sprechen! Notfalls Festnahme! Und dalli, dalli!«

Jetzt war die Klein an der Reihe erstaunt zu sein. Das Testprotokoll, das sie auf den Schreibtisch vom Köstlbacher gelegt hatte, das hatte sie sich selbst nicht angesehen, weil in dem Augenblick der Liebknecht und der Dr. Huber zugleich hereingestürmt sind. Und so konnte sie natürlich nicht wissen, was den Chef jetzt veranlasst hatte, den Roland holen zu lassen. Noch dazu, wo auf dem Zettel ›*Unger!*‹ und nicht ›*Roland!*‹ gestanden hatte! Selbstverständlich führte sie die Anweisungen vom Köstlbacher trotz des etwas unfreundlichen ›*Dalli, dalli!*‹ postwendend aus, auch wenn sie nicht ganz verstand, warum sie das tun sollte.

»Der Pirzer und die Koch sind unterwegs!«, meldete die Klein nach wenigen Minuten. »Der Pirzer lässt nur fragen, ob Sie eine eventuelle Festnahme auch mit dem Haftrichter abgeklärt haben!«

»Nein! Natürlich noch nicht!«, antwortete der Köstlbacher. »Ist noch etwas zu früh für den Haftrichter!«

»Aber Sie sagten doch ›*festnehmen*‹, oder?«, vergewisserte sich die Klein noch einmal.

»Ja! Schon! Kann aber gut sein, dass wir ihn wieder laufen lassen müssen. Ich will nur auf Nummer sicher gehen, dass die mir den Roland auch wirklich bringen!«, sagte der Köstlbacher.

»Ist eigentlich für mich auch noch so ein Phantombild da?«, fragte der Köstlbacher. Aber die Klein war schon wieder weg und gefunden hat der Köstlbacher weit und breit keines in seinem Büro.

»Typisch!«, grummelte er nur verärgert und verkniff sich einen erneuten Fluch.

Wenn du da ein labiler Mensch bist, dann kannst du schnell an eine Verschwörungstheorie glauben. Weil immerhin bist du hier der Chef! Und nur weil du einmal nicht überall gleichzeitig, deshalb sind Alleingänge und so noch lange nicht gestattet. Grenzt fast schon an Insubordination!

»Frau Klein?«, rief er fragend in sein Vorzimmer hinaus. »Frau Klein?«

Aber die Klein hatte wohl gerade mal ihr Zimmer verlassen.

»Macht doch, was Ihr wollt!«, grantelte der Köstlbacher, stürmte aus seinem Arbeitszimmer und machte sich auf den Weg zum Dr. Unger. Wenn es das war, wonach es aussah, dann war es wohl am besten, dort schnellstens selber vorbeizuschauen, bevor der Liebknecht einen seiner geliebten Alleingänge starten konnte. Der hatte es anscheinend immer noch nicht begriffen, dass man in diesem Job bestimmte Regeln einhalten musste. Und ein Alleingang war keine dieser Regeln!

*

Der Köstlbacher hätte natürlich auch im Innenhof vom Polizeirevier 1 am Minoritenweg parken können. Der Weg zum Dr. Unger wäre auf diese Weise sogar um gut 100 Meter kürzer gewesen. Aber im Polizeirevier 1 wuselten die vom Verkehr rum. Und seit seiner Geschichte mit dem Fahrrad ging er denen lieber aus dem Weg. Scheiß Verkehrsbullen!

Gewundert hat sich die Anna schon, dass ihr Edmund mitten am Tag nach Hause und so. Aber der hat nur sein Auto im Hof abgestellt, ein »Hallo!« gerufen und ist gleich wieder verschwunden. Zu Fuß! Das hat die Anna noch mehr gewundert. Sie würde sich wohl bis zum Abend gedulden müssen, um zu erfahren, was diese Aktion zu bedeuten hatte.

Bis zur Von-der-Tann-Straße hat es sich unangenehm hingezogen, auch wenn's nicht wirklich weit gewesen ist.

War dann, wie sollte es anders sein, auch etwas außer Atem, der Kommissar. Und zum Dr. Unger seiner Praxis hoch hat er dann doch den Lift genommen, weil kurzatmig in eine Arztpraxis kommen, da immer gleich besorgte Blicke und, wenn du Pech hast, weil die Arzthelferinnen mal nicht im Dauerstress, gleich noch zusätzlich peinliche Fragen nach deinem Befinden.

Der Köstlbacher hatte gerade seine Hand erhoben, um an der Praxis zu läuten, als übers Treppenhaus der Kommissar Liebknecht heraufgestürmt kam.

»Hast du den Lift in Beschlag gehabt?«, fragte der seinen Kollegen, scheinbar nicht einmal überrascht, den hier zu treffen.

»Was machst du hier?«, fragte der Köstlbacher den Liebknecht scheinheilig, ohne auf die Frage nach dem Lift einzugehen.

»Ich wollte den Unger fragen, was er dazu zu sagen hat!«, sagte der Liebknecht und hielt dem Köstlbacher das Phantombild unter die Nase.

»Hm!«, brummte der Köstlbacher nur. »Hättest auf mich warten können!«

»Hab' ich doch!«, lächelte der Liebknecht. »Bin extra im Stau in der Landshuter stecken geblieben, damit ich nicht zu früh da bin!«.

»Dann ist's ja gut, dass ich oben rum gefahren bin!«, lächelte der Köstlbacher versöhnlich, weil der Eifer seines Kollegen irgendwie ja verständlich. Wenn es darum geht, eine Sache zu Ende zu bringen, dann möchte jeder gern der Erste sein!

Und beinahe wäre der Liebknecht diesmal ja wirklich der Erste gewesen. Hätte den Köstlbacher aber gewaltig gewurmt, auch wenn er's später nie zugegeben würde.

»Und wie bist du drauf gekommen?«, fragte der Liebknecht seinen Chef.

»Der Faltenhuber hat gewusst, dass der Dr. Unger die Doris schon eine halbe Ewigkeit lang mit Rezepten versorgt hat. Gegen sexuelle Dienstleistungen. Wir haben bei der Durchsuchung seiner Wohnung eine Liste gefunden. Ich sag ja: Der Faltenhuber hatte seine Finger überall drin!«, sagte der Köstlbacher.

»Erpressung?«, fragte der Liebknecht.

»Gut möglich!«, nickte der Köstlbacher.

»Bin gespannt, was uns der Herr Doktor zu sagen hat!«, sagte der Liebknecht.

Im Grunde genommen hätte sich der Dr. Unger samt dem Phantombild noch gut rausreden können. Aber das wollte der gar nicht. Machte sogar den Eindruck, dass er froh, alles überstanden zu haben.

Weil, eines darfst du nicht vergessen, der Baldauf und der Dirmeier hatten ihren Job im Vorfeld bestens erledigt und den Dr. Unger so richtig nervös gemacht. Nicht, dass sie ihm irgendetwas angelastet hätten. Aber schon allein diese ewige Fragenstellerei! Da kannst du ganz schön kribbelig werden! Und was wussten die von der Kripo überhaupt? Kannten sie die Mail, die er an den Bernd Münzer geschrieben hatte, mit der er diesem alten Sack Angst machen wollte? Oder hatte ihn jemand gesehen, als er den Köstlbacher und später auch noch die Mader beschattet hatte, um denen immer einen Schritt voraus sein zu können? Auch wenn die Kripo nicht alles wusste: Die Mader hatte ihn gesehen! Warum sonst wäre sie gestern in der Bajuwarenstraße gewesen? Gestern, ja, da hätte er das noch regeln können, wenn die Mader nicht Polizeischutz ...!

*

»Hallo, meine Herren!«, begrüßte der Dr. Unger die beiden Kriminaler, die wegen ihrer Ausweise von einer freundlichen Arzthelferin ohne Wartezeit in sein Behandlungszimmer vorgelassen wurden. »Ich habe Sie schon erwartet!«

*

Die Vermutung vom Liebknecht bestätigte ein umfassendes Geständnis, das der Dr. Unger wenig später im Präsidium ablegte. Auf einen Rechtsanwalt wollte der Dr. Unger verzichten. Aber da war der Köstlbacher ausnahmsweise dagegen. Und der Köstlbacher war auch echt froh, am Ende einen Anwalt bei der Vernehmung zugegen gehabt zu haben. Die rechtliche Seite war immer so eine Sache: Da hast du nämlich schnell einen Täter und nach so einer Vernehmung lässt so ein Advokat, deinen ganzen Erfolg wie ein Kartenhaus in sich zusammenstürzen. So eine Erfahrung hat der Köstlbacher schon einmal gemacht. Und weil der Dr. Unger so kooperativ und in jedem Detail geständig, drum ein Advokat nicht verkehrt.

Die Geschichte mit der Doris war dem Dr. Unger zu heiß geworden. Dass die Doris die Privatrezepte für teuere Medikamente, die er ihr im Gegenzug für ihre Liebesdienste ausgestellt hat, dass sie durch die über irgendwelche Kanäle zu Drogen gekommen ist, das hat der Dr. Unger natürlich gewusst. Aber er war ihr hörig, dieser Doris. Direkt mit Drogen wollte er sie nicht versorgen. Das widerstrebte ihm! Berufsethos und so! Und Geld geben wollte er ihr auch nicht. Das hätte ihm das Gefühl verliehen, er würde eine Nutte bezahlen. Das mit den Rezepten, das war quasi eine Lösung, mit der er leben konnte.

Bis die Doris dann schwanger wurde. Sie hatten zwischendurch auch ungeschützten Sex miteinander gehabt. Die Doris nahm zwar die Pille, aber was weiß man schon? Jedenfalls hätte er theoretisch der Vater sein können. Als er das Thema einmal angesprochen hat, da lachte sie nur und meinte, das könne genauso gut der Faltenhuber gewesen sein. Dass die Doris einen Freund gehabt hätte, diesen Roland, das habe er gewusst. Aber dieser schmierige Stadtrat, das war wie ein Schlag ins Gesicht. Doch die Doris meinte nur, über irgendwen hätte sie schließlich die Rezepte veredeln müssen. Und das eine habe eben das andere ergeben. Was daran so schlimm sei?

»Als dann wenig später die Doris ermordet wurde, da hatte ich gleich spontan das Gefühl, dass da der Faltenhuber dahinter stecken könnte. Diese Vorstellung ließ mich nicht mehr los, obwohl ich eigentlich nicht wirklich einen Anhaltspunkt dafür gehabt habe, außer, dass die Doris ein paar Tage zuvor einmal zu mir sagte, dass sie langsam vor dem Faltenhuber Angst bekäme und den ganzen Scheiß am liebsten vergessen würde. Jedenfalls war für mich irgendwann klar, dass die Doris ohne den Faltenhuber noch leben würde, ohne seine Drogen und so!«, gab der Dr. Unger zu Protokoll.

»Das Fass zum Überlaufen brachten dann die urplötzlich

einsetzenden Anrufe vom Faltenhuber. Er erpresste mich! Wollte Geld! Drohte mir! Er würde meine Machenschaften mit der Doris der Polizei melden und so weiter!«, fuhr der Dr. Unger fort.

»Und dann haben Sie die Angelegenheit in die Hand genommen und reinen Tisch gemacht?«, fragte der Köstlbacher.

»Ich bin einfach ausgeflippt! Ich habe den Faltenhuber in seine Wohnung gelockt und ihn dort erschossen!«, endete der Dr. Huber sein Geständnis.

»Und die Waffe? Woher hatten Sie die!«, fragte der Köstlbacher.

»Weil ich eine Waffenbesitzkarte und einen vorschriftsmäßigen Waffenschrank besitze, hat mir die Doris die Pistole zur Aufbewahrung überlassen. Soviel ich weiß, hat sie die Waffe einmal bei ihrer Tante Emma mitgehen lassen. Ich war zwar dagegen, die Pistole bei mir aufzubewahren, aber ich konnte der Doris noch nie wirklich etwas abschlagen.«

»Und wo ist die Waffe jetzt?«, fragte der Köstlbacher.

»Hab' sie in die Donau geworfen!«, sagte der Dr. Unger und machte dabei eine Bewegung, die das Schleudern der verräterischen Pistole in die Donau verdeutlichen sollte.

*

Wenn du glaubst, dass der Köstlbacher jetzt die Sektkorken hat knallen lassen, weil der Mord am Willi Faltenhuber geklärt, dann hast du vergessen, dass da auch noch eine Tote im Villapark gelegen hat und der Dr. Unger mit diesem Mord nichts zu tun haben konnte. Das war nämlich das allererste, was der Köstlbacher abgeklärt hatte, nachdem der Dr. Unger festgenommen worden war. Der Dr. Unger hatte für die Tatzeit im Villapark ein perfektes Alibi. Er hatte seine Praxishelferinnen zu einem Betriebsausflug anlässlich des 20jährigen Bestehens seiner Praxis am 30. April an den Tegernsee eingeladen. Sie waren mit seinem Privatwagen dort, haben dort in Bad Wiessee übernachtet und sind erst im Laufe des 1. Mai wieder zurück nach Regensburg gefahren.

Hildegard
(Kapitel 34)

Der Kommissar Pirzer und seine Kollegin, die Koch, die hatten den Roland Fuchs an der Uni aufgegabelt. Der war ganz schön erschrocken, mitkommen zu sollen, auch wenn der Pirzer vorerst das Wort Verhaftung nicht verwendet hatte und es später auch nicht verwenden musste. Auf dem Präsidium hatte der Roland dann fast eine Stunde auf den Köstlbacher warten müssen. Das hat an seinen Nerven ganz schön gezehrt.

Weil, eines darfst du nicht vergessen, so ein Rumsitzen ist schon im Wartezimmer vom Arzt oder vom Zahnarzt kein Zuckerlecken, weil da jede Minute deine Angst vor dem, was kommt, größer. Aber wenigstens weißt du dort in aller Regel noch, was wahrscheinlich kommen wird. Wenn du aber in so ein Präsidium von der Kripo zitiert wirst und sogar ganz überraschend, quasi mitten aus deinem Alltag gerissen und von echten Kriminalern dorthin gebracht wirst, dann das schon mehr als nur Nervenkitzel. Schon fast was für einen Adrenalinjunkie! Der Roland zwar gerne Horroroptik und ebensolche Computerspiele, aber Wartezimmer bei der Kripo ganz anderes Label.

»Entschuldigen Sie, dass ich Sie habe warten lassen!«, begrüßte ihn der Köstlbacher freundlich, um der Situation die Anspannung zu nehmen. »Wenn Sie mir bitte in mein Zimmer folgen würden!«

»Warum wurde ich geholt?«, wollte der Roland noch auf dem Weg wissen. Er hat einfach fragen müssen, weil die Spannung ja nicht mehr zum Aushalten gewesen.

Aber der Köstlbacher schon genug der Freundlichkeit und Antwort erst, als er an seinem Schreibtisch und ihm gegenüber der Roland. Der Liebknecht kam mit einer Minute Verspätung hinzu, weil Blitzflirt mit der Klein. Den strafenden Blick vom Köstlbacher beachtete er einfach nicht.

»Ich hoffe, Sie haben nichts dagegen?«, sagte der Köstlbacher in fragendem Ton, und stellte ein Aufnahmegerät an.

Der Roland schüttelte nur den Kopf und spielte nervös mit seinen Fingern.

»Sie haben bei ihrer letzten Vernehmung zu Protokoll gegeben, von der Schwangerschaft der Doris Münzer nichts gewusst zu haben. Haben Sie dem heute etwas hinzuzufügen?«

Äußerlich war das ja kaum zu sehen, aber innerlich, da zuckte der Roland in diesem Augenblick so richtig zusammen.

›*Der Kommissar musste was wissen, sonst würde er nicht so fragen. Sonst hätte er mich gar nicht holen lassen!*‹, dachte der Roland. Und laut fragte er zurück:

»Was sollte ich hinzu fügen? Woher hätte ich von der Schwangerschaft wissen sollen?«

»Vielleicht von der Hildegard oder Chantal, wie immer wir sie nennen wollen!«

Der Name traf den Roland wie ein Peitschenschlag. ›*Wenn die Hildegard ...?*‹, dachte er.

»Oder wollen Sie leugnen, ihr davon erzählt zu haben?«

»Nein! Ich meine ja! Ja, ich habe gewusst, dass sie schwanger ist! Von diesem geilen Bock, dem Dr. Unger! Sie war noch fast ein Kind, als der sie das erste Mal flachgelegt hat. Ich hätte ihn umbringen sollen. Schon lange hätte ich das tun sollen. Vielleicht hätte sie's dann geschafft, von dem ganzen Scheiß loszukommen!«, platzte der Roland überraschend heftig heraus.

»Und statt den Dr. Unger umzubringen, da haben Sie ihre Freundin getötet!«, provozierte der Köstlbacher.

»Nein! Nein! Ich habe niemanden getötet!«

»Schwer zu glauben!«, meinte der Köstlbacher und schüttelte dabei seinen Kopf.

»Aber es ist die Wahrheit!«, stöhnte der Roland.

»Für die es keine Zeugen gibt!«, führte der Köstlbacher Rolands Satz weiter.

»Doch! Doch! Ich habe eine Zeugin! Die Hildegard kann's bezeugen! Sie stand in meiner Nähe und hat alles gesehen!«, presste der Roland hervor, sichtlich unglücklich darüber, die Hildegard mit in die Sache reinziehen zu müssen.

Diesmal unterbrach der Köstlbacher den Roland nicht.

»Ich habe Ihnen die Wahrheit gesagt. Vielleicht nicht in allen Details, aber die Wahrheit. Ich habe die Doris nicht umgebracht. Auch wenn ich gewusst habe, dass sie von diesem Dr. Unger schwanger war! Ich hab's nicht getan! Niemand hat's getan! Sie hat plötzlich das Übergewicht bekommen und ist vornübergestürzt. Ich glaub' nicht, dass sie sich umbringen wollte. Vielleicht war sie bekifft? Vielleicht hatte sie gekokst? Was weiß ich? Ich habe wie gelähmt dagestanden und zugesehen!«

»Warum erwähnten Sie die Hildegard bei Ihrer ersten Aussage nicht?«, fragte der Köstlbacher.

»Warum wohl? Es ist überall bekannt, dass sich die Hildegard und die Doris nicht mochten. Da hätten Sie doch gleich noch ein Motiv draus gestrickt, oder?«, antwortete der Roland. »War ja auch der Grund, warum ich behauptet habe, dass die beiden Freundinnen waren!«

Der Köstlbacher legte eine kleine Pause ein und schaute dem Roland dabei fest in die Augen.

»Sie können von Glück reden, dass die Hildegard zumindest Ihre Freundin zu sein scheint!«, sagte der Köstlbacher.

»Sie kam selbst vor ein paar Stunden zu uns und hat Sie mit ihrer Aussage entlastet!«, fügte er hinzu und erntete dafür einen sehr erstaunten Blick vom Roland.

»Sie meinte, sie könne es nicht verantworten, dass wir am Ende noch einen Unschuldigen einsperren«, fuhr er fort.

Der Roland machte große Augen, blieb aber ruhig.

»Aber im Prinzip haben wir das schon gewusst, zumindest vermutet. An der Kleidung von der Doris haben wir Blutspuren von Ihnen entdeckt. Sie konnten von keinem Kampf herrühren. Sie waren eindeutig dort, wo Sie die Doris beim Hochtragen berührt haben, berührt mit ihrer rechten, zerkratzten Hand, wo die Schrammen vom Vortag noch nicht verheilt waren. Zumindest sind sie wieder etwas aufgerissen. Wie es scheint, stimmt Ihre Version des Hergangs. Und die Hildegard hat dies auch so bestätigt!«, sagte der Köstlbacher.

»Den Mauervorsprung, den Sie uns nannten, den gibt es nicht. Genauer gesagt, es gibt ihn nicht mehr. Er wurde nach dem 1. Mai im Zuge der Renovierungsarbeiten beseitigt, da sich regelmäßig Kinder und Jugendliche draufgestellt haben und der Vorsprung somit eine Unfallgefahr darstellte. Nicht zu Unrecht, wie der tödliche Unfall der Doris Münzer gezeigt hat!«, beendete der Köstlbacher seine Ausführungen.

»Ich habe Sie übrigens nicht holen lassen, weil ich Sie erneut verdächtige. Ich wollte nur sicher stellen, dass die Aussage der Hildegard sich mit der Ihrigen deckt, bevor Sie wieder Kontakt zu ihr haben werden!«, sagte der Köstlbacher dann noch.

Dass die Doris eindeutig vom Roland schwanger war, das hat der nie erfahren. Warum auch?

Und dass die Hildegard und der Roland diese Aussage schon Tage zuvor abgesprochen hatten, das wiederum hat der Köstlbacher nie erfahren. Nicht, dass die beiden gelogen hätten und zuletzt die Doris doch auf dem Gewissen hatten. Es war in der Tat so, dass der Roland im Beisein der Hildegard die Doris in den Park hochgetragen hatte und die beiden dann Panik bekommen haben und davongelaufen sind. Aber wie die Doris tatsächlich zu Tode gekommen ist, das hatten sie nicht beobachtet. Als sie die junge Frau auf einem Nachtspaziergang unten an der Donau liegend fanden, da war alles schon passiert.

Aber sei doch einmal ehrlich, wenn sie das der Kripo erzählt hätten, das hätten die doch niemals geglaubt! Der Köstlbacher am allerwenigsten!

*

Bis heute erging keine Anzeige gegen den alten Münzer wegen Missbrauch oder so. Der Brief, so eindeutig er zu sein scheint, er beinhaltet keinerlei konkrete Anhaltspunkte, auf die hin irgendwer den Münzer hätte festnageln können. Und die einzige, die Licht in die Sache hätte bringen können, die hatte im Villapark ihr Ende gefunden. Vielleicht hätte der Faltenhuber auch was beisteuern können, um den Münzer festzunageln. Vielleicht!

*

Die Anzeige wegen Körperverletzung und versuchten Totschlags gegen die Gabelsberger hat der Münzer zurückgezogen. Und die Gabelsberger hat im Gegenzug alles widerrufen, was sie gegen ihren Chef ausgesagt hatte. Sie hätte nur aus Eifersucht gehandelt! Ob die von der Wirtschaftskripo noch was unternommen haben? Vermutlich bestimmt, weil eine Meldung ist natürlich ergangen! Aber den Köstlbacher hat's nicht interessiert. Die von der Wirtschaft spielen schließlich in einer anderen Liga!

*

Die Clara Köstlbacher hat von alledem ja nichts gewusst, zumindest nicht mehr, als in den Zeitungen gestanden hat. Und die hat sie als 10jähriges Mädchen noch nicht wirklich gelesen. Umso mehr hat es ihr leidgetan, ohne die Münzer Evi aufs AAG gehen zu müssen. Die Evi ist nämlich mit ihrer Mutter nach München gezogen, weil es die Elke Münzer beim Bernd in Regensburg nicht mehr ausgehalten hat. Ob es wegen der Gabelsberger war, deren Verhältnis mit dem Bernd ihr im Zuge der Befragungen auch zu Ohren gekommen ist, oder ob die Elke hinter ganz andere Geheimnisse ihres Mannes gekommen ist, darüber kannst du nur spekulieren!

*

Warum sich die Doris immer wieder in Pink gekleidet hat, das ist auch nicht wirklich ans Licht gekommen. Aber viel spricht dafür, dass die Farbe Pink so eine Art Klopfzeichen war für alle Dealer, die mit der Doris Geschäfte gemacht haben. Vermutet hat das der Köstlbacher deshalb, weil laut unterschiedlichster Aussagen, meist Schüler vom AAG und Zeugen aus der Gothic Szene, die Doris immer dann besonders gut drauf gewesen wäre, wenn sie vorher ihren Pinkfummel angehabt hat. Kann natürlich auch Zufall gewesen sein und nichts bedeutet haben, außer eben einer Marotte der kleinen, jungen, etwas pummeligen, aber doch schönen Frau.